Kleine leuge

Isabel Ashdown bij Boekerij:

Kleine zus
Kleine leugens

www.boekerij.nl

Isabel Ashdown

KLEINE LEUGENS

Als twee mensen een geheim bewaren,
is drie net een te veel…

ISBN 978-90-225-8570-2
ISBN 978-94-023-1221-8 (e-book)
NUR 330

Oorspronkelijke titel: *Beautiful Liars*
Vertaling: Iris Bol en Marcel Rouwé
Omslagontwerp: DPS Design & Prepress Studio, Amsterdam
Omslagbeeld: Depositphoto/Getty Images
Zetwerk: Mat-Zet bv, Soest

Voor mijn stiefvader,
David, ik hou van je

DEEL 1

Een sterfgeval

Het was níét mijn schuld.

Dat weet ik, nu ik er als volwassene op terugkijk en er logisch over na kan denken. Natuurlijk heb ik me jarenlang afgevraagd of ik de details van die dag verkeerd in mijn hoofd heb, of de echte gebeurtenissen van vorm zijn veranderd door de uiteenlopende en troostende verklaringen van mijn ouders, de hulpverleners en de getuigen op het rotspad onder me. Bepaalde flarden staan me heel helder voor de geest – bijvoorbeeld dat de baard van de bergredder roder was in het midden van zijn gezicht, en dat zijn stem zacht klonk toen hij 'Dag, kleintje' zei en me zijn stevige hand toestak zodat ik die kon schudden. *Dag, kleintje.* Dat ben ik nooit vergeten. Maar er zijn ook dingen waar ik geen enkele herinnering meer aan heb, zoals wat we hebben gedaan in de week voorafgaand aan het ongeluk, waar we toen logeerden of waar we onmiddellijk daarna naartoe zijn gegaan. De werking van het brein is echt heel interessant, de manier waarop het moeilijke ervaringen opnieuw evalueert tot iets uit een sprookjesboek, dat we vervolgens kunnen dichtslaan wanneer ons dat uitkomt en het veilig op de hoogste plank kunnen zetten. Ik was pas zeven en volgde vanzelfsprekend het voorbeeld van mijn ouders, hoezeer die ook heen en weer werden geslingerd tussen de wanhoop om hun verloren kind en de drang om het kind dat nog over was te beschermen: het kind dat op de mistige rand van het Kinder Scout-plateau stond en omlaag keek.

Ik zie het tafereel nu voor me, wanneer ik mijn gedachten toesta naar die afgelegen plek in mijn geheugen te gaan. Ik lijk van een grote afstand naar mezelf te kijken: klein en mollig, zwart haar dat glad tegen mijn voorhoofd geplakt zit door de motregen die in de hoge berglucht zit. En daar zijn mijn ouders, van top tot teen gehuld in hun identieke wandelkleding. Mama, mager en serieus, met een verbaasde blik in haar ogen, en papa, die verward zijn bril hoger op zijn rode neus duwt terwijl hij mijn gebaar interpreteert, en dan log begint te rennen. Hun ontstelde gezichtsuitdrukkingen zijn bevroren in de tijd. Schrik wanneer ze mij opeens in mijn eentje zien staan en er nergens een jonger kind te bekennen is, terwijl ik naar de steile afgrond wijs en mijn ogen uit alle macht samenknijp in een poging tranen op te wekken. Er bevinden zich geen andere wandelaars op dit gedeelte van het pad, niemand die kan vertellen wat er echt is gebeurd toen mijn broertje over de rand van de rots verdween. Maar de luide kreten van ontzetting, een heel stuk lager op het kronkelige pad, duiden erop dat er wel getuigen zijn van zijn aankomst daar.

Het was jouw schuld niet, het was jouw schuld niet, het was jouw schuld niet. Dat was in de weken erna het refrein van mijn lodderig kijkende moeder, terwijl ze haar best deed om mij te vergeven, de ene voet voor de andere te zetten, een soort schijn van normaliteit vast te grijpen. 'Het was jouw schuld niet,' zei ze 's avonds tegen me als ze het dekbed strak instopte rond mijn schouders, waarbij onze blik nooit naar het nu lege bed dwaalde dat in de nis aan de andere kant van mijn piepkleine kinderkamer stond. 'Het was een verschrikkelijk ongeluk.' Maar, als ik er nu aan terugdenk, meen ik ook een vleugje onzekerheid in haar stem te horen, lichte trillingen die de vragen verraden die ze nooit hardop zal stellen. *Heb jij het gedaan, schatje? Heb jij mijn jochie van het pad geduwd? Was het maar een ongeluk? Echt waar?*

Als ik nu met mijn moeder kon praten, wat zou ik dan tegen haar zeggen? Als ik mijn herinnering verder terug volg, naar slechts een paar tellen eerder, dan ben ik de enige die de waarheid kent. Nu, bij de rand van de rots, zie ik twee kinderen. Ze zijn niet even groot en hebben een verschillend postuur, maar ze dragen wel allebei een felblauwe parka, net als hun ouders. De kleinere heeft zijn capuchon strak vastgestrikt onder zijn mollige kin, terwijl de grotere, bij wie de capuchon omlaag hangt, geen acht slaat op de snijdende, ijzige regen. 'Van mij!' zegt de kleinste, terwijl hij tevergeefs naar het citroenzuurtje graait dat losjes tussen de druipende vingers van het oudere kind wordt gehouden. Dat gaat een tijdje zo door, en nu ik er nog eens over nadenk, heb ik het idee dat het snoepje inderdaad van het jongere kind was, want uiteindelijk wordt het weggegrist en ik weet nog dat ik toen het gevoel had dat ik er in eerste instantie niet naar had mogen verlangen. Maar daar gaat het niet om, want het was niet het afpakken van het zuurtje dat zo verkeerd was, maar de pochende, honende manier waarop dat gebeurde. 'Nee!' is de kreet die ik hoor, en ik weet dat ik die slaak, want zelfs nu voel ik de razernij in me opwellen wanneer dat kind met de capuchon op een hele, pruilende vertoning maakt van het losmaken van het papiertje en het in zijn inhalige mond stoppen van het gele zuurtje. Tergend deint hij op en neer bij het uitvoeren van een overwinningsdansje bij de glibberige rand van de rots. De trilling van mijn kreet echoot nog na in mijn oren als ik mijn gebalde vuist met kracht tegen de mollige wang van dat kind laat komen en het citroenzuurtje als een kogel tussen de roze lippen vandaan zie schieten. 'Nee,' gil ik nog een keer en ditmaal lijkt het geluid van heel ver weg te komen. Vlak daarna is hij verdwenen, en ik weet dat hij neerstort, omlaag valt langs de met heide bedekte rotsen en grillige uitsteeksels waaruit dit enorme, bergachtige stuk land bestaat. Ik weet dat het een dodelijke val is, ik weet dat het een heel eind omlaag is. Ik kan niet zeggen dat ik me herinner dat ik hem heb geduwd – maar ik kan me ook niet herinneren dat ik hem níét heb geduwd.

En daarom is het totaal niet mijn schuld, snap je? Voor zover ik me kan herinneren was dat andere kind – mijn broertje – een afpakker, een klikspaan, een huilebalk, een pestkop. Zelfs als ik het wel heb gedaan, zou geen mens ter wereld me schuldig achten.

Jezus nog aan toe, ik was nog maar zéven.

1. Casey

Wat een ochtend! Wat een rare en heerlijke ochtend. Eentje die heel slecht was begonnen, want ik werd vroeg wakker na een onrustige nacht en voelde me dik en lelijk toen ik voor de gevlekte spiegel van de badkamer stond, bijna buiten mezelf door maagkrampen. Mijn ogen waren nog erger gezwollen en bloeddoorlopen dan anders, en bij het vroege ochtendlicht in het piepkleine vertrek vroeg ik me zowaar af of ik een snor kreeg. Maar dat verdrietige gevoel is nu niet meer dan een vage herinnering, omdat de indringende, geweldige gebeurtenis die daarna plaatsvond het ver naar de achtergrond heeft verdrongen.

Ik bof waarschijnlijk dat ik in deze straat woon, hoe gewoontjes die ook is, omdat de post hier altijd vroeg wordt bezorgd. Niet zoals thuis – mijn vorige huis – waar de post pas in de namiddag kwam, en de postbode een chagrijnige oude vrouw was, met gemillimeterd haar en te veel oorbellen. Postvrouw, moet ik zeggen. Of is het tegenwoordig postpersoon? Ik weet het niet, dat soort dingen veranderen zo vaak dat het bijna niet bij te houden is. Ik ben pas vorig jaar te weten gekomen dat de term 'gekleurd' niet langer aanvaardbaar is, maar kennelijk is die al jaren niet meer politiek correct. Ik prijs me gelukkig met de televisie en internet,waardoor ik op de hoogte blijf van dat soort dingen, anders zou ik het telkens verkeerd doen. Stel je voor hoe beschamend het is om zo'n blunder te begaan, om van racisme beschuldigd te worden, enkel en alleen omdat je niet bent bijgebleven, omdat je het niet wist, omdat niemand het je heeft verteld en je het niet toevallig hebt gelezen en het nooit bij je is opgekomen dat dergelijke zaken kunnen veranderen als jij even niet oplet. Niet dat ik tegenwoordig contact heb met een grote verscheidenheid aan mensen, zelfs al is Londen een behoorlijk kosmopolitische stad. Ik bedoel niet dat het een bewuste keuze is om niet met ze om te gaan, ik ga gewoon met bijna niemand om, in elk geval niet meer sinds mijn tienerjaren. Alhoewel, nu ik er nog eens over nadenk, er is die baliemedewerker van het postkantoor hier in de buurt, die volgens mij Indiaas of Pakistaans is, hoewel er 'Harold' op zijn naambordje staat. Zijn huid heeft de kleur van donker mahoniehout en ik kan zijn leeftijd totaal niet inschatten, aangezien hij zowel jong als oud tegelijk lijkt. Is het verkeerd van me dat ik Harold als een blanke naam beschouw? Waarschijnlijk wel. Al doet het er natuurlijk niks toe. Het maakt mij niet uit wie me helpt bij het postkantoor en Harold is altijd bijzonder behulpzaam en beleefd. Ik ben trots dat ik kan zeggen dat ik nog nooit van mijn leven een racistische gedachte heb gehad.

Hoe dan ook, de postbode die de post in déze straat bezorgt is jong en mannelijk (en toevallig ook blank) en na de paar korte gesprekjes die ik met hem heb gehad zou ik hem een echte charmeur willen noemen. Als ik jong zeg, bedoel ik dat hij ongeveer van mijn leeftijd is, halverwege de dertig, met felgroene ogen en een ondeugende glimlach die me laat blozen van mijn sleutelbeen tot mijn haarwortels. De meeste pakjes die ik krijg passen door de brievenbus, dus hij hoeft hier niet vaak aan te bellen, en de weinige poststukken die ik wel krijg, liggen meestal al op mijn mat voordat ik een glimp van hem opvang door het raam aan de voorkant. Vroeger kreeg ik altijd een uitdraai van mijn werkdocumenten, dikke pakketten A4-tjes in luchtkussenenveloppen waar bij ontvangst vaak voor getekend moest worden. Dus in de jaren die ik bij mama woonde, had ik vaak met mevrouw Stekeltjes te maken. Maar de omstandigheden voor de nederige corrector zijn veranderd en tegenwoordig komt bijna al mijn werk via e-mail, en een voorwaarde in mijn freelancecontract is dat ik in bezit ben van een fatsoenlijke printer, waarmee ik de documenten zelf kan afdrukken. Ergens vind ik die regeling niet kloppen, want hoewel die uitgevers niet de moeite nemen om mij een uitdraai te sturen, eisen ze wel dat ik mijn gecorrigeerde documenten per post naar hen terugstuur, zodat ik minstens één keer per week een roteind moet lopen naar het postkantoor en dan de lange weg moet nemen zodat ik niet langs het oude huis met zijn nieuwsgierige buren en pijnlijke herinneringen kom. Als ik mijn regelmatige uitstapjes naar het postkantoor niet had, zou ik de deur waarschijnlijk helemaal niet meer uitkomen. Waarom zou ik? Ik vind het hier heerlijk. Vanaf het moment dat ik het huis zag, hield ik ervan en ik besloot onmiddellijk dat het van mij zou worden. Een sterfgeval in de familie is nou niet iets wat je moet vieren, maar zonder mijn recente erfenis zou ik hier nu niet zo tevreden wonen. Ik hunkerde al jaren naar een plekje voor mezelf, en mama's geld was een buitenkansje.

Jeetje, ik zit hier nog steeds aan de tafel bij het raam aan de voorkant, kijkend naar de ochtend terwijl mijn gedachten van hot naar her schieten! Misschien is dat een symptoom van alleen wonen, al vrees ik dat het net zo ging toen ik nog bij mama woonde. Soms, wanneer het me moeite kost om mijn gedachten erbij te houden, knijp ik in de zachte huid van mijn onderarm tot mijn ogen gaan tranen en ik gedwongen word om me op één ding te concentreren. Maar goed, ik moet aan de postbode denken, al is hij is natuurlijk niet de belangrijkste reden voor deze opwinding, hoe heerlijk het ook is om terug te denken aan het opendoen van de deur en hem daar te zien staan. Hij zag er vandaag buitengewoon vrolijk uit en hij knipoogde naar me en maakte een aangenaam klik-klikgeluid met zijn tong toen hij wegliep. 'Prettige dag, snoes,' riep hij terwijl hij wegliep zonder nog een keer om te kijken, en op de hoek van mijn huizenrij verdween hij de volgende straat in. Nadat hij weg was, drukte ik mezelf tegen de deurpost in een poging om de fysieke herinnering aan hem te bewaren, blij dat ik gisteravond zo fanatiek mijn lange haar had geborsteld.

Het pakje bevatte de ijzingwekkende biografie van de Londense moordenaar John Christie die ik via internet had besteld, plus een nieuwe thesaurus als vervanging van het exemplaar waarop ik vorige week thee heb gemorst toen ik op de bank in slaap sukkelde. Tegelijk met het pakje kwamen een paar reclamefolders en, tot mijn verbazing, een handgeschreven brief die was geadresseerd aan de vorige bewoonster: Olivia Heathcote. Wat gek dat dit pas het eerste poststuk voor haar is dat bij me wordt bezorgd, was mijn eerste gedachte, maar toen bedacht ik dat ze natuurlijk gebruik had gemaakt van een doorstuurservice en dat, nu er twaalf maanden waren verstreken, alle eventueel nagezonden brieven door mijn brievenbus zouden vallen. Ik kan niet precies zeggen waarom, maar het vasthouden van die envelop, met het handgeschreven adres in krulletters en de flap dichtgeplakt door de tong van een onbekende, benam me de adem. Ik legde hem op tafel en keek er een poosje naar, terwijl ik met mijn handpalmen over mijn pijnlijke buik streek in een poging het opgeblazen gevoel te verminderen dat 's nachts was begonnen. Je kunt rustig stellen dat ik te zwaar ben, maar vandaag leek mijn buik nog dikker door de opgehoopte lucht, die in mijn binnenste zeurde en kronkelde als een slang. Toen ik opstond, was ik gedwongen om de ramen van mijn slaapkamer open te zetten zodat de afschuwelijke geur kon verdwijnen. Het is een vloek.

Terwijl ik met diepe teugen door mijn ongemak heen ademde, liep ik in gedachten de logistiek na die nodig was om de brief terug te brengen naar het postkantoor. Ik had twee ingepakte manuscripten klaarliggen om verstuurd te worden, dus het zou geen enkele moeite zijn om tegelijk deze brief weg te brengen – maar, wierp ik tegen, zou het niet vreemd zijn om de mensen daar een envelop te overhandigen waar geen retouradres op stond? Daar zouden ze toch zeker niets mee kunnen? Het was onmogelijk om hem terug te bezorgen bij de afzender, en ik wist bijna zeker dat de brief in hun papierbak zou eindigen. Uiteindelijk besloot ik om de envelop te openen om te kijken of ik ergens een adres kon ontdekken, en hem daarna terug te sturen. Echt, ik zweer dat dat mijn bedoeling was.

Maar toen ik de inhoud had gelezen, gingen mijn gedachten een heel andere kant op en besefte ik dat ik een geschenk had gekregen. En daarom heb ik, een uur later, nog geen centimeter bewogen, en zit ik hier met de brief in mijn hand geklemd terwijl ik verbijsterd knipperend naar de laatste woorden kijk: *Veel liefs, Martha x*

Beste Liv,

Als deze brief jou bereikt, dan weet ik dat het je zal verrassen dat ik na zoveel tijd contact met je zoek. Ik kan alleen zeggen dat het me spijt dat ik er zo lang mee heb gewacht. Het is nauwelijks te geloven dat er achttien jaar verstreken is, en toch is het zo. Maar laat me ter zake komen.

Misschien heb je me de afgelopen jaren op tv gezien? Dat zeg ik niet om op te scheppen, maar omdat mijn nieuwe project een programma is dat cold cases onderzoekt – oude politiezaken die gesloten dan wel vergeten zijn, maar waarvan wij geloven dat er een kans bestaat om ze op te lossen met behulp van nieuwe bewijzen of moderne forensische methodes. Ik hoop niet dat je het zinloos zult vinden; na wat Juliet is overkomen, tja, ik denk dat ik daarom dieper in deze onopgeloste zaken wil duiken, een poging wil doen om verschil te maken. Het programma heet Out of the Cold, en we zijn net begonnen aan de allereerste aflevering, en dat is de reden dat ik contact met je zoek. We gaan de verdwijning van Juliet onderzoeken.

Ik weet dat dit je overstuur zal maken. Geloof me, ik heb heel lang en diep nagedacht voordat ik haar zaak heb aangedragen – maar weet je nog dat we toentertijd allemaal zeiden dat er meer speelde dan de politie in overweging wilde nemen? We wisten allemaal dat Juliet nooit uit vrije wil op die manier zou verdwijnen, maar Liv, ik heb echt het idee dat we nu een kans maken om erachter te komen wat er precies is gebeurd, en dat we iemand ter verantwoording kunnen roepen.

Op dit moment kan ik je nog niet veel meer vertellen – maar ik zal je alles uit de doeken doen zodra je hebt bevestigd dat je met me wilt praten. Dat kan onder vier ogen, via e-mail, telefonisch of hoe je maar wilt, en het enige wat we van jou willen zijn je herinneringen aan die tijd. Ik weet zeker dat de onzekerheid net zo aan jou heeft geknaagd als aan mij, en ik hoop uit de grond van mijn hart dat je wilt meewerken. Wat ik je wel kan vertellen is dat David Crown nog altijd als mogelijke verdachte wordt beschouwd, dus alles wat je nog over hem weet kan van begin af aan van belang zijn.

Liv, ik hoop dat je in goede gezondheid verkeert en gelukkig bent. Ik hoop vooral dat je bereid bent om mij mijn fouten uit het verleden te vergeven – en dat je contact met me zult opnemen.

Veel liefs,
Martha x

De ochtendzon werpt strepen van licht over de brief en onthult de stofdeeltjes die in de ruimte tussen mij en de vitrage naar de straat erachter zweven. Er gaat een siddering door me heen, een heftige vibratie zoals ik voel wanneer er een zware vrachtwagen door de straat rijdt die de ruiten laat trillen. Maar dit is anders. Dit komt van binnenuit. Ik draai de envelop om, strijk hem glad op het tafelblad, en ga met mijn duim over de handgeschreven kuiltjes van het adres. Mijn adres, maar niet mijn naam. *Olivia Heathcote.*

Martha Benn – dé Martha Benn – denkt dat ík Olivia Heathcote ben. Ze denkt dat ze Liv Heathcote heeft geschreven, en ze wil mijn hulp bij deze onopgeloste zaak. Het is een zaak die ik me nog maar al te goed herinner; mijn moeder was er helemaal door van slag, het idee dat dat arme meisje was verdwenen zo dicht bij waar wij woonden, en in de daaropvolgende weken verbood ze me om alleen de deur uit te gaan, zelfs overdag. Het was een poosje landelijk nieuws, totdat de politie concludeerde dat ze was weggelopen met een oudere man. Maar dat heb ik nog geen minuut geloofd, en ik vermoed dat Martha dat ook niet doet.

Ik schuif mijn stoel naar achteren en sta bibberig op, terwijl de namen door mijn hoofd schieten als oude vrienden: Martha, Liv, Juliet, David Crown. Ik moet even gaan liggen, het wordt me allemaal wat te veel, en voor het eerst in tijden wens ik bijna dat mijn moeder er is om deze opwinding te delen. Ik neem behoedzaam plaats op de ingezakte bank – lieve hemel, wat zakt die door – en leg mijn nek op een van de armleuningen. Ik ruik een wolk van lichaamsgeur als ik mijn benen optrek en het ene over het andere sla. Klinkt het heel afschuwelijk als ik beken dat ik niet precies weet wanneer ik voor het laatst een bad heb genomen? De doucheslang is kapot, maar dat is geen excuus, aangezien ik altijd al liever in bad ga. Als ik Martha Benn moet ontmoeten – en de kans daarop is aanzienlijk – moet ik haast maken met mijn ideeën. Ik zal vanmiddag, nadat ik een dutje heb gedaan, het bad laten vollopen. Ik sluit mijn zware oogleden en zak al snel weg in het donker van de halfslaap, waarbij ik mezelf toesta om me iets nieuws in te beelden. Hoe zou het zijn om 'Liv' te zijn, vraag ik me af. Hoe zou het voelen om echt iemand anders te zijn?

2. Martha

De rest van het team zit al in de directiekamer als Toby Parr vijf minuten te laat arriveert voor de productievergadering en het kost Martha de grootste moeite om te zorgen dat de ergernis niet op haar gezicht te zien is wanneer hij met een brede glimlach binnenslentert en zijn door de zon gebleekte sluike haar naar achteren strijkt. Het is acht of negen jaar geleden dat ze hem voor het laatst heeft gezien, maar hij straalt nog altijd het jeugdige zelfvertrouwen uit van degenen die privéonderwijs hebben genoten, dat zelfverzekerde aura van een levenslang lidmaatschap dat Martha als volledig onverdiend beschouwt, te gemakkelijk toegekend ook. Vindt ze dat alleen om wie hij is, of zou ze ook aanstoot aan hem nemen als ze elkaar onder andere omstandigheden hadden leren kennen? Hij is bijna tien jaar jonger dan zij, hij kan hoogstens halverwege de twintig zijn. Maar het is niet alleen dat; ze is per slot van rekening maar al te dankbaar dat oudere collega's bereid waren om een gokje te wagen met haar toen zij jonger was en een kans nodig had. Nou, daar heb je het verschil, denkt ze: zij had een kans nódig, en hij niet – althans, niet echt.

'Goedemorgen allemaal,' zegt Toby, veel te joviaal voor een nieuwkomer, waarmee hij beleefd gemompel en strakke glimlachjes aan de anderen in de kamer ontlokt.

Martha kijkt naar de effen gezichten in de directiekamer. Veel van de aanwezigen staan hoger op de ladder en hebben meer ervaring dan

Toby, maar toch is er een vreemde behoedzaamheid in hun open gezichtsuitdrukking te bespeuren.

In de verste hoek van het vertrek staan een cameraman en een geluidstechnicus, om vroege opnames te maken voor het programma. Ze zullen de hele vergadering vastleggen, maar daar zullen in de definitieve montage slechts enkele seconden van worden gebruikt: welgekozen fragmenten die kleur en diepte zullen toevoegen aan de documentaire, aan het mysterie. Een ernstige frons hier, het bedachtzaam omslaan van pagina's daar. Ze maken niet alleen een documentaire. Het is ook entertainment. Martha heeft het gevoel dat ze zich ergens buiten zichzelf bevindt en naar dit surrealistische tafereel kijkt. Hoe is ze hier beland, de ster van een programma dat zomaar eens haar eigen verleden zou kunnen ontrafelen en haar misschien zal blootstellen aan de kritische blikken van anderen? De wereld kent de Martha Benn die ze is geworden, de tot in de puntjes verzorgde Martha met glanzend haar die precies weet hoe het in de media toegaat. De koningin van de primetime talkshow, de vrouw die altijd gevraagd wordt voor serieuze reportages en debatten. De kijkers vinden haar keurig, een arm meisje uit het East End van Londen dat zich heeft opgewerkt. Achtenswaardig. Het meest duistere in haar verleden zijn een echtscheiding op jonge leeftijd en de paar keer dat ze terloops in romantisch verband is gebracht met tweederangs beroemdheden. Vanochtend, toen ze nog thuis was en zich voorbereidde op de dag, had ze uitgekeken over Londen terwijl ze sterke zwarte koffie dronk – haar enige cafeïnehoudende drankje van de dag – en had ze opnieuw het gevoel gekregen dat ze het leven van iemand anders leidde. Daar stond ze, in haar appartement op de twaalfde verdieping, een luxewoning met een grote glazen pui die uitzicht bood op de rivier terwijl ze zich afvroeg hoelang het zou duren totdat ze zou worden doorzien.

Die brief naar Olivia Heathcote sturen was nog maar het begin, maar het teruggaan in de tijd heeft haar erger van haar stuk gebracht dan ze ooit had kunnen denken. Als Liv de brief heeft ontvangen, zal ze er dan ooit op reageren? Misschien is Liv, net als Martha, verdergegaan met haar leven, heeft ze zichzelf opnieuw uitgevonden; misschien zou ook Liv deze doos het liefste hermetisch gesloten houden. Iedereen heeft geheimen die hij of zij wil bewaren, daar is Martha van overtuigd. Haar nieuwe tv-programma, dit onderzoek, zou heel goed de katalysator voor haar ontmaskering kunnen worden. Niet dat ze ooit heeft gedaan alsof ze iemand anders is, of de grootst mogelijke moeite heeft gedaan om anderen een rad voor ogen te draaien. Martha Benn is de naam die ze bij haar geboorte heeft gekregen en die heeft ze gehouden, zelfs tijdens haar korte huwelijk met Denny, tot grote afschuw van zijn familie. En ze heeft nooit echt gelógen over haar verleden. Maar ze heeft ook geen open kaart gespeeld over haar vroegere leven; ze is lang geleden al begonnen met het verzwijgen van haar jaren in Stanley House om direct door te gaan naar de aangename gedeeltes, de gedeeltes waar ze vrijuit over kan spreken. Het leven dat ze heeft opgebouwd staat op het punt te veranderen, daar twijfelt ze geen moment aan. En ze kan er niets aan doen, niet als ze het raadsel van Juliet echt wil oplossen. En ze is vastbesloten om dat te doen. Wat daar ook voor moet gebeuren, of Juliet nou dood of levend wordt gevonden, Martha móét achterhalen wat haar is overkomen.

Nu, aan het hoofd van de tafel, knikt de uitvoerend producent Glen Gavin vriendelijk naar Toby en maakt een 'bedien jezelf'-gebaar naar de trolley waar drankjes en gebakjes op staan, waarna hij opstaat en de deur dichtdoet. Glen is een magere man, wiens tengere gestalte gehuld is in een duur kostuum, maar zijn uitstraling in de kamer is groot en wordt versterkt door het diepe timbre van zijn Schotse tongval. Achter hem, en achter de glazen wand van hun kantoor op de bovenste verdieping, strekt de skyline van Londen zich uit, badend in het witte schijnsel van een winterochtend.

'Goedemorgen, allemaal.' Glen doet er even het zwijgen toe en hij kijkt aandachtig naar Toby, die zijn koffie neerzet bij de enige lege stoel, en zijn colbertje losknoopt en uittrekt en over de rugleuning van zijn stoel hangt. Het wordt allemaal zo traag gedaan dat Martha wel kan gillen, en de ijzige blik die even in Glens ogen opflitst, verraadt zijn gemengde gevoelens over de aanstelling van Toby Parr.

'Nou,' zegt Glen. 'Het is heel spannend om hier met zijn allen te zijn voor de eerste voorbereidende vergadering voor *Out of the Cold*, en persoonlijk ben ik dolgelukkig dat we erin zijn geslaagd om een aantal van onze beste mensen te verzamelen om deze visie realiteit te maken.'

Daarna zwijgt hij, en pas als een van de junior onderzoekers een onbeholpen 'woehoe!' laat horen, begrijpen de andere teamleden wat er van hen wordt verwacht. Ze laten een golf beleefd Brits handgeklap horen.

'Goed,' gaat Glen verder. 'Laat me ons globale plan even samenvatten. De uitzending van de proefaflevering van *Out of the Cold* staat voorlopig gepland voor over zes maanden, dus de tijdschema's zullen krap worden. Ik hoef natuurlijk niet te zeggen dat we erop vertrouwen dat dit een succes wordt, zodat de omroep akkoord zal gaan met de voorgestelde serie. Onze proefaflevering moet een publiekstrekker worden, en dat, vrienden, is waarom jullie allemaal aan deze tafel zitten.' Hij komt van zijn stoel en slentert naar de trolley, kiest een koffiebroodje met abrikoos, neemt er een hap van en kauwt daar langzaam op terwijl hij de teamleden een voor een aankijkt. Als hij de hap heeft doorgeslikt, praat hij verder en legt het koffiebroodje op een servet voor zich op tafel, waarna hij zijn stoel naar achteren trekt om te gaan zitten. De rest ervan zal hij niet opeten, het is slechts een rekwisiet. Martha laat haar blik van het koffiebroodje omhoog gaan en ontdekt dan dat Glen haar strak aankijkt terwijl hij haar naam noemt.

'Het doet ons genoegen om te kunnen bevestigen dat het programma gepresenteerd zal worden door Martha Benn, die jullie allemaal zullen kennen van haar werk voor ITV – sterker nog, voor een aantal omroepen – en dat Toby Parr een cruciale rol zal spelen als haar assistent-onderzoeker.'

Martha knikt. Toby steekt zijn hand op als een schooljongen die een onderscheiding krijgt van de schooldirecteur. Eventjes vraagt ze zich af wat ze allemaal denken over haar ontslag bij het ochtendprogramma het jaar ervoor, toen ze werd vervangen door een jonger, zwanger, aanstormend talent. *Herkenbaarder*, had haar toenmalige vrouwelijke chef het genoemd. *Jonger*, was wat ze echt had bedoeld.

Glen vervolgt: 'Onze proefaflevering zal zich richten op de achttien jaar oude verdwijningszaak van Juliet Sherman, die toen zeventien jaar was. Ze is voor het laatst gezien bij het Regent's Canal, waar haar fiets later is teruggevonden. Juliet kwam uit wat je noemt een degelijk middenklassegezin. De vader was manager bij een bank, de moeder werkte parttime voor een plaatselijke advocatenfirma. Juliet had een ouder broer, Tom, die studeerde, maar die ten tijde van haar verdwijning thuis was voor de kerstvakantie. Ze zijn indertijd allemaal ondervraagd, maar niemand van de familie is ooit als verdachte beschouwd. Al na een paar weken besloot de politie het onderzoek af te schalen, en uiteindelijk hebben de onderzoekers de conclusie getrokken dat ze moest zijn weggelopen met een oudere man...' Glen bladert door zijn papieren, en werpt Martha een blik toe voor hulp.

'David Crown,' zegt ze. 'Plaatselijke hovenier en liefdadigheidswerker.'

'Ja.' Glen knikt langzaam. 'David Crown. Een in- en ingoede vent.'

Er gaat een lichte golf van gegrinnik om de tafel en Martha onderdrukt de neiging om met haar vuisten op tafel te slaan, om tegen hen allemaal te zeggen dat ze een beetje respect moeten tonen.

'Dit is een interessante zaak, een die gehoor zal vinden bij het publiek, niet alleen vanwege alle recente geruchtmakende misbruikzaken, maar ook omdat onze eigen Martha tijdens het oorspronkelijke politieonderzoek is ondervraagd.'

Er gaat een gemompel op, kritische fronsen veranderen in uitdrukkingen van opgetogen verbazing.

'Martha, zou jij vanaf hier verder willen gaan?' vraagt Glen, en hij draait zijn handpalmen naar boven om aan te geven dat zij het woord moet nemen, waarna hij onderuitzakt in zijn stoel.

Ze had de golf van nervositeit die door haar lichaam gaat niet verwacht, het gevoel van verantwoordelijkheid dat haar hart op dat moment hard laat bonzen.

'Dank je wel, Glen,' zegt ze warm, als altijd professioneel, en ze pakt een pen en tikt er zacht mee op de pols van haar andere arm, een gebaar dat haar eigen mindfulnessoefeningen om te kalmeren nabootst. 'Ja, ik was betrokken bij de oorspronkelijke zaak.' Haar gedachten gaan snel, en ze zorgt ervoor dat ze de emotie uit haar stem weert, dat ze alleen de feiten noemt en niets laat merken van het verdriet dat ze nog altijd voelt. 'In 2000 zat ik op de Bridge School in Hackney, samen met Juliet Sherman en een andere schoolvriendin, Olivia Heathcote. Wij drieën waren toen al ruim zeven jaar elkaars hartsvriendinnen.'

De stilte in de kamer is tastbaar.

'Het lijkt me belangrijk om te vermelden dat ik het idee voor dit nieuwe programma, en voor Juliets zaak in het bijzonder, heb aangedragen omdat ik onlangs een artikel in de lokale krant heb gelezen waarin haar vader vertelt dat hij graag wil ontdekken wat er met zijn dochter is gebeurd. Hij heeft kanker in de terminale fase, en zijn vrouw, Juliets moeder, is een paar jaar geleden overleden, zonder dat ze ooit zekerheid heeft gehad omtrent het lot van haar dochter. Deze familie is geteisterd door rampspoed, en dit lijkt het juiste moment om een nieuw onderzoek te beginnen. Alan Sherman heeft nog maar weinig tijd. Als we in onze opzet slagen, hebben we iets heel goeds voor elkaar gekregen.'

Tot Martha's grote verbazing wordt er spontaan geapplaudisseerd.

Ze reageert met een knikje en praat snel door om verder te gaan. 'Toen Juliet verdween, hoorden Olivia en ik bij de eerste mensen die werden ondervraagd, gedeeltelijk vanwege onze hechte vriendschap met haar. De politie wilde weten of we informatie hadden over vriendjes of verstoorde gezinsrelaties thuis, maar vooral omdat wij tweeën tot de mensen behoorden die haar als laatste hadden gezien.'

Martha reikt Glen over de tafel een foto aan, die hij kan laten rondgaan. Het is een kiekje van de drie vriendinnen, zittend op het gras tijdens een schoolreisje naar London Zoo, van ongeveer twee jaar voor Juliets verdwijning. Juliet en Martha lijken op elkaar, allebei met lang lichtbruin haar en een overdreven lange pony, en omdat ze zitten is hun lengteverschil bijna niet te zien. In werkelijkheid was Juliet ruim vijf centimeter groter dan Martha en hoewel er een oppervlakkige gelijkenis bestond, was Juliet simpelweg knapper, haar huid gebruinder en haar groene ogen stralender dan de saaie bruine van Martha. Nu Martha de foto bekijkt, schiet haar ineens te binnen hoezeer ze altijd Juliets voorbeeld volgde. Juliet was altijd de eerste die de nieuwste mode of het modernste kapsel durfde te proberen, en Martha deed haar altijd na. Livs uiterlijk was donker in vergelijking met hun lichte huid, en zij was de kleinste van hen drieën. Ze was direct na haar geboorte geadopteerd, en het weinige wat ze wist over haar echte afkomst was dat haar moeder Iers en haar vader Sri Lankaans was, en de fysieke erfenis van die twee was de opvallende combinatie van haar donkere olijfbruine huid en verrassend blauwe ogen. Met haar lengte van nog geen één meter vijfenvijftig was ze heel klein, iets wat haar gek had gemaakt omdat de anderen altijd zonder problemen alcohol hadden kunnen krijgen in het Waterside Café terwijl zij zich moest verstoppen uit angst de zaak uit te worden gezet. Martha voelt een steek van verlangen terwijl de foto rondgaat. Hoe heeft ze kunnen vergeten wat Juliet en Olivia voor haar betekenden? Destijds, in hun tienerjaren, waren ze alles voor elkaar geweest.

'En kon je de politie helpen?' vraagt Toby, met zijn ellebogen op tafel leunend en zijn voorhoofd gefronst. Hij schraapt zijn keel, en zijn stemvolume lijkt harder te worden wanneer haar antwoord uitblijft. 'Ben je ooit verdachte geweest?'

'Nee,' antwoordt Martha, veel vinniger dan haar bedoeling was geweest. Inwendig schraapt ze haar geduld bijeen. 'Ik heb de politie verteld dat ik wist dat Juliet een relatie met iemand had, maar dat ik niet wist met wie. Juliet had tegen me gezegd dat het iemand was die haar ouders niet zouden goedkeuren, maar dat was alles. Uiteraard was de politie vooral daarin geïnteresseerd. Haar laatste bewegingen die we met zekerheid hebben kunnen vaststellen waren vlak na negen uur 's avonds. Het was vrijdagavond en we hadden een paar glazen gedronken in het Waterside Café, en toen wij weggingen, besloot Liv te blijven om nog iets te drinken, dus ben ik een stukje met Juliet opgelopen langs het kanaal en daarna is ze op haar fiets naar haar werk gegaan. Dat is de laatste keer dat ze levend is gezien, althans, dat ik haar toen heb gezien was de laatste bevestigde waarneming.'

Martha zwijgt even omdat ze vragen verwacht, maar als die niet komen, gaat ze verder. 'Als ik "werk" zeg, bedoel ik dat Juliet vrijwilliger was bij Square Wheels, een liefdadigheidsorganisatie opgericht en geleid door David Crown. In feite was het niet meer dan een groep jongelui op de fiets, die eten en warme drankjes uitdeelden aan daklozen die buiten sliepen langs het kanaal. Volgens David Crown en haar medevrijwilligers is Juliet niet komen opdagen voor haar dienst.'

Juney, een van de teamleden, steekt haar hand op. Haar stem is zacht en enigszins lispelend, waardoor de grote intelligentie van de jonge vrouw niet altijd meteen naar voren komt. 'En was David Crown een hoofdverdachte? Als hij een aanrander was, dan is het misschien logisch... dat hij een groep vrijwilligers om zich heen heeft verzameld zodat hij regelmatig contact met jonge mensen heeft? Dan ligt het toch voor de hand om de conclusie te trekken dat hij het mysterieuze vriendje was?'

Martha knikt. 'Ja, en dat was vermoedelijk ook de theorie van de politie. Maar David Crown bleek nauwelijks iets op zijn kerfstok te hebben, en omdat het kennelijk een heel drukke avond was, waarop veel vrijwilligers aanwezig waren, was er geen enkel moment waarop er niet op de een of andere manier voor hem kon worden ingestaan. Hij zat tot over zijn oren in de alibi's.'

‘Maar jij bent niet echt overtuigd?’ vroeg Glen.

‘Ik weet het gewoon niet. Ik heb zelf een aantal keer geholpen bij Square Wheels, en hoewel ik het ermee eens ben dat de avonden altijd heel druk waren, is het niet waar dat David nóóít alleen was met een van de helpers. Meestal, nadat hij iedereen had bevoorraad, stuurde hij ons, uit veiligheidsoverwegingen, in tweetallen weg. En als er iemand overbleef, ging die samen met David op pad om de laatste uitdeling te doen. De keren dat ik er was, gingen Juliet en ik natuurlijk samen, maar aangezien ik er die avond niet was, is het volgens mij heel goed mogelijk dat Juliet met hem is gegaan, of dat ze die avond op een bepaald moment in elk geval alleen met hem was. Ze was laat, ze had er om halfnegen moeten zijn, dus het is mogelijk dat David Crown alleen was in de hut van Square Wheels toen ze daar aankwam.’

‘En zijn vrouw?’ vraagt Toby. Met zijn vinger gaat hij over de uitgedeelde aantekeningen die voor hem liggen. Hij fronst bedachtzaam. ‘Was zij niet een van zijn alibi’s?’

‘Ja, maar alleen voor later die avond,’ antwoordt Martha, blij om te zien dat Toby zich in elk geval heeft voorbereid, dat hij het overzicht heeft gelezen dat ze hem de week ervoor heeft gestuurd. ‘Dus het zou David moeite hebben gekost om voor elk moment tussen negen uur en middernacht een sluitend verhaal te hebben. Maar aan de andere kant liepen er die avond zoveel vrijwilligers in en uit dat hij Juliet bijna onmogelijk had kunnen ontvoeren zonder dat iemand het zou hebben gemerkt. In de politierapporten die ik heb, staat dat hij en zijn vrouw, Janet, de volgende ochtend uitgebreid zijn ondervraagd. Zij beweerde dat hij op de gebruikelijke tijd thuis was gekomen, halftwaalf, misschien een paar minuten eerder of later, en dat hij heel normaal had geleken. David had haar verteld dat het een succesvolle avond was geweest en dat ze erin waren geslaagd om minstens veertig mensen langs het kanaal een maaltijd te bezorgen. Het vroor die avond hard, en hij was altijd extra blij wanneer ze in dat soort zware omstandigheden mensen konden helpen. Mevrouw Crown zei dat haar man vrolijk was, en dat ze kort na zijn thuiskomst naar bed waren gegaan, zonder dat er iets ongewoon leek. Nadat de politie hem die ochtend had ondervraagd is David Crown gewoon naar zijn hoveniersopdracht gegaan. Maar hij is nooit meer thuisgekomen.'

'Nooit?' vraagt Juney.

'Nee, hij is net zo van de aardbodem verdwenen als Juliet. Later werd er ontdekt dat er diezelfde ochtend een groot geldbedrag was opgenomen van de gemeenschappelijke spaarrekening van het echtpaar Crown, en toen mevrouw hun huis ging doorzoeken, ontdekte ze dat er een paar persoonlijke eigendommen van hen ontbraken: zijn paspoort, een koffer en verscheidene kledingstukken. Daarom heeft de politie de conclusie getrokken dat Juliet en David een relatie hadden en alles tot in detail hadden gepland, dat zij zich de avond ervoor zou verbergen en dat hij haar zou volgen zodra hij zijn geld en spullen had gepakt. Het onderzoek is daarna nog een paar weken voortgezet, maar dan met de nadruk op het opsporen van een vermist "stel", en niet als een zoektocht naar een tiener die was ontvoerd door een man.'

'Hoeveel geld had David Crown opgenomen?' vraagt Toby.

'Vijftigduizend pond. Volgens mevrouw Crown was dat al hun spaargeld.'

Rond de tafel wordt naar adem gehapt en iedereen gaat op in zijn eigen gedachten.

'Het komt redelijk plausibel op me over,' oppert Toby. 'Ik bedoel, iedereen heeft toch wel eens over dergelijke zaken gehoord? Dat een leraar verliefd wordt op zijn leerling en ze er samen vandoor gaan? Dit klinkt net zo, alleen was Juliet ietsje ouder. Ik bedoel, David Crown was weliswaar geen docent, maar voor haar zou hij wel een persoon met enige autoriteit zijn geweest.' Toby kijkt om zich heen, op zoek naar goedkeurende knikjes, die hij ook krijgt.

'Dat is allemaal prima,' reageert Martha, terwijl ze zich afvraagt hoe ze de samenwerking met hem ooit moet verdragen. 'Tot je Juliets levensloop en de reacties van alle mensen die haar kenden in aanmerking neemt. Juliet was, bij gebrek aan een betere term, een heilig boontje. Ze haalde tienen, ze werkte hard, ze was ijverig – een meisje dat zich altijd aan de regels hield. Liv en ik staken schril bij haar af. Ze was een toegewijde vrijwilliger. Ze hield van haar ouders en ze had met zowel haar vader als haar moeder een goede relatie.'

'Hier staat dat ze nog geen jaar na Juliets verdwijning uit elkaar zijn gegaan,' onderbreekt Toby haar, alsof dat feit enig verschil maakt.

'Ze had een goede relatie met haar vader en haar moeder,' herhaalt Martha, zonder acht op hem te slaan. 'En als ik heel eerlijk ben leek ze nooit veel belangstelling voor jongens te hebben. Ze was beeldschoon en ik weet nog dat jongens haar heel vaak mee uit vroegen, maar ze had gewoon geen belangstelling.'

'Misschien niet voor jóngens,' zegt Toby. 'Maar dit was een mán. David Crown was... hoe oud? Halverwege de veertig? Was hij aantrekkelijk? Misschien zag ze iets in hem wat ze nog nooit in de knulletjes van haar eigen leeftijd had gezien? Misschien voelde ze zich aangetrokken tot zijn rijpheid? Meisjes vallen toch vaak op oudere mannen?'

Ineens voelt Martha een vlaag boosheid opkomen en ze haat Toby om wat hij suggereert over haar vriendin en, meer in het bijzonder, om wat hij hiermee zegt over háár. Ze wist dat hij het niet zou kunnen laten om haar op een gegeven moment een steek onder water te geven, en ze kijkt niet op om te zien wie van de andere aanwezigen heeft begrepen waar hij op doelde. Ze bladert door haar paperassen en duwt nog een foto naar het midden van de tafel. Achterwerken komen van stoelen af en mensen buigen zich naar voren om beter te kunnen zien, en er klinken instemmende geluiden.

'Dank voor dat pareltje van wijsheid, Toby,' zegt ze, en ze laat haar meest bevoogdende glimlach zien. 'Maar even voor alle duidelijkheid: een man die er redelijk goed uitziet, is niet onmiddellijk onweerstaanbaar voor vrouwen.'

Een lachsalvo gaat door de kamer, dat Toby behendig negeert terwijl hij zijn wijsvinger laat neerkomen op het gezicht van David

Crown. 'Dames, heb ik gelijk als ik zeg dat onze meneer Crown er meer dan "redelijk goed" uitziet?'

Tot Martha's ergernis spreekt niemand aan de tafel hem tegen. Ja, denkt Martha, David Crown was heel aantrekkelijk, maar daar hadden haar vriendinnen en zij al heel snel niet meer op gelet toen ze hem beter hadden leren kennen, daar is ze absoluut zeker van. Nadat Martha hem een paar keer had ontmoet, was hij gewoon David geworden, toch? Ze hadden er niet meer op gelet hoe knap hij was, omdat... nou ja, omdat hij gewoon David was geweest.

Glen Gavin legt zijn hand op de foto en schuift die naar zich toe, waarna hij hem omhoog steekt, wat ieders aandacht trekt.

'Oké, oké, dus we zijn het erover eens dat hij een aantrekkelijke man is. Maar Martha, we kunnen toch stellen dat jij er niet van overtuigd bent dat je vriendin er met deze man vandoor is gegaan?'

De hemel zij dank voor Glen Gavin en zijn sombere aanwezigheid.

'Nee, dat ben ik zeker niet. Als iemand die Juliet beter kende dan de meeste mensen, ben ik er honderd procent van overtuigd dat haar die avond iets ergs is overkomen. En ik heb geen flauw idee of David Crown daarachter zit, want tot die avond had ik hem ook altijd beschouwd als een goed mens, maar dat Juliet er zo vandoor zou gaan, zonder een briefje achter te laten, en haar fiets zo te laten liggen aan de rand van het jaagpad? Geen sprake van. En zelfs als ze samen zijn weggelopen, dan zou iemand toch iets van hen hebben vernomen of hen een keer hebben gezien in de jaren daarna? David Crown heeft verder nooit meer geld opgenomen van zijn bankrekening en zijn paspoort is nooit gebruikt, dus het is net alsof hij ook van de aardbodem is verdwenen.'

'Het kan natuurlijk zijn dat er niets meer van hem vernomen is omdat hij dóód is. Ik bedoel, het is tenslotte achttien jaar geleden,' zegt Toby, gaten prikkend in haar theorie. Hij haalt zijn schouders op. 'Ik speel maar even voor advocaat van de duivel.'

Martha wil zo wanhopig graag dat deze mensen aan haar kant

staan. Niet alleen om deze documentaire te maken, maar om eindelijk te ontdekken wat Juliet is overkomen. Om Juliet te vínden.

'Nee, dat is een terechte vraag,' zegt ze, haar kalmte bewarend, terwijl ze een lok kastanjebruin haar achter haar oor strijkt. 'In de oorspronkelijke politierapporten staat dat zijn vrouw geloofde dat hij was gevlucht na de druk van de politieondervraging, waar ze overigens een klacht over heeft ingediend, omdat die herinneringen opriep aan een eerdere valse beschuldiging. Naar later bleek was hij jaren eerder zijn betrekking als docent in Bedfordshire kwijtgeraakt nadat een leerlinge hem had beschuldigd van aanranding. Het meisje heeft haar aantijging later volledig ingetrokken, dus hij is nooit in staat van beschuldiging gesteld, maar mevrouw Crown is van mening dat deze latere verdenking met betrekking tot Juliet hem ertoe heeft gebracht om te vluchten. Volgens haar vreesde hij dat de politie de twee gebeurtenissen ten onrechte aan elkaar zou koppelen en zou proberen om hem de verdwijning van Juliet in de schoenen te schuiven. De laatste keer dat er met zijn vrouw is gesproken was… vijf jaar geleden?' Martha raadpleegt haar aantekeningen. 'Ja, vijf jaar geleden. Door een plaatselijke journalist die een stuk schreef over het Regent's Canal. Toen zei mevrouw Crown dat ze nog altijd gelooft dat haar echtgenoot is gevlucht, in zijn eentje, en niet terug durft te komen. Zij woont nog altijd alleen in hetzelfde huis en het heeft er alle schijn van dat ze nooit over de verdwijning van haar man heen is gekomen. In het interview zei ze dat ze nog altijd hoopt dat hij op een goede dag weer thuis zal komen.'

'Dus hij was leraar,' zegt Toby.

Glen wuift Toby's opmerking weg. 'Als hij nog in leven is, zou iemand in de loop van de jaren toch zeker iets van hem hebben gehoord?'

'Misschien hebben ze dat ook wel. Mevrouw Crown lijkt de reputatie van haar man hartstochtelijk te beschermen. Als ze nog steeds van hem houdt, zal ze vermoedelijk niet laten blijken dat hij contact met haar heeft gezocht. Vooral niet als ze vermoedt dat hij Juliet wel degelijk heeft omgebracht.'

'Maar als ze denkt dat haar man een moordenaar is, zou ze hem toch zeker wel hebben aangegeven?' vraagt Toby.

Martha schudt haar hoofd, geërgerd door zijn naïviteit. 'Mensen nemen allerlei foute beslissingen uit naam van de liefde. Misschien verkeerde ze aanvankelijk in de ontkenningsfase. Of heeft ze zich erbij neergelegd dat hij Juliet heeft omgebracht, maar heeft ze dat voor zichzelf vergoelijkt. Hoe het ook zit, ik heb het idee dat ze meer weet dan ze tot nu toe heeft laten blijken.'

'En hoe zit het met dat schoolmeisje dat hem destijds beschuldigd heeft?' vraagt Juney. 'Denk je dat David Crown die aanranding op zijn geweten heeft?'

Martha werpt een blik op Glen, die al op de hoogte is van haar theorie. Ze kijkt de kamer rond, en slaat de acht ernstige gezichten gade – de onderzoekers en assistenten, Jay en Sally, de cameraploeg – en ze doet een zwijgend schietgebedje. Alsjeblieft, Liv, beantwoord alsjeblieft mijn brief, zodat ik er niet alleen voorsta.

Ze knikt bevestigend. 'Ja, ik denk dat David Crown dat schoolmeisje seksueel heeft misbruikt en dat hij Juliet heeft vermoord, en het zou me niets verbazen als hij nog ergens vrij rondloopt.'

3. Casey

Deze kaptafel komt uit mijn oude slaapkamer, een crèmekleurig meubelstuk met bladgoud uit de jaren zeventig, deel van een ameublement dat mijn moeder en papa hebben gekocht toen ze pas getrouwd waren en vervolgens aan mij hebben gegeven toen ze hun slaapkamer opknapten. De kaptafel heeft een kantelspiegel met op en rond de spiegel krullende, draaiende patronen, en zelfs nu voel ik de aandrang om met mijn vingertop van de ene kant naar de andere te gaan, langs de meanderende krullen. Het was een van de weinige meubelstukken die ik heb meegenomen bij mijn verhuizing, samen met de zware kristallen asbak van oma. Als kind keek ik op zonnige dagen graag naar die laatste met zijn regenboog aan kleuren, wanneer de zon door het geslepen glas scheen en dansende lichtstralen op de muur van de slaapkamer wierp. De kaptafel leek het belangrijkste meubelstuk om te hebben, vooral omdat ik wist hoeveel hij voor mama had betekend, hoeveel uren ze ervoor had gezeten terwijl ze haar haar krulde, voorzichtig mascara opdeed en haar lippen stiftte. Dan zat ik op de rand van het bed van mijn ouders terwijl ik aandachtig alle handelingen gadesloeg voor het geval ooit aan mij zou worden gevraagd om die kunst te herhalen, hoewel dat idee me op dit moment, nu ik in de spiegel naar mijn eigen spiegelbeeld kijk, belachelijk voorkomt. Toen ik een jaar of vijftien, zestien was, heb ik een keer mama's karmozijnrode lippenstift geleend en opgedaan, precies zoals ik haar zo vaak had zien doen. Ik wilde net naar het park gaan om een jongen te bespieden die ik daar een paar keer had gezien, maar toen ik door de woonkamer liep, bekeek mijn moeder me eens goed en begon ze te lachen. Het was een luid en effen 'Ha!' Daarna riep ze mijn vader om te komen kijken. 'Ze ziet eruit alsof ze jamdonuts heeft gegeten!' zei ze tegen hem, waarbij ze haar hand voor haar mond hield. Hoewel papa niet reageerde, zag ik aan zijn ogen dat hij woedend op haar was. Ze zat weer tegen een depressieve bui aan, maar daarom hoefde ze nog niet zo wreed te zijn. Papa zag dat ik op het punt stond om in huilen uit te barsten en hij sloeg een arm om me heen en nam me mee naar de badkamer, waar hij me hielp om de kleur af te deppen tot er nog maar een vleugje van over was. 'Je ziet er prachtig uit,' fluisterde hij, waarna hij gebaarde dat ik via de achterdeur naar buiten moest gaan om nog een confrontatie te vermijden. Maar daar wil ik niet aan denken, ik denk liever terug aan de keren dat ik op hun bed zat en de zachte roze beddensprei met wit borduursel onder mijn vingers voelde. Ik genoot van de stilte van die momenten, maar waarschijnlijk verlangde ik er tegelijkertijd naar dat ze iets zou zeggen, dat we samen zouden praten en lachen zoals alle moeders en dochters die ik op televisie had gezien. Ik zat vaak minutenlang te wachten en te kijken, maar meestal ging ze gewoon door met haar opmaakrituelen en gunde ze me niet meer dan een korte blik, haar onberispelijke opgetrokken wenkbrauw uitnodigend opgetrokken. 'Je bent heel mooi,' zei ik dan tegen haar, waarna haar stralende glimlach de kamer prompt opfleurde.

Nu buig ik me voorover en trek mijn onderste oogleden omlaag, gefascineerd door de landkaart van adertjes die ik kan vergroten wanneer ik heftig met mijn ogen knipper en ze wijd opensper. Mijn gezicht is rond en bleek – als ik iets ben dan is het eerlijk tegen mezelf – zonder een spoortje make-up of andere opsmuk. De laatste tijd valt me op dat het percentage grijs ten opzichte van het zwart in mijn haar almaar toeneemt – minstens de helft van mijn haar moet nu grijs zijn – maar het is heel gek dat die grijze haren nu ook in mijn wenkbrauwen verschijnen. Ik vraag me af hoe het daar beneden zit. Ik vraag me af of ik me later, wanneer ik uitgekleed ben, ver genoeg voorover zal kunnen buigen om te kijken of daar iets is veranderd – het is heel goed mogelijk dat ik het door mijn dikke buik nauwelijks zal kunnen zien. Of door mijn pijnlijke rug, die de laatste tijd steeds vaker lijkt te piepen en kraken.

Ik pak mijn borstel van varkenshaar en ga ermee door mijn haren die helemaal tot mijn dij reiken, een lange haal van voorhoofd tot punten. 'Eén... twee... drie...' Ik tel en verval automatisch in de honderd-strekengewoonte die mijn moeder me in mijn jeugd heeft geleerd, en terwijl ik naar mijn spiegelbeeld staar, gaan mijn gedachten opnieuw terug naar Martha en Liv, en de e-mail waaraan ik vanmiddag ben begonnen.

Natuurlijk was het doodsimpel om een nep-e-mailadres te maken op naam van Olivia Heathcote, maar het was veel lastiger om te bepalen wat ik in mijn reactie naar Martha moest zetten. Ik heb heel wat uren gegoogeld op Olivia – of *Liv*, zoals Martha haar noemt – maar er was verbazend weinig te vinden. Alleen een paar korte verwijzingen naar haar werk als rouwtherapeut bij een plaatselijke kliniek. De dingen die ik al over haar wist, heb ik bijeengesprokkeld tijdens onze twee ontmoetingen voor de verkoop van het huis, nu meer dan een jaar geleden. De eerste keer was toen ik samen met de makelaar op bezoek ging voor een eerste bezichtiging, en de tweede keer was een extra bezoekje dat ik had aangevraagd, zogenaamd om te kijken wat voor meubilair ik nodig zou hebben. In werkelijkheid wilde ik niet het huis zien, maar Olivia. Het was beslist geen verliefdheid van mijn kant, maar Liv hád iets, een opvallende uitstraling. Liv was het type dat op school populair zou zijn geweest bij de andere meisjes, een hechte vriendengroep zou hebben gehad. Ze zou erbij hebben gehoord. Ik wilde haar gewoon nog één keer zien voordat ik het huis van haar kocht en Liv en alles wat bij háár leven hoorde uit het mijne zouden verdwijnen.

Liv had twee zoontjes, een tweeling van vier, Arno en Jack. Die waren ook knap. Twee schepseltjes met een olijfkleurige huid die rustig speelden op de flets geworden vloerbedekking van de woonkamer en een wereld bouwden van blokkentorens en dieren. Hun goudbruine haar vormde een scherp contrast met Livs inktzwarte bobkapsel en donkere huidskleur, maar ze hadden haar levendige blauwe ogen. Ik vond het verbazend dat iemand als Liv zulke blonde kinderen kon voortbrengen. Waarschijnlijk zag ze me staren, want ze moest lachen en zei: 'Met genen weet je het maar nooit!' Zo kwam ik erachter dat zij, toen ze nog maar net twee maanden oud was, was geadopteerd door meneer en mevrouw Heathcote en in dit huis in hun grote, luidruchtige gezin was opgenomen. Liv was de middelste van vijf, het enige kind dat geadopteerd was, en de enige 'met een kleurtje', zoals zij het noemde. Op een gegeven moment, zo vertelde ze, had ook haar grootmoeder hier gewoond, samen met een steeds groter wordende verzameling dieren en vogels. 'Meestal was het een grote chaos,' had Liv tegen me gezegd terwijl ze lachte bij de herinnering eraan. 'Maar wel een vrolijke chaos. We hadden niet veel, maar mijn moeder en mijn vader waren schatten van mensen, al moet worden gezegd dat ze een tikje goedgelovig waren. Ze konden niemand iets weigeren, dus als iemand in de straat dreigde om een oud huisdier weg te doen, namen wij het in huis. "De dierentuin van Hackney" noemden mijn vrienden en vriendinnen het hier! Een groot gekkenhuis.'

Het is een huis met drie kamers boven en twee kamers beneden, en ik kon me totaal niet voorstellen hoe ze in zo'n klein huis voor zoveel kinderen hadden kunnen zorgen. Maar wat een interessante geschiedenis! Zo anders dan de bijzonderheden van mijn eigen kleine gezin, waarvan de stamboom, zo vertelde mijn moeder altijd vol trots, aan beide kanten helemaal terug te voeren was tot het Domesday Book: op en top Engels. Ik vond het prachtig dat Livs wereld zo van de mijne verschilde, en zou maar wat graag de hele dag zijn gebleven om koffie te drinken en haar vragen te stellen over haar jeugd. En nu, in het licht van mijn nieuwe rol als haar vervanger, wens ik dat ik dat destijds inderdaad had gedaan.

Toen Liv me aan Arno en Jack voorstelde, glimlachten die zo vrolijk, alsof ze een oude vriendin begroetten. Ik werd zo blij op dat moment. Ik kon me niet herinneren wanneer een kind voor het laatst met zo'n vanzelfsprekend gemak naar me had geglimlacht. Ik ben niet het type dat mensen makkelijk een glimlach ontlokt, die bijzondere eigenschap heb ik niet. Tijdens dat laatste bezoekje wist ik ook af te leiden dat Liv nog maar een paar jaar in dat huis woonde, dat ze er weer was ingetrokken na het overlijden van haar moeder. Een echtgenoot of partner was nergens te bekennen, maar ik nam aan dat hij op zijn werk was of op zakenreis was – tot het moment dat Liv liet vallen dat ze voorgoed uit Londen vertrok om elders 'opnieuw te beginnen'. Ik nam aan dat ze daarmee haar gezinnetje bedoelde, gewoon zij met z'n drietjes, en dat deed me ontzettend veel plezier, hoewel het me nu moeite kost om te begrijpen waarom. Dat was de laatste keer dat ik Liv ooit heb gezien, en een maand later trok ik in het huis met mijn spullen, waarbij ik mijn nieuw gemaakte sleutels stevig in mijn hand geklemd hield. Toen ik mijn bod had verhoogd om dat van een andere koper teniet te doen, had mijn notaris tegen me gezegd dat ik veel meer zou betalen dan de marktwaarde van het huis, maar ik wist dat ik het móést hebben. En toen hij me adviseerde om niet te hard van stapel te lopen, had ik me afgevraagd waar ik mijn geld in godsnaam anders aan moest uitgeven. Dit was het huis dat ik wilde hebben.

Vandaag, nadat ik uren naar het scherm van mijn laptop heb gestaard (en met een schuldig gevoel alle piepjes van binnengekomen e-mails van mijn opdrachtgevers heb genegeerd), heb ik eindelijk een antwoord naar Martha opgesteld.

Beste Martha,

Wat leuk om van je te horen. Wat een verrassing. Natuurlijk heb ik je op tv gezien en ik heb genoten van je succes. Je zult wel trots zijn. Wat betreft Juliet wil ik je zonder meer helpen, op welke manier dan ook, maar ik zit momenteel voor mijn werk in het buitenland en ik kom pas over een week terug. Ik ben rouwtherapeute en daar moet ik soms voor reizen. Maar als je me een mail stuurt met de vragen die je hebt, dan is het een kleine moeite om je terug te schrijven. Ik hoop dat alles goed met je gaat en dat we elkaar ergens in de toekomst weer eens kunnen ontmoeten.

Het allerbeste, Liv x

Ik heb lang geaarzeld over die kus onderaan. Was dat te veel van het goede? Ik heb me ook afgevraagd of ik moest vermelden wáár ik precies zat in het buitenland, om het echt te laten lijken. In Italië misschien? Of Duitsland? Nee, ik kon het beter vaag houden. Kort en bondig zijn, dat is de truc, besloot ik nadat ik een groot deel van mijn aanvankelijke versie had weggehaald – details over mijn kinderen, mijn fijne werkplek en toegewijde partner – en nu heb ik deze uiteindelijke versie, klaar om te verzenden. Ik heb hem nog een laatste keer hardop gelezen met een heldere, zelfverzekerde stem, maar toen werd ik ineens bang dat het misschien te gretig zou lijken als ik de e-mail meteen zou versturen. Misschien gelooft Martha niet dat-ie werkelijk van Liv is! Stel je voor dat ik nu al door de mand val, alleen omdat ik me te veel heb laten meeslepen. Nee, ik zal die mail morgenvroeg versturen, dus voorlopig moet ik me tevreden stellen met het gevoel van verwachting.

Ik kijk mezelf aan in de spiegel van de kaptafel, en de gedachte aan dit avontuur is voldoende om een stoot adrenaline door mijn aderen te laten gaan. Dit is het spannendste wat me in tijden is overkomen, en ineens ben ik doodsbang dat het me eventueel zal worden afgenomen. Stel je voor dat de echte Liv ineens opduikt en me confronteert met mijn bedrog? In gedachten zie ik voor me dat ik haar binnenvraag en haar een kop thee aanbied, waarna ik haar op haar hoofd sla met mijn kristallen asbak en haar vervolgens onder de vloerplanken begraaf, net als die ouwe John Christie in dat huis op Rillington Place. Ik knipper met mijn ogen naar mijn spiegelbeeld en barst in lachen uit, hoog en hard, terwijl ik mijn hand voor mijn mond sla om de waanzin van dit alles binnen te houden.

4. Martha

Ze is hier eerder geweest en ze herkent de geur van stilstaand water langs het door de maan verlichte pad, het zachte gekraak van de woonboten met houten dekken die langs de bevroren oever liggen afgemeerd. Het is een kortere weg naar huis, een route die ze altijd hebben genomen in de warmere maanden, maar wel een om in het donker te vermijden als je in je eentje bent vanwege de onzichtbare gevaren die in de schaduw op de loer liggen. Rechts van haar slingert het bevroren pad langs het zwarte water en verdwijnt in het niets terwijl het verdergaat aan de andere kant van de brug. Haar oppervlakkige ademhaling veroorzaakt warme witte wolken die haar zicht vertroebelen. Op de houten bank links van haar zit een stel daklozen dicht tegen elkaar aan onder slaapzakken. Ze kijken niet naar haar en hebben meer belangstelling voor het pakje boterhammen en de dampende thee die ze net hebben gekregen. 'Je bent een engel,' zegt een van hen tegen niemand in het bijzonder, met zijn hand opgeheven als die van een heilige op gebrandschilderd glas. 'Je bent een engel.' Het geruis van fietswielen, het gezoef van lucht als ze voorbijkomen – zes, acht, tien, twaalf – het is moeilijk om te bepalen hoeveel het er zijn, maar de fietsers zijn stuk voor stuk jong – tieners, leerlingen uit het eindexamenjaar – met wapperende haren en gebreide sjaals, witte tanden die glinsteren in het duister, fietssturen uitgerust met houten mandjes waar fruit in zit.

'Juliet!' roept een stem uit de groep volgers tegen het mooie meisje vooraan. 'Jules! Wacht!' Dan beseft Martha dat ze haar eigen stem hoort, zij is degene die roept, en de dringende toon legt een knoop in haar maag die evenveel pijn doet als schaafwonden bij touwklimmen.

Niet in staat om zich te verroeren ziet ze de fietsers een scherpe bocht maken op de plek waar het pad donker wordt, en ze maken een duik voorover, met fiets en al, de een na de ander, en verdwijnen als vissen uit een emmer door het glinsterende oppervlak van het Regent's Canal. Een breuk schiet over de ijskorst en breekt de waterweg in tweeën, waardoor de woonboten gaan deinen. Ze kan het niet verdragen, de beweging van het water, golvend onder de dichtstbijzijnde boot, die met de felste kleuren, en ze holt over het knerpende gras en strekt haar hand uit naar de houten reling omdat ze de boot minder wil laten schommelen, de nacht het zwijgen op wil leggen. Haar gladde schoolpumps glijden uit op de bevroren oever en ze voelt zichzelf in het water verdwijnen alsof ze een vis is, terwijl het ijs zich boven haar weer sluit.

Het is een droom die ze al vaker heeft gehad, of een variatie erop. Soms is zij degene op de fiets en zitten Juliet en Liv op de houten bank boterhammen te eten. Andere keren is zij degene die hulpeloos toekijkt terwijl Juliets lichaam voorbijdrijft, gevangen onder het ijs met een blik vol angst in haar ogen. En dan is er de versie waarin niets gebeurt. In die droom loopt Martha op en neer over dat eenzame pad, zoekend, zoekend, zoekend, maar zonder iets te vinden – zonder iets te zien of te horen. In bepaalde opzichten is dat de vreselijkste droom van allemaal omdat die is doortrokken van een ongrijpbaar gevoel van hulpeloosheid en gewetenswroeging.

Ik had met haar op moeten lopen, zegt Martha tegen zichzelf terwijl ze met haar handen over haar door de slaap zacht geworden gezicht wrijft en zichzelf dwingt om van de bank af te komen, waarop ze na haar thuiskomst die avond binnen een paar tellen in slaap is gevallen. Als Martha op die bewuste avond met haar was blijven meelopen, zoals ze had willen doen – als ze niet van gedachten was veranderd en

Juliet alleen op het jaagpad had achtergelaten – zou haar vriendin nu dan nog in leven zijn?

Ze heeft de hele middag in de bibliotheek gezeten en oude krantenartikelen over Juliets verdwijning gelezen, ze heeft alle speculaties in de media herlezen en de ultrakorte citaten uit 'lokale bronnen'. Haar hoofd zit er vol mee, de losse eindjes en niet-gestelde vragen drukken tegen de binnenkant van haar brein, en ze vreest dat ze voor altijd over Juliet zal moeten blijven dromen, in elk geval tot ze de antwoorden heeft gevonden die ze zoekt.

Afgemat kijkt ze rond in haar woonkamer, een toonbeeld van modern design: een vleugje minimalisme hier, een knipoog naar het barokke daar. Toen ze voor de woning tekende, had Martha niet eens gevraagd naar de inrichting. Het was genoeg om te weten dat het nieuw, stijlvol en makkelijk te onderhouden was. Veilig. Het is een soort *gated community*, van het type dat Martha vroeger minachtend pretentieus zou hebben genoemd, maar het bevalt haar wel: ze is dankbaar dat ze ingesloten en veilig is. Het is een verschil van dag en nacht vergeleken bij haar ouderlijk huis in Hackney, waar alles kromtrok van het vocht, sociale woningbouw die allang is gesloopt in het kader van gentrificatie. De klok aan de tegenoverliggende muur geeft aan dat het halftien 's avonds is. God, nu zal ze de slaap totaal niet meer kunnen vatten, weet ze. Ze is bijna twee uur van de wereld geweest.

Als haar mobieltje rinkelt, slaakt Martha een gil, en zonder erbij na te denken pakt ze het van het bijzettafeltje en drukt het tegen haar oor met een bruusk 'Hallo?'

Er klinkt geritsel aan de andere kant van de lijn, de suggestie dat de beller de telefoon heeft laten vallen en probeert die op te rapen. 'Verdomme,' zegt de stem knarsend, stamelend, zijn ademhaling zwaar en verontschuldigend wanneer hij eindelijk zijn telefoon weer beet heeft. 'Verdomme. Het spijt me, Martha. Verdomme.'

Paniek zinkt als een loden gewicht door haar heen. Waarom heeft ze niet gekeken welk nummer het was voordat ze opnam? Ze merkt dat ze is verstijfd, bijna net zoals in haar droom, terwijl het gevoel van hulpeloosheid terugkeert als een herinnering, en ze krijgt de woorden haar mond niet uit. Buiten buldert de stad en draait de wereld door, zoals het leven altijd doorgaat.

'Martha?' In eerste instantie klinkt zijn stem zacht en overredend, maar het duurt slechts een paar tellen voordat het ongeduld de kop opsteekt en zich manifesteert als de sterkere emotie. 'Kom op, schatje,' zegt hij, en zijn woorden vormen een brij. Dronken. Zijn toon wordt op een zangerige manier onaangenaam. 'Ik weeheet dat je er beh-hent. Ik kan je horen. Ik hoor het verkeer. Ik hoor je ademen. Martha? Martha? Martha? Martha! Geef antwoord, koppig kreng.'

Bij het horen van zijn uitbarsting komt ze ineens in actie en ze haalt de hoorn bij haar oor vandaan en drukt op de rode knop om de verbinding te verbreken. Het is maanden geleden dat ze voor het laatst iets van hem heeft gehoord, een jaar zelfs. Wat moet hij van haar? Ze heeft hem duidelijk te verstaan gegeven dat ze klaar was met hem, klaar met dat hoofdstuk van haar leven. Ze heeft hem toch geld gegeven? Meer dan genoeg om opnieuw te beginnen, op eigen benen te kunnen staan. Wat kan hij in vredesnaam nog meer van haar willen?

De volgende ochtend hebben Martha en Toby afgesproken in het café van de British Library, en wanneer ze vijf minuten te vroeg arriveert, ziet ze hem al aan een tafel bij de muur zitten met twee dampende koppen koffie voor zich. Ze is de dag chagrijnig begonnen, nadat ze van Juney te horen heeft gekregen dat het team er nog niet in is geslaagd om de naam te achterhalen van de leerlinge die David Crown ooit heeft beschuldigd, aangezien er destijds nooit een formele aanklacht is ingediend. Kennelijk bestaan er geen openbare gegevens over. Het kan toch niet zo moeilijk zijn om aan dit soort informatie te komen? Heeft Juney wel hard genoeg haar best gedaan? Maar misschien is Martha onredelijk. Hoe kan ze verwachten dat Juney informatie bovenhaalt die nooit openbaar is gemaakt? Voor zoiets heeft Martha een insider nodig. Misschien is het tijd om te vragen of iemand haar een paar gunsten wil bewijzen. Wanneer ze hier klaar is, zal ze Finn Palin bellen om te zien wat hij voor haar kan doen. Hij is weliswaar met pensioen, maar Martha weet hoe het old boys network binnen de politie functioneert. Ze is ervan overtuigd dat hij zonder al te veel moeite de naam van dat meisje boven tafel zal kunnen krijgen. Dat is wel het minste wat hij haar verschuldigd is.

Toby gaat staan wanneer ze naar hem toekomt, en ze verafschuwt hem omdat hij er eerder is dan zij.

'Ik drink cafeïnevrij,' zegt ze, knikkend naar de koppen terwijl ze haar winterhandschoenen uittrekt. De lampen aan de muur werpen een helderwitte lichtkring om hen heen, als een stralenkrans. Ze betrapt hem op een geamuseerde blik als hij naar het gespikkelde dalmatiërpatroon van haar handschoenen kijkt voordat ze ze snel in haar tas stopt.

'Cafeïnevrij?' reageert Toby. 'Dat heb ik ook besteld.' Hij is niet zenuwachtig, niet van zijn stuk te brengen en duwt het witte kopje voorzichtig over het tafeltje, waarna hij weer gaat zitten. 'Ik heb ook een zoet haverkoekje gekocht dat we kunnen delen – voor het geval je honger hebt.'

Martha kan wel een paard op omdat ze het ontbijt heeft overgeslagen om op tijd hier te zijn, maar toch schudt ze haar hoofd. God, soms heeft ze zo'n hekel aan zichzelf.

Zonder aandacht te besteden aan haar rothumeur legt Toby de dossiermappen tussen hen in op tafel en slaat zijn journalistennotitieboek open, zodat er een bladzijde zichtbaar wordt die vol staat met aantekeningen in een klein, keurig handschrift. Hij veegt zijn sluike pony weg. 'Nou ja, laat ik toch maar de helft voor je bewaren… voor het geval je trek krijgt. Goed,' gaat hij verder, waarna hij een slok van zijn koffie neemt, 'Gisteren leek alles behoorlijk soepel te gaan, vind je niet? Die productievergadering. Volgens mij heeft Glen Gavin een heel goed team samengesteld. Juney is een geweldige researcher. Ze heeft ons nu al een heleboel bruikbare informatie gegeven.'

Ons. Jezus-nog-aan-toe. *Out of the Cold* is verdomme geen samenwerkingsverband. Martha heeft de leiding over dit project. Toby Parr is haar assistent. Als hij boft, zal hij – nou, wat zal het zijn? – vijf of tien minuten in beeld komen, maar hij doet net alsof hij haar medepresentator is in plaats van een onbenul die het management haar heeft opgedrongen. Ze werpt hem een kille blik toe in een poging hem uit zijn evenwicht te brengen, hem telepathisch te dwingen zijn opgewekte masker van kakkertje te laten vallen en haar te laten zien hoe hij werkelijk over haar denkt. Dat ze maar een meisje uit een arbeiderswijk is dat het ver heeft geschopt. Een onbelangrijke, slecht geschoolde, onbeduidende persoon die hem voor de voeten loopt bij zijn hindernisloze, voorspoedige klim naar de top.

'Kun je me een samenvatting geven van wat we tot nu toe hebben?' vraagt ze hem. Het is een test, en aan de verandering van zijn gezichtsuitdrukking te zien wéét hij dat.

'Oké.' Hij trekt het notitieboek dichter naar zich toe en bestudeert het kort. 'Om te beginnen heeft Juney contact opgenomen met de *Metro*, voor die "Hulp gezocht"-advertentie die jij hebt opgesteld. Die wordt uiterlijk morgen geplaatst en blijft er dan vijf dagen achtereen in staan.'

'Mooi. Ik heb niet veel hoop dat iemand zich meldt met bruikbare informatie, maar je weet maar nooit.'

Toby kijkt weer in zijn aantekeningen. 'Om de zaak samen te vatten: we hebben Juliet Sherman, een meisje van zeventien jaar oud dat in 2000 op een vrijdagavond in januari rond een uur of negen is verdwenen op een jaagpad langs het Regent's Canal. De laatste persoon die haar levend heeft gezien, ben jij, Martha Benn, een zeventienjarige schoolvriendin. Die avond heeft ze ook in gezelschap verkeerd van jullie wederzijdse vriendin Olivia Heathcote en haar eigen broer Tom Sherman, in het Waterside Café, waar jullie allemaal twee, misschien drie alcoholische versnaperingen hebben gebruikt voordat Juliet weg moest om aan de slag te gaan als vrijwilliger bij Square Wheels. Jij bent met haar meegelopen langs het kanaal, met jullie fiets aan de hand, het was er donker, maar er stonden wel straatlantaarns, tot halverwege de hut van Square Wheels, en vervolgens ben jij teruggelopen naar het café om de tas te halen die je daar had laten liggen, zodat ze de rest van de weg alleen moest afleggen. De straten daar in de buurt waren tamelijk druk aangezien het een vrijdagavond was, en jij hebt verklaard dat je een aantal andere voetgangers en fietsers op het pad hebt gezien, en dat Juliet vrolijk was toen jullie uiteengingen. Voor zover we weten heeft verder geen mens haar meer gezien of gesproken voor haar verdwijning, maar we geloven niet dat ze veel verder is gekomen omdat haar fiets de volgende dag is gevonden op slechts enkele meters van de plek waar jullie uiteen zijn gegaan. De potentiële verdachte is David Crown, leider van Square Wheels en plaatselijk hovenier, die één dag na Juliets vermissing zelf is verdwenen nadat hij eerst een groot geldbedrag van zijn rekening had gehaald. Uiteindelijk heeft de politie geconcludeerd dat Juliet en David een geheime relatie met elkaar hadden, en dat ze samen, uit eigen beweging, zijn vertrokken.' Toby laat een stilte vallen terwijl hij Martha aankijkt en op haar goedkeuring wacht.

'En dat is natuurlijk gelul.'

'We weten dat de politie iedereen heeft ondervraagd die Juliet die avond heeft gezien, inclusief haar ouders en David Crown voor zijn verdwijning, maar niemand kon meer licht werpen op het raadsel. We weten nu ook dat David Crown in het verleden, toen hij nog leraar was, een keer van aanranding is beschuldigd, maar dat die beschuldiging is ingetrokken en afgedaan als een verzinsel van een leerlinge.' Toby gaat met zijn vinger zijn lijst af. 'Ben ik iets vergeten?'

Martha staart langs hem heen naar de drukke foyer van het bibliotheekcafé. 'Olivia en Juliet hadden eerder die avond ruzie,' zegt ze, waarna ze Toby weer aankijkt.

'Echt waar?' Hij kijkt weer naar zijn aantekeningen en fronst zijn wenkbrauwen alsof hij iets over het hoofd heeft gezien.

'Dat is nooit ergens vermeld omdat Liv het niet heeft verteld toen de politie haar ondervroeg.'

'Maar jij wist het wel?'

'Ik heb ze gehoord, het was vlak voordat Juliet wegging naar haar werk. Zij hadden met zijn tweeën het café verlaten en waren alvast vooruit gegaan terwijl ik afscheid nam van Tom en een paar anderen. Toen ik buiten kwam, zag ik ze net de hoek om gaan. Juliet was bezig om haar fietsslot open te maken en ze hadden knallende ruzie. De vonken vlogen er vanaf. Liv probeerde te verhinderen dat Juliet weg zou gaan, ze greep haar bij haar jas, maar Jules trok zich los en beende langs haar heen. Zodra ze mij zagen, hielden ze op.' Martha kan zich hun angstige gezichten nog voor de geest halen, hun woede die snel bekoelde om haar vragen te vermijden.

'Hier heb je gisteren tijdens de vergadering niets over gezegd.'

'Nee. En ik heb het destijds ook niet aan de politie verteld. Liv vroeg me om dat niet te doen.'

Toby fronst zijn wenkbrauwen. 'O nee? Vond je het niet belangrijk om het hun te laten weten? Het had van cruciaal belang kunnen zijn voor de zaak.'

'Jezus, Toby. Ben jij ooit een tiener geweest of ben je als volwassene ter wereld gekomen? We waren zeventien, onze beste vriendin was net verdwenen, we waren doodsbang, we voelden ons schuldig en we waren ontzettend verdrietig. Liv wilde niet dat iemand zou weten dat ze ruzie hadden gemaakt omdat ze zich vreselijk schaamde dat haar laatste momenten met Juliet naar waren geweest.'

'Weet je waar die ruzie over ging?' vraagt Toby.

'Nee,' antwoordt Martha. 'Ik heb het toen wel aan Juliet gevraagd, terwijl we bij het café vandaan liepen, maar ze draaide eromheen. Ze zei dat Liv zich aanstelde en dat het wel over zou waaien. Ze gaf me duidelijk te verstaan dat ze het er verder niet over wilde hebben, dus heb ik niet aangedrongen.'

Toby lijkt niet echt overtuigd.

'Ik vond het niet erg om voor de politie te verzwijgen dat ze ruzie hadden gemaakt. Ik bedoel, ik wist dat Liv niets met Juliets verdwijning te maken had. Maar het heeft me altijd gestoken dat Liv me nooit heeft verteld waar die ruzie over ging. De band tussen Juliet en Liv was altijd net iets hechter dan hun band met mij. Zij kenden elkaar langer, al vanaf de lagere school. Ik heb ze pas in de brugklas leren kennen. Natuurlijk kibbelden ze wel eens, maar het was nooit menens of gemeen. Volgens mij heb ik ze voor die avond nooit lelijke dingen tegen elkaar horen zeggen.' Ze pakt haar koffiekopje. 'En daarna ook nooit meer.'

Toby voegt een paar keurige regeltjes toe in zijn notitieboek. 'Je zei toch dat je Liv hebt geschreven? Zij is echt de volgende die we moeten spreken, vind je ook niet? We moeten uitzoeken wáár die ruzie over ging, kijken wat ze verder nog weet. Daar moeten we ons als eerste op richten.'

'Daar ben ik mee bezig,' zegt Martha, plotseling geërgerd,omdat hij lijkt te suggereren dat ze niet weet wat ze aan het doen is. Stuurs voegt ze eraan toe: 'Toevallig deel ik hier de orders uit, Toby. Je weet toch dat ik hier de leiding heb, of niet soms?'

Er valt een korte stilte waarin ze hem strak aankijkt en hem uitdaagt om haar tegen te spreken.

'Martha,' zegt hij op vriendelijke toon. 'Volgens mij moeten we dit echt uit de wereld helpen, denk je ook niet? Hoor eens, ik wil dat dit een succes wordt, en ik wil echt mijn uiterste best doen voor het programma, en voor jou. Maar dat zal moeilijk worden als je zo geprikkeld reageert op elk dingetje dat ik zeg. Op die manier krijg ik het gevoel dat je me niet vertrouwt.'

'Vertrouwen moet je verdienen,' zegt ze, en ze voelt haar wangen rood worden als ze beseft hoe gespannen ze klinkt en hoe banaal haar woorden zijn. 'Hoe kan ik jou nou vertrouwen? Ik ken je niet eens.'

Hij glimlacht niet onwelwillend. 'Dat is niet waar, toch? En zelfs áls het wel waar was, zou je dan even streng zijn voor iemand die... nou ja, dit baantje oppakte zonder enige connectie met jou te hebben? Een pas afgestudeerde of een junior medewerker die van buiten het team komt?'

Ze voelt de schaamte onder haar kraag kruipen en verschuilt zich achter haar koffiekopje terwijl ze tijd probeert te rekken om na te denken.

'Is het soms vanwege mijn connecties met leden van de raad van bestuur? Want alle anderen lijken dat taboeonderwerp wel te hebben geaccepteerd.' Hij lacht kort, en voelt zich onbehaaglijk omdat hij het ter sprake heeft gebracht.

'O, ja?' zegt ze terwijl ze een stukje van het onaangeroerde haverkoekje afbreekt. 'Iedereen weet dat jij je huidige functie hebt gekregen terwijl er een aantal prima geschikte junior onderzoekers waren die ervoor in aanmerking kwamen – voornamelijk vrouwen, wil ik daar nog aan toevoegen – en niemand die bij dit project betrokken is gelooft dat jij deze baan puur op basis van je capaciteiten of ervaring hebt gekregen.'

'En niemand die bij dit project betrokken is gelooft dat jij jouw baan niet alleen maar hebt gekregen door met allerlei hoge piefen de koffer in te duiken.'

Martha zou ontsteld hebben gereageerd als Toby haar niet net voor was geweest.

Hij slaat zijn hand tegen zijn voorhoofd en uit een verwensing, die amper te verstaan is. 'Kut. Martha, het spijt me. Dat was een stoot onder de gordel.'

Nu is het haar beurt om te lachen, en ze weet niet of ze zich opgelucht of beschaamd voelt. 'Is dat wat de mensen van me denken? Dat ik met hoge piefen de koffer in ben gedoken om carrière te maken? Wordt dat echt gezegd?'

Toby haalt zijn schouders op en ziet eruit alsof hij op het punt staat zijn woorden terug te nemen, maar haalt zijn schouders dan nog een keer op, verslagen.

Nou, ik heb gekregen wat ik wilde, denkt Martha zonder enig gevoel van triomf. Brave Toby die man en paard noemt.

'Ik heb het horen zeggen,' mompelt hij, met hangende schouders en een neergeslagen blik.

Wauw, denkt Martha, ik heb hem de wind echt uit de zeilen genomen. Ineens bekruipt haar het gevoel dat zij hier de pestkop is, en krijgt ze opnieuw een bloedhekel aan zichzelf. 'Nou, vertel eens. Hoeveel hoge piefen heb ik zogenaamd geneukt om tot deze indrukwekkende hoogte te stijgen?' Ze laat iets van vermaak in haar stem doorklinken, wellicht als teken van vergeving. Iets.

Toby's ogen komen tot leven onder zijn gefronste voorhoofd, en Martha ziet een heel vaag glimpje van hernieuwde hoop bij hem ontstaan.

'Eén?' probeert ze. 'Twee? Vijf? Tien?'

Hij geeft geen antwoord, maar er verschijnt een trage glimlach op zijn gezicht wanneer de cijfers hoger worden.

'Nog meer?' vraagt Martha ongelovig terwijl ze in lachen uitbarst en achterover zakt op haar stoel.

Toby voelt zich weer de oude en hij staat op en pakt hun lege kopjes op. 'Eentje maar,' antwoordt hij.

Martha slaat haar ogen ten hemel en breekt nog een stuk van de haverkoek af, waar ze vervolgens een hoekje vanaf knabbelt als een prikkelbare tiener. Ze doet alsof hij er niet is en gaat met haar wijsvinger over haar mobieltje om te kijken of er nieuwe berichten zijn.

'Ik haal nog een tweede ronde koffie voor ons,' zegt Toby.

Als ze niet beter wist, zou ze denken dat hij een grijns probeert te verbergen.

'Maar kunnen we daarna alsjeblieft met een schone lei beginnen?' vraagt hij.

Hij heeft haar om zijn vinger gewonden, weet Martha. Wat is de uitdrukking ook alweer? Smoor ze in vriendelijkheid? Nou, dan heeft hij geen spaan van haar heel gelaten. Onwillekeurig merkt ze dat ze hem aardig vindt, en ze kan niet anders dan instemmen. 'Goed, we beginnen met een schone lei.' Terwijl ze de ping van een e-mailalert op haar mobieltje negeert, pakt ze de rest van het haverkoekje en neemt een hap. 'Waar wacht je nog op?' vraagt ze met volle mond. 'Hup, ga die koffie halen. Er is werk aan de winkel.'

5. Casey

Ik heb vannacht nauwelijks een oog dichtgedaan, want ik lag me zo druk te maken over de e-mail die ik Martha vanochtend heb gestuurd dat ik helemaal over mijn toeren raakte. Terwijl ik daar in het donker lag, liet ik in gedachten de woorden de revue passeren, op zoek naar aanwijzingen dat ik het bij het verkeerde eind had. Had ik Martha's bedoeling verkeerd geïnterpreteerd? Uit haar oorspronkelijke boodschap had toch zeker een zekere urgentie gesproken? Mijn maag raakte in de knoop en keerde zich om; als dit zo doorging, zou ik bijna de hele ochtend op het toilet zitten terwijl mijn ingewanden zich leegden. Het was een vloek die ik had geërfd van mijn moeder, bracht ik mezelf in herinnering. 'Een teer gestel,' had mama het genoemd. 'Prikkelbare-darmsyndroom,' was de diagnose van de dokter geweest, maar pas nadat ik ruim twee decennia lang kwellingen had doorstaan. Misschien kon ik maar beter opstaan en een pil slikken, dacht ik terwijl ik daar lag en op mijn onderlip beet, mijn tranen onderdrukkend. Maar ik moet zeker nog een uur zijn blijven liggen met die pijn, kronkelend tegen de kramp in mijn darmen. Soms denk ik: vind ik het nou fijn om mezelf langer te laten lijden dan nodig is? Hou ik soms van pijn? Nee toch?

Iets na drie uur 's nachts staak ik mijn pogingen om in slaap te komen. Ik zet een kop thee en slik twee van mijn krampwerende pillen. De maagkrampen horen binnen het komende kwartier af te nemen en in afwachting daarvan snijd ik een plak vruchtencake af voor bij mijn thee, en zet die op het bijzettafeltje terwijl ik Martha's brief erbij pak. Ineenkrimpend laat ik mezelf op de bank zakken om de brief te herlezen en mezelf ervan te overtuigen dat ik de zaken niet door elkaar heb gegooid, dat ik het bij het rechte eind heb. Daarna open ik mijn laptop en loop ik mijn eigen – of liever gezegd Livs – reactie na, en met een combinatie van opluchting en ongeduld stel ik tevreden vast dat mijn antwoord aan Martha goed geformuleerd is. Gepast. Dus waarom, zo vraag ik me nu af terwijl ik een hap van de cake neem, heeft Martha niet direct gereageerd? Ik kijk op mijn kleine Timex-horloge dat papa me op mijn vijftiende verjaardag heeft gegeven. Eigenlijk is het een kinderhorloge, en het bandje van roze leer is langzamerhand kaal geworden en er zitten scheurtjes in. Het zit strak om mijn pols, helemaal op het laatste gaatje. Eigenlijk moet ik het bandje laten vervangen, maar ik kan mezelf er niet toe brengen om afscheid te nemen van het oude. Het voelt helemaal verkeerd om dat weg te gooien als een stuk afval.

Ik dwaal weer af.

Ik heb de mail naar Martha gisterochtend iets na tienen verstuurd, en nu zijn we bijna een hele dag verder en heb ik nog altijd geen antwoord gehad. Om mezelf wat af te leiden heb ik op internet onderzoek naar haar gedaan, en het verbaast me hoe terughoudend ze is. In interviews vermijdt ze haar kindertijd en over haar verdwenen vriendin Juliet is nergens iets te vinden. Ik heb zoveel mogelijk genoteerd in mijn notitieboek en ik heb me voorgenomen om dieper in het verleden van mevrouw Martha Benn te duiken. Ze is echt een raadsel! Toen ik gisteravond naar bed ging en nog steeds geen reactie van haar had gehad, dacht ik gepikeerd: nou, zo belangrijk is het dus niet. Ik trek mijn gevoerde kamerjas strakker om me heen en herschik de strik met een boze ruk. Misschien heeft Martha het belang van Livs rol overdreven. Of speelt ze spelletjes. Al is het waarschijnlijker, denk ik met een plotselinge vlaag schaamte, dat ze een drukbezette vrouw is en gewoon nog geen kans heeft gehad om haar e-mails te lezen. Misschien is ze wel op zo'n gelegenheid met rode loper waar je over leest in de glossy-tijdschriften – een prijsuitreiking of liefdadigheidsgala – of is ze tot in de late uurtjes op stap geweest, heeft ze lekker gegeten en gedronken en handtekeningen uitgedeeld. Dat zal het wel zijn, denk ik nu, en ik voel de pijn in mijn buik afnemen terwijl mijn hart minder snel gaat slaan en mijn oogleden zwaar worden. Dat zal het zijn. Terwijl de slaap aan me trekt, stel ik mezelf voor in een schoollokaal, gekleed in een keurig uniform dat overeenkomt met dat van mijn drie beste vriendinnen, met wie ik aan een tafeltje voor vier zit: Martha, Liv, Juliet en ik.

Mijn eerste jaar op de kleuterschool staat me nog helder voor de geest. Ik was vier, een van de kleinsten en jongsten in mijn klas, en ook nu nog herinner ik me het overweldigende gevoel een buitenbeentje te zijn, op een ondefinieerbare manier afgescheiden van de andere leerlingen. Zij leken op een natuurlijke manier bij elkaar te horen, zelfs mijn klasgenoten die ergens anders vandaan kwamen, zij die andere woorden gebruikten of een andere tongval hadden en wellicht werden gehinderd door taal, maar niet door karakter, zoals ik. Ik besef hoe wreed ik over mezelf denk, maar dit zijn gewoon de feiten. Destijds wist ik het natuurlijk niet, maar veel van die kinderen kenden elkaar al van de crèche of peuterspeelgroep of simpelweg omdat ze in dezelfde wijk woonden. Dat zou immers altijd in mijn nadeel werken, toch, dat ik een nieuwkomer was? En zelfs de kinderen die elkaar van tevoren nog niet kenden, bezaten een soort 'gelijkenis' waar het mij aan ontbrak. Een eerlijke, onbevangen kinderlijkheid. Het was iets waardoor hun armen ontspannen langs hun zij hingen en ze hun blik zonder schroom over een menigte konden laten gaan. Een gave waardoor ze op hetzelfde moment zowel gezien werden als onopgemerkt bleven. Die gave heb ik nooit gehad; toen niet en daarna niet. Op de een of andere manier slaag ik erin om zowel onzichtbaar te zijn als vreselijk in het oog te springen. Af en toe denk ik dat deze tekortkoming bij mij de oorzaak is van alles wat er mis is met mijn leven, elke vlaag van vrees, elke angstaanval. Hoe krijg je die prettige, 'gemakkelijke' houding? Is het iets wat ik nu nog kan leren, waardoor ik een nieuwe kans krijg om met anderen om te gaan?

Aanvankelijk waren de andere kinderen best aardig, ondanks mijn onbeholpenheid. Ze waren nog heel jong en nu ik erop terugkijk, denk ik dat vriendelijkheid de standaardhouding van kinderen is – net zoals bij die aanbiddelijke tweeling van Olivia Heathcote – totdat iemand hen van dat pad af leidt. In die eerste dagen probeerden sommigen me zelfs over te halen om mee te doen aan hun spelletjes in de pauze, paardje spelen of tikkertje – maar kennelijk heb ik ze afgestoten, verspreidde ik de geur van ongemak en angst die populaire kinderen zo snel weten te bespeuren. Er kwam slechts één kind aan te pas dat een opmerking naar me maakte – een prachtige jongetje met diepliggende amandelvormige ogen – en ik stond te boek als 'die ene'. Er moet altijd iemand 'die ene' zijn, nietwaar? Dat zien we in films en op televisie, dat lees ik in mijn paperbacks en in korte verhalen in tijdschriften. Elke groep mensen heeft 'die ene' nodig, een onvolmaakt persoon om hun eigen volmaaktheid te accentueren, een lelijkerd aan wie ze hun eigen schoonheid kunnen spiegelen. Nou, die ene was ik. 'Poephoofd' was de strijdkreet van dat jongetje op het speelplein van kleuterschool St. John's, en hij rende bij me weg terwijl hij 'poeppoep' riep en daarbij schalks in zijn neus kneep. Anderen gingen meedoen met zijn dansje, en algauw werd ik elke pauze op het speelplein opgewacht door een heel legertje. Ze huppelden achter me aan als vrolijke schaduwen, knepen in hun neus en giechelden terwijl ze 'poeppoep' scandeerden. Dat bleef hangen. Als de leraren of speelpleinbegeleiders het al opmerkten, dan lieten ze daar niets van blijken, en het ging weken en maanden in verschillende vormen door. Het hield pas op toen mijn moeder me aan het einde van het schooljaar van school haalde, en ik ben nooit meer teruggegaan. De hemel zij dank voor mijn moeder. In veel opzichten was ze hopeloos, maar ik kan niet ontkennen dat ze me uit die hel heeft gered. Op het moment dat het er echt om ging, heeft ze het probleem aangepakt. 'Hén hebben we niet nodig,' zei ze toen we op die laatste dag met grote stappen naar huis liepen, haar rug kaarsrecht, haar arendsneus in de lucht gestoken. Die avond zaten we aan de keukentafel en maakten we plannen voor mijn thuisonderwijs, waarbij mijn moeder met elke streek van haar pen, elk plan dat ze maakte, enthousiaster werd. 'En we gaan schoolreisjes maken naar het wetenschapsmuseum en het planetarium, en naar Sea Life!' zei ze tegen me terwijl papa spaghetti bolognese maakte en zwijgend het bestek om ons heen legde. 'Alleen jij en ik, met een lunchpakketje voor ons tweeën.'

Mama zag er mooier uit dan ik haar ooit had gezien. Ze hield zoveel van me dat ik dacht dat ze ervan zou exploderen, met mij erbij.

Ik strek mijn armen hoog boven mijn hoofd om mijn pijnlijke ledematen uit te rekken. Ik moet echt ophouden met dutjes te doen op de bank; die verergeren de zwakheid van mijn nek, en het slikken van pijnstillers maakt mijn gevoelige maag alleen maar erger van streek. Ik schuif wat verder naar de rand van de kussens en doe mijn laptop open, vastbesloten om nog wat onderzoek naar de meisjes te doen. Ik heb een plakboek vol bijzonderheden bijgehouden en die allemaal bewaard op een speciaal Pinterest-bord waar ik ze als een geheel kan bekijken. Het lijkt wel op zo'n diagram op een politiemuur dat je op tv ziet, waarop de rechercheurs foto's van de verdachten en bewijsstukken hangen en waarop ze pijlen en strepen tussen post-its krabbelen en zo naar het onvermijdelijke eurekamoment toewerken. Mijn Onderzoeksbord is virtueel, en ik ben de enige die het kan zien. Het is me al gelukt op een Facebookpagina voor oud-leerlingen van de vierde klas van de Bridge School een klassenfoto te vinden, al kost het me moeite om te bepalen wie van de meisjes Olivia is. Veel van de meisjes hebben namelijk die typische jaren-negentiglook: een lange pony, nukkige blik, de uiteinden van hun schooldas kort en de das zelf losjes om hun hals. Martha herkende ik direct, zo vertrouwd komt haar beroemde gezicht en dat dikke, golvende haar me voor – hoewel het tegenwoordig natuurlijk donkerder is en in een chique bob is geknipt – en Juliet, ach, het is onmogelijk om haar niet te zien, zo opvallend mooi was ze op haar vijftiende. Net als bij Martha hangt haar zacht golvende haar los. Haar haar is licht honingbruin, wat scherp afsteekt bij alle meisjes met blond haar en Morticia-zwart uit een potje. Ze is een natuurlijke schoonheid. Haar gezicht was het eerste waar mijn oog op viel, en het was heel eenvoudig om foto's uit oude krantenartikelen te vinden op internet en vast te stellen dat zij het inderdaad was. Opeens voel ik de aandrang om meer bijzonderheden over hen alle drie op te sporen, om mijn Onderzoeksbord te kunnen uitbreiden, mijn zaak te onderbouwen. Ik heb altijd de geheime ambitie gekoesterd om een misdaadroman te schrijven, en volgens mij kan dit onderzoek daarvoor als een prima oefening dienen! Hoe dan ook, als Martha me niet terugschrijft, moet ik mezelf nuttig maken, zal ik met een stukje informatie moeten komen waar ze iets aan heeft, iets waardoor ik onmisbaar zal worden. Het is van het grootste belang dat Martha blijft geloven dat ze met Liv correspondeert, dat ze Liv in vertrouwen neemt. Als eerste zal ik wat nader onderzoek naar Martha verrichten, en kijken wat me dat oplevert.

Net als ik de woorden 'Martha Benn' in de zoekbalk typ, verschijnt er rechts boven in het scherm een e-mail alert. 'Van Martha Benn', staat er. Tjonge, hoe groot is die kans, denk ik verwonderd, en ik vraag me meteen af of dit bewijst dat de band tussen ons dieper gaat dan we ooit hadden kunnen vermoeden. Ik wissel van venster, laat de cursor een heerlijk, kwellend moment boven het bericht zweven, genietend van de pijn, en klik dan op OPEN.

6. Martha

Livs e-mail van de vorige ochtend had Martha overrompeld. Ze had niet zo'n snelle reactie verwacht – het had goed gekund dat Livs familie al lang niet meer in het huis van haar kindertijd woonde – maar de vreugde over het snelle antwoord was een beetje getemperd door de formele toon. Martha had op zijn minst verwacht dat ze er iets meer van de oude Liv in zou herkennen. Olivia Heathcote was de grappenmaker van de groep geweest, degene die als eerste zou vloeken of schuine moppen zou vertellen of kreten op de muren van de schooltoiletten zou kalken. Ze was de durfal geweest, de opportunist, degene die ervoor had gezorgd dat Juliet en zij zichzelf minder serieus namen.

Livs familie was groot en lawaaiig geweest, een wereld van verschil met de stille leegte van Martha's huis nadat haar moeder was vertrokken. Liv had zich eindeloos beklaagd over het gebrek aan privacy, omdat ze een kamer moest delen met haar oudere zus en daarna – o, ellende – haar bed had moeten afstaan aan een verwarde oma die in haar slaap dingen riep terwijl Liv op de stretcher aan de andere kant van de kamer sliep. 'In de voorraadkast!' was oma midden in de nacht gaan schreeuwen. 'De eieren liggen in de voorraadkast bij de pruimen!' Livs imitaties waren hilarisch. Elke ochtend als ze naar school liepen, vertelde ze Juliet en Martha over het aantal keren dat ze de nacht ervoor was wakker geworden, waarbij ze hun mouwen vastgreep en haar hoofd achterover liet rollen om iemand die onrustig slaapt na te doen. 'M'n ondergoed hangt aan de lijn!' gilde ze dan. 'Ik geef hem op zijn duvel als hij de gootsteen niet maakt!' Soms moesten Juliet en Martha zo hard lachen om Livs verhalen dat ze naar adem hadden gesnakt, en was de vreugde van hun hilariteit voldoende geweest om Martha de eenzaamheid te doen vergeten die ze een paar straten daarvandaan had achtergelaten in Stanley House. De hemel zij dank voor Liv en haar knotsgekke familie.

'Potverdikkeme,' had ze op een ochtend gekreund, waarmee ze haar moeder imiteerde. 'De tweeling wordt momenteel zindelijk gemaakt en mam had Frankie op het potje gezet terwijl zij de pap ging maken, maar ze had zich nog niet omgedraaid of ging hij er vanaf en draaide er een op de onderste tree van de trap.'

'Nee!' gilden Juliet en Martha, die geen van beiden ervaring hadden met zo'n groot gezin.

'En opeens roept oma vanuit de gang: "Joyce, wat geef je ze in godsnaam te eten? Ik had mijn nek wel kunnen breken! Zo glad als een wulk!" Het zat helemaal tussen haar tenen. Mijn vader heeft zijn bord half vol laten staan, zo erg moest hij kokhalzen.'

Martha weet nog dat ze bij een bankje moest blijven staan omdat ze zo hard had gelachen dat ze bang was om in haar broek te plassen. Daar zijn ze een poosje met zijn drieën blijven zitten, diep zuchtend om op adem te komen, waarna ze de rest van de weg naar school hadden moeten rennen om voor de bel te arriveren. 'Zo glad als een wulk' werd de standaardkreet die ze naar elkaar riepen over de wanden van toilethokjes op school, een code voor alles wat stonk of akelig was. Als er voor de lunch bloemkool met kaas werd geserveerd in de schoolkantine, gebaarde Liv ernaar met kotsvingers en zei ze geluidloos: 'Zo glad als een wulk.' Toen Gina Norris in de vijfde haar lelijke kindje mee naar school nam om er buiten het hek mee te pronken, fluisterden ze tegen elkaar dat alleen een moeder van dat gezichtje kon houden aangezien het 'zo glad als een wulk' was.

Martha mist die lol, de kameraadschap van een oude vertrouwde grap, het vermogen om met zo weinig woorden met een ander te kunnen communiceren. Alleen Liv en zij zijn er nu nog, en zij zijn het elkaar toch zeker verschuldigd om hun vriendschap nieuw leven in te blazen? Liv kan het toch niet zijn vergeten? Niet na alles wat ze hebben meegemaakt. Liv en Juliet waren méér dan haar beste vriendinnen; ze waren praktisch familie geweest.

De mail was gisteren binnengekomen tijdens Martha's bespreking met Toby, en ze had hem een paar keer moeten lezen, nauwelijks in staat te geloven dat ze zo gemakkelijk in contact was gekomen met haar oude vriendin. Toen Toby was teruggekomen met de koffie had ze hem haar telefoon gegeven en gezegd dat hij de mail ook moest lezen. 'Dat is geweldig,' had hij gezegd, en op dat moment was ze dat met hem eens geweest. Ja, het was geweldig dat Liv graag bereid was hen te helpen. Maar toch zat haar iets dwars. Het was niet ondenkbaar dat de vormelijkheid die uit Livs woorden sprak puur te wijten was aan ongemakkelijkheid. Liv was natuurlijk van haar stuk gebracht door haar brief, dus was het logisch dat haar toon een beetje raar overkwam. Maar koesterde Liv wrok tegen Martha? Na de verdwijning van Juliet was hun relatie praktisch verdampt. Kon het zijn dat Liv Martha daar op een bepaalde manier verantwoordelijk voor hield? Of was dit alleen Martha's eigen schuldgevoel dat de kop opstak en haar deed twijfelen aan zichzelf en iedereen om haar heen?

Ze had er een nachtje over geslapen, en toen ze vanochtend om vijf uur was opgestaan, had ze het voor zichzelf op een rijtje gezet. Natuurlijk klonk Liv anders, achttien jaar was een heel mensenleven geleden. Ik ben veranderd, zei Martha tegen zichzelf. Liv is veranderd. Alles is anders.

Ze had een kort mailtje teruggetikt, waarbij ze heel bewust haar eigen toon hartelijker had gemaakt en had geprobeerd om haar woorden wat van hun vroegere dynamiek mee te geven:

Liv! Geweldig om van je te horen! Ik kan je niet vertellen hoe opgelucht ik ben dat mijn brief jou heeft bereikt. Dus je bent nu rouwtherapeut? Wauw, dat is heel indrukwekkend, maar het verbaast me niets. Je kon altijd al goed luisteren. Ik begrijp precies wat je bedoelt met werkverplichtingen, dus prima, ik zal een paar beginvragen opstellen en je die in de loop van de komende dagen sturen. Is het een idee om elkaar te ontmoeten als je weer in het land bent? Mart xx

Mart. Alleen Liv en Juliet hebben haar ooit zo genoemd. Ze vond het afschuwelijk als een ander haar naam op die manier afkortte, het klonk veel te vrijpostig als iemand anders dan haar twee beste vriendinnen haar zo noemde. Met hen was het anders geweest. Olivia was Liv, Juliet was Jules en Martha was Mart. Elke keer dat Martha zichzelf toestaat om dieper te graven in de herinneringen uit die tijd voelt ze de werkelijkheid kantelen, en haar adem stokt als de metro waarin ze nu zit tot stilstand komt en Toby haar aanstoot om uit te stappen.

Toby heeft contact opgenomen met Juliets vader, en Martha en hij hebben de Northern Line genomen, helemaal tot station Archway, en nu volgen ze een app op Toby's telefoon om te voet de twintig minuten naar het nieuwe appartement van meneer Sherman af te leggen. Het is een flat op de begane grond in een keurige straat met rijtjeshuizen, maar de woning haalt het niet bij het mooie vrijstaande huis waar Juliets ouders woonden toen de meisjes jong waren. Martha voelt een golf van opluchting dat ze hebben besloten om de cameraploeg pas mee te nemen nadat ze dit eerste interview met hem achter de rug hebben; het zou zo verkeerd hebben aangevoeld om met zwaar geschut aan te komen om zijn tragische verleden op te rakelen. Martha heeft erger tegen deze ontmoeting opgezien dan tegen alle andere die ze in de komende dagen hopen te regelen. Tot nu toe is het hen gelukt om erachter te komen dat meneer Sherman – in het telefoongesprek dat Toby gisteren met hem had, vroeg hij of ze hem Alan wilden noemen – vijf jaar na de verdwijning van Juliet een sabbatical had genomen van zijn werk als bankmanager, waarin hij was teruggekeerd naar het huis waar het gezin had gewoond en daar de verzorging van zijn ex-vrouw op zich had genomen. Het betrof een late diagnose van borstkanker, waarvoor ze alle behandeling had geweigerd, zodat meneer Sherman na vier maanden in een bepaald opzicht weduwnaar was geworden, en in zijn eentje in een huis met vier slaapkamers had gewoond, maar geen inkomen had. Een jaar later was de voormalige woning van het gezin verkocht en was hij hiernaartoe verhuisd.

'Hoe vond jij hem klinken?' vraagt Martha aan Toby als ze voor de voordeur staan, haar vinger vlak voor de bel waar een bordje met SHERMAN bij staat.

'Als een aardige kerel,' antwoordt Toby, terwijl hij met zijn vingers tegen zijn haarwortels duwt. Martha heeft het idee dat hij dat altijd doet als hij zich ongemakkelijk voelt. 'Maar ongelooflijk verdrietig. Als een man die jaren de tijd heeft gehad om zo te worden, als je begrijpt wat ik bedoel. Eenzaam, misschien. Hij leek het fijn te vinden om te kunnen praten.'

Martha drukt op de zoemer en al na een paar tellen doet Alan Sherman de deur open. Hij geeft hun een hand en gebaart naar de achterkant van de gang, waar de voordeur van zijn appartement openstaat. Martha wordt getroffen door zijn kleiner geworden postuur. In haar herinnering is hij een lange man met een rechte rug en brede schouders, altijd gekleed in een overhemd met das, zelfs in het weekend. Deze man zou ze nooit hebben herkend als de vader van Juliet. Hij loopt gebogen, is van top tot teen vaal en draagt een vormeloze geelbruine corduroybroek en een bruine v-halstrui. Als ze door de gang loopt, vraagt ze zich af of ze nog iets zal terugzien van de meneer Sherman die ze vroeger heeft gekend. Het lijkt alsof zijn ziekte hem onherkenbaar heeft veranderd. Maar als ze zijn keurige kleine woning betreedt en hij de deur zacht achter hen dichtdoet, draait hij zich om en ziet ze het, ontegenzeggelijk. Dezelfde gekwelde blik in zijn ogen als tijdens hun laatste ontmoeting, achttien jaar geleden toen hij bij haar voor de deur had gestaan en haar had gesmeekt om het tegen de politie te zeggen als ze wist met wie Juliet een relatie had. Ze beseft dat die blik hem nooit heeft verlaten, dat Juliets verdwijning hem al die jaren heeft gekweld en hem nog altijd parten speelt.

'We willen uitzoeken wat er met Juliet is gebeurd, meneer Sherman,' zegt Martha. Zo had ze het gesprek niet willen beginnen, maar het lijkt ineens van het grootste belang dat ze hem heel duidelijk vertelt wat hun bedoelingen zijn. Ze moet dit nu zeggen, nu ze misschien de macht heeft om iets te dóén, iets te veranderen. 'We willen haar vinden. Ik beloof dat we er geen sensatieverhaal van zullen maken. Het programma... nou, dat zal ervoor zorgen dat onze stem luider zal klinken. Het zal ervoor zorgen dat de mensen luisteren.'

Ze staan met zijn drieën dicht opeen in Alan Shermans kleine woonkamer. Hij kijkt Martha en Toby om de beurt aandachtig aan, als een man die een vreemde taal ontcijfert, en dan spreidt hij zijn handen, die gevouwen op zijn borstbeen rusten, en trekt Martha tegen zich aan voor een stevige omhelzing. Uit het niets welt er een snik op in haar keel en is ze weer een tiener. Ze smoort het geluid tegen de wollen trui van meneer Sherman, dankbaar voor zijn armen om haar heen terwijl ze treurt om veel meer dan het verlies van haar vriendin. Die winter hebben ze allemaal zoveel verloren. Door het wegvallen van Juliet zijn ze hun onderlinge band kwijtgeraakt, en in de jaren daarna zijn ze blijkbaar vergeten wat die band echt betekende. Ze moeten het zijn vergeten, zij allemaal, want waarom zouden ze die onderlinge band anders zo gemakkelijk hebben laten verwateren?

Meneer Sherman is altijd vriendelijk geweest tegen Martha. Er was tussen hen een stilzwijgende acceptatie geweest van het feit dat hij wist hoe het bij haar thuis was, nadat hij op een vrijdagavond onbedoeld getuige was geweest van haar familie op z'n ergst toen hij bij hen was langsgegaan om een schoolboek van Juliet op te halen dat Martha had geleend. Martha's vader had het weer eens op een zuipen gezet en had achter in de flat zijn woede uitgeschreeuwd terwijl Martha de voordeur was uitgevlucht, waarbij ze pardoes tegen de borstkas van Juliets vader aanliep voordat hij zelfs maar de kans had gekregen om aan te bellen. Zelfs nu herinnert ze zich de schaamte van die botsing, de leugens die van haar tong rolden terwijl ze probeerde uit te leggen dat haar ouders een geintje maakten, dat het geen echte ruzie was, alleen wat onschuldige lol. Achter haar was de razernij doorgegaan, zelfs hoorbaar door de gesloten deur, en ze had meneer Sherman haastig weggeleid en ingestemd om mee te gaan naar Juliets huis om daar fish and chips te komen eten.

Zo is het niet altijd geweest, had ze willen zeggen. Herinnert u zich mijn oude huis nog? Weet u nog toen papa er niet zo erg aan toe was?

'Dat lesboek kan wel wachten,' had meneer Sherman gezegd, en zelfs op haar dertiende had ze begrepen hoeveel goedheid er uit die woorden sprak.

'Ik was vergeten...' begint Martha als ze zich van hem losmaakt, maar ze weet niet hoe ze die zin moet afmaken, dus schudt ze haar hoofd en laat het erbij.

Meneer Sherman knikt kort terwijl hij haar loslaat en hij gebaart dat ze moeten gaan zitten terwijl hij de waterkoker aandoet om thee te zetten.

'Gaat het wel?' fluistert Toby als ze alleen zijn, maar Martha wuift zijn medeleven weg met een kort handgebaar en zegt dat hij zijn aantekeningen erbij moet pakken. Ze zit stijfjes naast hem op de tweezitsbank van licht leer.

Het is warm in de kamer, de verwarming staat op de hoogste stand. Martha maakt de kraag van haar blouse los en trekt haar jasje uit. Ik kan dit, houdt ze zichzelf voor, en ze verzamelt kracht als de volwassen Martha terugkeert, de zelfstandige primetime-Martha. Dat is iets wat ze zich onbewust heeft aangeleerd in haar jeugd: het vermogen om in een paar minuten van gebroken naar onbreekbaar te gaan, om de buitenwereld een glimlachend, veerkrachtig masker te laten zien terwijl er onder het oppervlak van alles mis kan zijn. Binnen een paar tellen heeft ze haar concentratie terug, en samen met Toby neemt ze zachtjes de vragen door die ze hebben voorbereid. Ze zijn klaar voor meneer Sherman wanneer hij terugkomt met het theeblad, dat hij voorzichtig op de salontafel tussen hen in zet. Daarna gaat hij in de fauteuil tegenover hen zitten, op het puntje van de zitting terwijl hij de thee inschenkt en hun een koekje aanbiedt. Het is zo'n beschaafd tafereel, traag, extra benadrukt door het zachte getik van de muurklok, dat het ongepast lijkt om vragen te stellen over zo'n zwaar onderwerp. Maar dat is de reden dat Martha hier is, en ze richt haar blik op zijn gezicht en concentreert zich op de taak die ze op zich heeft genomen: het vinden van Juliet. Er flitst even iets bij haar op: de suggestie in de tabloidpers dat Juliets vader achter de verdwijning van zijn dochter zat. Waarom hadden ze dat geopperd? Hij moest in het beginstadium al zijn ondervraagd, en zag de politie de ouders niet altijd als verdachten tot die met zekerheid uitgesloten konden worden? Maar het had de kranten gehaald, en de kop verschijnt voor haar geestesoog – VERDWENEN JULIET: WEET HAAR VADER WAAR ZE IS?

'Vind je het goed als ik meteen aan het interview begin?' vraagt Martha.

'Ja, graag.' De uitdrukking op Alan Shermans fletse gezicht is oplettend, zakelijk. Terwijl hij op het puntje van zijn stoel zit, verraden alleen zijn handen zijn emoties; met zijn omlaag gedraaide vingers grijpt hij het zachte velours van de leunstoel zo stevig vast dat zijn knokkels wit zijn.

'Dit is wat er gaat gebeuren,' zegt Toby tegen hem. Dit hebben ze geoefend. 'Als eerste gaan Martha en ik contact opnemen met iedereen die destijds betrokken was bij deze zaak, waarmee we hopelijk een plaatje zullen uittekenen dat dusdanig gedetailleerd is dat we de politie kunnen overhalen om meer van haar oorspronkelijke bevindingen met ons te delen. Zodra we beter bewijs hebben, en de steun van de politie, willen we graag terugkomen met de camera's en u nogmaals interviewen als onderdeel van het programma. Op die manier weet u wat u kunt verwachten en kunnen we, mocht dat nodig zijn, het interview met u zo'n draai geven dat het een beroep doet op bepaalde kijkers die informatie hebben om met ons te delen.'

Alan Sherman knikt en Martha heeft het gevoel dat hij voor haar ogen vervaagt, dat zijn huid nog valer wordt, de randen van zijn gestalte doorzichtig worden tegen de achtergrond van zijn keurige woonkamer. Hij is een geest, beseft ze. De echte meneer Sherman is al jaren geleden vertrokken, kort na de verdwijning van zijn dochter. Deze man is slechts een spookverschijning.

Toby zwijgt, wachtend tot Martha de draad zal oppakken. Als ze dat niet doet, gaat hij verder, even naadloos als de meest geoefende understudy. 'Het tv-programma kan op twee manieren verlopen. A: we creëren een duidelijker geschiedenis en reconstructie van de gebeurtenissen en gebruiken het programma om een beroep te doen op getuigen, of B: – en dit heeft onze voorkeur – we lossen de zaak op en presenteren het onderzoek als een afgerond geheel.'

Alan Sherman luistert aandachtig en knikt voortdurend.

'Hoe denkt u daarover, meneer Sherman?' vraagt Toby.

'Noem me toch Alan.'

'Sorry, natuurlijk. Alan. Ben je tevreden over die aanpak?'

Alan Sherman kijkt Martha aan. 'Ben jíj er tevreden mee?' vraagt hij, en ze is bang dat er kritiek doorklinkt in zijn vraag tot ze wat beter naar zijn gezicht kijkt, en zijn behoefte ziet. Hij wil gewoon dat zij hem vertelt wat hij moet doen.

'Volgens mij is het een goede aanpak,' zegt ze. 'Hoe meer informatie we krijgen van de mensen die Juliet echt hebben gekend, hoe groter de kans is dat de politie ons zal willen aanhoren. Op dit moment weigert het korps alle medewerking.'

Hij slaakt een diepe zucht en gebaart naar het bescheiden bordje met koekjes op tafel. Het zijn dubbele chocoladebiscuitjes, de lievelingskoekjes van Juliet. 'Dan ben ik er tevreden mee.'

Ze beginnen met de makkelijke vragen, waarvan ze het antwoord al kennen, als een soort opwarmertje. Hoe kwam Juliet over op de avond dat ze verdween? *Normaal.* Had hij voor haar verdwijning een verandering in haar gedrag bemerkt? *Nee.* Was ze punctueel? *Ja.* Hield Juliet vaak dingen verborgen? *Nee.* Maakte ze veel ruzie met de andere gezinsleden – haar ouders of haar oudere broer? *Nee.* Hoe vaak werkte ze als vrijwilliger bij Square Wheels? *Een of twee keer per week.*

Een paar keer aarzelt hij voordat hij antwoord geeft. 'Dat weet je al, Martha. Je was erbij.'

En Martha kan alleen maar instemmend knikken; ja, ze was erbij, maar ze moeten het in zijn eigen woorden horen.

'Had Juliet vriendjes?'

Na die vraag laat Alan Sherman een stilte vallen. 'Nou, wij dachten van niet. Maar toen vonden we die brief in de prullenbak.'

Martha staart hem wezenloos aan.

Hij fronst en houdt zijn hoofd schuin. 'Heeft de politie je daar indertijd niet naar gevraagd? Ze zeiden dat ze haar vriendinnen ernaar zouden vragen.'

Ze heeft geen idee waar hij het over heeft. 'Over een brief? Nee, ik bedoel... ze hebben me gevraagd of ik wist met wie Juliet verkering had, maar ze hebben nooit iets over een brief gezegd. Ik weet niet wat ik moet...' Haar hoofd lijkt te gonzen van verwarring. 'Van wie was die brief?'

Alan hijst zich omhoog uit zijn stoel en verlaat de kamer. Even later keert hij terug met een verfrommeld vel papier in zijn hand. 'Ik had hem alvast gepakt. Ik dacht dat jullie hem misschien zouden willen zien. Het is geen brief die ze had ontvangen, maar eentje die ze aan het schrijven was. Maar zoals jullie kunnen zien aan de staat waarin hij verkeert, had ze besloten om hem toch niet te versturen.'

Martha neemt de brief van hem aan en legt hem op de salontafel tussen hen in, voorzichtig de bobbels en vouwen gladstrijkend.

'Vind je het goed als ik hem hardop lees?' vraagt Toby terwijl hij zijn hand uitstrekt naar de brief.

Godzijdank. Inwendig slaakt Martha een zucht. Ze gelooft niet dat ze de kracht bezit om dat zelf te doen. Met een korte handbeweging gebaart Alan Sherman dat Toby zijn gang mag gaan.

'*Mijn grote liefde,*' leest hij voor, '*ik wil geen ruzie met je maken. Kunnen we daar alsjeblieft mee ophouden? Ik wil er ook graag openlijk voor uit kunnen komen, ik wil ook graag dat we elkaars hand kunnen vasthouden wanneer we maar willen, dat we geen geheimen meer hebben, maar we moeten geduld hebben. Er zijn te veel mensen die gekwetst kunnen worden, denk alleen al aan je eigen familie. Over een paar maanden word ik achttien en ik weet dat het makkelijker zal zijn om dan met mijn ouders te praten. Kunnen we niet gewoon wachten en ons verheugen op de tijd dat we de* HELE *tijd samen kunnen zijn? Voor we het weten zullen we hier allemaal geen last meer van hebben, kunnen we de hele wereld over reizen zonder het verborgen te hoeven houden! Probeer het alsjeblieft te begrijpen. Liefs, liefs, liefs xxx.*'

Toby houdt op met voorlezen en legt de brief weer op de tafel. 'Weet je aan wie ze dit schreef?' vraagt hij.

'Niet aan David Crown,' antwoordt Alan. 'Dat is waarschijnlijk wat jullie denken. Ja, toch? Dat dacht de politie ook. Maar Juliet zou nooit...'

'Heeft ze David Crown ooit genoemd?' vraagt Martha, die eindelijk haar stem weer terugvindt. Deze brief, wat heeft die in vredesnaam te betekenen? Welke geheimen had Juliet voor hen gehad, voor haar familie, haar beste vriendinnen?

Alans gezichtsuitdrukking is vermoeid en berustend. 'Ze mocht hem graag, maar niet zoals de politie het graag wil doen voorkomen. Volgens mij bewonderde Juliet hem omdat hij zijn liefdadigheidsorganisatie zo toegewijd was. Ze heeft ons verteld dat hij een eigen hoveniersbedrijf had, dat hij een goede man was en dat hij leuk was in de omgang. Hij zorgde er altijd voor dat de vrijwilligers met z'n tweeën waren, voor hun veiligheid, en hij hielp altijd om hun fietsen te controleren voordat ze op pad gingen, om er zeker van te zijn dat de banden geen kleine gaatjes hadden en er geen speling in de ketting zat. Jij werkte daar toch ook als vrijwilliger, Martha?'

'Ja,' zegt Martha zacht. 'Maar als ik eerlijk ben, was dat nogal sporadisch. Ik was er niet elke week, zoals Juliet. De zomer ervoor hadden zowel Liv als ik heel vaak geholpen, maar toen er een einde kwam aan het mooie weer, verloren we onze belangstelling. Maar ik dacht net zo over David Crown als Juliet. Hij kwam op me over als een fatsoenlijke kerel. Op het eerste gezicht.'

Alan trekt zijn wenkbrauwen op en haalt diep adem. 'Ik heb hem nooit ontmoet,' zegt hij. 'Dat is een van de dingen die me sindsdien altijd hebben dwarsgezeten. Ik bedoel, wat voor vader gaat zoiets niet na? Ik had ernaartoe moeten gaan, mezelf aan hem moeten voorstellen, moeten kijken wat voor bedoening hij daar had. Juliet vond hem een fatsoenlijke man, maar daar had ze zich toch zeker best in kunnen vergissen? Misschien zou het mij zijn opgevallen als hij niet was zoals hij zich voordeed, bedoel ik.'

Verdrietig schudt Martha haar hoofd. 'Je hebt het mis. Als David Crown dit op zijn geweten heeft, als hij zo slecht was als wij denken dat hij kan zijn geweest, dan heeft niemand van ons dat gezien. Hij was echt ontzettend aardig. Hij zag er heel normaal uit, hij was vriendelijk, zorgzaam, een liefdadigheidswerker nota bene! Een ontmoeting met hem zou geen enkel verschil hebben gemaakt, Alan, dat weet ik zeker.'

Alan Sherman pakt zijn beker op en neemt een grote slok thee. Een enkele traan rolt uit zijn ooghoek omlaag over zijn scherpe jukbeen en verdwijnt in zijn kraag. Hij lijkt het niet te merken. 'Je vraagt het je gewoon af, hè? Wat je anders had kunnen doen. In de loop der jaren heb ik vaak gedacht... stel dat ik de tijd kon terugdraaien en de dingen op de een of andere manier kon veranderen?'

Dat gevoel kent Martha maar al te goed. Terwijl hij nog aan het woord is, vraagt ze zich af: Hoe was het mogelijk dat ik niets wist over de persoon aan wie Juliet schreef? Waarom heb ik haar niet meer vragen gesteld toen ik wist dat ze geheimen voor me had?

'Hoe zit het met haar medevrijwilligers?' vraagt ze, en ze klemt haar kaken opeen in een poging zich te wapenen tegen zijn stille verdriet. 'Herinner je je nog namen?'

Alan loopt door de kamer, waarbij hij nauwelijks geluid maakt op het tapijt, en pakt een fotoalbum uit de boekenkast. 'Ik heb een paar foto's die jullie wel mogen lenen als ze jullie verder kunnen helpen.' Langzaam slaat hij de bladzijden om, tot hij stopt bij twee foto's, die hij eruit haalt en aan Martha geeft, waarna hij weer gaat zitten. 'De eerste is genomen door een lokale krant, ik meen dat Square Wheels een buurtprijs had gewonnen. En de tweede is van een boottochtje met David Crown. Een beloning voor wat vrijwilligerswerk, geloof ik.'

Op de krantenfoto poseren de groepsleden bij hun met eten beladen fietsen. David Crown staat in het midden en wordt geflankeerd door twee vrijwilligers, met boven hen het vaandel van Square Wheels dat tegen de zijkant van de houten hut gespijkerd was, waar de boterhammen werden klaargemaakt. Het moet winter zijn, want ze dragen allemaal een jas, muts en sjaal, en hun huid laat de koude gloed van inspanning zien. Juliet staat rechts naast David en aan haar rechterkant staat een meisje wier gezicht Martha niet herkent, en links van David staan nog een meisje en een jongen. Het onderschrift luidt: *Plaatselijke helden winnen buurtprijs.*

'Weet je hoe die andere vrijwilligers heten?' vraagt ze.

Alan strekt zijn arm uit over de salontafel en wijst de gezichten om de beurt aan. 'Die naast Juliet ken ik niet, maar die hele magere aan de andere kant van David Crown heet volgens mij Karen, en de jongen naast haar... Herken je hem niet?'

Martha bekijkt de foto wat aandachtiger. 'O, ja! Jee, ik kan niet geloven dat ik het niet meteen zag. Tom!' Ze draait zich half om en legt het Toby uit. 'Tom was, is, Juliets broer. Maar ik kan me niet herinneren dat Tom daar vrijwilliger was.'

Glimlachend schudt Alan zijn hoofd. 'Ik weet niet hoe goed je Tom destijds kende, maar hij hield nooit iets lang vol. Hij heeft een handjevol keren geholpen, maar daar is het bij gebleven. De avond dat die krantenjongen die foto nam, kwam hij toevallig langs, en ze hadden nog iemand nodig. Typisch Tom: Alle lof oogsten, zonder het werk te hoeven doen.'

'Denk je dat Tom met ons wil praten? Dat we hem kunnen vragen of hij zich iets specifieks over die avond herinnert? Hij was in het Waterside Café, op de avond dat Juliet is verdwenen.'

'Ik weet zeker dat hij je graag te woord zal willen staan, maar wist je dat hij tegenwoordig in Parijs woont? We hebben het huis verkocht nadat zijn moeder, tja...'

'O, ja,' valt Martha hem in de rede. Ze schaamt zich dat ze daar nog niet eerder iets over heeft gezegd. 'Ik vond het heel erg om te horen van mevrouw Sherman. Destijds wist ik het niet, maar ze was altijd zo aardig. Dat waren jullie allebei. Het moet heel moeilijk zijn geweest.'

'Wist je dat we uit elkaar waren toen ze stierf? Ik ben pas aan het einde weer in het huis gaan wonen, eigenlijk meer om Tom te helpen, hoewel Ann en ik nog altijd van elkaar hielden, als ik eerlijk ben. Maar het is heel moeilijk om samen verder te gaan als er zoiets gebeurt. *Juliet.*'

Martha knikt en ze vraagt zich af hoe Alan Sherman erin slaagt om verder te gaan. Hoe lukt het hem om 's morgens op te staan, zich aan te kleden, te eten en zichzelf voor te houden dat alles goed zal komen. Hoe kan hij geloven dat alles goed zal komen terwijl zijn hele leven bewijst dat het leven potverdomme allesbehalve goed is?

'Hoe gaat het tegenwoordig met Tom?' vraagt ze. 'Ik heb hem in geen jaren gezien.' Niet meer sinds die avond.

Op het gezicht van Alan Sherman verschijnt een onverwachte glimlach. 'Hij is heel gelukkig. Hij werkt als sommelier, wijnen, iets in die trant. Getrouwd, en ze verwachten een kindje. Stel je voor, ik word opa.'

En dan ziet Martha het: hoop. Dat zorgt ervoor dat hij door blijft gaan. De hoop dat de volgende dag beter zal zijn dan de vorige, dat volgende week een verbetering zal zijn ten opzichte van die ervoor, dat het volgende jaar gelukkiger zal worden dan het jaar dat net voorbij is.

'Gefeliciteerd,' zegt ze, en meer woorden kan ze niet bedenken, omdat ze met stomheid geslagen is.

'Ik had de hoop bijna opgegeven… Op een kleinkind.' Hij glimlacht en pinkt nog een traantje weg, zijn ogen glanzend van blijdschap om dit nieuws. 'Ze denken dat het een jongen wordt.'

'Wanneer wordt het geboren?' vraagt Toby, en Martha is blijer dat hij naast haar zit dan ze ooit had kunnen denken.

'In mei. Lentekind. Mooie tijd van het jaar.'

Dezelfde maand dat Juliet jarig was, denkt Martha, en hun blikken ontmoeten elkaar met een stilzwijgend begrip.

Meneer Sherman strijkt zijn broek glad en knikt kort. 'Ik zal je Toms adres geven voordat je weggaat.'

'En dit andere meisje? Weet je zeker dat je niet weet wie ze is?' vraagt Martha, terugkerend naar de foto, waar ze op het meisje wijst dat naast Juliet staat.

'Zoals ik al zei, ik heb geen flauw idee. Ik herken haar totaal niet. Volgens mij losten de vrijwilligers elkaar in vrij snel tempo af. Juliet zei dat veel mensen een keer meehielpen, en vervolgens nooit meer terugkwamen zodra ze zich realiseerden dat het hard werken en verdomd koud was.'

'Zoals Liv en ik.' Martha trekt een gezicht.

Alan glimlacht warm. 'Ze noemde hen "de lichtgewichten". Misschien was dit meisje er zo een.'

Martha richt haar aandacht op de tweede foto en voelt dat haar ingewanden zich omdraaien. Het beeld is van een zomerdag, vier jongelui op een rivieroever, met natte haren, in onderbroeken en T-shirts, glimlachend en wuivend naar degene achter de camera die de foto nam. Drie van hen zitten in kleermakerszit onder een boom op een picknickdeken, omgeven door sandwiches en drankjes, terwijl Juliets broer Tom als een aap aan de tak boven hen hangt, trappelend met zijn pezige benen. De drie op de picknickdeken zien er even zorgeloos uit: jong, levendig, mooi.

'Herinner je je dat nog?' vraagt Alan, opnieuw met betraande ogen, en Martha merkt dat ze geen woord kan uitbrengen.

De drie op de deken zijn overbekend: Juliet, Olivia en Martha. En het beangstigende is dat ze, tot op dit moment, die dag helemaal was vergeten – het boottochtje met David Crown en haar beste vriendinnen. Maar zelfs al blijven de details ervan net buiten haar bereik, toch kan Martha het gevoel niet van zich afschudden dat na afloop van die dag niets ooit nog hetzelfde zou zijn.

7. Casey

Ik ben dol op vrijdagen, want dan komt de man van de supermarkt. Dat ik mijn wekelijkse boodschappen tegenwoordig laat bezorgen heeft mijn leven echt op zoveel manieren veranderd – en wil je wel geloven dat ik dat aan Liv te danken heb? Zij heeft me het idee aan de hand gedaan. Het was tijdens die tweede bezichtiging van het huis afgelopen winter, toen we in haar keuken stonden terwijl zij een kop koffie voor me klaarmaakte, precies zoals ik het lekker vind, met veel melk en twee suiker. Miriam, de makelaar, was er ook, maar in mijn herinnering is zij vervaagd tot een schaduw, want Liv en ik waren diep in gesprek waarbij we tegen het aanrecht leunden en gemberkoekjes aten. Ik had het gevoel dat ik haar al een eeuwigheid kende! Ik ben er niet aan gewend om mensen te ontmoeten die even klein zijn als ik, maar zij was ondanks haar geringe lengte sierlijk en stijlvol, en dat wakkerde bij mij het idee aan dat ik wellicht met mezelf aan de slag zou kunnen gaan en net zo bevallig kon worden als zij. Liv leek precies te weten hoe ze zich moest kleden op een manier die exact bij haar paste. In gedachten zie ik haar voor me alsof het gisteren was, in haar legging met grillig patroon en een ruimvallende smaragdgroene trui die heel mooi stond bij haar donkere huid. Aan haar pols droeg ze een zilveren armband, net zo een als ik thuis heb. Ik keek er bewonderend naar, wat haar een glimlach ontlokte. Ze stelde me allerlei vragen over mijn werk en toonde een belangstelling die zo oprecht was dat ik wist dat ik het risico liep om haar dood te vervelen met verhalen over de verscheidene boeken die ik in het afgelopen jaar als corrector had gelezen, en er een beetje over opschepte dat ik een aantal wetenschappelijke tijdschriften waar dat jaar reikhalzend naar werd uitgekeken, eerder kon lezen.

'Wat moet dat een interessante baan zijn,' had Liv gezegd. 'En wat geweldig dat je je werk thuis kunt doen. Ik ben echt jaloers op je.'

Haar gezicht liet me zien dat ze 'jaloers' op een goede manier bedoelde, en ik dacht: allemachtig, hoe bestaat het dat iemand als Olivia Heathcote – iemand die zo volmaakt is als zij – jaloers is op mij? Ik sloeg mijn hand voor mijn mond, me bewust van de lelijke vooruitstekende tand die zichtbaar wordt wanneer ik te breed glimlach, en onderdrukte een giecheltje.

Er werd op de deur geklopt, en ik weet nog dat ik me behoorlijk geërgerd voelde bij het idee gestoord te worden. Miriam en ik stonden daar in een ongemakkelijke stilte gedurende de paar tellen die Liv nodig had om de deur open te doen en de bezoeker binnen te laten. Tot mijn verrassing verscheen er een jongeman in het uniform van Sainsbury's met verscheidene tassen vol boodschappen in de keuken.

'De wekelijkse boodschappen,' legde Liv uit. 'Met de tweeling naar de supermarkt gaan is een ramp, dus ik bestel mijn spullen tegenwoordig via internet.'

De jongeman knikte ons toe, zette de tassen naast de koelkast op de grond en ging weer naar buiten om de volgende lading te halen. Zijn nek was glad en gebruind en zijn gemillimeterde haar groeide scheef op de plekken waar hij weer aan een knipbeurt toe was.

'Kan dat?' vroeg ik verbaasd. 'Kun je je boodschappen via internet bestellen?'

'Jazeker. Je wilt niet weten hoeveel tijd, laat staan stress, me dat de afgelopen jaren heeft bespaard. En als je boven een bepaald bedrag bestelt, rekenen ze geen bezorgkosten.'

Nou, ik besloot ter plekke om dat ook te gaan doen. Een reden minder om de deur uit te moeten. Nog een bezoeker die speciaal voor mij komt. Ik keek op mijn horloge en prentte in mijn geheugen: vrijdagmiddag om twee uur.

En dat heb ik gedaan vanaf het moment dat ik in dit huis ben komen wonen. Elke vrijdag om twee uur brengt Carl mijn wekelijkse boodschappen. Ik heb dezelfde bezorgtijd aangehouden als Liv in de hoop dat ik dezelfde chauffeur zou krijgen, en negen van de tien keer is hij gekomen. Ik heb het gevoel dat we elkaar inmiddels tamelijk goed kennen en ik weet zeker dat hij het helemaal niet erg vindt dat ik hem bij zijn voornaam noem. Hij daarentegen staat erop mevrouw en u tegen me te zeggen. Misschien dat dat op een dag nog eens verandert.

Als Carl vandaag op de voordeur klopt, sta ik al klaar met mijn vingers om de deurkruk, want ik wil geen moment van onze tijd samen missen. Ik heb mijn laptop al meer dan een uur geleden dichtgedaan en toen een snelle lunch van roerei op toast klaargemaakt, waarna ik mezelf heb opgeknapt als voorbereiding op zijn bezoek. Ik heb de borstel vijftig keer extra door mijn haar gehaald, ook al had ik het vanochtend al heel goed geborsteld, en ik heb me rijkelijk besprenkeld met mama's 4711 eau de cologne, op mijn lichaam, op mijn polsen en achter mijn oren zoals ik het haar vroeger zo vaak heb zien doen. Ik heb zelfs een paar keer voor alle zekerheid langs de rand van mijn onderbroek gedept. Ik moest glimlachen bij de gedachte dat ik zo'n geheimpje heb. Het heeft zo'n frisse geur, die blijft om me heen hangen, en ik weet zeker dat ik Carls neusvleugels zie trillen als ik hem uitnodig om binnen te komen.

Hij begroet me op dezelfde manier als altijd, en net als anders zeg ik: 'Toe, noem me toch Casey.' En zoals gewoonlijk lacht hij en loopt dan door naar de keuken waar hij de tassen naast de koelkast neerzet, precies zoals hij deed toen Olivia Heathcote hier nog woonde. Zonder een woord te zeggen, maar met een allerliefste glimlach, gaat hij terug naar zijn busje en brengt dan een tweede lading, en daarna een derde, waarna hij ten slotte zijn klembord pakt en mij vraagt om onderaan mijn handtekening te zetten.

'Er zitten twee vervangende artikelen bij,' zegt hij.

Ik blijf hem aankijken.

'We hadden geen blikjes makreel in tomatensaus meer, dus in plaats daarvan hebt u nu makreel in pekelwater gekregen.'

'Dat is een uitstekende keuze,' zeg ik terwijl ik mijn lange haar over een schouder strijk.

Hij kijkt nogal ongemakkelijk, en ik vind het heel vertederend dat hij me niet teleur wil stellen. Daarna zegt hij: 'En, eh... er was geen Always Maxi maandverband meer – dus hebt u dat van Bodyform gekregen.'

Nou, ik besterf het bijna van schaamte, en mijn voornemen om hem een kop thee aan te bieden verdwijnt op slag terwijl ik mijn naam in het vierkantje krabbel en hem het klembord abrupt weer toesteek terwijl ik een keer knik om aan te geven dat ja, die vervangende artikelen prima zijn. In een oogwenk is hij de deur weer uit en blijf ik achter in een wolk van ergernis.

Heel even krijg ik de pest aan Olivia Heathcote omdat ze me dit laat meemaken. Als zij er niet was geweest, zou ik nooit boodschappen hebben laten bezorgen en zou deze vernedering nooit hebben plaatsgevonden. Maar daarna breng ik mezelf weer tot bedaren. Ik heb altijd al de neiging gehad om overdreven te reageren en ik realiseer me dat ik me aanstel. Als Olivia Heathcote er niet was geweest, zou ik niet in dit prachtige huis wonen en zou ik elke week nog steeds de beproeving van boodschappen doen moeten doorstaan, met de verschrikkelijke en gênante situaties die zich bij de kassa kunnen voordoen. Zonder Olivia Heathcote zou ik Carl niet hebben, of Martha, of ook maar iets om naar uit te kijken.

Ik haal even diep adem, strijk mijn geplooide jurk glad en loop naar de keuken om mijn boodschappen uit te pakken. Ik heb veel te doen vandaag. Om te beginnen moet er in een van de tassen een doos haarverf zitten, en daar kijk ik al dagen naar uit. Ik heb besloten om wat aan mijn uiterlijk te gaan doen, van dit lelijke grijze haar af te komen en te zorgen dat ik wat netter voor de dag kom. De kleur die ik heb uitgekozen is zo donker dat het bijna zwart is, niet eens zo anders dan Livs kleur, en volgens de gebruiksaanwijzing is het zo makkelijk als wat! En dan is er nog de vragenlijst die Martha me zal mailen. Zodra ik die heb ontvangen, zal ik mijn uiterste best doen om de vragen even goed te beantwoorden als Liv zelf zou hebben gedaan. In de afgelopen vierentwintig uur heb ik nog meer pareltjes van informatie gevonden met betrekking tot Juliet en David Crown, en die zal ik in het spel brengen zodat Martha misschien nooit zal ontdekken dat ik niet degene ben die ik beweer te zijn. Ze zal er nooit achter komen dat ik gewoon een grote, dikke leugenaar ben! Ik vind het fijn om Liv te zijn, en ik beloof mezelf plechtig dat ik mijn best zal doen om meer op haar te lijken, om kalmer en sierlijker te zijn, als Carl de volgende keer langskomt. Ik kan ook mooi zijn. Een mooie leugenaar.

8. Martha

Toby komt Martha al vroeg halen. Samen rijden ze naar het kanaal met de bedoeling om te voet de route langs het water te volgen die Martha en Juliet op de bewuste avond hebben genomen, en om de plaats te bekijken waar Juliets fiets is gevonden. Toby hoopt dat ze ook de plek zullen herkennen van de picknick van Square Wheels die te zien is op de oude foto van Alan Sherman, maar daar is Martha minder optimistisch over.

Wanneer ze bij het Regent's Canal aankomen, staan Sally en Jay al op het voetpad te wachten terwijl ze koffie uit een kartonnen bekertje drinken, klaar om wat achtergrondbeelden te filmen en opnamen te maken waarop Martha en Toby in de camera kijken. Het is een heldere, koude ochtend, en Sally en Jay gaan identiek gekleed in een parka en zwarte skinny jeans. Ze hebben hun capuchon opgezet tegen de ijskoude lucht.

'Kunnen we de beelden vanuit de verte het eerst opnemen?' vraagt Martha hun, want ze wil zich graag eerst oriënteren, zichzelf geestelijk opwarmen, voordat ze plaatsneemt voor de camera.

Ze voelt zich vanochtend vreemd geagiteerd, want ze heeft de afgelopen nacht slecht geslapen omdat ze in gedachten alles nog eens de revue heeft laten passeren. Aan wie schreef Juliet de brief die ze nooit heeft verstuurd? Martha snapt wel dat de politie destijds de voorbarige conclusie heeft getrokken dat het David Crown moet zijn geweest – de geheime relatie waar Juliet het over heeft, het feit dat haar achttiende verjaardag belangrijk lijkt om iets niet langer geheim te hoeven houden – maar toch, ergens klopt er iets niet. Het lag gewoon niet in Juliets aard. Of wel? Terwijl ze klaarwakker in bed had gelegen, waren Martha steeds nieuwe flarden van vergeten gesprekken met haar vrienden te binnen geschoten, zaken die niets met Juliets verdwijning te maken hebben, gewoon ruis van een verleden dat ze ooit deelden. Ze heeft teruggedacht aan het schoolreisje naar London Zoo toen ze een jaar of veertien waren, toen Dippy Stephens met zijn enkel klem kwam te zitten tussen het hekwerk bij het apenverblijf en Liv had geprobeerd om die los te krijgen met behulp van een klodder lippenbalsem met kersensmaak. Uiteindelijk hadden ze hem moeten achterlaten tot er een hulpverlener ter plekke was, en Liv had gefluisterd: 'Dit is de laatste keer dat ik een goede daad verricht. Hij ruikt naar vochtige koekjes en Dairylea-kaas.' Martha en Juliet hadden gegierd van het lachen. Daarna hadden ze Twister-ijsjes gekocht en hadden ze liggen luieren op het keurig gemaaide gazon van het picknickterrein, genietend van de zonneschijn terwijl ze door hun lange pony's naar de wereld hadden gekeken. Toen ze terugliepen naar school had Dippy de moed bijeengeraapt om Liv mee uit te vragen, waarna Liv hem zo vriendelijk als ze kon had afgewezen, terwijl ze ondertussen haar best deed om de plagende blikken van Martha en Juliet te ontwijken. Wat kan het geheugen je toch vreemde streken leveren, denkt Martha nu – de manier waarop het zonder enige moeite nutteloze flarden tevoorschijn tovert, terwijl het de herinneringen die we zoeken zo vaak verborgen houdt.

Sally en Jay staan naast elkaar bij de waterkant uit hun dampende bekertjes te drinken. Ze werken al zo lang samen dat ze androgyne versies van elkaar zijn geworden; allebei eind dertig, met slordig golvend haar, ontspannen en vol zelfvertrouwen voor het werk dat hun te doen staat. Martha werkt al jaren op gezette tijden samen met die twee, waardoor het drietal niet hoeft te verzanden in onnodig geklets en ze meteen aan de slag kunnen.

'Waarom volgen jullie Toby en mij niet over het jaagpad? Als ik iets zie wat van belang is, zwaai ik wel even naar jullie. Zien jullie dat gele rubberbootje? In de bocht van het pad?' Ze wijst naar een plek zo'n honderd meter verderop langs het voetpad. 'Wacht tot we daar zijn en kom dan filmend achter ons aan. Op die manier krijg je een mooie, weidse blik op de plek om een beeld te schetsen.'

De cameramensen brengen hun apparatuur in gereedheid, en Martha en Toby lopen het pad op. De randen zijn modderig door de winterse regen, en Martha probeert zich te herinneren of dit gedeelte altijd al bestraat was of dat er in Juliets tijd gras groeide. Overal om hen heen is de rustige activiteit van de ochtend te zien: woonbootbewoners die hun kajuit uit komen, forenzen die op de fiets de stad in gaan, groepen kinderen op weg naar school. In het heldere licht van een vrijdagochtend, wanneer alles zijn gewone gang gaat, de alledaagse activiteiten van alledaagse mensen, heeft het pad helemaal niets onheilspellends. Maar zodra de duisternis is gevallen verandert alles, en nacht en dag zijn twee heel verschillende werelden. Als kinderen vermeden ze het kanaal na het donker, bang voor zijn schaduwen. Ze waren gewaarschuwd door hun ouders en leraren, die zich zorgen maakten om hun veiligheid, om daarvandaan te blijven. Wat verandert er in de tienerjaren dat we zo roekeloos en moedig worden? Is het een chemische verandering, iets waarover we geen controle hebben, wat zelfs de verstandigsten onder ons roekeloos maakt? Iets waardoor we het idee krijgen dat we onaantastbaar, onoverwinnelijk of zelfs onsterfelijk zijn? Martha blijft even staan bij het gele rubberbootje, en een wirwar aan beelden trekt wanordelijke lijnen over haar bewuste gedachten.

'Ze zijn gaan lopen,' zegt Toby, die zich heeft omgedraaid om naar Sally en Jay te kijken.

Martha steekt een hand op om hem tot zwijgen te brengen.

In haar hoofd probeert ze een herinnering helder te krijgen. Ze ziet Juliet voor zich op die donkere avond, niet ver hier vandaan, terwijl ze glimlacht en geruststellend 'Er gebeurt me niets' zegt, en daarna even in Martha's bovenarm knijpt terwijl ze afscheid neemt. Een geruststelling, een gebaar van genegenheid. Maar het gesprekje voelt verkeerd, want de reden die Martha heeft opgegeven voor het alleen laten van haar vriendin is een leugen; alles loopt door elkaar. Weer ziet ze, door haar eigen zeventienjarige ogen, het bevroren pad, dat wegleidt van Juliet, terug in de richting waaruit ze waren gekomen. Ze ziet een flits van Juliets golvende haar terwijl ze wegfietst, en ze voelt opluchting wanneer er een andere vrijwilligster van Square Wheels voorbijkomt die dezelfde kant opgaat als Juliet. Die opluchting vermengt zich met het schuldgevoel vanwege haar leugen. In het hier en nu kijkt Toby haar aan, wachtend tot ze iets zegt. Maar wat kán ze zeggen? Ik heb die avond gelogen? Ik heb tegen Juliet gelogen. Ik heb gelogen, maar ik kan me niet meer herinneren hoe of waarom, of wat het te betekenen heeft. Ze pakt haar telefoon en maakt een foto van de bij elkaar liggende rubberbootjes aan de oever terwijl ze ronddraait om de straat verderop vast te leggen, het voetpad en de bocht in het kanaal.

'Waar denk je aan?' vraagt Toby, niet in staat om zijn nieuwsgierigheid nog langer te bedwingen. 'Is je net iets te binnen geschoten?'

'Ik heb tegen haar gezegd dat ik terug moest om mijn tas te halen,' zegt ze, meer tegen zichzelf dan tegen Toby. Dát is immers de reden dat ze Juliet alleen heeft gelaten op het jaagpad? 'Ik had mijn tas in het Waterside Café laten staan.' Martha schudt haar hoofd terwijl ze haar herinneringen probeert terug te krijgen, en daarna slaakt ze een zucht. 'Ik weet het niet,' zegt ze naar waarheid. Ze draait zich om en zwaait naar de cameramensen. Ze wijst op de boten om aan te geven dat die het waard zijn om gefilmd te worden, en daarna loopt ze verder over het pad dat onder de verkeersbrug door loopt. Iets in haar is veranderd, en ze voelt een heftig onbehagen.

Haar telefoon gaat over, en ze is haar concentratie kwijt wanneer ze het toestel uit haar jaszak haalt. Ze kijkt op scherm naar de nummerweergave en voelt zich terneergeslagen wanneer ze ziet dat *hij* het weer is. Ze prutst wat op het schermpje terwijl ze probeert het gesprek te weigeren, maar door de dikke stof van die stomme gespikkelde handschoenen krijgt ze geen grip, en de telefoon glijdt uit haar handen en valt in de nattigheid langs de grasrand.

Toby is haar een stap voor en raapt de telefoon op voordat die echt beschadigd raakt, en de luide beltoon klinkt nog steeds wanneer hij haar de telefoon weer overhandigt. Hij werpt een korte blik op het scherm, met een vragende blik in zijn ogen.

'Wie is D?' vraagt hij. 'Word je door iemand lastiggevallen? Martha? Wat is er aan de hand?'

'Ik...' begint ze terwijl ze even moeizaam slikt, maar ze lijkt niet in staat om haar gedachten in een logische volgorde te zetten.

Toby steekt een hand op ten teken dat Sally en Jay moeten blijven staan, waarna hij Martha naar de reling leidt zodat ze daar even tegen kan leunen. 'Je ziet heel bleek,' zegt hij tegen haar. 'Iets heeft je overstuur gemaakt.'

Als Martha niet zo van slag was, zou ze woedend op zichzelf zijn omdat ze haar kwetsbaarheid zo open en bloot toont. Maar op dit moment is ze bijna misselijk, en het heeft geen zin om hem weg te duwen, om het kwaaie kreng uit te hangen, de rol die haar het meest op het lijf geschreven is.

'Ik heb gewoon even een minuutje nodig,' zegt ze terwijl ze met haar handen over haar gezicht wrijft en diep ademhaalt. 'Het is iets en tegelijk is het niets, het is een herinnering aan die avond, hier. Juliet en ik waren er, en er was nog iemand, en het voelt goed, totaal niet onheilspellend, maar ik laat haar wel alleen achter, en... en...' Ze kijkt Toby ontzet aan, en vraagt dan zacht: 'Was het mijn schuld, Toby?'

Tot haar verbazing pakt hij haar stevig bij de schouders en kijkt haar vastberaden aan, met ogen die haar zo bekend voorkomen dat ze even geen woord kan uitbrengen. 'Nee,' zegt hij beslist. 'Nee, het is niet jouw schuld. Jij hebt haar toch zeker niet meegenomen? Hoe kon jij nou weten wat Juliet zou overkomen? Jullie waren nog kinderen, en je moet hiermee ophouden. Je zult de reden achter haar verdwijning nooit achterhalen als je nu instort, Martha. Kom op, daar ben jij veel te sterk voor.'

Alle lucht die ze heeft verzameld lijkt haar lichaam met een grote zucht te verlaten, en ze knippert met haar ogen ten teken dat hij haar moet loslaten. Het is een vreemde dynamiek. In plaats van zich verzwakt te voelen door zijn kracht, voelt ze zich erdoor gesterkt. Ze had een moment van zwakte en hij heeft haar weer tot rust gebracht, dat was alles.

'Klaar om door te gaan?' vraagt hij waarna hij zijn duim omhoog steekt naar Sally en Jay. Daarna lopen ze verder. 'En? Heb je die picknickplek nog gezien?' vraagt hij nadat ze een paar minuten zwijgend hebben gelopen. Hij probeert de sfeer luchtig te houden. 'Of heb je nog iets anders ontdekt?'

Natuurlijk weet Martha niet meer precies waar die picknickplek was, hoewel ze zich hem ondertussen wel gedeeltelijk herinnert, al zijn de details ontzettend vaag. Ze weet nog dat ze boterhammen met gebakken ei hebben gegeten op een rode deken met Schotse ruit, maar ze weet niet meer wat ze droeg of waar ze hebben aangelegd om te gaan eten. In gedachten ziet ze Liv dreigen om Tom overboord te duwen als hij aan haar behabandje bleef trekken, maar ze heeft geen idee meer waarom ze dat uitstapje eigenlijk hebben gemaakt. Wat is een normale hoeveelheid herinneringen, vraagt ze zich af. Het is toch logisch dat niemand zich alles van elke dag in zijn of haar leven kan herinneren? En hoe kunnen we ons herinneringsvermogen vergelijken met dat van een ander wanneer we nooit in elkaars hoofd kunnen kijken en nooit een gebeurtenis op precies dezelfde manier kunnen ervaren, ook al gaat het om een gedeelde ervaring?

'Hoor eens, het is een hele tijd geleden,' zegt ze nadat hij haar opnieuw heeft gevraagd of iets haar bekend voorkomt. 'Ik ben die zomer maar een paar weken vrijwilliger geweest bij Square Wheels. Kun jij je alles nog herinneren wat je als tiener hebt gedaan?'

'Het meeste wel,' zegt hij terwijl hij de kraag van zijn jas losser trekt tegen de toenemende warmte van de zon. 'Behalve dan de keren dat ik dronken was, neem ik aan. Sommige van die herinneringen zijn een beetje wazig.'

Een beetje wazig, denkt ze. Dat mocht ze willen. Zij wás een groot deel van die tijd dronken geweest. Ladderzat. Toentertijd was dat gewoon een van de dingen waardoor hun vriendengroepje uit elkaar begon te vallen, en zelfs nu schaamt ze zich daar nog voor. Ze heeft, vreemd genoeg, een heel heldere herinnering aan een andere maanverlichte zomeravond waarop ze beneveld was, een avond dat het in de straten van Londen zacht gonsde van de geluiden van cafébezoekers die huiswaarts keerden, in de verte dichtslaande autoportieren en café-uitbaters die hun zaak sloten voor die avond. Het zachte, meanderende klotsen van water tegen de oever. Juliet en Liv die aan weerszijden van haar op het houten bankje langs het kanaal zaten terwijl ze haar haren uit haar gezicht hielden en over haar rug wreven en zij tussen haar voeten op het pad overgaf. Ze waren die avond bij haar gebleven – en op zoveel soortgelijke avonden – tot lang na het tijdstip waarop ze thuis hadden moeten zijn, tot zij voldoende was ontnuchterd om thuis afgeleverd te kunnen worden, waarbij ze altijd hoopte dat het bij haar thuis stil zou zijn omdat de andere bewoners sliepen. Maar dat was gewoon iets kortstondigs geweest, het moedwillige gezuip van een eenzaam meisje dat had geprobeerd om haar verdriet en verwarring het hoofd te bieden op de enige manier die ze kende. Het was niet enkel en alleen omdat haar ouders zelf stevige drinkers waren, hoewel ze zeker weet dat veel psychoanalytici dat graag zouden samenvatten in een keurige verklaring. Veel jongeren hebben een fase waarin ze flink zuipen – zelfs Toby, zo te horen – en Martha was gewoon een van hen. Ze heeft altijd minachtend gelachen wanneer anderen zeiden dat ze zich, heel toevallig, niets meer konden herinneren na een avondje zuipen. Martha wist bijna altijd wat er was gebeurd wanneer ze dronken was geweest. Dat was nou net het probleem. Om precies te zijn was dat de reden waarom ze, toen ze eind twintig was, voorgoed met drinken was gestopt. Tegen die tijd had ze geen moeite zich haar wangedrag te herinneren; ze had juist moeite om het te vergeten.

'Nou, misschien was dat het wel,' zegt ze met een gemaakt glimlachje terwijl ze de beelden weer terugduwt, de schaduwen in. 'We waren vast bezopen.' Ze blijft staan op een plek op het pad waar de heg onderbroken wordt en de straat erachter zichtbaar is. 'Hier was het,' zegt ze terwijl ze naar het oude bankje kijkt dat het begin aangeeft van de eerste in de rij woonboten die langs het kanaal afgemeerd ligt. 'Hier is de fiets destijds gevonden.' Ze loopt naar de bank en leest de inscriptie: CLARA MAY AVERY, GELIEFDE ECHTGENOTE. Het is dezelfde bank met dezelfde inscriptie.

Toby kijkt van links naar rechts langs het pad, hij pakt zijn telefoon om vanuit verschillende hoeken foto's te maken terwijl Martha naar de grasrand wijst bij de plek waar de heg wordt onderbroken. 'Destijds, toen de politie de zaak onderzocht, hebben er foto's van in de krant gestaan. De fiets lag hier, met een wiel over het pad. Kennelijk is het gebied uitgekamd, maar ze hebben totaal geen bruikbare forensische sporen kunnen vinden.'

'Hoe weet jij dat?' vraagt Toby.

'Ik heb een contactpersoon bij de Metropolitan Police. Ik heb gisteravond kort met hem gesproken en hij heeft ermee ingestemd om ons te helpen voor zover hij dat kan.'

'Was hij betrokken bij het oorspronkelijke onderzoek?'

Martha knikt. 'Ja. Weliswaar zijdelings, maar hij kan zich de zaak nog goed herinneren. Hij heet Finn Palin, maar we moeten voorzichtig te werk gaan. Hij is met pensioen, en veel van wat hij me heeft verteld is heel erg onofficieel. Dus hou het voor je.'

Toby trekt een argwanend gezicht.

'En nee, ik ben niet met hem naar bed geweest om aan die informatie te komen, mocht je dat soms denken.'

'Ik heb nooit gezegd dat ik dat...' protesteert Toby, maar dan ziet hij de grijns op Martha's gezicht.

Ze steekt haar handen in haar zakken, blij dat ze erin zijn geslaagd om de sfeer tussen hen wat te ontdooien. 'Hij heeft mijn vader gekend.'

'Heeft jouw vader bij de politie gezeten?' vraagt hij.

Martha knikt alleen even, zonder Toby aan te moedigen om door te vragen. 'Goed,' komt ze weer ter zake. 'De fiets lag hier, ongeveer driehonderd meter bij de plek vandaan waar ik haar voor het laatst heb gezien, volgens de politieverklaring die ik de volgende dag heb afgelegd.'

Toby staart naar de lege plek waar Juliets fiets ooit heeft gelegen. 'Dat ding was niet echt verstopt, hè? Als ik hier iemand zou willen ontvoeren, dan denk ik dat ik de fiets uit het zicht zou hebben geduwd zodat die geen aandacht zou trekken terwijl ik me uit de voeten maakte. Misschien had ik hem wel in het kanaal geduwd. Maar ik zou hem hier niet open en bloot hebben laten liggen.'

Als Sally en Jay zich bij hen voegen, wendt Martha zich tot hen. 'Volgens mij is dit een mooie plek om ons in beeld te nemen. Mochten we in het programma een beroep op het publiek moeten doen, dan frist deze plek het geheugen van de kijkers misschien op.'

Sally trekt haar parka uit en knoopt de mouwen om haar middel als een tiener. 'Denk je dat het hier is gebeurd?' vraagt ze.

'Zou kunnen,' zegt Martha. 'Hoewel een van de banden lek bleek te zijn. Dus het kan ook zijn dat iemand anders de fiets heeft opgepakt om hem te stelen en hem vervolgens weer heeft neergegooid toen hij ontdekte dat een van de banden lek was. Iemand die wellicht helemaal niets met Juliets ontvoering te maken heeft. Er zijn verscheidene vingerafdrukken aangetroffen op het fietsstuur, maar geen van die afdrukken zat in de database van de politie.'

Jay zet de camera zo neer dat die naar buiten gericht staat en hij de woonboten, de bank en het pad in beeld heeft. Hij werkt zwijgend, met een stompje potlood tussen zijn door koffie vergeelde tanden geklemd. Hij knikt naar Martha om aan te geven dat ze kunnen beginnen.

Toby lijkt diep in gedachten verzonken. 'Zette ze die fiets normaliter op slot?'

'Altijd. Dat was een grapje tussen ons omdat het zo'n waardeloze oude fiets was. Liv zei altijd dat geen mens dat ding zou stelen, ook al zou je een lintje om het stuur binden met een kaartje eraan waar NEEM MAAR MEE op stond. Maar Juliet was een gewoontedier. Ze deed haar fiets altijd op slot.'

'Dus het feit dat die fiets ergens lag en niet op slot zat, lijkt een nogal duidelijke aanwijzing dat Juliet door iemand is verrast. Vind je ook niet?'

'Absoluut. Dat is ook een van de redenen dat wij, Liv en ik, zo overstuur waren toen de politie concludeerde dat ze was weggelopen. Ik weet dat het raar klinkt, maar zelfs áls Juliet van plan was geweest om weg te lopen, dan zou ze haar fiets ergens hebben neergezet met het kettingslot erom. Ze was heel ordelijk. Ze vond het prettig om alles op een bepaalde manier te doen. Je zou kunnen zeggen dat ze voorspelbaar was. Toen ik hoorde dat er helemaal niets van haar kamer was verdwenen, wist ik dat die theorie gelul was. Juliet zou nooit zijn weggegaan zonder het nauwkeurig en precies te plannen, of zonder een briefje achter te laten waarin ze een streep onder alles zou hebben gezet. Maar afgezien daarvan weet ik dat ze gewoon nooit zou zijn weggelopen.'

'Kun je je nog herinneren wat ze als laatste tegen je heeft gezegd voordat jullie uiteengingen?'

Martha doet haar ogen even dicht. 'Ja. Vanaf het moment dat we het Waterside Café verlieten, heb ik haar aan haar kop zitten zeuren om me te vertellen waar Liv en zij ruzie over hadden gemaakt, maar ze liet niets los. Ik had al een tijdje het gevoel dat ze iets voor me verzweeg, en waarschijnlijk zat het me dwars dat ze geheimen voor me had. "En ik maar denken dat we elkaars beste vriendinnen waren," zei ik tegen haar, "maar tegenwoordig ben je vaker bij die stomme David Crown dan bij mij."' Martha houdt even op met praten, geschokt door de plotselinge en heldere ontboezeming, en ze probeert zich te herinneren waarom ze zoiets heeft gezegd. Maar waar die informatie hoort te zitten is slechts een leemte.

Toby zegt tegen haar dat ze verder moet gaan. Sally en Jay houden afstand, ze hebben de situatie duidelijk goed ingeschat en wachten op instructies.

'Ik weet nog hoe schuldbewust ze keek toen ik dat tegen haar had gezegd, maar het was niet zo dat ik dacht dat zij iets met hem had, meer dat ik jaloers was omdat ze liever tijd doorbracht met een vrijwilliger dan met mij. Ik weet het niet, Toby. Misschien interpreteer ik het wel helemaal verkeerd.' Ze concentreert zich op de herinnering. 'Daarna zijn we zwijgend verder gelopen, tot ik zei dat ik terug moest naar het café om mijn tas te halen. Zij zei toen: "Het is echt niets belangrijks, Mart. Kom morgen gewoon bij mij, dan zal ik je alles vertellen." Ze zei dat het haar speet dat ze zo'n slechte vriendin was, daarna omhelsde ze me en dat is alles.'

Martha haalt even diep adem en kijkt Toby dan aan. 'Ik had mijn tas niet vergeten.' Ze fluistert heel zachtjes, want ze wil niet dat Sally en Jay het horen. 'Ik denk dat ik haar gewoon wilde straffen omdat ze me buitensloot. Ik wilde haar gewoon laten merken dat ik boos was, ik wilde ervoor zorgen dat ze me de waarheid vertelde.'

Hoe zou iemand kunnen denken dat het Martha's schuld níét was, in elk geval een klein beetje?

9. Casey

Beste Martha
Re: Eerste vragen

Nu ik weer in het land ben, heb ik kans gezien om je e-mail door te nemen. Ik weet niet hoeveel je aan me zult hebben, aangezien het allemaal al zo lang geleden is. Maar ik zal mijn uiterste best doen!

In je aantekeningen schreef je dat in mijn politieverklaring staat dat ik Juliet het laatst heb gezien in het Waterside Café, voordat jullie tweeën die avond vertrokken. Ja, volgens mij hebben we lichte onenigheid gehad, maar het was zo onbeduidend dat ik geen idee heb waar het over ging. Daarom staat er waarschijnlijk niets over in mijn verklaring. Ik weet zeker dat het echt niets voorstelde.

Juliets broer, Tom... als ik heel eerlijk ben, kan ik me niet veel over hem op die avond herinneren. Je zei toch dat hij heel erg dronken was? Denk je dat hij er iets mee te maken had? Ik heb eens nagedacht, op een vrijdagavond tijdens de kerstvakantie zouden overal in Londen veel vreemden – bezoekers, toeristen, enzovoorts – op de been zijn geweest. Ik heb altijd gedacht dat het heel goed een toevallige ontmoeting met een onbekende op het jaagpad kan zijn geweest.

En natuurlijk kan ik me David Crown nog herinneren – ik vond hem echt heel aardig. Hij deed toch al dat vrijwilligerswerk? Volgens mij heeft zelfs hij een jaar de marathon gelopen, voor de Samaritans. Ik weet dat hij is verdwenen, zo rond dezelfde tijd als Juliet, maar ik kan niet geloven dat hij er verantwoordelijk voor was. Heb je nog andere verdachten?
Ik hoop dat deze mail iets nuttigs bevat, en aarzel alsjeblieft niet om nogmaals contact met me op te nemen.

Het beste, Liv x

Ik heb vanochtend urenlang mijn antwoord aan Martha doorgenomen, want ik wilde het precies goed krijgen. Ze had me een lijst met vragen gestuurd over Juliet en het tijdstip van haar verdwijning, zo specifiek dat er nader onderzoek nodig was. Ik had ergens een artikel gelezen waarin stond dat David Crown de marathon had gelopen, op een website met plaatselijk nieuws, dus dat heb ik voor alle zekerheid maar vermeld, en ik heb ook gezegd dat ik niet dacht dat hij het had gedaan, omdat ik na bestudering van de krantenknipsels uit die tijd geloof dat iedereen met een greintje verstand tot die conclusie zou komen! Ik weet zeker dat ze me er dankbaar voor zal zijn. Het is kortzichtig om je slechts op één verdachte te richten. Ik zou denken dat Martha dat zelf maar al te goed weet.

Sommige van haar vragen waren makkelijk te beantwoorden. Zo ken ik het Waterside Café bijvoorbeeld omdat ik daar rond mijn dertiende een paar keer met mijn ouders op een zondagochtend ben geweest om koffie te drinken. Ik vraag me af of het nog bestaat. Als ik me goed herinner, hing er overdag een heel gemoedelijke sfeer, maar was het 's avonds een favoriete uitgaansgelegenheid van de hippe lui uit Oost-Londen, en het had de reputatie dat er alcohol werd geserveerd aan jongeren onder de achttien. Dankzij mijn uitmuntende Pinterest-bord, dat ondertussen een nogal indrukwekkende omvang heeft gekregen, kon ik ook gebruikmaken van informatie over Juliets verdwijning die ik uit de kranten van die tijd heb opgedaan. Neem Tom, bijvoorbeeld! Ik had toen geen idee gehad dat Juliet een broer had, of als ik dat wel had was het me in elk geval niet bijgebleven. Daardoor begreep ik dat ik wat dieper zou moeten graven, dat ik meer bijzonderheden over het hele gezin moest verzamelen. Het zou vreselijk zijn om door de mand te vallen vanwege zo'n eenvoudig detail. Het gaat om de details, zoals ze zeggen!

Wat betreft mijn ideeën over een verdachte, nou, ik voelde me nogal verscheurd. Wat moest ik zeggen? Het leek nogal oneerlijk om andere suggesties aan te dragen, maar mijn reactie moest wel authentiek aanvoelen. Ik kon niet het risico lopen dat Martha in enig opzicht aan me zou gaan twijfelen. Terwijl ik aan deze e-mail werkte, waarbij ik telkens opnieuw mijn onderzoek raadpleegde, en een beeld van mezelf creëerde als Liv, besefte ik dat ik me heel lang niet zo voldaan had gevoeld. Op dit moment is mijn grootste angst dat onze correspondentie abrupt ten einde zal komen wanneer Martha erin slaagt om Juliets moordenaar te vinden, want ondertussen gelooft iedereen toch zeker dat ze dood is? En ik weet niet of ik dat kan verdragen.

Daarom heb ik een paar andere ideeën geopperd. Ik heb gesuggereerd dat Juliets broer Tom een verdachte kan zijn (dit was briljant, aangezien Martha niets in die richting had aangevoerd!). Ook heb ik de theorie aangedragen dat het een vreemde is geweest, een toerist die op doorreis was en die haar op het jaagpad had gegrepen. Dat David Crown wellicht volkomen onschuldig was, dat hij zelf misschien óók een slachtoffer was. Volmaakt.

Nadat ik de mail voor mijn gevoel wel honderd keer had herschreven, drukte ik eindelijk op de knop voor VERZENDEN.

Volgens mij heeft het verven van mijn haar een grote invloed op me gehad. Ik voel me heel anders, en niet alleen wanneer ik in de spiegel kijk naar mijn nieuwe, jongere ik, maar ook in mijn diepste wezen! Wie had kunnen denken dat ik zo creatief, zo vernuftig kon zijn? In elk geval mijn moeder niet, die al die fictie maar tijdverspilling vond! Zij was de koningin van de glossy's en vulde haar geest met inhoudsloze verhalen over rijke en beroemde mensen, terwijl ik liever mijn toevlucht zocht in fictieve werelden, werelden waarin ik alles of iedereen kon zijn die ik wilde. Het voornemen om op een goede dag zelf een roman te schrijven wordt steeds sterker in mijn binnenste, en ik vier mijn goede stemming door een royale plak dambordcake te eten en een kopje zoete thee met veel melk te drinken.

Nu hoef ik alleen op Martha's antwoord te wachten. Ik kan niet wachten om te horen wat ze hierna van me wil.

10. Martha

Finn Palin blijkt een rijke bron van informatie te zijn. Gisteravond belde hij om de details te delen die hij uit de oorspronkelijke aantekeningen van het politiebezoek aan David Crown heeft gehaald. Dat verslag bevestigt dat de agenten niet op de hoogte waren van de eerdere beschuldiging van aanranding aan zijn adres ten tijde van zijn verdwijning. Maar nadat Finn wat dieper had gegraven, kon hij Martha vertellen om welke school het ging en wanneer het probleem had gespeeld, maar hoezeer ze ook had aangedrongen, hij had geweigerd om de naam van het betreffende meisje prijs te geven. 'Het doet er niet toe hoe goed we elkaar kennen, Martha Benn,' had hij op strenge, vermanende toon gezegd. 'Je krijgt haar naam niet. Ons korps heeft de melding niet in behandeling genomen, en bovendien was er geen zaak om te onderzoeken. Het meisje heeft de aanklacht ingetrokken. Ik wil niet dat jij of een van je medewerkers dat arme kind gaat lastigvallen.' Martha wist dat ze niet verder moest aandringen als ze in de toekomst nog verzekerd zijn wilde van zijn steun.

Deze ochtend hebben Toby en zij een afspraak voor een Skype-gesprek met Jane Needham, de huidige directrice van de school in Bedfordshire, die ten tijde van de beschuldiging in 1986 een naaste collega van David Crown was. Ze spreken af om het gesprek bij Martha thuis te voeren en nu, terwijl Toby zijn laptop uitpakt en op de eettafel plaatst, zet Martha thee aan haar kookeiland.

'Ik dacht dat ik vanuit mijn appartement een mooi uitzicht had,' zegt Toby, terwijl hij bewonderend fluit. 'Wat een superplek is dit, zeg.'

Martha krijgt bijna nooit bezoek en ze voelt haar gêne de kop opsteken na zijn insinuatie over haar rijkdom. Zíjn appartement is vast door pappie betaald.

'Ik wilde een rustig plekje. Bijna onmogelijk in Londen, tenzij je de hoogte in gaat.'

Toby pakt het kopje van haar aan en trekt nog een stoel bij zodat ze naast elkaar kunnen zitten, voor het scherm. 'Zo heb ik het nooit bekeken. Ik heb me altijd afgevraagd waarom mensen zoveel geld willen neertellen om in een hoge flat te wonen, maar nu ik dit uitzicht over de stad zie, begrijp ik het. Ik zou best kunnen leven met dat uitzicht.' Hij gaat met een hand door zijn haar en trekt zijn kraag recht, waardoor hij op en top een kostschooljongen lijkt, terwijl hij zich voorbereidt op zijn verschijning op het kleine scherm. 'Klaar?'

Als de ringtone door de grote kamer echoot, bekruipt Martha het angstige gevoel dat Jane Needham van gedachten is veranderd. Ze had geen flauw benul gehad hoe moeilijk het zou zijn om mensen te vinden die bereid waren om publiekelijk over de zaak van Juliet te praten. Ze wacht nog steeds op een uitgebreid antwoord van Liv, en ze maakt zich steeds meer zorgen over haar betrouwbaarheid. Ondertussen moet ze toch wel weer terug zijn in Engeland? Martha denkt terug aan de manier waarop Liv zich in de weken na Juliets verdwijning in zichzelf terugtrok, en ze vraagt zich af of ze ooit weer echt uit haar schulp is gekropen. Misschien heeft Liv het nooit echt achter zich kunnen laten, in tegenstelling tot Martha met haar nieuw opgebouwde leven en garderobe, haar beschaafdere accent en wekelijkse manicures, en is de traagheid waarmee ze naar buiten treedt in werkelijkheid een façade voor haar pijn. Martha vraagt zich af hoe het komt dat zij zich er zo gemakkelijk voor kan afsluiten, waarom zij haar kindertijd en het trauma van het verlies van een vriendin kan wegstoppen. Misschien zit er een steekje aan me los, denkt ze, niet voor de eerste keer.

Net als ze de hoop op het videogesprek heeft opgegeven, beantwoordt Jane Needham de oproep en verschijnt haar gezicht op het hoofdscherm. Ze ziet er kunstzinnig uit: haar oorbellen zijn grote, gele ovalen, haar witblonde haar zit in een slordige chignon en om haar hals draagt ze een felgekleurde sjaal.

'Hallo?' zegt ze. 'Hallo? Sorry, het kostte me even wat moeite om uit te vogelen hoe dit Skype-gedoe werkt. Meestal regelt mijn zoon alles als ik wil praten met mijn zus in... sorry! Jullie willen het natuurlijk helemaal niet over mij en mijn familie hebben.' Ze lacht zenuwachtig.

'Dag, mevrouw Needham.' Toby bemoeit zich ermee om haar nervositeit wat tot bedaren te brengen. Hij wijst op Martha. 'Ik ben Toby en dit is Martha Benn. Vindt u het goed als we u Jane noemen?'

Ze glimlacht, en Martha weet direct dat ze een goede getuige zal zijn die eerlijk de waarheid spreekt.

'Natuurlijk!'

'We zijn heel blij dat je ons te woord wilt staan, Jane,' zegt Toby, nog meer charmes in de strijd gooiend. 'Zoals ik tijdens ons telefoongesprek al zei, onderzoeken we een onopgelost misdrijf dat achttien jaar geleden in Londen heeft plaatsgevonden, en we willen jou heel graag wat vragen stellen over een van de hoofdverdachten in die zaak, meneer David Crown.'

Jane knikt, en er verschijnt een ernstigere uitdrukking op haar gezicht. 'Ja. Ik kende David behoorlijk goed.'

Martha steekt een vinger op. 'Even iets voor we verdergaan. Jane, vind je het goed als we dit gesprek opnemen? Voor het programma? We zullen er niets van gebruiken zonder je eerst om toestemming te vragen, maar het scheelt ons tijd als we het later niet nog een keer hoeven te filmen.'

Jane drukt haar handen tegen haar wangen. 'O. O, daar had ik niet bij stilgestaan...' Na een korte aarzeling laat ze een zacht lachje horen. 'Ik bedoel, ja, ik vind het prima.'

'Mooi. Goed dan, David Crown,' gaat Martha verder. 'Hij werkte bij jou op school, van 1983 tot 1986?'

'Dat klopt. Als ik het goed heb, was het de tweede baan na zijn afstuderen, en we zaten bij dezelfde sectie: geschiedenis. Het was toen een meisjesschool, niet gemengd, zoals tegenwoordig, wat in bepaalde opzichten meer problemen kan veroorzaken voor leraren zoals David.'

Martha buigt zich verder naar voren, alsof Jane echt tegenover haar aan tafel zit. 'Leraren zoáls David?'

'Nou, David was een bijzonder knappe jongeman. Heel aantrekkelijk. Het was niet ongewoon dat een meisje als Vicky Duke verliefd werd op een mannelijke leraar.'

Martha kan niet geloven hoe gemakkelijk de naam over de lippen van Jane Needham komt. Ze schrijft hem nonchalant op, zonder haar blik van het scherm af te wenden.

'Denk jij dat dat in dit geval is gebeurd?' vraagt Toby.

'Tja, nou... het zou kunnen. Al was Vicky altijd bijzonder lichtgeraakt, en voor zover ik heb begrepen had David het haar moeilijk gemaakt in de les de dag voordat ze hem beschuldigde. Je kunt wel stellen dat Vicky behoorlijk onhandelbaar was. Haar ouders waren uit elkaar, ze woonde bij haar moeder en vier broers en zussen, en ik weet nog dat ze bij de docenten bekendstond als een lastpak. Een aandachttrekker, zou je kunnen zeggen. Ze moest voortdurend nablijven of ze kwam helemaal niet opdagen. Hoe dan ook, in dit geval was ze constant te laat gekomen, had ze haar huiswerk niet ingeleverd, had ze telkens een grote mond, enzovoort, en op die dag zat het David tot hier. Hij vertelde me – direct na die les overigens, omdat hij kwaad was dat hij zijn emoties niet in bedwang had kunnen houden – dat hij tegen haar had gezegd dat ze nooit iets zou bereiken als ze al haar harde werk vergooide om haar vrienden te imponeren. Toen ze tegen hem zei dat hij kon oprotten, zei hij dat ze de volgende avond moest terugkomen om na te blijven. Toen moet de vermeende “aanranding” hebben plaatsgevonden.’

‘Waren ze alleen tijdens het nablijven?’

‘Nee! In een school van deze omvang moeten er elke dag minstens tien leerlingen nablijven. Maar zij beweerde dat hij haar vroeg om nog even te blijven nadat hij alle anderen aan het einde had weggestuurd.’

Martha voelt zich misselijk. Het klinkt zo plausibel. Als er een meisje met dit verhaal bij haar zou komen, was de kans toch zeker groot dat ze het zou geloven? Ze zou eerder het meisje geloven dan de man. ‘Waar werd hij precies van beschuldigd?’

Jane kijkt omlaag naar haar aantekeningen. ‘Ik heb hier de verklaring van het voormalige schoolhoofd, uit 1986. Als jullie willen, kan ik die wel hardop voorlezen. Er staat: “Volgens Vicky zei meneer Crown tegen haar, zodra het klaslokaal leeg was, dat ze achter zijn bureau moest komen zitten, vlak bij hem. Ze beweert dat hij op dat moment zijn hand onder haar rok liet gaan, in haar onderbroek (ruw) en tegen haar zei: ‘Dat is alles waar jij goed voor bent,’ en dat hij haar daarna zei dat ze naar huis kon gaan.” Het is niet echt prettig om te lezen,’ zegt Jane met een frons.

‘Jezus,’ fluistert Toby. ‘Als het waar is, klinkt hij echt heel gevaarlijk.’

‘Ja, maar dat is het hem nou juist,’ zegt Jane, en ze gebaart zo heftig met haar hand dat het scherm even wazig wordt. ‘Hij was echt een alleraardigste man. We hadden nog nooit zo’n klacht over hem gehad, integendeel zelfs. Iedereen mocht hem graag: de leerlingen, andere docenten en de ouders. Ik weet dat het toenmalige schoolhoofd dolgelukkig met hem was, want toen nam het aantal mannelijke leerkrachten al af en ze was blij dat er een intelligente jongeman als David voor haar werkte. Het was zonneklaar dat sommige meisjes hoteldebotel van hem waren, maar dat leek hem volledig te ontgaan. Hij was gelukkig getrouwd en voor zover ik me kan herinneren was hij een eersteklas leraar. Ik denk dat het jullie moeite zal kosten om iemand te vinden die bereid is te zeggen dat David Crown geen aardige man was.’

Ja, hij was een heel aardige man, of niet soms? Martha herinnert zich hem als iemand die zich op zijn gemak voelde in het gezelschap van anderen, een man die sympathiek werd gevonden door anderen. Iemand die door iedereen in vertrouwen werd genomen. Was hij echt zo, een goede, aardige altruïst, altijd bereid om anderen in nood te helpen? Of, wat nu meer voor de hand lijkt te liggen, verschafte zijn betrouwbare uitstraling hem de middelen om een gevaarlijke manipulator te kunnen zijn?

'Maar de zaak is toch nooit aanhangig gemaakt bij de politie, Jane?' vraagt Martha. 'Vicky heeft de beschuldiging toch ingetrokken?'

'Dat klopt. Ik ken de omstandigheden niet precies, maar dat heeft ze inderdaad gedaan. Onder aan de verklaring van het schoolhoofd staat met de hand geschreven dat Vicky haar beschuldiging zonder voorbehoud intrekt. Dat was slechts een paar dagen nadat ze haar aanvankelijke beschuldiging had geuit.'

Na hun Skype-interview met Jane Needham laat Martha Toby uit en pakt dan haar mobiele telefoon om Finn Palin te bellen voor een vervolggesprek over David Crown. Terwijl ze voor haar grote ramen staat, kijkt ze uit over de stad terwijl ze wanhopig haar best doet om alle details van haar recente gesprekken en ontdekkingen met elkaar in verband te brengen, om iets – wat dan ook – te vinden wat hen verder kan helpen. Opeens voelt ze zich hondsmoe vanwege de enorme omvang van de zaak, en voor de eerste keer vraagt ze zich daadwerkelijk af of ze ooit in de buurt van een doorbraak zullen komen. Het is slechts een kwestie van tijd voordat de omroep zal aandringen op een update, en hoeveel zijn ze nou echt opgeschoten?

Voordat Toby vertrok heeft hij aan Martha gevraagd of ze ooit iets heeft gezien wat erop wijst dat Juliet en David een relatie hadden, en daar heeft ze nee op geantwoord. Plotseling voelt ze de aandrang om die Square Wheels-foto nogmaals te bekijken, en ze spreidt haar paperassen uit op de eettafel en vindt de betreffende foto. Ze loopt ermee naar het raam om hem aan een nader onderzoek te onderwerpen. Er is iets mee: Juliet, hetzelfde gekleed als op deze foto, haar haren los, het witte hesje van de vrijwilligers dat een schril contrast vormt met de donkere kleur van haar jas. Een korte herinnering komt bij Martha boven, en hoe verder ze erop inzoomt, hoe helderder en sterker die herinnering wordt.

Nadat Martha in de zomer van 1999 was gestopt als vrijwilliger voor Square Wheels, was Juliet doorgegaan. Sterker nog, ook Liv was er nog een tijdje mee doorgegaan. Uiteindelijk was Liv ermee opgehouden, voordat Juliet verdween, maar dat was slechts een week of twee eerder geweest, en niet een aantal maanden, zoals Martha aanvankelijk per abuis had gedacht. Livs ouders hadden haar steeds vaker nodig gehad, vanwege alle kleintjes die in de gaten gehouden moesten worden terwijl haar moeder nachtdiensten draaide, dus begin december was Juliet de enige van hen drieën geweest die er nog werkte. Ze deed haar werk voor Square Wheels met overgave, ook al kreeg ze er niet voor betaald, en ze liet vaak een avondje uit schieten om een dienst van twee uur te draaien met David Crown en haar medevrijwilligers. Waarom had Martha het zoveel eerder opgegeven dan de anderen? Ze deden alles samen, dus dat sloeg nergens op. Ze neemt zich voor om Liv er in haar volgende e-mail naar te vragen.

Op deze specifieke avond, half december, was Martha iets na negenen 's avonds naar Juliets huis gefietst, ze weet nog dat openingsmuziek van het avondjournaal had geklonken toen ze de deur uitging. Die had ze zelfs boven het gesnurk van haar vader uit gehoord, die na zijn bezoek aan de pub in zijn leunstoel had zitten slapen. Juliet was echter niet thuis geweest.

'Ze werkt vanavond bij Square Wheels,' had meneer Sherman tegen haar gezegd, terwijl hij in de open deuropening stond en op zijn horloge keek. 'Ze had de vroege dienst, dus ze zal wel bijna klaar zijn. Waarom ga je haar niet tegemoet?' stelde hij voor, waarna hij zei dat ze die avond best mocht blijven slapen als ze dat wilde.

Mevrouw Sherman had even om de hoek van de woonkamer gekeken en naar Martha gezwaaid. 'Ik hou een vispastei warm in de oven,' riep ze toen Martha zich omdraaide. 'Er is genoeg voor jullie allebei.'

Martha was langs het kanaal, over het donkere pad naar de hut van Square Wheels gefietst die in de verte als een baken oplichtte. Het was een bouwvallig oud gebouwtje, niets meer dan een soort garage, geschonken door een gepensioneerde zakenman die de ruimte niet langer nodig had voor zijn timmerwerk. De zijwanden van golfplaat waren versierd met een kunstwerk van oude fietswielen en een handgeverfd bord, zoals je ze ook aantrof op de zijkant van boothuizen langs het kanaal. Toen Martha dichterbij kwam, zag ze slechts twee fietsen tegen de naastgelegen reling staan, en ze herinnerde zich dat Juliet tegen haar had gezegd dat het aantal vrijwilligers altijd afnam tijdens de feestdagen, net wanneer ze het hardst nodig waren. Hoewel Juliet het niet als steek onder water had bedoeld, schaamde Martha zich dat zij een van die winter-opgevers was, en toen ze dichter bij de hut kwam, merkte ze dat ze zenuwachtig was bij het vooruitzicht om David Crown voor het eerst in maanden weer onder ogen te komen. Wat zou hij van haar denken nadat ze de afgelopen zomer zo abrupt was verdwenen? Ze wilde niet dat hij slecht over haar zou denken.

Haar remmen piepten hard toen ze onhandig voor de open deuren van de hut tot stilstand kwam, en door dat geluid keken David Crown en Juliet op van wat een innige omhelzing leek. Op Juliets betraande gezicht lag een geschrokken uitdrukking, maar niet op dat van David, en Martha voelde zich even volledig van haar stuk gebracht bij het zien van iets wat zo duidelijk leek, maar daarna verdween als een pluimpje rook. David glimlachte warm, zonder een spoor van venijn of schuldgevoel, en hij gebaarde Martha dichterbij te komen door zijn hoofd iets schuin te houden, waarna hij het haar van Juliets vochtige wangen veegde en aan haar vroeg: 'Oké?'

Dat was alles. Oké? Toen Juliet zich bukte om haar tas op te rapen, richtte David Crown zijn blik weer op Martha en gaf haar een knipoog. Niet op een slijmerige of suggestieve manier, maar op een manier die zei: Ik ben blij dat je er bent, Martha. Wil jij ervoor zorgen dat je vriendin veilig thuiskomt? Die knipoog gaf haar een prettig gevoel. Het gevoel dat ze nuttig, volwassen en waardevol was.

Toen ze weggingen, haalde Juliet kort haar schouders op naar David, en ze sloeg haar rugzak over haar schouder en keerde haar fiets om zodat ze naast Martha over het pad langs het kanaal kon teruglopen.

Zodra ze buiten gehoorafstand van de hut waren, vroeg Martha: 'Wat was dat nou, Jules? Waarom had hij zijn armen om je heen geslagen?' Was ze jaloers? Ongerust? Wat had ze precies gevoeld? Ze had geen idee, maar er was boosheid of iets soortgelijks geweest. 'Wat is er aan de hand?'

'Dat kan ik je niet vertellen,' antwoordde Juliet. Ze wierp een korte blik achterom en keek toen weer schaapachtig naar Martha.

Met een boze blik vroeg Martha: 'Hoezo, je kunt het me niet vertellen? Je was... jij en hij... waren jullie...'

'Nee!' zei Juliet fel, nog voordat Martha alle woorden had uitgesproken. 'Doe niet zo debiel, Mart! O god, nee. We waren gewoon, je weet wel... aan het praten. Hij kan echt heel goed luisteren. We waren de boel aan het opruimen en toen vroeg hij of alles goed met me was omdat ik vanavond nogal stil was, en toen barstte ik in tranen uit. Belachelijk gewoon. Hij troostte me gewoon, dat is alles.'

Martha keek haar nog een keer achterdochtig aan, en besefte toen dat ze Juliet niet eens had gevraagd waaróm ze zo van streek was. Jezus, waarom was ze altijd zo egoïstisch? Misschien had haar vader wel gelijk, want ze dacht immers altijd als eerste aan zichzelf.

'Sorry, Jules,' zei ze toen. Alles voelde zo verkeerd de laatste tijd: haar vader, het drinken, die kloteschool, haar onzekere toekomst. Alles leek zo uit balans, en Juliets rare gedrag van vanavond versterkte haar gevoel van wanhoop. 'Ik weet niet waarom ik dat zei. Jules? Sorry. Maar waarom kun je het mij niet vertellen? Ik dacht dat we geen geheimen voor elkaar hadden.'

Juliet liet haar blik langs de inktzwarte lengte van het kanaal gaan, en keek daarna weer naar Martha. 'Goed. Hoor eens, ik kan je wel vertellen wat, maar niet wie.'

'Hm-m,' reageerde Martha, en ze beet snel op haar onderlip om te voorkomen dat ze weer zou gaan klagen.

'Ik heb iets met iemand.' Juliet wachtte op Martha's reactie, maar die staarde haar slechts aan zonder met haar ogen te knipperen, wat haar aanspoorde om verder te praten. 'Het is al een paar maanden aan, sinds het einde van de zomervakantie om precies te zijn, en, nou...' Ze bracht haar duim naar haar mond en beet op de nagel terwijl ze de juiste woorden zocht. 'En we houden van elkaar.'

Martha was overdonderd, en ze had geen flauw idee hoe ze hierop moest reageren. Eén tel kwam het bij haar op dat het einde van de zomervakantie het moment was dat zij bij Square Wheels was gestopt. Was het iemand die Juliet daar had leren kennen? Had ze het daarom zo lang voor haar verborgen kunnen houden? Juliet had nog nooit een vriendje gehad, ze had alleen wat geflirt met jongens van hun school. Liv had zat relaties gehad, de meeste slechts kort en ongecompliceerd, en ze bezat de gave om ze als onbeduidend af te doen met haar vrijpostige humor en haar gewoonte om altijd snel uit de school te klappen. Zelf had Martha op school een aantal vrij onschuldige handje-vasthoudenverkeringen gehad, gevolgd door een reeks dronken en gênante ontmoetingen in het afgelopen jaar, nadat ze haar maagdelijkheid in de steeg naast het Waterside Café had verloren aan een jongen die Jamie heette, en wiens daaropvolgende telefoontjes ze weigerde te beantwoorden. Maar Juliet? Niks. Ze had nog nooit zoiets gezegd over iemand. Martha was zich zelfs gaan afvragen of Juliet iemand was die geen enkele belangstelling voor seks of romantiek had.

'Nou, wat is het probleem dan? Waarom al die geheimzinnigheid als jullie van elkaar houden?'

Juliet schudde haar hoofd. 'Het ligt niet zo eenvoudig, Mart. Mijn ouders zouden het afkeuren.'

'Ken ik hem?'

Ze gaf geen antwoord en Martha slikte haar gekrenktheid weg. 'Waarom zouden ze het dan afkeuren?'

Nog steeds geen antwoord.

'Wat is er dan? Is hij ouder? Een beetje ruig? Drugsverslaafd? Wat kan er zo erg zijn dat je ouders het er niet mee eens zouden zijn?' Toen Juliet zwijgend verder liep, verloor Martha haar geduld. 'Godsamme, Jules! Ik dacht dat we vriendinnen waren. Beste vriendinnen, nota bene. Weet Liv het? Heb je het wel aan Liv verteld?'

Juliet keek haar zijdelings aan, en daar had je die blik! Betrapt. Ze had Liv alles over dit raadselachtige vriendje verteld, maar Martha vertelde ze niets. Zelfs die verrekte David Crown leek er meer over te weten dan zij. Ze stonden naast elkaar bij het begin van het pad naar de straat, waar hun wegen zich splitsten, hun fietsen met de voorwielen tegen elkaar, terwijl de razernij tussen hen oplaaide. Martha wilde die avond niet terug naar huis, wat ze daar ook te verstouwen zou krijgen: haar vaders door alcohol veroorzaakte woede of de narrige stilte van het dutje dat hij altijd deed na een cafébezoek. Maar ze kon nu ook niet meegaan naar Juliets huis, ondanks de uitnodiging van meneer Sherman, niet nu dit tussen hen in stond.

'Het spijt me,' fluisterde Juliet terwijl de tranen weer over haar wangen liepen. Na die woorden stapte ze op haar fiets en verdween in de verte.

Martha keek haar na, totdat ze zich afzette en naar de avondwinkel in Doe Street fietste, waar ze aan iedereen die geld had alcohol verkochten, hoe jong diegene er ook uitzag.

Met opzet laat Martha de herinnering daar stoppen; het heeft geen zin om zich een avond voor de geest te halen die naar alle waarschijnlijkheid akelig geëindigd is. Starend naar haar handpalmen laat ze de scène in gedachten steeds opnieuw de revue passeren, tot de nuances van die avond even duidelijk zijn als een recente herinnering. Hoe paste Liv in dit plaatje? Had Martha later druk uitgeoefend op Liv om haar Juliets geheim te verklappen? Dat zou ze zeker hebben geprobeerd. Maar toch kan ze zich dat tafereel niet voor de geest halen.

'Waar ben je in godsnaam, Liv?' zegt ze in de lege ruimte voor zich.

Alsof het een antwoord betreft meldt Martha's telefoon een grote hoeveelheid achterstallige e-mails, en daartussen bevindt zich er een van Olivia Heathcote, gemarkeerd als belangrijk, met als onderwerpregel: Re: Eerste vragen.

Eindelijk, denkt Martha. Misschien zullen de puzzelstukjes nu in elkaar gaan passen.

11. Casey

Ik ben niet altijd deze meelijwekkende, introverte persoon geweest. En ik ben niet altijd dik geweest. Ik vraag me vaak af hoe alles zou zijn gelopen als ik een broertje of zusje had gehad, iemand die me kon helpen om voor mama te zorgen zodat ik het niet alleen had hoeven doen. Als ik nu soms 's ochtends in bed lig en met mijn handen over de kwabben en plooien van mijn vlees ga, herken ik mezelf nauwelijks, hoewel ik er ondertussen al langer zo uitzie dan me lief is. Ik probeer me te herinneren hoe het was om stevige heupen te voelen onder mijn huid, de contouren van mijn ribben, de holten bij mijn sleutelbeenderen. Soms probeer ik mezelf voor de gek te houden en mezelf wijs te maken dat ik misschien nog steeds die magere, jonge vrouw ben, die slechts gevangen zit in dit zachte omhulsel van vlees, maar ik weet dat het niet zo is omdat het me niet genoeg kan schelen om het nodige te doen om dát lichaam terug te krijgen. Ik ga nooit op dieet, ik ontzeg mezelf niets, ik doe geen oefeningen en ik span me niet in. Zo ben ik tegenwoordig. 'Obees,' zei de dokter zes maanden geleden toen ik voor mijn prikkelbare darm op spreekuur kwam. 'U loopt risico.' Ik moest lachen toen hij dat zei, en sloeg mijn hand voor mijn mond om mijn tanden te verbergen, en de dokter keek me aan alsof ik knettergek was. Hij onderzocht me achter het kunststofgordijn van zijn spreekkamer en terwijl hij zijn vingers stevig in mijn pafferige buik drukte, stond ik mezelf toe om te fantaseren dat hij ze onder de elastieken tailleband van mijn onderbroek liet glijden. Was het verkeerd om zulke gedachten te hebben, vroeg ik me later af toen ik in bad lag en het moment opnieuw beleefde. Was het verkeerd van me om op die manier aan een vreemde te denken? Maar zijn aanraking, hoe professioneel en kort die ook was geweest, was mijn eerste lichamelijke contact in heel lange tijd, en het had iets onverwachts in me losgemaakt.

Mijn moeder zou het walgelijk hebben gevonden als ze mijn allerintiemste gedachten had kunnen horen. Zij verfoeide dat soort praat en hekelde het teruglopende niveau op de Britse televisie, de alles-moet-kunnenhouding van de hedendaagse jeugd. 'Vuiligheid,' zei ze vaak wanneer ze onbedoeld naar *Hollyoaks* of een onverwachte erotische scène op televisie had gezapt, en als homoseksualiteit ooit werd besproken of – nog erger – in beeld werd gebracht in een programma, mompelde ze ademloos 'ts-ts' om vervolgens van zender te veranderen. Lieve help, als ze ooit mijn gedachten had kunnen zien, die een stuk erger zijn dan alles wat ze ooit op televisie heeft gezien. Ze zou me een seksmaniak hebben gevonden – ook al ben ik eigenlijk nog nooit samen met een man geweest. Ik heb zelfs nooit een vriendje gehad, hoewel ik graag mag denken dat het niet veel heeft gescheeld. Sinds ik op mezelf woon, speelt dat steeds vaker door mijn gedachten, dat ik me moet openstellen voor nieuwe ervaringen, en ik denk dat het daarom zo vreselijk belangrijk voor me is geworden dat Martha in mijn leven is gekomen. Carl komt natuurlijk ook een keer per week bij me langs, en hij speelt vaak een rol in mijn dagdromen en in mijn dromen 's nachts. Dan fantaseer ik dat hij op een dag, zoals elke vrijdag, mijn boodschappen komt brengen en dan – als hij de laatste boodschappentassen heeft neergezet – de voordeur dichtdoet, zich naar me omdraait, mijn hand pakt en me naar boven leidt, naar de slaapkamer. Dan zal ik schuchter zijn en zeggen dat het mijn eerste keer is, maar hij zal me met tedere handen geruststellen en me uitkleden om me als een offerande op het bed te leggen: mijn benen schaamteloos gespreid terwijl mijn kleine borsten op en neer gaan. Hij zal een tijdje blijven staan om me te bekijken, ervan genieten dat ik daar in mijn volle lengte lig, en daarna zal hij zijn ruwe handen over de zachte plooien van mijn dijen laten glijden, op weg naar mijn geheime plekje. Wanneer we de liefde bedrijven zal hij zijn uniform aanhouden, en na afloop zal hij tegen me zeggen dat ik mooi ben om me ten slotte alleen achter te laten, languit op het bed, uitgeput en schitterend in mijn naaktheid. De laatste tijd stel ik me de scène ook voor met andere minnaars dan Carl. Soms met de postbode, soms met die aardige man van de dagtelevisie. Onlangs mocht ik van mezelf zelfs over Martha fantaseren. Die gedachten gingen door mijn hoofd op het moment dat Martha's volgende e-mail binnenkwam. Het geluidje van een nieuwe e-mail klonk uit mijn laptop die op de kaptafel aan de andere kant van de kamer stond en dat dwong me om uit bed te komen, terwijl ik daar best de hele ochtend had kunnen blijven liggen.

Nu ben ik beneden en zit ik in mijn ochtendjas aan de kleine tafel bij het raam aan de voorkant en open ik mijn inbox. Er druipt een zachte motregen langs de ruiten, die mijn zicht op de straat bemoeilijkt, waar de rest van de wereld gewoon doorgaat met zijn bezigheden: mensen die aan het werk zijn, schoolkinderen, mensen die hun hond uitlaten en joggers. Het valt me op hoe afgezonderd ik ben van die plek aan de andere kant van mijn voordeur, in welke mate de paar kamers in mijn kleine rijtjeshuis mijn universum zijn geworden. Tot mijn vreugde heeft Martha op mijn laatste e-mail gereageerd met meer observaties en vragen, maar het mooiste van alles is dat ze twee foto's van Juliet en haar vrienden bij Square Wheels als bijlage heeft meegestuurd, foto's die kort voor haar verdwijning zijn genomen. De eerste, zo schrijft Martha me, komt uit een artikel in een plaatselijk krantje over de liefdadigheidsinstelling Square Wheels. Daarop staan David Crown, Juliet Sherman, haar broer Tom en nog twee andere vrijwilligers van wie er een 'misschien Karen heet'. De tweede foto is een wat ongedwongener beeld van vier tieners die onder een boom aan het kanaal zitten te picknicken: Juliet, Martha, Liv en Tom. Martha gelooft dat David Crown die foto heeft genomen, hoewel ze moet bekennen dat ze zich de gelegenheid nauwelijks meer kan herinneren.

Herinner jij je dat boottochtje op het kanaal nog, Liv? vraagt ze in haar e-mail. *Juliets vader meent zich te herinneren dat het een beloning was, omdat we David Crown een weekend hadden geholpen bij een hoveniersklus. Ik heb het idee dat het iets te maken had met de renovatie van het schoolzwembad. Ik weet het niet meer precies en ik hoopte dat jij me er misschien meer over kon vertellen.*

Ze schrijft verder nog dat David, voordat hij hovenier werd, leraar was in Bedfordshire. Nou, dat is nieuws voor me, en ik ben kwaad op mezelf dat ik dat niet wist. Dat had ik móéten weten. Hoe kan ik iets over het hoofd hebben gezien wat zo cruciaal is voor zijn verleden? Martha vertelt me dat ze het hoofd heeft gesproken van de school waar in de jaren tachtig een aantijging tegen hem is geuit, die later weer is ingetrokken door de desbetreffende leerlinge. Deze oud-collega van hem was er kennelijk volstrekt van overtuigd dat de beschuldiging volkomen ongegrond was, hoewel David er uiteindelijk wel de school om heeft verlaten en is opgehouden met lesgeven. Arme man, denk ik. Mensen geloven altijd zo snel dat waar rook is ook vuur is.

Martha heeft ook gesproken met een 'bron' bij de politie. Wanneer ze me vertelt dat deze informatie 'strikt tussen ons' moet blijven en dat zijn identiteit geheim is, kan ik wel huilen van blijdschap! Kijk mij nou, zeg ik tegen de geest van mijn moeder, kijk mij nou toch in mijn nieuwe, spannende leven. Ik ben de beste vriendin van Martha Benn van de televisie. Ik ben een medewerker, een *insider*. Martha legt uit dat ze de politie er nog van moeten zien te overtuigen om Juliets zaak te heropenen, en ze is bang dat de televisiezender het programma zal afblazen wanneer ze in de komende week niet met iets interessanters op de proppen komt. Van dat idee raak ik zo in paniek dat ik het volgende uur besteed aan nader onderzoek – ik surf naar sociale media-groepen, krantenarchieven en stamboomwebsites, op zoek naar alles wat ik aan Martha kan doorspelen om het project in stand te houden. Het hoeft niet waar te zijn, het moet er alleen voor zorgen dat ze geïnteresseerd blijven. Gelukkig lukt het me om nog een paar stukjes informatie te vinden die ik aan mijn eigen Pinterest-bord kan toevoegen, en die verwerk ik subtiel in mijn antwoord aan haar.

Ditmaal komen mijn antwoorden snel, met een soepele zekerheid waaraan het eerst ontbrak. Dat Martha zich bepaalde dingen niet meer zo goed weet te herinneren, geeft mij de vrijheid om mijn antwoorden wat uitvoeriger te maken zonder dat ik bang hoef te zijn dat ik details fout heb!

Beste Martha,

Jeetje, zo te horen heb je een drukke week gehad. Bedankt voor die foto's en, o ja, dat bootreisje! Voor zover ik me kan herinneren hebben we David Crown een weekend geholpen met graven bij het oude schoolzwembad. Daar wilden ze een nieuwe tuin aanleggen. Volgens mij lag zijn project achter op schema, dus toen heeft hij ons vieren gevraagd om hem te helpen met de basiswerkzaamheden zodat hij weer op schema kwam. Dat boottochtje was zijn manier om ons te bedanken. Ik weet nog dat hij spullen voor een picknick had meegenomen – sandwiches, chips, appels en voor ieder een blikje cola – en de boot had hij geleend van een man die aan het kanaal woonde. Hij stond op goede voet met sommige woonbootbewoners aangezien zijn Square Wheels-hut daar in de buurt was. Ik weet nog dat we hebben gepootjebaad, en volgens mij hebben Tom en jij zelfs gezwommen. Het werd al donker toen we thuiskwamen. Het was een geweldige dag (behalve dan dat mijn schouders waren verbrand!).

Je vroeg me over wat ik je over Juliets 'geheime vriendje' kan vertellen. Wat dat betreft schiet me echt helemaal niets te binnen. Ik weet zeker dat ik destijds iets tegen de politie zou hebben gezegd als ik het had geweten. Weet je zeker dat je het je goed herinnert? Zoals je zelf al zei, had Juliet nooit vriendjes. Het is ook zo lang geleden. Misschien hield ze je voor de gek of zei ze dat ze iemand had om je te imponeren of je jaloers te maken? Je denkt toch niet aan Ethan, hè? Een van die dakloze mannen met wie ze vaak praatte op de avonden dat ze eten uitdeelde?

Ja, natuurlijk zou ik het leuk vinden om je te ontmoeten nu ik weer terug ben in Londen. Ik zal mijn agenda erbij pakken en dan neem ik wel contact met je op.

Ik hoop binnenkort weer iets van je te horen.

Liefs, Liv xx

Ik doe mijn laptop dicht en voel me op een aangename manier uitgeput. Ik weet niet hoelang ik Martha nog aan het lijntje kan houden wat betreft een ontmoeting, maar dat zijn zorgen voor later. Ik ben heel blij met mijn verzinsel van 'Ethan', want dat zal haar ongetwijfeld afleiden, en misschien is het precies wat ze nodig heeft om de televisiebazen geïnteresseerd te houden. Op dit moment voel ik me op een vreemde manier opgewekt – ondeugend zelfs –gesterkt door mijn *insider*-kennis met betrekking tot Juliets verhaal. De antwoorden op Martha's vragen kwamen zo moeiteloos en overtuigend tot me dat ik bijna geloofde dat ik op die ene foto stond, met mijn benen in de zon en lachend naar de slungelachtige jongen die aan de boomtakken boven me hing. Ik loop naar de keuken om de extra grote zak kaaschips te pakken die Carl op vrijdag heeft bezorgd, en daarna ga ik weer naar bed waar ik de hele middag lig te dagdromen over dat boottochtje op het kanaal. Het is zo ontzettend echt dat ik de warmte van de zon op mijn huid en het koele water aan mijn tenen bijna kan voelen.

Misschien stuur ik haar morgen een foto van David Crown die ik onlangs heb ontdekt, van hem als tiener, met zijn arm om de schouder van zijn vriendin, een sigaret in zijn mond, met op de achtergrond het hoge Kinder Scout-plateau. Het is 1970, maar het meisje heeft een nogal ouderwets suikerspinkapsel en ze draagt een klassieke jarenzestig-hemdjurk met een sjaal. Hij draagt een ruimvallende broek met bretels, de mouwen van zijn overhemd zijn opgerold en tonen pezige, gebruinde armen. Het heeft me heel veel zoekwerk gekost om die foto te vinden, en ik weet zeker dat Martha hem niet eerder heeft gezien. Ik zal tegen haar zeggen dat ik hem van David heb gekregen toen we vrijwilligerswerk deden voor Square Wheels, en dan zullen we wel zien waar dat leugentje verder toe leidt.

12. Martha

Toby biedt aan om de rit van vier uur naar Castledale te rijden zodat Martha hun voortgangsaantekeningen kan doornemen en de volgende stappen kan plannen. Het is zondag, maar door de vele uren die ze de laatste tijd in het project hebben gestoken hebben weekenden praktisch geen betekenis meer.

Afgelopen nacht heeft *hij* haar opnieuw gebeld, en een zielig bericht ingesproken op haar voicemail waarin hij met dubbele tong vertelde dat hij van haar hield en haar smeekte om contact met hem op te nemen voordat het te laat was. Had hij het haar al verteld? vroeg hij. Hij was stervende. 'Deze keer is het geen gelul,' had hij op berustende toon gezegd. 'Ik ga echt dood.'

Gelooft ze hem? Ze heeft geen flauw idee wat ze moet geloven, denkt ze met een gevoel van hopeloosheid terwijl ze strak naar de weg voor hen kijkt. Vertelt hij de waarheid of is dit gewoon de zoveelste leugen, de zoveelste beklagenswaardige schreeuw om hulp waarmee hij komt aanzetten zodra hij weet dat zijn tactieken van koeioneren of overtuigen zijn mislukt? Hoe moet ze daar ooit achterkomen? Die man is zo verweven met zelfbedrog, zijn vaardigheid om de waarheid van leugens te scheiden is zo onherstelbaar kapot dat het logisch is dat ze elke smeekbede van hem als een list of een truc beschouwt. Het is ruim een jaar geleden dat ze voor het laatst heeft gereageerd op een van zijn SOS-telefoontjes. Toen is ze naar hem toegegaan, misschien in de hoop om troost te vinden, troost te schenken. Maar het was hem alleen om haar geld te doen. Hij had geen zorgzaamheid, genegenheid of liefde van haar gewild. Hij had nauwelijks gereageerd op haar omhelzing voordat hij ter zake was gekomen en haar de ware reden van zijn telefoontje had verteld. Het was hem om haar geld gegaan, en om een lift naar de dichtstbijzijnde slijterij.

Martha slikt de omhoog borrelende bezorgdheid in het diepste van haar maag weg en concentreert zich weer op haar paperassen. 'Waarom zou David Crown in vredesnaam een foto van zichzelf aan Liv hebben gegeven?' zegt ze. 'Vooral eentje die jaren eerder is genomen en waar nota bene ook nog een ex-vriendin op staat? Liv kende David Crown amper. Van ons groepje heeft zij waarschijnlijk de minste tijd met hem doorgebracht.' Ze houdt de foto een armlengte voor zich zodat Toby er een snelle blik op kan werpen onder het rijden. Liv en David Crown? Martha kan zich er nauwelijks toe zetten om dat idee in haar hoofd te laten ontkiemen. Onmogelijk. Dat zou ze geweten hebben. Maar waarom wil Liv geen afspraak met haar maken? Het drijft Martha tot waanzin. Ze besluit Liv geen keuze te laten als ze terug is in Londen. Misschien zal ze spontaan bij haar langsgaan.

'Het doet me denken aan foto's van de Moors-moordenaars uit de jaren zestig,' zegt Toby. 'Een krachtig beeld.'

Martha blijft naar de zwart-witfoto staren in een poging daar de David Crown in te zien die zij ooit heeft gekend. De persoon op de foto is – pak hem beet – een jaar of achttien, negentien. Martha heeft hem pas leren kennen toen hij halverwege de veertig was en tegen die tijd zag hij er al behoorlijk anders uit: geprononceerdere kaken, iets groter misschien, een stevige man in plaats van een slanke tiener.

'Als hij ongeveer zeventien is op deze foto, moet die volgens mij in 1969 of 1970 zijn genomen. Ik hoop dat deze foto van pas komt als we daar mensen ontmoeten die hem in die tijd hebben gekend. Misschien gaat er bij sommigen van hen een lichtje op en krijgen we op die manier een idee van de jongeman die hij was voordat hij vertrok.'

Morgen hebben ze een afspraak met ene mevrouw Thatcher, een

buurvrouw van de familie Crown en tot dusver de enige die ze in Castledale hebben gevonden die David als tiener heeft gekend. Verder gokken ze erop dat ze tijdens dit bezoekje misschien een paar anderen zullen vinden die hun kunnen vertellen hoe David Crown als jongeman was.

Toby zet zijn richtingaanwijzer aan en rijdt de toerit van de M1 op, waarna hij met zijn schouders tegen zijn rugleuning rolt en goed gaat zitten voor de reis. 'Niet lang nadat die foto is genomen is hij toch voorgoed uit Castledale vertrokken?'

'Ja. Na zijn eindexamen is hij toegelaten tot de universiteit in Cambridge, en nadat hij zijn bul heeft gehaald is hij meteen de lerarenopleiding gaan doen en is hij voor de klas gaan staan. Een harde werker. Volgens de aantekeningen van Finn Palin is hij vrij jong getrouwd – Janet en hij hebben elkaar in Cambridge leren kennen – en zij beschrijft hem als trouw, ijverig en vriendelijk. De "ideale echtgenoot". Alles aan zijn verleden wijst erop dat hij betrouwbaar en stabiel was, behalve dan die smet op zijn blazoen bij zijn tweede baan als leraar, aan St. Cuthbert's in Bedfordshire.' Ze tast in de boodschappentas tussen haar voeten en haalt er een voorverpakte supermarktsandwich uit. Ze maakt het pakje open en biedt Toby de helft aan. 'Het is interessant dat hij na St. Cuthbert's is verhuisd én iets heel anders is gaan doen. Voor mij wijst dat op een man die opnieuw begint, iemand die het verleden in een doos wil stoppen en het wil vergeten. Een kwaad geweten misschien?'

Toby kauwt nadenkend op een hap van de sandwich. 'Hij was pas begin dertig toen dat meisje hem beschuldigde. Als mij als leraar hetzelfde was overkomen, dan denk ik dat ik op twee manieren had kunnen reageren. Als ik schuldig was, zou ik de voorzienigheid danken dat ik er zo genadig vanaf kwam en zou ik daar weggaan en een andere betrekking als leraar zoeken – vooral als ik een serie-aanrander was die in contact wilde komen met meer jonge vrouwen. Maar als ik onschuldig was, denk ik dat ik er helemaal aan onderdoor zou zijn gegaan. Ik denk dat ik dan een tijdje diep in de put zou hebben gezeten, en ik weet vrij zeker dat ik dan niet in het onderwijs had willen blijven. Ik zou doodsbang zijn geweest dat het opnieuw zou gebeuren, hoe onschuldig ik ook was.'

Martha overhandigt hem een appel, en wrijft haar eigen appel over haar broekspijp terwijl ze over zijn woorden nadenkt. 'Zeg eens, denk jij soms dat hij onschuldig is?'

'Ik zou het je echt niet kunnen vertellen,' zegt Toby. 'Maar het zou wel interessant zijn als we zijn medisch dossier uit die tijd te pakken konden krijgen. Het zou me niets verbazen als hij een geestelijke inzinking heeft gehad voordat hij naar Londen verhuisde en zich heeft omgeschoold. Jij zei dat hij een gat in zijn cv heeft tussen Bedfordshire en zijn omscholing tot hovenier in Londen. Dat zou het kunnen verklaren.'

Het is een interessant idee, een idee dat op het eerste gezicht volstrekt logisch is. Maar als David niet hun oplossing is – als hij niet de man is die ze zoeken – wie is het dan wel? Hoe zit het met die Ethan die Liv heeft genoemd? Zou hij het kunnen zijn?

'Een inzinking betekent niet automatisch dat hij onschuldig is,' merkt Martha scherp op terwijl ze een multipack KitKats opentrekt en er eentje op Toby's schoot gooit. 'Een inzinking kan ook gewoon betekenen dat hij een hele berg zaken op zijn geweten heeft waar hij zich niet prettig bij voelt.'

'Misschien,' zegt Toby terwijl hij zijn hoofd schudt en de KitKat teruggeeft aan Martha.

'O, laat me raden,' zegt ze kreunend, 'jij bent zeker zo'n type dat vindt dat suiker gif is.'

Hij trekt een stomverbaasd gezicht, terwijl hij zijn aandacht op de weg houdt. 'Nee, helemaal niet.'

'Wat is er dan?' wil ze weten.

'Verdomme, Martha,' lacht hij. 'Ben jij altijd zo knorrig? Ik hou gewoon niet van KitKats.'

Snuivend slaat ze haar armen over elkaar, terwijl ze haar best doet om een glimlach te onderdrukken. 'Goed dan, wijsneus. Laat me het komende uur alsjeblieft met rust. Ik wil mijn gedachten op een rijtje zetten.' Na die woorden doet ze haar ogen dicht en laat zich door de beweging van de auto in een lichte slaap wiegen.

De Peak Inn is een traditionele, uit steen opgetrokken pub in het centrum van het dorp, en is gelegen in een straat die geleidelijk smaller wordt en daarna uitzicht biedt op de majestueuze heuvels en dalen van Derbyshire. Het landschap hier is ongelooflijk weids, vrij als het is van stedelijke wildgroei en non-stop verkeer, en de hemel lijkt heel dichtbij en golvend. Zelfs de motregen op Martha's gezicht voelt als een welkome onderbreking van de duistere intensiteit van de afgelopen weken in Londen.

Als ze in het koele, afnemende licht voor de pub staat, schiet haar ineens een levendige herinnering te binnen: een aardrijkskundeles toen ze een jaar of dertien was – regen die hard tegen het metalen raamkozijn tikt, condens dat de ruiten beslaat – ze zit samen met Juliet en Liv voorovergebogen aan een schooltafel, lachend en kletsend terwijl ze een diagram van het Peak District in Derbyshire maken om de sedimentlagen te benoemen. Vreemd, hoe het brein deze lang vergeten herinneringen ongevraagd naar binnen laat glippen.

'Goed, laten we inchecken.' Toby komt de zijstraat uit waar hij de auto heeft geparkeerd.

Martha pakt haar weekendtas van hem aan en ze gaan de pub in en voelen de uitnodigende warmte van de brandende open haard. Het is net na drie uur 's middags en de pub is bijna leeg, op een paar eenzame drinkers aan de bar en een oude bordercollie die bij de haard ligt te slapen na. Een zwaargebouwde man van in de zeventig komt overeind uit een stoel bij de open haard, werpt hun een glimlach toe die zijn tanden niet laat zien en gaat dan achter de toog staan. Aan de manier waarop hij haar net iets te lang aankijkt, ziet Martha dat hij haar vaag herkent en probeert haar gezicht te plaatsen.

‘Hoi,’ zegt ze terwijl ze haar tas neerzet. ‘Als het goed is hebben wij een reservering voor vannacht. Op naam van Benn.’

‘Ah,’ zegt de herbergier en zijn gezichtsuitdrukking wordt op slag vriendelijk als hij haar herkent. ‘Mevrouw Benn!’ Hij steekt zijn hand uit over de toog en schudt die van haar en die van Toby, hoewel dat laatste meer bijzaak lijkt. ‘Anthony Laicht, de herbergier. Zeg maar Ant. Leuk u te mogen ontvangen.’ Nadat hij haar nog een paar seconden geïmponeerd heeft aangestaard, kijkt Anthony Laicht in zijn reserveringsagenda. ‘Juist, worden dat twee aparte kamers of één tweepersoonskamer?’

‘Twee aparte,’ zegt Martha net iets te kordaat, waarbij ze Toby’s blik vermijdt, aangezien ze weet dat hij de suggestie amusant vindt.

‘Beslist twee aparte kamers,’ voegt Toby eraan toe, waarop Martha hem een steelse blik toewerpt, een stil verwijt.

De nauwe trap naar de eerste verdieping kraakt en langs de muur, helemaal tot bovenaan, hangen foto’s van het dorp. Veel ervan zijn oud en verbleekt, overblijfselen uit de victoriaanse tijd, en op alle foto’s staat de hoofstraat met het berglandschap duidelijk zichtbaar op de achtergrond. Ant gaat hun voor en hij wil per se Martha’s tas dragen (maar niet die van Toby, merkt ze met een kinderlijk genoegen). Boven aan de trap blijft hij even staan om op adem te komen. Aan het einde van een nauwe overloop doet hij de eerste kamer van het slot, waarna hij de deur voor Martha openhoudt zodat ze naar binnen kan gaan. Het is een kleine kamer, keurig gestoffeerd in witte en neutrale tinten. Een groot deel van de ruimte wordt in beslag genomen door het tweepersoonsbed.

‘Dit is onze mooiste kamer, kijkt u maar eens naar het uitzicht. Ik hoop dat hij u bevalt, *m’duck*.’

‘Hij is prachtig,’ zegt Martha, die zich ongemakkelijk voelt omdat Ant en Toby zo vlak bij haar staan, aangezien de laatste ook is binnengekomen en nieuwsgierig rondkijkt.

‘En jij, jongeman,’ zegt Ant tegen Toby terwijl hij een hand op diens rug legt, ‘zit in de kamer hiernaast.’

Martha had gehoopt dat Toby een paar deuren verderop zou zitten. Het lijkt veel te intiem om Toby in de kamer naast de hare te hebben, en ze vraagt zich af of zijn hoofdeinde aan het hare grenst.

'Wil je ook even in de mijne kijken?' vraagt Toby, wijzend naar zijn kamer terwijl Ant terugloopt door de gang.

Martha werpt hem vanuit haar deuropening een chagrijnige blik toe. 'Nee, niet echt.'

Als Ant de onderste trede heeft bereikt, roept hij naar boven: 'O, komen jullie tortelduifjes vanavond beneden eten?'

Martha en Toby kijken elkaar met grote ogen aan. 'Brutale kerel,' fluistert ze.

'De dagschotel is pie met rundvlees en bier. Zeven uur. Ik wil wel een tafel voor jullie reserveren in de loungebar als dat jullie iets lijkt.'

'Dat is prima,' antwoordt Toby zonder met Martha te overleggen, waarna hij haar protest wegwuift en in zijn kamer verdwijnt.

'Brutale kerel,' herhaalt Martha in zichzelf terwijl ze de deur van haar kamer dichtdoet en haar schoenen uitschopt. Ze opent de map met aantekeningen weer en spreidt alles uit op het bed. De foto van Square Wheels ligt bovenop, en Martha schrijft een kort bericht aan Juney: *Is het je nog gelukt om de namen te achterhalen van die twee onbekende vrijwilligers van Square Wheels?* Als ze te weten komen wáár die andere meisjes – volwassen vrouwen inmiddels – nu zijn, kunnen die misschien wat meer informatie verschaffen over de avond van Juliets verdwijning, of in elk geval een zeker inzicht bieden in de relatie die Juliet destijds had met David. Waren het vrijwilligers die maar kort voor Square Wheels hebben gewerkt, zoals zovelen, of waren het vriendinnen van Juliet – vriendinnen die Martha niet kende? De gedachte dat Juliet een leven had naast dat wat Martha kende, brengt haar van haar stuk.

Martha scrolt terug door haar inbox in de wetenschap dat iets haar stoort aan Livs laatste e-mail. Pas wanneer ze die nog een keer leest, wordt het haar duidelijk. Waarom zou Liv suggereren dat Juliet Martha jaloers wilde maken? Liv weet beter dan wie ook dat Juliet totaal niet rancuneus was. Ze zou nooit hebben geprobeerd om Martha jaloers te maken als het om zoiets onbelangrijks als een vriendje ging. Bovendien beweert Liv dat ze niets over dit geheim weet – maar Juliet had gezegd dat Liv het wist, dat Liv het al een paar weken wist. Kan Liv zoiets belangrijks echt zijn vergeten? Voor het eerst staat Martha zichzelf toe om een nieuwe mogelijkheid in overweging te nemen: dat Olivia Heathcote meer weet over Juliets verdwijning dan ze laat blijken.

Even voor zevenen klopt Toby op Martha's deur. 'Zin om samen met me te gaan eten, *m'duck*?' vraagt hij, het zachte Midlands-accent van Anthony Laicht imiterend.

Ze verzamelt haar aantekeningen, stopt ze terug in haar tas en doet de slaapkamer achter zich op slot. 'Denkt hij echt dat we een stel zijn?' fluistert ze terwijl ze de trap af lopen.

'Geen idee, maar hij heeft wel veel moeite gedaan om me te vertellen dat onze kamers een tussendeur hebben.'

'Die zit gelukkig op slot,' zegt Martha. 'Dat heb ik gecontroleerd.'

'Nou, wat vriendelijk.' Lachend doet Toby een stap naar achteren zodat Martha de loungebar voor hem kan betreden.

In de afgelopen uren lijkt de pub tot leven te zijn gekomen, en er klinkt nu het geruststellende geroezemoes van een veelvoud aan gesprekken. De lounge en de bar gaan in elkaar over, waarbij Ants toog de ruimte scheidt, en aan alle tafels – op een paar kleintjes na – zitten groepjes gasten die drinken of eten bestellen, waarbij hun vrolijkheid en gesprekken voor een warme, ontspannen sfeer zorgen.

'Vind je het goed dat we de pie nemen?' vraagt Toby aan Martha terwijl hij naar de bar loopt om hun bestelling te plaatsen.

Ze knikt en gaat aan de tafel zitten die Ant hun heeft aangewezen, terwijl ze om zich heen kijkt en probeert te bepalen welke gasten uit de buurt komen en wie van hen het waard is om een gesprekje mee aan te knopen.

Toby reikt haar een tonic met water aan en ze neemt een eerste slok, genietend van de citroenachtige frisheid op haar tong. In stilte is ze Toby dankbaar dat hij niet heeft doorgevraagd toen ze om een fris vroeg, dat hij geen gezicht trok of haar probeerde over te halen iets sterkers te nemen.

'Proost,' zegt ze terwijl ze met haar glas tegen het zijne tikt. 'Op Juliet.'

'Op Juliet,' herhaalt hij, en heel even zwijgen ze tevreden terwijl ze de sfeer in zich opnemen en genieten van het ogenblik tot de eerste handtekeningjager bij hun tafel verschijnt. Het is een vrouw van eind vijftig, in vrijetijdskleding, met haar dat is opgestoken in een losse knot; niet de doorsnee fan. Martha krabbelt haar handtekening op een menukaart terwijl ze haar best doet om haar ergernis weg te glimlachen. Om dit soort dingen heeft ze nooit gevraagd. Ze is dol op haar werk, maar niet hierop: het omgaan met de publieke reactie op een gezicht dat bekend is van televisie. Wanneer de vrouw weer wegloopt, trekt Martha een gezicht naar Toby, maar die steekt een vinger op en roept: 'Pardon, mevrouw!'

De vrouw draait zich verrast om.

'Komt u hier uit de buurt? Kent u de familie Crown toevallig? Volgens mij heeft die hier tot de jaren zestig of zeventig gewoond.'

Een blik van herkenning trekt over het gezicht van de vrouw, maar dan schudt ze haar hoofd. 'De naam komt me wel bekend voor. Wilt u dat ik navraag voor u ga doen?' Meteen daarna voegt ze er fluisterend aan toe: 'Is het voor een nieuw programma of zo?'

Met een heel vage glimlach antwoordt Toby: 'Nee,' terwijl hij heel nadrukkelijk ja knikt.

'Ah, ik begrijp het,' zegt de vrouw alwetend. 'Ik zal mijn best doen.'

'Verdomme, jij bent echt goed,' zegt Martha tegen hem waarna ze nog een slok neemt. 'Heel soepel gedaan.'

In de uren die volgen komt de vrouw – Jenny – terug met een reeks van teleurstellende mededelingen. De meeste mensen die ze kent zijn te jong om zich de periode waarin David Crown in Castledale woonde te herinneren, en velen van hen zijn nieuwkomers in het dorp. Terwijl ze hun maaltijd verorberen en bespreken wat hun morgen te doen staat, geven ze de hoop op om nog aan antwoorden te komen in deze pub, en in plaats daarvan ontspannen ze zich in elkaars gezelschap. Hij drinkt pinot noir en zij is overgestapt op bronwater met bubbels.

'Dus jij hebt op een kostschool gezeten?' vraagt Martha aan Toby, die merkbaar meer ontspannen is na zijn tweede glas wijn. 'Waarom eigenlijk? Ik bedoel, waarom een kostschool?'

Hij pakt zijn glas, kijkt geconcentreerd naar de inhoud alvorens hij het weer op tafel zet zonder er een slok van te hebben genomen. 'Ik wilde niet naar kostschool – ik vond het doodeng om zo jong van huis te gaan. Maar het was traditie in mijn familie. Mijn oudere broers en mijn vader – en zíjn vader – zijn allemaal naar dezelfde school gegaan, dus dat was altijd al de bedoeling. Maar het zorgde er ook voor dat mijn vader zich op zijn werk kon concentreren in plaats van op onze opvoeding.'

Martha fronst haar wenkbrauwen. 'En je moeder dan? Wat vond zij ervan?'

'Die heeft op mijn dertiende de benen genomen, dus daarmee was mijn lot bezegeld. Ik heb haar in geen jaren gezien.'

'De mijne ook,' zegt Martha voor ze zichzelf kan tegenhouden. 'Mijn moeder. Ze heeft mijn vader en mij in de steek gelaten toen ik vijftien was.'

'Dat is moeilijk, hè?' Meer woorden maakt hij er niet aan vuil.

Martha geeft zichzelf in stilte een standje vanwege de onredelijkheid van haar eerdere aannames en vooroordelen. Uiteindelijk verschilt ze niet zo veel van Toby.

De pub loopt leeg en nadat de meeste dinergasten zijn vertrokken blijft er slechts een handjevol drinkers over. De lampen in de lounge zijn troostend gedimd, en het donkere hout van de pub vormt een cocon tegen de koude wind die buiten door de straat blaast.

'Willen de tortelduifjes nog een slaapmutsje van het huis?' roept Ant hun toe van achter de toog. De grijns op zijn gezicht verraadt dat hij hen gewoon een beetje zit te plagen. 'Cognac? Whisky?'

Ze staan op van hun tafel en gaan op de van ouderdom versleten krukken aan de bar zitten om gebruik te maken van zijn aanbod. Tegenover hen aan de bar zit nog een andere man, die misschien een paar jaar jonger is dan Ant. Hij kijkt hen kort aan voordat hij zijn aandacht weer op zijn pils richt. Een groepje jongere gasten zit op stoelen bij de open haard, en een stel van middelbare leeftijd blijft achter in de loungebar terwijl ze koffie drinken en af en toe een steelse blik op Martha werpen. Nu het lawaai is afgenomen is de sfeer in de pub helemaal omgeslagen; het voelt verstild en oeroud aan.

'Ik heb gehoord dat jullie wat over de familie Crown willen weten,' zegt Ant terwijl hij twee glaasjes over de toog schuift.

Martha trekt verbaasd haar wenkbrauwen op. Ach, natuurlijk. Waarom hebben ze het niet meteen aan Ant gevraagd? Pubuitbaters kennen iedereen. De man aan de andere kant van de bar kijkt hen net even iets te lang aan, en het is duidelijk dat hij meeluistert.

'Ik heb bij hun jongste zoon, Dick, in de klas gezeten. Ze woonden in Blackdog Farm aan de andere kant van een groepje bomen. Die boerderij was al jarenlang in hun familie, zo lang ik me kan herinneren, tenminste. Vriendelijke familie. Ik ben meer dan eens met Dick mee naar hun huis gegaan als mijn moeder het druk had. Mevrouw Crown bakte de lekkerste fruitscones in dit deel van de Peaks.'

Toby heeft zijn notitieboekje uit zijn kontzak gehaald en schrijft de details even snel op als Ant ze vertelt.

'Godsklere, Ant.' Hij wordt in de rede gevallen door de man die zijn lege glas hard op de bar neerzet. 'Ze zijn hier niet om naar de verdomde scones van die vrouw te vragen, of wel soms?'

Ant werpt een blik naar het plafond voordat hij zich omdraait naar de man. Martha verruilt haar volle borrelglaasje voor het lege van Toby.

‘Nou, ga je gang, Eddie,’ zegt Ant. ‘Zeg wat je op je lever hebt.’

‘Ze willen horen over dat meisje dat hij heeft vermoord, of niet soms? David Crown en dat meisje uit Pleasley. Tilly Jones.’

DEEL 2

Een sterfgeval

Ik zat al een tijdje op dat houten bankje toen de twee meisjes langs kwamen lopen over het donkere pad langs het kanaal, hun fietsen tussen hen in duwend, smetteloos in de gefragmenteerde schaduwen van de avond. Ik spitste mijn oren om hun gesprek te kunnen verstaan toen hun zachte stemmen naar me toe zweefden in de winterlucht, ik probeerde hun gelaatstrekken te onderscheiden toen het schijnsel van de straatlantaarn hun jonge huid en golvende haar verlichtte. Stilletjes kwam ik van de bank af om mezelf te laten verdwijnen in de schaduw van de heg, waar ik onopgemerkt zou kunnen blijven, onzichtbaar als een spook. Kijk nou naar ze, dacht ik vol verwondering. Ze zweven, met de achteloosheid van wezens die gewend zijn aan hun eigen schoonheid, want ze hebben immers nooit anders gekend. Waarschijnlijk hebben ze dat al sinds hun eerste ademteug te horen gekregen. Wat een *prachtige* baby, zullen vreemden hebben gezegd. Wat een *prachtig* meisje. Wat een *prachtige* jonge vrouw. Degene op wie ik mijn oog had laten vallen deed me heel erg denken aan een ander die ik vroeger ooit had gekend, op een andere plek, in een totaal andere tijd. Op dat moment, terwijl ik die nietsvermoedende jonge hertjes volgde, besefte ik dat schoonheid de sterkste valuta moet zijn, het krachtigste lokmiddel. Welke onooglijke man of vrouw die een groot fortuin bezit zou daar niet al te graag een substantieel deel van willen inwisselen voor een beetje van die magie?

Al snel bleven de meisjes staan op het punt waar het voetpad uitkwam op de doorgaande weg, ondertussen heel dicht bij mij, terwijl ze op gedempte toon bleven praten.

'Het moet meer zijn dan dat,' zei het meisje met de gestreepte muts, en ze draaide het voorwiel van haar fiets naar het pad dat naar de weg liep. De sierlijke contouren van hun lichaam, het contrast tussen de twee fietsen waarvan de voorwielen in tegenovergestelde richting wezen. 'Het is niks voor Liv om zomaar door te draaien. Voor mij wel, maar Liv doet dat niet.'

Het langere meisje hief een tere pols op en duwde haar dikke haar naar achteren, waarbij een witte ademtocht uit haar mond als een mistvlaag omhoog draaide. 'Echt, ik heb geen flauw idee. Jij bent niet de enige tegen wie ze de laatste tijd raar doet.' Ze trok aan het witte hesje dat ze over haar winterjas droeg, en verschikte iets aan de zoom, zodat het logo van Square Wheels ineens duidelijk zichtbaar was.

'Ze is laatst zelfs een keer uitgevaren tegen Tom,' zei het andere meisje. 'Ik denk nog steeds dat ze een oogje op hem heeft. Ze lijkt de laatste tijd veel vaker bij jou thuis te zijn.'

Het Square Wheels-meisje lachte hees, waarmee ze haar ware aard verraadde, en ik durf te zweren dat ik haar levendigheid zag flakkeren als een vlam in een tochtvlaag. 'Nee, dat heb ik haar al gevraagd. Ze zei dat ze nooit iets voor Tom zou voelen, en bovendien heeft hij sinds kort iets met een meisje van de universiteit.'

Het was op een vreemde manier opwindend om hen ongezien af te luisteren, om hen zo nonchalant en onverschillig over jongens te horen praten. Ik vergat bijna waarom ik hier was, waarvoor ik naar de waterkant was gekomen. Tot mijn ergernis reed er ineens flink wat verkeer langs de heg dat hun woorden overstemde, al kon ik duidelijk merken dat er spanning tussen hen heerste toen hun stemmen weer binnen mijn gehoorafstand zweefden. Het meisje met de gestreepte muts draaide haar fiets om, zodat die in de richting wees waaruit ze net gekomen waren.

'Kun je dat niet morgenochtend doen?' vroeg het andere meisje. Het klonk als een klacht.

'Nee, want het café gaat pas halverwege de ochtend open.' Nu klonk haar stem ongeduldig, en ze brabbelde een beetje. Het leed geen twijfel dat ze hadden gedronken. 'En ik wil niet het risico lopen dat iemand dat ding jat.'

Er schoot een andere fietser langs, die de ene kant op ging, en iemand die zijn hond uitliet liep over het pad de andere kant op. De meisjes gingen zachter praten en ik kon de gespannen sfeer tussen hen voelen terwijl ik mijn oren spitste om hen te kunnen verstaan. Maar het enige wat ik duidelijk kon horen was 'morgen', wat op een berustende toon werd gezegd.

'Beloof je dat?' reageerde het andere meisje, en ze omhelsden elkaar stijfjes, waarna het meisje met de muts wegfietste, en haar gestalte verdween in het donker.

Het overgebleven meisje bleef nog even op het bevroren pad staan, haar blik op het zacht kabbelende water gericht, en ik zag iets veranderen in haar gezichtsuitdrukking. Wat was het? Verdriet? Spijt? Wat het ook was, het duurde niet lang, en het verdween compleet toen ze op haar fiets stapte en zich afzette. Even later zoefde ze langs me heen, waarbij haar lichtblonde lokken achter haar zweefden als gesponnen goud.

'O, hallo,' riep ik haar achterna, en ik voelde een golf van paniek opwellen toen ik het pad op stapte en de adrenaline door mijn aderen stroomde. 'Hoi.'

Ze remde en sprong wat onhandig op een voet van de fiets terwijl ze zich omdraaide om naar me te kijken, en haar mond plooide zich tot een brede, glanzende glimlach. 'Hoi!' riep ze zachtjes terug, en ze leek blij om me te zien. Dat kind had het vermogen om mensen te verlammen. 'Ik ben te laat, hè? Zijn alle anderen al weg?'

'Nee, je bent nog op tijd,' reageerde ik, en ik wenkte haar naderbij. 'Eigenlijk ben ik blij dat je er bent,' zei ik toen ze naar me toekwam, en ik wees naar de schaduw aan de voet van het bankje. 'Ik heb hier wat problemen mee...'

Toen ze zich bukte om het beter te kunnen zien, tuurde ik snel het lege jaagpad naar beide kanten af, haakte het vistouw onder haar mooie kin, en trok haar omhoog en naar me toe. Tegelijk kruiste ik mijn polsen om de cirkel compleet te maken en haar de adem af te snijden.

Tot dat moment had ik gedacht dat ik alleen met haar wilde praten. Natuurlijk had ik het gewikkelde touw gereed in mijn zak, en uit dat feit alleen zou je kunnen afleiden dat ik op het pad had gewacht met de specifieke bedoeling om het leven van dat meisje uit te doven. Maar zo was het niet: het touw was niet meer dan een voorzorgsmaatregel, iets wat ik eerder die avond in de hut had gepakt en zonder boze opzet of vooropgezet plan in mijn zak had gestopt. Op het moment dat het meisje haar laatste adem uitblies, toen haar in wanten gestoken handen onhandig de mijne probeerden beet te pakken en haar aanvankelijk spartelende benen alleen nog zwakjes schokten, speet het me dat ik niet met haar had gepraat, zoals ik me had voorgenomen. Als ik gewoon met haar had gepraat, zoals ik van plan was geweest, dan zou alles misschien heel anders zijn gelopen. Dat weet ik nu. Achteraf besef ik dat ik een paar verkeerde conclusies heb getrokken. Dat ik de zaken een beetje door elkaar heb gehaald, zou je kunnen zeggen.

Maar ik ben altijd al enigszins onbesuisd geweest; het is een vloek.

13. Martha

De ochtend erna zitten Martha en Toby al vroeg aan de ontbijttafel in de stilte van de Peak Inn loungebar en bespreken ze de onthulling van de vorige avond. Volgens Eddies verhaal is er in de lente van 1970 een zeventienjarig meisje, dat Tilly Jones heette, bruut om het leven gebracht en achtergelaten in een klein bos vlak bij Blackdog Farm, waar David Crown en zijn familie woonden. Het meisje, dat nieuw was in het dorp, was een bekende van David, aangezien haar ouders oude vrienden van de familie waren, die slechts een paar weken daarvoor uit de omgeving van Mansfield hiernaartoe waren verhuisd. Op de betreffende dag had David het verzoek gekregen om Tilly de omgeving te laten zien en ze waren samen naar een plaatselijk café gegaan, hadden een film bekeken in de bioscoop en een praatje gemaakt met een paar vrienden van David, waarna hij met haar mee was gelopen naar huis. Maar Tilly Jones was nooit thuis aangekomen en toen ze de volgende ochtend dood bij het groepje bomen werd aangetroffen, was David als eerste ondervraagd.

Dit buitengewone nieuwtje is de reden dat Martha bijna de hele nacht heeft liggen woelen.

De rest van de ontbijtzaal is leeg en als herbergier Ant hun eten komt brengen, trekt hij een stoel bij.

'Het meisje op die foto die jullie me gisteravond hebben laten zien,' zegt hij. 'Ik heb mijn broer gebeld, die is een paar jaar ouder dan ik. Ze heette Hattie Brown, Harriet, denk ik, en verder weet hij niet veel over haar, behalve dan dat ze verkering had met David in zijn eindexamenjaar. Wat hij wel zei, is dat zij, de vriendin, de reden was dat David niet in staat van beschuldiging is gesteld. Naar bleek was Hattie bij hem toen hij met Tilly meeliep naar huis. Heel veel mensen, zoals Eddie, geloofden daar niks van en dachten dat ze hem alleen maar dekte, maar ja, soms willen mensen gewoon het ergste denken, nietwaar?'

'Weet je waar zij nu is?' vraagt Toby.

'Die familie is ook jaren geleden verhuisd. Stew zei dat ze in het grote huis aan Dale Road woonden, maar ik kan me haar gezicht niet voor de geest halen. Ik geloof dat ze meestal weg was omdat ze op kostschool zat.'

Martha maakt een aantekening, dat ze Juney opdracht moet geven om deze voormalige vriendin op te sporen. Als zij inderdaad bij hem was op die avond, dan kan zij cruciaal inzicht bieden met betrekking tot Davids – eventuele – betrokkenheid bij de moord op Tilly Jones.

Als ze hun rekening betalen, arriveren Jay en Sally, die vroeg met de auto uit Londen zijn vertrokken om shots van de locaties te maken. Met twee auto's gaan ze op weg naar Blackdog Farm, net anderhalve kilometer buiten Castledale, waarbij ze onderweg een paar keer stoppen om een aantal stukjes te filmen waarbij recht in de camera wordt gepraat. Sinds de laatste ontdekking heeft Martha wat extra teksten in elkaar geflanst, die ze tegen de achtergrond van de bergen in het Peak District voordraagt voor de camera.

'Toen we gisteravond aankwamen in Castledale, waren we op zoek naar extra informatie over David Crown, de vermiste hovenier en vrijwilligerswerker uit Londen die hoofdverdachte is in de zaak van Juliet Sherman, de scholiere die in 2000 is verdwenen. Nog geen vierentwintig uur later hebben onze naspeuringen meer vragen dan antwoorden opgeleverd, en zien we ons gesteld voor een tweede cold case van dertig jaar geleden: de onopgeloste moord op de tiener Tilly Jones. Twee zeventienjarige meisjes die vermist of dood zijn, kan dat toeval zijn?' Ze aarzelt een tel, zonder met haar ogen te knipperen. 'Misschien. Behalve dan dat onze verdwenen vrijwilligerswerker David Crown in beide zaken als mogelijke verdachte werd beschouwd.'

Ze wacht tot Sally naar haar knikt, en dan slaat ze haar notitieboek dicht en springt weer op de bijrijdersstoel.

'Jezus nog aan toe,' zegt Toby, die de richtingaanwijzer aanzet en optrekt. 'Jij bent een echte professional, Martha. Ik heb nog nooit iemand zo snel een opname goed zien doen.'

Ze lacht en besluit om hem de volgende te laten doen. Dat zal goed voor hem zijn, zowel voor de ervaring als de naamsbekendheid. In de korte periode dat ze met Toby samenwerkt is het Martha duidelijk geworden dat ze hem te streng heeft beoordeeld. De bedenkingen die ze over hem had waren meer te wijten aan haar eigen onzekerheden dan aan zijn vermogen om goed werk te leveren, en in gedachten neemt ze zich voor om zich voortaan niet meer als zo'n kortzichtig kreng te gedragen.

Voor een maandagochtend kon de rit van Castledale niet meer verschillen van een forenzenrit in hartje Londen, en terwijl ze over met heggen omzoomde weggetjes en langs in mist gehulde velden rijden, vraagt Martha zich af hoe zij het er op het platteland van af zou brengen. Hoe mooi deze omgeving ook is, ze vermoedt dat ze in hart en nieren een stadsmeisje is.

Toby mindert vaart als ze bij een eenzaam huis aan de rand van een akkerland komen, een hoog gebouw van baksteen, een tikje haveloos rond de raamkozijnen en deuren. 'Dit moet het huis van de buurvrouw zijn. Hoe zei je ook alweer dat ze heet?'

'Thatcher,' antwoordt Martha, en ze kijkt op haar telefoon hoe laat het is. Tien uur. Ze zetten de auto op een parkeerplaats en Martha geeft Jay en Sally de opdracht om een stuk door te rijden op deze weg en wat opnames te maken van het huis van de familie Crown in zijn huidige staat.

'Dan zien we jullie na afloop daar,' zegt ze. 'Nog een paar stukjes waarbij we in de camera praten, en dan zijn we volgens mij klaar.' Ze kijkt de weg naar beide kanten af. 'Jay, probeer Toby en mij te filmen terwijl we naar het huis van de buurvrouw lopen, en als het gaat de buurvrouw die de deur opendoet.' Ze kijkt op haar horloge. Als ze een beetje vaart achter dit interview zetten kunnen ze rond drie of vier uur weer in Londen zijn. Ze tikt een berichtje naar Finn Palin, waarin ze hem vraagt of ze hem later die dag kan ontmoeten. 'Goed, aan de slag.'

De vrouw die opendoet is op leeftijd en draagt een vaal geworden bloemetjesjurk onder een met meel bestoven schort. Haar grijze haar zit in nette krullen rond haar kleine hoofd, en ze lijkt sprekend op een grootmoeder uit een sprookje. Martha zorgt ervoor dat ze zo gaat staan dat Jay en Sally onbelemmerd kunnen filmen. Ze zal later om toestemming vragen, wanneer ze weten of het relevant is of niet.

'Dag mevrouw Thatcher,' zegt Martha. 'Ik ben Martha Benn. U verwachtte ons, toch?'

Een paar minuten later zitten ze aan de ronde boerentafel van de vrouw en bekijken ze foto's van de twee families tijdens een gezellig tuinfeest. Op de achtergrond is Blackdog Farm te zien. Het zijn slechts een paar foto's, maar het lijkt erop dat de familie Thatcher en de familie Crown elkaar goed kenden, voordat de Crowns verhuisden.

Mevrouw Thatcher zet een theepot op tafel en vraagt Toby om in te schenken. 'Ik ben heel wat jaren ouder dan David, maar wie zou die moord kunnen vergeten? Die heeft de gemeenschap in rep en roer gebracht. Nog heel lang erna durfden de mensen 's avonds laat niet meer in hun eentje naar huis te lopen. Niemand wilde zijn kinderen uit het oog verliezen.'

'Denkt u dat David Crown Tilly heeft vermoord?' vraagt Martha, wanneer de thee is ingeschonken en alle beleefdheden zijn uitgewisseld.

Mevrouw Thatcher klakt met haar tong en haar vriendelijke houding wordt even iets stugger. 'David heeft Tilly Jones niet omgebracht. Ik ken alle geruchten, maar die arme knul was simpelweg op het verkeerde moment op de verkeerde plaats. En bovendien, hij was toch zeker met zijn vriendinnetje? Zij heeft tegen de politie gezegd dat ze bij David was, en daarmee uit. Maar jullie weten hoe graag de mensen roddelen.'

'Kende u haar goed?' Martha kijkt even in haar aantekeningen. 'Hattie Brown?'

'Niet echt. Ze was hier alleen tijdens de schoolvakanties, volgens mij zat ze de rest van de tijd ergens op school. Knap meisje. De familie Crown heeft de boerderij een aantal jaar na dit alles verkocht, na het overlijden van de vader. Hun huis was gigantisch, het is nu een plattelandshotel.'

'En David is nooit iets ten laste gelegd?' vraagt Toby, het gesprek weer op het eerdere onderwerp brengend.

'Er viel hem niets ten laste te leggen. David heeft de politie de waarheid verteld, dat ze bijna het hele stuk met Tilly naar haar huis zijn gelopen, en afscheid van haar hebben genomen aan de rand van het groepje bomen, waar haar huis al te zien was. Dat is het ergste: ze is heel dicht bij haar ouderlijk huis vermoord.'

'Het moet verschrikkelijk zijn geweest voor iedereen,' zegt Martha. 'Kunt u zich herinneren of er nog andere verdachten waren?'

De vrouw slaakt een diepe zucht. 'Er werd natuurlijk druk gespeculeerd, wat lang niet altijd nuttig was, maar voor zover ik weet is er nooit iemand anders gearresteerd. Er komen hier het hele jaar door veel wandelaars, die op weg zijn naar de Peaks. Dat lijkt het meest voor de hand te liggen, dat het een vreemdeling was, een maniak die haar toevallig tegen het lijf liep. Wisten jullie dat haar schedel helemaal was verbrijzeld? Het arme kind.'

Martha werd even afgeleid, en ze vroeg zich af wat voor persoon in staat was om iemands schedel te verbrijzelen. Om iemand dood te slaan. Kon David Crown zoiets hebben gedaan?

Toby mengt zich in het gesprek en stelt de volgende vraag. 'Waarom denkt u dat hij, ik bedoel David en de rest van zijn familie, hier zo plotseling zijn weggegaan?'

Mevrouw Thatcher staat even op, pakt ovenwanten en trekt een bakplaat met scones uit het ouderwetse donkere grote fornuis, dat de achterste muur voor een groot deel in beslag neemt. Ze zet het blad erbovenop en gaat weer aan de tafel zitten. De geur is heel opbeurend. Martha ademt hem in, genietend van de geruststellende warmte van de gezellige keuken.

'O, zo plotseling was dat niet,' zegt de oudere vrouw en ze steekt haar arm uit over de tafel om hun kopjes nogmaals vol te schenken. 'David was de eerste die wegging, want hij was toegelaten op de universiteit, Cambridge, meen ik. Hij was een slimme jongen. Bijna alle jongelui trekken hier uiteindelijk weg, op zoek naar iets nieuws.'

'En de ouders?'

'Die hadden genoeg van het boerenleven,' zegt ze treurig. 'En van al het geroddel. Daar hadden ze ook genoeg van.'

Wanneer mevrouw Thatcher hen uitlaat, geeft ze Toby een opgerold papieren servetje met twee warme scones erin. Ze legt een hand op Martha's arm en zegt met een vriendelijke glimlach: 'Weet je, David en de rest van zijn familie behoren tot de aardigste mensen die ik ooit heb gekend. Volgens mij stak er in geen van hen ook maar een greintje kwaad. Tot dat gedoe met Tilly Jones had hij nog nooit moeilijkheden gehad, snappen jullie? Heel pienter en heel timide. Als je het mij vraagt, is David toentertijd niets ten laste gelegd om de eenvoudige reden dat hij onschuldig was.'

Om vier uur zijn ze terug in Londen, en Toby zet Martha en haar bagage af vlak bij de plek waar ze met Finn heeft afgesproken. Ze heeft bijna de hele terugweg nagedacht over het gesprek van de vorige avond met Ant en de man in het café en de ontmoeting van vandaag met mevrouw Thatcher, en ze snapt niet dat de politie een dergelijk toeval over het hoofd heeft kunnen zien toen ze dertig jaar later de verdwijning van Juliet onderzochten. Martha had gehoopt dat ze tijdens dit reisje meer over David Crown te weten zou komen, maar ze had niet op deze ernstige doorbraak gerekend: nog een dood meisje. Nog een meisje van zeventien dat is vermoord, en weer verkeerde David Crown in haar directe nabijheid. Daar moest toch zeker een verband tussen zijn? Hoe dan ook, één ding was duidelijk: Derbyshire had hen meer vragen dan antwoorden opgeleverd.

Nu zit ze in het café en als Finn Palin binnenkomt door de beslagen glazen deur, voelt Martha een onverwachte golf van emotie. Sinds het begin van dit project heeft ze hem regelmatig gesproken, maar ze heeft hem al een flink aantal jaar niet in levenden lijve gezien. Hij is ouder geworden, op een goede manier, en de door de zon veroorzaakte rimpeltjes rond zijn ogen hebben zijn ernstige gezichtsuitdrukking verzacht. Ze staat op en hij slaat zijn armen stevig om haar heen.

'Kijk jou nou toch.' Met een glimlach laat hij haar los en trekt de stoel tegenover haar naar achteren. 'Helemaal volwassen geworden.'

Ze trekt haar wenkbrauwen op. 'Ik ben vijfendertig, Finn. Ik ben al heel wat jaren volwassen.'

'Vierendertig,' zegt hij terwijl zijn gezicht rimpelt. 'Maar je moet nog een poosje wachten om mij in te halen. Ik word dit jaar vijfenzestig.'

'Net als pa. Je ziet er trouwens goed uit, voor het geval je dat wilde horen.'

Finn lacht, alsof dat niet was wat hij bedoelde, maar toch kijkt hij verheugd. Ze hebben een onopvallend, goedkoop tentje uitgekozen, halverwege Finns vroegere werkterrein en Martha's huis, een plek waarvan hij weet dat er geen collega-agenten komen en waar zij niet te veel ongewenste aandacht zal trekken. De vrouw achter de toonbank brengt twee bekers thee en een koffiebroodje, die Martha direct bij binnenkomst heeft besteld. Martha duwt het koffiebroodje over het formica tafeltje.

'Daar ben ik dol op,' zegt Finn.

'Weet ik,' zegt Martha. 'Ik trakteer.'

'Goed, waar kan ik je mee helpen, liefje? Het is natuurlijk vanzelfsprekend dat...' begint hij.

Martha steekt haar handen op. 'Jouw naam zal nooit genoemd worden in deze zaak, maar vind je het goed dat we "bronnen bij de politie" citeren? Ik bedoel, je bent met pensioen, dus het zal op geen enkele manier tot jou kunnen worden teruggeleid. Maar ik wil niet dat je enig risico zult lopen.'

'Hou mijn naam erbuiten en ik zal doen wat ik kan om je te helpen. Dit is allemaal een beetje stiekempjes voor mij, Martha, maar ik weet hoeveel het voor jou betekent. Een paar mannen van de Crime Squad die daar onder mijn leiding carrière hebben gemaakt hebben gezegd dat ze bereid zijn om wat informatie uit het verleden aan te leveren, zolang het niet op hen kan worden teruggevoerd.' Hij roert wat suiker door zijn thee, en Martha is hem dankbaar voor zijn zakelijke aanpak. 'Heb je nog succes gehad met je oude vriendin? Olivia, is het niet?'

Martha slaakt een geërgerde zucht. 'Ik weet niet precies wat er met haar aan de hand is. Ze is redelijk behulpzaam in haar e-mails, maar het is onmogelijk om ergens met haar af te spreken. Zo langzamerhand vraag ik me af of ze iets verbergt, iets wat met Juliets verdwijning te maken heeft en wat ze me gewoon niet wil vertellen. Misschien moet ik onverwacht bij haar langsgaan. De zaak forceren.'

'Soms heb je het meest aan het verrassingselement,' beaamt Finn. 'Al loop je het risico om haar van je te vervreemden als ze daar niet van gediend is.'

'Daar ben ik bang voor. Ik heb haar gisteravond nog een mail gestuurd, maar ik kan het wel een paar dagen laten rusten, kijken of ze dan wat meer warmloopt voor het idee.'

'Of je moet een beroep op haar doen als vriendin,' stelt Finn voor. 'Oude loyaliteit verdwijnt maar langzaam. Waarom zou ik hier anders zijn, liefje?'

Martha glimlacht naar hem en ze opent haar werkboek en legt twee krantenartikelen op de tafel tussen hen in. Ze wijst op het eerste, een knipsel uit een landelijk dagblad uit maart 2000, waarin staat dat de politie de zoektocht naar Juliet heeft gestaakt. 'Goed. Nou, zoals je weet ben ik bezig met een onderzoek naar de verdwijning van Juliet Sherman in 2000, met als hoofdverdachte David Crown, die een dag later is verdwenen. Destijds heeft de politie om voor de hand liggende redenen geconcludeerd dat het om een verliefd stel ging dat er samen vandoor was gegaan, maar wij geloven, ik geloof niet dat dat klopt. Ik ben ervan overtuigd dat Juliet is vermoord en ik weet bijna zeker dat David Crown nog ergens rondloopt.'

'Het is lang geleden sinds ik iets met de zaak van doen heb gehad en je weet dat ik er nooit zelf aan heb gewerkt. Je zegt dat niemand sindsdien meer iets van hem heeft vernomen? Geen activiteit op zijn bankrekening, geen aanvraag voor een nieuw paspoort, geen verkeersovertredingen et cetera?' Finn neemt een hap van het broodje en kauwt bedachtzaam. 'We kunnen de mogelijkheid dat hij dood is natuurlijk niet uitsluiten.'

'Ja, maar mensen nemen toch heel vaak een nieuwe identiteit aan? Ik bedoel, hoe moeilijk zou het voor hem zijn geweest om onder een andere naam en met een verzonnen levensverhaal ergens een nieuw leven te beginnen? Vooral met vijftigduizend pond op zak.'

'Niet zo moeilijk,' stemt Finn in. 'Ik heb de aantekeningen van de zaak nog een keer voor je doorgenomen, en dat was een populaire theorie toen de zaak werd afgesloten, toen er werd besloten dat Juliet wellicht uit vrije wil was vertrokken met David Crown.'

'Ik kan er niet bij dat ze een meisje van zeventien zo makkelijk hebben afgeschreven. Niemand van ons, niet één vriendin of familielid, heeft ooit het idee gehad dat Juliet iets met David had. Dus waarom is de politie zo snel tot die conclusie gekomen?'

'Ze hadden een anonieme tip gekregen,' zegt Finn. 'Een telefoontje. Mijn mannetje heeft dat pas net gevonden in het dossier, om de een of andere reden zat het niet langer bij de andere aantekeningen over de zaak.'

'Hè? Wat zei die beller dan?'

'Het was een vrouw die beweerde dat ze Juliet en David Crown een dag of veertien eerder samen in de hut van Square Wheels had gezien. Zoenend.'

Martha schudt haar hoofd terwijl ze dit stukje informatie probeert te plaatsen. Juliet en David Crown? Zoenend?

'Nee,' zegt ze stellig. 'Niet Juliet. Dat geloof ik niet.'

Finn haalt zijn schouders een klein stukje op. 'Zoals ik al zei was het een anoniem telefoontje, en daarom zullen ze het met enige behoedzaamheid hebben behandeld. De belster zei niet dat ze Juliet kende, alleen dat het meisje leek op de foto's van Juliet die indertijd waren vrijgegeven aan de media. Ik denk dat het telefoontje, in combinatie met de liefdesbrief die in Juliets prullenbak is gevonden en het feit dat David Crown voor zijn verdwijning al zijn spaargeld had opgenomen, behoorlijk aannemelijk zal hebben gemaakt dat Juliet uit vrije wil met hem was weggegaan.'

'Maar ze was zeventien! Hadden ze niet moeten proberen om haar te vinden, of ze nou wel of niet een relatie hadden?' Martha is witheet – omdat de politie zich niet veel zorgen leek te maken om de veiligheid van een jong meisje, maar nog meer omdat ze merkt dat ze zich gaat afvragen of het misschien waar is. Kán Juliet ervandoor zijn gegaan met David Crown? Zelfs nu, met dit nieuwe bewijsmateriaal, kan ze zich er niet toe zetten om het helemaal te geloven. 'Jezus, Finn,' zegt ze. 'Wat bezielde de politie in godsnaam?'

Hij slaat zijn zware armen over elkaar en zijn mondhoeken hangen omlaag. 'Na mijn tijd is alles heel anders geworden, liefje,' zegt hij. 'Ik ben ervan overtuigd dat Juliets zaak niet zo snel zou worden gesloten als dit nu zou spelen. Ik schaam me om het te moeten zeggen, maar als een politiekorps onderbezet is, doen sómmige agenten waarschijnlijk hun best om zaken zo snel mogelijk van hun bureau af te krijgen. En als dat in dit geval betekende dat er een paar als "onopgelost" werden geclassificeerd, nou, ik denk dat je wel kunt stellen dat de verkeerde af en toe werden overgeslagen.'

Martha weet dat de politie niet onfeilbaar is, maar ondanks haar vaders bepaald niet smetteloze laatste jaren heeft ze altijd geloofd dat de politie er is om te beschermen en te verdedigen. Het idee dat ze misdrijven op deze manier behandelen is te veel voor haar. Zou haar vader een van die luie agenten zijn geweest, er als de kippen bij om een onderzoek in de kiem te smoren zodat hij zich niet hoefde in te spannen?

'Ze was nog maar een tiener. Zou jij zo'n zaak hebben genegeerd, Finn?'

'Nee,' antwoordde hij. 'Geen sprake van. En voor je het vraagt, dat zou je vader ook niet hebben gedaan. Ik hoef je er natuurlijk niet aan te herinneren, maar toen Juliet Sherman verdween was Eric al met vervroegd pensioen. Maar ik weet nog hoe erg die zaak hem aangreep, omdat jullie zulke goede vriendinnen waren, en hij sprong zowat uit zijn vel toen hij hoorde dat ze het onderzoek hadden teruggeschroefd. Net als jij vond hij het ondenkbaar om te suggereren dat ze ervandoor was gegaan met David Crown.'

'Maar pa wist nauwelijks wat ik deed of waar ik elke dag uithing. Hij had het zo druk met zijn eigen zaken dat het me verbaast dat hij wist dat ik een goede vriendin had die Juliet heette...' Martha's stem sterft weg, en ze concentreert zich op het tot bedaren brengen van haar steeds sneller kloppende hart, terwijl ze zichzelf inwendig een standje geeft omdat ze zich weer emotioneel door hem laat raken, zelfs nu nog.

'Je vader had meer belangstelling voor je dan je denkt, liefje.' Finn legt zijn hand onder haar kin en dwingt haar om hem aan te kijken. 'Ik weet nog dat hij me vroeg om de knul na te trekken met wie je uiteindelijk bent getrouwd, toen je hem voor het eerst mee naar huis had genomen.'

'Denny? Heeft hij Den laten natrekken?' Ze krijgt de woorden nauwelijks over haar lippen. 'Die sluwe rotzak. Wat heeft hij ontdekt, dat Denny een waardeloze nietsnut was?' Martha doet luchtig, maar in werkelijkheid vraagt ze zich af hoe haar vader de man in vredesnaam heeft doorzien. Nu Martha erop terugkijkt, beseft ze heel goed dat Den een hopeloos geval was, maar ja, wijsheid achteraf is een prachtig iets.

Finn lacht, en het geluid klinkt weldadig en warm. 'Nee, hij vond hem een goede vent. Hij was zo blij voor je toen je trouwde en hij was er kapot van toen het allemaal spaak liep. Ik vond het naar om over Denny en jou te horen, liefje. Het spijt me dat het niks is geworden.'

Martha roert onnodig in haar drankje. 'Hij was een enorme vergissing, Finn. God mag weten hoe ik het voor elkaar heb gekregen, maar ik ben zo van de regen in de drup beland. Ik wilde waarschijnlijk zo graag weg bij pa en zijn drankgebruik dat ik ja zou hebben gezegd tegen iedereen die me een thuis bood. Hoe dan ook, toen ik Denny vier jaar later verliet, ging het niet echt goed.'

'Sloeg hij je?' Finn komt meteen ter zake.

Martha reageert met een afwijzend gebaar van haar kin. Ze heeft nog nooit iemand in vertrouwen genomen over de omvang van Dens problemen, en het is een opluchting om het tegen iemand als Finn te vertellen, iemand die het begrijpt.

'Jezus, arme meid.' Finn schudt treurig zijn hoofd. 'Daar had ik geen idee van.'

'Dat was mijn eigen schuld. Eigenlijk wist ik het, maar ik weigerde de tekenen onder ogen te zien. Ik ben gewoon blij dat ik erin ben geslaagd om me er toen aan te onttrekken.'

'Je hebt de juiste beslissing genomen,' zegt Finn tegen haar, terwijl hij zachtjes op haar hand klopt. Er valt een stilte, maar die is niet ongemakkelijk. Uiteindelijk doorbreekt Finn het stilzwijgen. 'Ik heb heel lang geprobeerd om contact te houden met je vader, Martha. Tot het zo slecht met hem ging dat hij nauwelijks wist dat ik het was... Tja, daar hoef ik jou natuurlijk niks over te vertellen. De laatste keer dat ik hem zag, was toen hij werd opgenomen in het ziekenhuis en toen was de man die ik kende eigenlijk al verdwenen. Maar aan één ding heb ik nooit getwijfeld, namelijk hoeveel hij van jou hield.' Het lijkt erop dat

Finn dit al heel lang wilde zeggen, en dat ook hij heeft rondgelopen met een schuldgevoel omdat hij de zelfdestructieve Eric Benn niet had kunnen genezen.

Martha zucht. Waarom had zij niet zo'n vader die in eenvoudige termen communiceerde, de weekenden doorbracht met zijn gezin en zijn vrouw en kinderen vertelde dat hij trots op ze was? Waarom had hij niet evenveel van háár gehouden als van vrijdagavonden in de Anchor?

'Dat weet ik,' zegt ze, alleen ter wille van Finn. Zelfs nu ze het uit de mond van Finn Palin hoort, haar vaders oudste en trouwste vriend, degene die hem door dik en dun heeft gesteund, kan ze nog altijd niet echt geloven dat het waar is. Ze betwijfelt of haar vader ooit echt van iemand heeft gehouden.

Inwendig schudt Martha alle melodramatische gedachten van zich af en concentreert zich op het onderwerp waar het om gaat. David Crown. Ze legt de krantenknipsels op tafel in een andere volgorde, en Finn stroopt zijn mouwen op en buigt zich voorover.

'Ga verder,' zegt hij.

'Goed, dus we zijn het erover eens dat de kans bestaat dat Juliet niet is weggelopen met David Crown. We zijn het er ook over eens dat David Crown nog gezond en wel kan zijn, en onder een valse naam kan leven.'

'Ja. In theorie.'

'Maar dan zitten we met het probleem dat iedereen die we gesproken hebben zegt dat David Crown een modelburger was. Iedereen die we onlangs hebben geïnterviewd beweert hetzelfde: David Crown was een fantastische docent, een liefhebbende echtgenoot, een onbaatzuchtige vrijwilliger, een steunpilaar van de maatschappij. Weliswaar is er de beschuldiging van Vicky Duke, maar zelfs die werd ingetrokken, dus op papier lijkt hij verdomme net een heilige.'

'En dat geloof jij niet?'

'Er zit een luchtje aan,' zegt Martha. 'Ik begon net te denken dat ik misschien op het verkeerde spoor zat, tot we het afgelopen weekend een bezoek brachten aan Castledale in Derbyshire, de geboorteplaats van David Crown. We hebben er een paar inwoners gesproken die hem hebben gekend als tiener.'

Nu legt ze een vinger op het tweede artikel met als kop: JACHT OP MOORDENAAR TILLY GAAT VERDER.

'Dit meisje, Tilly Jones, is vermoord, een paar weken voordat David Crown voorgoed wegging uit Castledale, en volgens een paar dorpelingen die hem toentertijd kenden was hij de officieuze hoofdverdachte in die zaak. Maar hij is nooit in staat van beschuldiging gesteld, nooit met name genoemd in de kranten, en uiteindelijk was de algemene opvatting dat Tilly is omgebracht door een toevallige voorbijganger, een vreemdeling die nooit is gepakt.'

'Waarom werd David verdacht? Toen was hij zelf nog maar een jongen.'

'Hij was zeventien, dus zeker oud en sterk genoeg om een jonge vrouw te vermoorden. Hij was ook de laatste die haar die middag heeft gezien. Ze was niet zijn vriendinnetje, alleen een familievriendin, volgens mijn bron was David met haar naar huis gelopen nadat ze samen naar de bioscoop waren geweest, als gunst richting haar ouders. En hij had afscheid van haar genomen bij het groepje bomen, waar ze ook is gevonden. Maar er is hem nooit iets ten laste gelegd, omdat zijn toenmalige vriendin hem een alibi verschafte. Volgens haar had ze Tilly en hem ergens getroffen en waren ze met zijn drieën naar het bosschage gelopen en hadden ze Tilly samen nagezwaaid, waarna zij tweeën weer naar het dorp waren gegaan. Het klinkt behoorlijk waterdicht. Maar je weet hoe prille liefde is, stel je voor dat hij zijn vriendinnetje heeft overgehaald om voor hem te liegen? Het zou geweldig zijn als we die vriendin, Hattie Brown, konden vinden om met haar te praten.'

Finn zet zijn leesbril op en kijkt er wat beter naar, waarbij hij zijn aandacht van het ene naar het andere artikel laat gaan.

'Zie je iets interessants?' vraagt Martha terwijl ze met haar wijsvingers naast de afzonderlijke foto's van Tilly Jones en Juliet Sherman tikt.

Finn kijkt op over de rand van zijn bril en kijkt haar strak aan met zijn lichte ogen. 'Ze zouden zussen kunnen zijn,' zegt hij.

'Precies,' reageert Martha. 'Volgens mij heeft onze David Crown een type.'

Op weg naar huis voelt Martha de sterke aandrang om even langs te gaan bij haar oude school. Het is al laat, en als ze in het donker bij de afrastering rond het terrein staat, is het met gras begroeide gedeelte dat hun sportveld was bijna niet te zien. Er rent een vos over het sportveld, langs de bewegingssensor van een lamp, die aangaat waardoor het deel van het veld aan de kant van de Tuin van Bezinning ineens verlicht is. Er gaat een schok door haar heen als ze zich ineens iets herinnert. In de zomer van 1998 was er een weekend dat een heel stel van hen wat betaald werk deed voor David Crown, toen hij begon met de voorbereidingen voor de inrichting van de nieuwe tuin. Die zou worden aangelegd op de plek waar het oude zwembad lag, een beschimmeld oud bouwwerk dat naar mos en steen rook, een overblijfsel uit de jaren vijftig dat al lang voordat Martha daar op school kwam was afgekeurd voor gebruik.

Nu worden de details van dat weekend duidelijker: het is een zaterdag en de zon schijnt. Sterker nog: het is snikheet. Juliet is de enige die eraan heeft gedacht om zonnebrand mee te nemen en laat die rondgaan terwijl ze aanbiedt om de schouders van Liv en Martha in te smeren. Ze noemt Tom, die met ontbloot bovenlijf rondloopt, een idioot wanneer hij zegt dat zonnebrand 'voor meisjes is'. Martha weet nog dat zijn huid in de dagen daarna afbladderde als die van een slang, en dat ze hem vreselijk hebben uitgelachen toen hij in de schaduw moest zitten om zijn zere rug te laten genezen. Zij zijn niet de enigen in dit tafereel. David Crown is er ook, als de leider van de groep, net als mevrouw Tomlinson van school en nog wat andere jongelui. Ze kent hun namen niet, maar ze zijn van dezelfde leeftijd, misschien iets ouder; andere vrijwilligers van Davids Square Wheels-team. Martha probeert zich te concentreren op hun gezichten, maar ze ziet hun gelaatstrekken niet voor zich, niet zoals die van haar vriendinnen, die ze zich nog voor de geest kan halen alsof het gisteren was. David heeft ieder van hen een specifieke taak gegeven, en ze werken in tweetallen, net als bij Square Wheels. Martha en Liv hebben de verplaatsing toebedeeld gekregen. Ze hebben allebei een kruiwagen, die ze vullen met stenen en puin van het zwembad dat Tom en een andere jongen ijverig aan het afbreken zijn, en vervolgens rijden ze die over de planken omhoog naar de container die aan de rand van het speelveld staat. Martha's handen zijn klam in de dikke werkhandschoenen, en ze voelt het zweet van haar haargrens onder haar singlet langssijpelen en in de tailleband van haar korte broek verdwijnen. De teams die de plekken omspitten waar de bloemperken zullen komen dragen slippers of sandalen, maar David stond erop dat Liv en Martha hun tenen zouden bedekken omdat ze met puin gingen werken. Ze sjouwen ondertussen al urenlang met puin; Martha begint verhit en moe te worden, en de dichte-schoenregel voelt inmiddels als het toppunt van onrecht.

Vlak bij hen markeert David op de grond waar de nieuwe Tuin van Bezinning zal komen. Juliet helpt hem, volgt zijn aanwijzingen op, houdt het einde van het meetlint vast, rent heen en weer om krijtmarkeringen te maken en staat stil wanneer hij haar beveelt dat te doen. Het is een doodsimpele taak, en Martha, smerig en nat van het zweet, ziet tot haar ergernis dat Juliet er nog even fris uitziet als toen ze vier uur geleden aankwamen.

'Kan ik na de lunch met iemand ruilen?' roept Martha naar hen.

'Als je wilt,' antwoordt David afwezig terwijl hij iets in zijn notitieboek schrijft. Maar hij kijkt niet haar kant op. Hij is nog altijd in ernstig gesprek verwikkeld met Juliet, hun hoofden vlak bij elkaar.

Martha wordt opeens razend. 'Misschien kan Juliet mijn werk overnemen?'

Prompt schieten Juliets ogen naar Liv, een snelle blik. 'Nee, ik weet nu wat ik moet doen, David heeft echt geen zin om het weer allemaal aan een nieuweling uit te leggen.'

Een nieuweling! Het gore lef.

'Liv zal ook wel moe zijn. Misschien kunnen jullie met een ander team ruilen,' stelt David even tactvol als altijd voor, en voordat ze kan reageren klinken de blikkerige klanken van 'Greensleeves' die de komst van de ijscowagen aankondigen. David klapt in zijn handen om aan te geven dat het tijd is voor een pauze.

Dat heeft hij natuurlijk geregeld – gevraagd of Antonio's die dag een speciale stop wil maken op zijn gebruikelijke route. De werkers verzamelen zich bij de met felle kleuren beschilderde wagen terwijl David Crown en mevrouw Tomlinson softijsjes bestellen bij het serveerluik en die vervolgens aan ieder van de uitgedroogde werkers overhandigen. Er heerst een feestelijke stemming en Martha vergeet eventjes haar slechte humeur en doet mee met de anderen, lachend om zichzelf en de vieze zooi waarin ze is beland. Een van de jongens van Square Wheels flirt met haar, en zegt dat ze altijd mooi is, hoe ze er ook uitziet. Het meisje naast hem trekt een meelevend gezicht tegen Martha en zegt: 'Zo kan-ie wel weer, Romeo.' Ze maakt ook een kotsgebaar met haar vinger en Martha weet dat haar wangen niet alleen rood zijn door de zon. Toms huid wordt al roze en Liv rent gillend rondjes, terwijl ze met haar armen wappert omdat mevrouw Tomlinson net tegen haar heeft gezegd dat er een naaktslak op haar blote schouder zit. Liv roept dat iemand hem eraf moet halen, maar iedereen moet zo hard lachen dat ze niet kunnen helpen, en ze kijken allemaal naar Liv, waardoor Martha bijna mist wat er daarna gebeurt. Dit moet Juliet zien, denkt ze, en ze draait zich naar de ijscowagen, precies op het moment dat David Crown Juliet haar ijsje overhandigt, en er ondeugend mee langs het puntje van haar neus gaat als ze haar hand uitsteekt. Met een grijns steekt Juliet haar tong uit en ze probeert om de rotzooi die hij heeft gemaakt weg te likken. Het is een speels, intiem moment, en Martha is de enige die het ziet.

De rest van de herinnering verdampt voordat Martha hem beter kan bekijken. Maar dat laatste, duidelijke moment tussen Juliet en David Crown voelt zo betekenisvol dat Martha helemaal ontdaan is, terwijl ze probeert te begrijpen hoe het komt dat ze zich dat nu pas weer herinnert. Ze richt haar blik strak op het beschaduwde pad dat naar de Tuin van Bezinning voert, dat opeens weer donker wordt als de beveiligingslamp uitgaat. Gelooft ze nu dat Juliet en David Crown wél iets met elkaar hadden? Is dat wat haar zo dwarszit? Misschien, maar dat is niet wat haar het meest van haar stuk brengt.

Wat haar zorgen baart is de rauwe emotie die ze boven heeft gehaald door het herbeleven van die herinnering, een emotie die onmiskenbaar is. Te midden van haar vrolijkheid, toen Martha zich afwendde van Livs komische scène om die met haar vriendin te delen, was ze getuige geweest van dat korte, stomme moment met het ijs, en had ze zich jaloers gevoeld. Martha was jaloers geweest op Juliet.

14. Casey

Toen ik vanochtend wakker werd, was ik helemaal van slag door een korte e-mail van Martha die gisteravond laat binnenkwam en waarin ze me onder druk zette om een tijd en een datum te noemen voor een afspraak met haar. En daarom lig ik nu al sinds de vroege uurtjes te draaien en te woelen, en in het koude daglicht begrijp ik dat de kern van mijn zorgen bestaat uit schuldgevoel.

Martha's mail leek in grote haast getypt te zijn.

> We denken dat David Crown misschien al eerder een moord heeft gepleegd. In 1970 is hij genoemd in verband met de moord op een meisje in Derbyshire. Hij is er nooit voor veroordeeld, maar ik vind dat net even iets te toevallig. Je kent die foto van Square Wheels, hè? We zijn erachter gekomen dat een van de andere vrijwilligers Jo Clement heet – heb jij haar ooit ontmoet? We proberen haar op te sporen, net als dat andere meisje, om te kijken of zij zich iets kunnen herinneren over DC of over die bewuste avond. Hoor eens, Liv, wanneer kunnen we elkaar ontmoeten? Jij bent verder de enige die weet hoe het was in die vreselijke tijd en zelfs als je het niet over Juliet en de zaak wilt hebben, wil ik je toch dolgraag zien. Alsjeblieft? Ik heb nu echt een vriendin nodig.

Ik ben bang dat ik er te diep in verzeild ben geraakt. Die nieuwste onthulling over het vermoorde meisje vervult me met afschuw en ik wil het niet geloven, niet nu ik zo veel moeite heb gedaan om – in mijn hoedanigheid als Liv – te verkondigen dat ik niet geloof dat David Crown iets met Juliets verdwijning te maken heeft gehad. Ik vrees dat ik alles erger maak voor iedereen en nu Martha blijft aandringen op een ontmoeting, ben ik bang dat ik ontmaskerd zal worden. Maar ik ben vooral bang om Martha te verliezen. *Ik heb nu echt een vriendin nodig*, schreef ze. Hoe kan ik haar op een moment als dit teleurstellen? Ik beboter mijn toast terwijl ik al die dingen in gedachten de revue laat passeren, en ik weet dat ik eigenlijk alleen met rust gelaten wil worden.

Soms, toen ik nog heel klein was, verkondigde mijn moeder tegen mijn vader dat ze wat 'tijd alleen' nodig had. Dat behoefde dan geen verdere uitleg, want het volgde zonder uitzondering op verscheidene dagen van drukkende treurigheid in ons huis, een woordeloze opbouw van onzekerheid, iets wat wel iets weghad van de turbulente druk van een ophanden zijnde onweersbui. Ik kan me niet herinneren dat papa ooit tegen die eis protesteerde, en die verbanningen gaven mij nooit het gevoel dat ik werd afgewezen; integendeel, ik voelde vaak een inwendige opwinding, de verwachting dat er aan de horizon een avontuur opdoemde. In de loop der jaren bezochten papa en ik tijdens zulke minivakanties allerlei plekken, misschien twee of drie keer per jaar. We konden vertrekken wanneer het ons uitkwam, want ons gezin werd niet beperkt door het lesrooster van een normale school. Op zulke momenten vond ik het vreselijk fijn dat mijn ouders het besluit hadden genomen om me thuisonderwijs te geven, en in het prettige gezelschap van mijn vader miste ik de aanwezigheid van andere kinderen totaal niet. Als het mooi weer was, gingen we kamperen in gebieden waar je goed kon wandelen – het Lake District, de Schotse Hooglanden, de kust van Pembroke, het South Downs-wandelpad. Ik vond dat papa op zijn best was als de nood aan de man was. Hij kon heel goed improviseren, want zodra mama haar eisen kenbaar maakte, stond hij klaar, onverschrokken, en binnen een paar uur legden we onze tent en slaapzakken achter in zijn busje en gingen we op pad –

naar de plek die hij voor die gelegenheid had uitgekozen.

Een van mijn lievelingsbestemmingen was oom Richards kleine stukje land bij Burton, een vervallen cottage op het platteland die midden op een verwaarloosd weiland stond, waarop hij één ezel, twee alpaca's en een stel varkens had (als huisdieren, niet voor de bacon, verzekerde hij me), en meer vrij rondlopende kippen dan ik ooit heb kunnen tellen. Oom Richard had altijd alleen gewoond en papa zei dat zijn huis een 'gevaar voor de gezondheid' was, dus zetten we onze tent op met de opening naar de open velden en waagden we ons niet verder naar binnen dan de wc beneden om 's ochtends en 's avonds snel onze behoefte te doen. Overdag trokken we er in de auto op uit om nieuwe wandelroutes in de heuvels te verkennen en stopten we onderweg bij dorpsbakkerijen om belegde kadetjes en een paar gebakjes te kopen om mee te picknicken. Als het avond werd, kwamen we weer terug om een kampvuur te maken, en kleedden we ons warm aan voor een avond buiten, samen met oom Richard. Papa kookte op het open vuur of op een campingfornuis, en mijn oom leek altijd graag bij ons te komen zitten, waarbij hij ons dan vrolijk toevertrouwde dat hij alleen een echt goede maaltijd at wanneer wij op bezoek kwamen. 'Wat eet je dan als wij er niet zijn?' vroeg ik hem eens op een nevelachtige meiochtend terwijl mijn vader eieren met spek en thee met veel melk opdiende. We zaten rond het campingfornuis op flets geworden canvas stoelen die de vroege dauw hadden geabsorbeerd en keken naar de zon die gestaag opkwam boven de velden en heuvels. 'Spaghettirondjes op toast,' had oom Richard geantwoord, waarna hij zo hard had geschaterd dat we onwillekeurig met hem mee hadden gelachen.

Als we weer thuiskwamen van onze reizen, was mama een andere vrouw geworden door haar 'tijd alleen'. De geur van haar baksels, daar keek ik het meest naar uit. Ze maakte altijd heel veel werk van onze thuiskomstmaaltijd, en als we de gang in kwamen met verwarde haren, in de kleren die we al drie dagen aan hadden, drentelde ze bedrijvig om ons heen, drukte een kus op ons voorhoofd en zei dat we in bad moesten gaan voordat we gingen eten. Het was alsof we in een volslagen ander huis waren beland, een soort parallel universum, en ik ging van het weggaan houden vanwege de pure vreugde van het thuiskomen. Dit huis was een fleurige plek waar mijn moeder mooier was dan de laatste keer dat ik haar had gezien, een plek waar de kleuren scherper waren en ik gemakkelijker kon ademen.

Als volwassen vrouw begrijp ik mijn moeders verlangen om even 'alleen te zijn'. Misschien heb ik toch iets van haar meegekregen. Hoe graag ik ook vrienden in mijn leven zou willen hebben, ik vind het moeilijk om langere tijd in aanwezigheid van andere mensen te verkeren. Het duurt dan nooit lang voordat de benauwdheid in mijn binnenste de kop opsteekt, en de twijfel aan mezelf in mijn oor begint te fluisteren. Zelfs wanneer mensen bijzonder aardig tegen me zijn, vraag ik me af of ze het echt menen. Of ze me, achter hun glimlachende ogen, niet bespotten. Of ze vreselijke woorden verzinnen om tegen me te gebruiken. Het is geen aanstellerij dat ik me die dingen afvraag, want het zijn woorden die ik eerder heb gehoord, beledigingen die ik heb moeten slikken, mentale wonden die me zijn toegebracht – niet alleen door de pesterijen van vroeger op het schoolplein, maar ook meer recent, via de wrede toetsenborden van chatroomtrollen en hatelijke mensen. *Papzak. Zielenpoot. Lelijk kreng.* Daarom gebruik ik nooit meer mijn echte profielfoto of mijn echte naam als ik op internet contact heb met mensen. In plaats daarvan gebruik ik het geruststellende masker van een cartoonavatar en een welgekozen pseudoniem, iets waar ik binnen de kortste keren mee kan stoppen als de situatie dat vereist. Op internet kan ik zijn wie ik maar wil – Ruby-Boo, Susi-Lee, Marilyn2000, Sunny-Kay. Ik heb zoveel namen uitgeprobeerd dat ik de tel kwijt ben! Op internet kan ik contact hebben met anderen als hun gelijke, zonder de vooroordelen die mensen die minder-dan-mooi zijn zo snel te horen krijgen. Mooie mensen, zoals Martha en Juliet en Liv, hebben geen benul hoe de wereld aanvoelt voor mensen zoals ik. Geen flauw benul.

Vandaag probeer ik uit of de naam 'DebbieT' bij me past. Ik maak een nieuw profiel aan en binnen een paar minuten log ik in bij 'MisPer', een chatroom die in het teken staat van vermiste personen en hun families. Zoiets heb ik al verscheidene keren gedaan, dus ik weet precies wat ik moet doen en welke toon ik moet aanslaan om medegebruikers op mijn hand te krijgen. Ik klik op de tab waarmee ik een nieuwe thread kan beginnen.

> Hoi, ik ben Debbie en ik ben nieuw hier op MisPer! Ik hoop dat iemand me kan helpen. Ik ben op zoek naar David Crown, een man van vijfenzestig die in januari 2000 voor het laatst is gezien in Hackney. Als iemand informatie heeft over David en over waar hij zich nu bevindt, wil ik het dolgraag weten. Ik ben een oude vriendin van hem, en ik weet dat het ontzettend veel voor zijn familie zou betekenen om iets van hem te horen. Ik heb een foto meegestuurd die is genomen rond de tijd dat hij voor het laatst is gezien, toen hij groepsleider was bij de liefdadigheidsinstelling Square Wheels. Alle hulp of goede raad van de geweldige mensen op MisPer wordt heel erg op prijs gesteld – bij voorbaat dank! Xxxx

Zo, denk ik blij wanneer ik de thread plaats. *Mooi zo.* Ik ben bezig om te helpen. Als het een beetje meezit, zal ik over een dag of twee met wat bruikbare informatie op de proppen kunnen komen. Ik weet dat ik het beste meteen kan ophouden met al dat Liv-gedoe, maar misschien blijft Martha wat langer bij me als ik haar iets nieuws kan verschaffen om haar aandacht op te richten. Terwijl ik het groeiende aantal ongeduldige e-mails van mijn opdrachtgevers negeer waar mijn inbox inmiddels vol mee zit, besluit ik mijn oksels te gaan scheren met de nieuwe scheermesjes die ik tegelijk met mijn haarverf heb gekocht. Ik moet wat tijd doden voordat ik opnieuw inlog, en ik wil er fris uitzien voor wanneer Carl later deze week langskomt.

Zes uur later log ik opnieuw in bij MisPer, ditmaal met een nieuw profiel 'CrownieD', waarin ik beweer de man zelf te zijn. Ik moet gewoon een goed gesprek zien te creëren tussen Debbie en Crownie, en daarna moet ik, op de een of andere manier, het geheel naar Martha sturen.

Ik doe niks verkeerds, dat weet ik heel zeker. Ik heb de artikelen over Juliets verdwijning gelezen en hérlezen en gisteravond heb ik een aantal uur de foto's van David Crown zitten bestuderen. Hij heeft een heel vriendelijk gezicht en zijn levenswerk getuigde van zijn goedheid, waardoor ik er meer dan ooit van overtuigd ben dat hij niet schuldig is aan alles wat ze over hem beweren. Die sufferd van een Martha heeft het helemaal mis, en als ik er via deze MisPer-gesprekken voor kan zorgen dat ze haar vergissing inziet, dan bewijs ik haar een dienst. Dan bewijs ik iedereen een dienst.

Vol verwondering over het gladde oppervlak van mijn net geschoren oksels trek ik mijn nachthemd aan en ga naar bed terwijl ik me voorstel hoe het is om door de kranten te worden geïnterviewd: de eerlijke burger die een onschuldig man heeft gered van een afschuwelijke gerechtelijke dwaling.

15. Martha

Vanmiddag is Martha gebeld door Juney die vertelde dat ze eindelijk Janet, de echtgenote van David Crown, te pakken heeft gekregen, en dat ze een afspraak voor Martha en Toby heeft gemaakt om morgenochtend bij haar langs te gaan. Ze weten al dat de vrouw nog steeds in hetzelfde huis woont, zoals zo vaak gebeurt wanneer er iemand verdwijnt en zijn of haar familie niet ergens anders durft te gaan wonen voor het geval hun dierbare ooit terugkeert en merkt dat de familie is verhuisd.

Nadat ze een reeks vragen voor mevrouw Crown heeft opgesteld, gaat Martha laat naar bed, en ligt ze nog een hele tijd wakker terwijl haar hoofd tolt en ze terugdenkt aan het verleden en opnieuw probeert om zich de plekken uit haar jeugd voor de geest te halen. Omdat ze de slaap niet kan vatten, geeft ze het uiteindelijk op en gaat naar de keuken om een beker warme chocolademelk te maken. Ze kan niet precies bepalen waar het huis van de familie Crown staat ten opzichte van de plek waar zij destijds woonde en terwijl de melk opwarmt, pakt ze een gehavende doos van de bovenste plank van haar klerenkast in de hoop een oude stadsplattegrond te vinden waarvan ze weet dat ze hem een paar jaar eerder ergens op de kop heeft getikt. In de doos zitten allerlei rare dingen, een steeds kleiner wordende verzameling souvenirs die haar door de jaren heen van de ene plek naar de andere heeft vergezeld, spullen die ze nog maar zelden bekijkt en die bijna zijn vergeten. Er zijn geen fotoalbums, maar wel meer dan tien Kodak-foto-enveloppen met daarin foto's van begin jaren tachtig tot en met eind 1999. Ze slaat de foto's van haar vroege kinderjaren over en gaat meteen naar de enveloppen waar misschien foto's van Liv, Juliet en haarzelf in zitten, hoewel ze weet dat het er niet veel zullen zijn. Meestal nam Liv de kiekjes. Martha kon zich nauwelijks fotorolletjes veroorloven, laat staan de kosten van het ontwikkelen. Ze pakt een foto van hen drieën, een selfie uit het tijdperk van vóór de mobiele telefoon, hun gezichten net niet helemaal in beeld – ze knijpen met hun ogen tegen de zon. Livs blauwe ogen schitteren zo fel dat ze onecht afsteken tegen haar donkere huid en opeens moet Martha denken aan de keer dat Liv, als meisje van een jaar of vijftien, op school hooglopende ruzie had gehad met mevrouw Khan omdat de lerares Liv een strafpunt had willen geven omdat ze met gekleurde contactlenzen naar de les was gekomen. Een andere foto is van hen drieën in de achtertuin bij Juliet, waarschijnlijk genomen door Tom of door een van Juliets ouders. Ze dragen hun schooluniform en zijn een jaar of veertien, vijftien. Liv heeft haar stropdas om haar hoofd gebonden, haar sokken hoog opgetrokken en ze trekt een gek gezicht, met haar tong omlaag gestoken tussen haar tanden en haar onderlip. Juliet blaast een kusje naar de camera en Martha ligt dubbel van het lachen. Op de tuintafel achter hen staan een kan sinaasappellimonade en een dienblad met dubbele chocoladebiscuitjes. Ze was vergeten hoe vaak ze daar waren. Het was toch een soort tweede thuis voor Martha?

In tegenstelling tot Juliets gerieflijke huis woonde Martha met haar ouders in Stanley House, een groot appartementencomplex in een rommelige wijk vol sociale woningbouw dat een paar jaar later zou worden gesloopt vanwege veiligheidsrisico's. Toen de familie Benn er kwam wonen had de buurt al het stempel van probleemwijk gekregen, een buurt met behoorlijk veel leegstaande huizen die gerenoveerd zouden worden, wat betekende dat directe buren een zeldzaamheid waren en dat er zo goed als geen gemeenschapszin was. Op de jonge Martha, die uit een 'goede' straat van ongeveer een kilometer verderop kwam, kwam het heel vervallen over, een betonnen opslagtank voor mensen die geen keuze hadden. Het was een schok voor haar geweest, een klap van schaamte waar ze nooit echt overheen was gekomen, nadat hun eigen rijtjeshuis door de bank in de executieverkoop was gedaan omdat haar ouders een keer te vaak de hypotheek niet hadden betaald. 'Maar jouw vader zit toch bij de politie?' was de vraag die Martha, vaker dan haar lief was, van haar schoolvrienden te horen had gekregen. 'Dan kan hij zich toch wel wat beters veroorloven dan Stanley House?'

Het was de bedoeling geweest dat ze kortstondig in Stanley House zouden gaan wonen, een 'tijdelijke maatregel' tot ze hun leven weer op orde hadden en hun problemen 'hadden opgelost'. 'Je vader zal binnenkort worden bevorderd,' zei haar moeder in het begin vaak tegen haar met natte ogen van het huilen. 'En ik ga een baan zoeken die wat beter bij me past. Het komt heus wel weer goed.' Maar in de tien jaar dat Martha daar woonde was 'tijdelijk' in 'voorgoed' veranderd, en al die tijd was ze het nooit als thuis gaan beschouwen. Stanley House was het gat waarin Martha met haar ouders was verdwenen, en zij beschouwde hun verhuizing daarnaartoe als het begin van het einde. Daar was haar moeder steeds dieper weggezonken in wanhoop en had haar vader zijn wrok gekoesterd vanwege zijn gedwongen vervroegde pensioen bij de politie. Het was een plek van chaos en onzekerheid, van ongemak en gebrek. Uiteindelijk was het de plek die haar moeder was ontvlucht. Heb ik eigenlijk wel goede herinneringen uit die tijd, vraagt Martha zich af. Al is het er maar één? Ze ligt in haar grote bed met haar ogen op de digitale wekker gericht terwijl ze diep in haar geheugen graaft, en dan ziet ze ineens een beeld voor zich, even duidelijk als een filmscène, een lang vergeten herinnering: Liv, Juliet en zij liggen op een benauwde zomernacht languit onder de met sterren bezaaide hemel op het platte dak van Stanley House. Wat deden ze daar? Martha nam nooit vriendinnen mee naar huis, want ze wilde zichzelf niet blootstellen aan de schaamte die daar heerste.

Waarom waren ze daar? Ach, natuurlijk, beseft ze nu. Ze was alleen in het appartement geweest.

Ze waren pas zestien, en Martha's moeder was die lente vertrokken. Ze had haar koffers gepakt en was onder schooltijd verdwenen om nooit meer terug te komen. Ze was teruggekeerd naar Schotland en ze was later zo goed geweest om Martha op een stomme ansicht van de Forth Bridge te schrijven dat ze niet meer zou terugkomen. *Je vader en ik hebben niets aan elkaar*, had ze geschreven, en Martha had haar gehaat om die laffe woorden. *Jij bent daar gelukkig*, had ze geschreven, als een soort rechtvaardiging voor het feit dat ze haar dochter niet had meegenomen, en Martha vroeg zich af op welke planeet haar moeder in de afgelopen jaren precies had geleefd. *Gelukkig*?

Ze kan de kolere krijgen, was Martha's overheersende emotie geweest, een emotie die haar door de moeilijkste tijden had geholpen, wanneer ze eigenlijk alleen had gewild dat haar moeder terug zou komen. Geen enkele keer had ze zichzelf toegestaan om te fantaseren over het nieuwe leven van haar moeder in de Scottish Borders. Geen enkele keer mocht ze van zichzelf fantaseren over een andere plek voor zichzelf. Haar moeders vertrek was verdomme een opluchting, hield ze zichzelf voor. Haar moeder was waardeloos. Eén zo'n ouder was genoeg, redeneerde Martha terwijl ze een dikkere huid ontwikkelde. Maar twee? Niemand uit een klein gezin zou opgescheept moeten zitten met twee van die zatlappen.

Die door sterren verlichte avond op het dak van Stanley House was een uniek moment in de tijd, een eenvoudige dag en nacht vol vreugde en lol, zonnebaden, geheimen en droomloze slaap. Liv en Juliet waren 's middags gekomen met slaapzakken, muziek, Bacardi Breezers en chips. Daarvoor was Martha de hele ochtend bezig geweest de boel schoon te maken, ze had de verroeste metalen ramen opengewrikt om het muffe appartement te laten luchten, ze had het toilet en de bevlekte spoelbakken geboend met bleekmiddel, en ze had een natte doek over alle door de stadslucht groezelig gemaakte oppervlakken gehaald die haar vriendinnen zouden kunnen zien. Ze borstelde, ruimde op en poetste, en, hoewel ze wist dat het er nog steeds uitzag als een waardeloos appartementje in een waardeloze wijk, vond Martha toch dat de woning er nog nooit beter had uitgezien of lekkerder had geroken.

Maar waarom had ze haar vriendinnen uitgenodigd? Waar was haar vader geweest? O, ja. Haar vader was de avond ervoor opgenomen in het ziekenhuis nadat hij met een mes in zijn zij was gestoken tijdens de achtervolging van een dief. Althans, dat had hij gezegd tegen zijn onbewogen kijkende meerdere die net wilde vertrekken toen Martha aankwam. 'Het is niet levensbedreigend,' had de verpleegster tegen haar gezegd, 'maar omdat hij bloed heeft verloren, moet hij een nachtje blijven.' Zijn gezicht op het gesteven ziekenhuiskussen had een levenloze grauwe tint gehad, en heel even, voordat hij zijn ogen opendeed en haar had zien staan, had ze echt geloofd dat hij dood was. 'Gewoon pech,' noemde hij het toen hij haar aankeek, en net deed alsof hij de tranen niet zag die ze uit alle macht probeerde tegen te houden. Je zult wel lazarus zijn geweest, was haar onuitgesproken oordeel, terwijl ze de woorden gevangenhield achter haar opeengeklemde tanden. Ze was weggefietst onder een dikker wordende wolk eenzaamheid, terug naar een leeg appartement, waar ze op de bank had geslapen, bang voor de toekomst omdat haar gezond verstand haar vertelde dat deze avond echt het einde van haar vaders carrière bij de politie moest betekenen.

Martha weet nog dat ze die avond op het dak heeft gedronken tot ze het bewustzijn verloor, dat ze met z'n drieën onder de sterren hadden geslapen, waarbij de zomerwarmte van hun vriendschap sterk genoeg was om het niet koud te krijgen. Hadden Liv en Jules de waarheid vermoed omtrent de afwezigheid van haar vader? Hebben ze ooit het idee gehad dat ze loog? Vast wel, denkt Martha nu terwijl ze de foto's weer in de doos stopt en die terugzet in de donkere klerenkast. Want dát doen echte vrienden: ze herkennen de leugens die belangrijk voor je zijn, en besteden er verder geen aandacht aan.

Als Martha en Toby aankloppen bij Janet Crown schrikken ze van de gestalte die opendoet. Mevrouw Crown is lang, maar tenger. Ze draagt een karmijnrode kamerjas en een hoofddoek met zeefdrukpatroon. Aan de wallen onder haar ogen is te zien dat deze vrouw meer zorgen heeft dan alleen de verblijfplaats van haar man. Ze heeft geprononceerde jukbeenderen, en Martha kan zien dat ze ooit knap moet zijn geweest, maar op dit moment lijkt Janet Crown niet veel langer te leven te hebben. Over haar mond is met felrode lippenstift een pijnlijk dunne streep getrokken en haar haarloze wenkbrauwen lijken met een beverige hand te zijn getekend.

'Kom verder,' zegt ze met een elegant handgebaar waarna ze hen voorgaat door haar keurige, conservatief ingerichte huis, naar een kleine uitbouw aan de achterkant, een serre waar rieten stoelen staan en zich een overvloed aan glanzende hangplanten bevindt. Het ruikt er vaag naar sigarettenrook en munt. Aan de andere kant van de glazen deur ziet Martha een tuintafel met een stenen asbak erop, waar uit het midden een met lippenstift bevlekte peuk omhoogsteekt.

Op de rieten salontafel staat een gelakt doosje met daarin een stapel oude ansichten, de bovenste met een afbeelding van de Eiffeltoren bij nacht erop. Naast de doos ligt een pakje sigaretten en een grote, zilveren aansteker van het soort dat je in oude films zou kunnen tegenkomen. Zonder te glimlachen gebaart mevrouw Crown dat Martha en Toby moeten gaan zitten, en Martha kan niet goed inschatten of deze koele ontvangst een teken van verzet of ontsteltenis is.

'Laten we hier maar gaan zitten, als jullie het niet erg vinden,' zegt ze, waarna ze zich met een diepe zucht in haar eigen stoel laat zakken en haar armen voorzichtig op de rieten armleuningen legt. 'Hier is het warmer. Ik ben namelijk ziek geweest, weet je.'

Martha buigt zich voorover en legt haar ellebogen op haar knieën. 'O, wat vervelend om te horen, mevrouw Crown. Mag ik u Janet noemen?'

Janet Crown stemt er niet mee in, maar maakt er ook geen bezwaar tegen. Ze steekt alleen haar hand op waarbij haar duim en middelvinger aanstalten maken om elkaar te raken, de onbewuste houding van een roker. 'Ik heb begrepen dat jullie al een tijdje proberen om contact met me op te nemen. Tja, het spijt me dat ik zo slecht te bereiken ben. Ik heb geen mobiele telefoon en ik ben pas een paar dagen geleden uit het ziekenhuis ontslagen. *Kanker*, weet je,' zegt ze, waarbij ze haar stem dempt tot een fluistering, alsof haar ziekte een grote bron van schaamte is. 'Maar is dat tegenwoordig niet altijd het geval? Kanker, kanker, kanker. Het is overal.' Janet zegt dit allemaal tegen Martha en negeert Toby die wat verschuift op zijn stoel, er niet aan gewend dat hij over het hoofd wordt gezien.

'Hoe verloopt de behandeling?' vraagt hij, en Janet richt haar blik op hem alsof ze verbaasd is om hem daar te zien.

Na een heel korte stilte, antwoordt ze: 'Wie zal het zeggen? Ik ben een tamelijk hopeloos geval, om je de waarheid te zeggen. Kennelijk sta ik al met een been in het graf!' Na die woorden begint ze te lachen, waardoor haar gezicht ineens straalt, en Toby veert van schrik een stukje op uit zijn stoel. 'O, let maar niet op mij!' zegt ze, en ze drapeert het fluweel van haar kamerjas over haar skeletachtige dijen en strijkt de plooien van de stof glad.

'Mevrouw Crown, Janet.' Toby slaat zijn notitieboek open, duidelijk in een poging zich te herpakken. 'Als het goed is heeft onze onderzoeker u via de telefoon uitgelegd waarom we u wilden ontmoeten.'

'Ja, jullie maken een televisieprogramma.'

'Precies. We beseffen dat dit een emotioneel beladen onderwerp voor u is, maar als u een paar vragen wilt beantwoorden, zullen wij wellicht wat aanwijzingen ontdekken die de politie indertijd heeft gemist.'

Janet wendt zich tot Martha. 'En waar zijn de cameramensen dan?'

Ineens begrijpt Martha waarom Janet Crown zich vanochtend grote moeite heeft getroost: de karmijnrode kamerjas met bijpassende hoofddoek, rode lippenstift en getekende wenkbrauwen. 'O, sorry, dat hadden we moeten uitleggen. Vandaag zijn Toby en ik alleen gekomen, maar als u het goedvindt, komen we daarna nog een keer terug met de cameramensen. We zijn ervan uitgegaan dat u het deze eerste keer... nou ja, dat u het misschien moeilijk zou vinden. Een tikje emotioneel, wellicht?'

Mevrouw Crown pakt de sigaretten van de salontafel, maar als ze merkt dat het pakje leeg is, schuift ze het met slappe vingers opzij. 'Ach, het geeft niet, hoor,' zegt ze met iets wat lijkt op uitputting. 'Begrijp me niet verkeerd: het is emotioneel wel degelijk zwaar, ontzettend zwaar. Maar zo langzamerhand ben ik wel uitgehuild. Volgens mij heb ik jarenlang niets anders gedaan dan huilen. Maar op een gegeven moment moet het leven zijn gang weer gaan. Vind je ook niet, liefje? Nu meer dan ooit. Ik leef bij de dag. Je mag me echt alles vragen, Martha Benn.' Ze kijkt Martha strak aan en haar pupillen zijn groot en zwart in haar donkere ogen, en Martha vraagt zich af welke cocktail aan medicijnen deze vrouw moet slikken. Ze is pas halverwege de zestig, maar door haar gehavende uiterlijk zou je zo geloven dat ze negentig is, dat effect heeft deze ziekte op haar.

Net als Martha iets wil zeggen, steekt Janet een vinger op en kijkt ze Toby aan. 'Jongeman, zou jij zo vriendelijk willen zijn om even naar de winkel te gaan en een pakje Marlboro mentholsigaretten te halen? Het kost me moeite om me te concentreren en die dingen helpen me daarbij. Aan het eind van de straat zit een tijdschriftenwinkel.'

Martha werpt Toby een bijna onmerkbare hoofdknik toe, waarna hij opstaat en de kamer verlaat.

'Nu kunnen we praten,' zegt Janet wanneer ze de voordeur achter hem dicht hoort gaan. Als ze Martha's verbaasde gezichtsuitdrukking ziet, voegt ze eraan toe: 'Ik ben niet op mijn best in het gezelschap van mannen, schat. Weinig ervaring meer mee.' Ze gebaart naar Martha's aantekeningen en spoort haar aan om te beginnen.

Beseffend dat tijd van het grootste belang is als ze alle vragen aan Janet gesteld wil hebben voordat Toby terug is, komt Martha meteen ter zake. 'Ja, natuurlijk. Ik begrijp het helemaal. Zal ik dan maar gewoon beginnen met de vragen, Janet?'

Janet knikt, en Martha laat haar vinger langs haar aantekeningen omlaag gaan naar de eerste vraag die ze heeft voorbereid.

'Janet, denk jij dat David iets te maken had met Juliets verdwijning?'

'Absoluut niet,' antwoordt Janet Crown onaangedaan.

'In wat voor stemming was David op de ochtend voor zijn verdwijning?'

'Tja. Nadat de politie langs was geweest, was hij er heel slecht aan toe. Echt overstuur... en bang, maar dat lijkt me logisch. Eerst overkwam dat meisje zoiets vreselijks en toen kwam hij onder verdenking te staan. Maar na een poosje leek hij zich te herpakken en toen heeft hij zich klaargemaakt om naar zijn werk te gaan, zoals gewoonlijk.' Ze kijkt Martha even aan en zegt dan: 'Maar ja, hij is natuurlijk nooit meer thuisgekomen.'

'Waar werkte hij destijds?'

'O, dat weet ik niet meer.'

'Waar denk jij dat hij naartoe is gegaan?'

'Nou, hij is weggelopen, niet dan? Maar ik weet niet waarheen.'

'Weet je waarom hij is weggelopen?'

'Zoals ik al zei, toen de politie langskwam om vragen te stellen over dat meisje...'

'Juliet,' valt Martha haar in de rede. Nijdig omdat Janet Crown haar "dat meisje" noemt.

'Ja, zo heette ze: Juliet. Nou, ik was erbij toen die twee agenten met David spraken en ik kan je wel vertellen dat ze beslist niet vriendelijk deden tegen hem. Ze vroegen hem wat voor "relatie" hij met Juliet had, of ze naast hun liefdadigheidswerk ook tijd met elkaar doorbrachten, of hij op de avond ervoor alleen met haar was geweest. De toon die ze aansloegen was schokkend, het was alsof ik niet eens in de kamer stond. De agente was het ergste. Die bleef maar kwaad naar hem kijken, alsof ze hem bang wilde maken, hem ergens op wilde betrappen. Alsof zij al had besloten dat hij schuldig was.'

'Wat zeiden die agenten na afloop van die ondervraging? Hebben ze gezegd dat ze hem nog eens wilden spreken?'

'Ze vroegen of hij zich die avond op het bureau wilde melden om een schriftelijke verklaring af te leggen. Als je het mij vraagt, wilden ze hem overdag peentjes laten zweten. Volgens mij geloofden ze echt dat hij dat meisje had vermoord! Dat arme kind,' zegt ze ineens met vochtige ogen. 'En dan haar ouders. Haar moeder en haar vader. Over zoiets kom je nooit meer heen, weet je.'

De zon breekt door en werpt licht op Janet Crowns broze gestalte, en Martha ziet iets nieuws in haar, een zachtere, kwetsbaardere kant. Ze heeft de last van de verdwijning van haar man al die jaren met zich meegetorst, beseft Martha. Ze is nooit in staat geweest om opnieuw te beginnen, ze heeft nooit geweten wat er echt is gebeurd of waar hij naartoe is gegaan. Dat moet toch erger zijn dan wanneer hij gewoon was gestorven? Een sterfgeval is tenminste een feit, punt uit. Wanneer mensen zeggen dat het tijd is om de draad van je leven op te pakken, dan kan dat misschien na een sterfgeval, wanneer er voldoende tijd is verstreken. Maar een verdwijning is iets heel anders. Voor het eerst beseft Martha dat Janet Crown óók een slachtoffer is in deze zaak. Geen wonder dat ze zich een beetje vreemd gedraagt, dat haar reacties enigszins kortaf en onaangedaan zijn. Door de jaren heen moet ze een enorme kwelling hebben doorstaan. Misschien heeft dat haar wel vroegtijdig oud gemaakt, nog meer dan de kanker.

'Waren jullie gelukkig samen?' vraagt Martha terwijl ze weer terugkeert naar haar vragenlijst. 'David en jij?'

'Heel erg.'

'Hield je van hem?' Een soortgelijke vraag, maar met een andere nadruk. Terwijl ze hem stelt, hoopt Martha dat Janet niet het gevoel krijgt dat Martha probeert om haar in de val te lokken.

‘Meer dan het leven zelf,’ zegt Janet ogenblikkelijk. ‘Hij was mijn alles. En ik was alles voor hem.’

‘Jullie hadden geen kinderen…’ vervolgt Martha.

‘Jawel, hoor,’ zegt Janet Crown terwijl ze begint te fluisteren. ‘Ik wel, hoor. Wij samen. Maar…’ Ze maakt haar zin niet af en slaat een gerimpelde hand voor haar mond. ‘Maar nu niet meer.’

‘Wat vreselijk,’ zegt Martha, oprecht ontdaan door het nieuws. Ze schaamt zich dat dit feit haar is ontgaan tijdens haar onderzoek. ‘Het is afschuwelijk om een kind te verliezen. Denk je dat David om die reden iets voor de gemeenschap wilde doen? Met Square Wheels? De behoefte om iets goeds te doen voor de wereld?’

Meteen verschijnt er een stralende glimlach op Janets gezicht. ‘Ja – ja, dat geloof ik zeker. Wat ben jij een pientere jongedame. Dáár ging het hem om. Je kon geen vriendelijkere man tegenkomen dan David. Vraag maar aan iedereen die hem heeft gekend. Hij was voorkomend en zorgzaam en hij werkte hard. Ik had me geen betere man kunnen wensen, en daarom was het ook zo’n klap voor hem om van zoiets afschuwelijks te worden verdacht. De politie had het volledig bij het verkeerde eind.’

‘Maar waarom is David gevlucht als hij niets te verbergen had?’

Janet aarzelt en klopt dan zacht op haar schoot alsof ze overweegt wat ze kwijt wil. ‘Toen we nog jong waren, woonden we in Bedfordshire waar David leraar was op een middelbare school voor meisjes. We hadden elkaar op Cambridge leren kennen en ook al waren we al acht of negen jaar getrouwd, we gedroegen ons als een pasgetrouwd stel en we hadden onze hele toekomst nog voor ons. We hadden net een gezin gesticht, en toen David die baan kreeg, was dat de kers op de taart. We vonden het er geweldig. We waren zo’n gelukkig gezinnetje. We dachten echt dat we daar altijd zouden blijven. In de loop van ons eerste jaar daar leerden we een paar van zijn collega’s heel goed kennen, en iedereen zei dat David een geweldige leraar was. Maar toen gebeurde er iets, er was een aantijging, waarvan al snel bleek dat die volledig uit de lucht was gegrepen. Maar ook al was er niets van waar, toch werd David erdoor gedwongen om zijn baan op te zeggen. En toen zijn we hier komen wonen.'

'Vicky Duke,' zegt Martha, en Janet kijkt haar knipperend aan. Martha heeft eerder die ochtend eindelijk met Vicky Duke gesproken, maar Vicky weigerde om het over de beschuldiging te hebben en ze heeft Martha gewaarschuwd dat ze een aanklacht zal indienen wegens lastigvallen als zij of haar team blijft aandringen.

'Ja, zo zou ze best kunnen heten,' zegt Janet die eruitziet alsof ze de draad van haar verhaal kwijt is.

'Had ze het verzonnen?' suggereert Martha met een glimlach die bedoeld is om Janet verder te laten vertellen.

'Ja! Ja.' Janets ogen dwalen door de kamer en komen uit bij het lege pakje sigaretten en bij de gang. Ze verstrengelt haar rusteloze vingers op schoot. 'Dus die ochtend, nadat de politie hier was langsgekomen om vragen te stellen over het vermiste meisje, raakte David volledig in paniek. Hij was ervan overtuigd dat de politie de twee zaken aan elkaar had gekoppeld en er alleen maar foute conclusies uit had getrokken. Hij was doodsbang. Ik probeerde hem te vertellen dat ze met geen mogelijkheid weet konden hebben van wat er op St. Cuthbert's was gebeurd, maar hij wilde het niet horen. Ik deed mijn best hem ervan te overtuigen dat dat meisje, Juliet, wel weer zou opduiken, dat ze die avond waarschijnlijk bij een vriendin was gaan slapen en dat hij tot bedaren moest komen. Ik had hem nog nooit zo bang gezien, maar na een poosje leek hij zichzelf te herpakken en beaamde hij dat ik waarschijnlijk gelijk had, en daarna is hij naar zijn werk gegaan. Dat was de laatste keer dat ik hem ooit heb gezien.'

Martha's hart gaat als een bezetene tekeer. Kan David Crown echt onschuldig zijn? Alles wat zijn vrouw zegt, alles aan de manier waarop ze het zegt – de liefde die ze nog altijd voor hem voelt – klinkt heel geloofwaardig.

'En inmiddels,' probeert Martha, terwijl ze zich afvraagt hoe Janet deze laatste vraag zal opvatten, 'zijn er achttien jaar verstreken en heeft David nooit iets van zich laten horen en is hij nooit meer gezien. Denk jij dat het mogelijk is dat je man dood is, Janet?'

'O nee, liefje!' Met een glimlach doet Janet haar ogen half dicht en ze laat haar hoofd tegen de rugleuning van de stoel rusten. In het koele ochtendlicht heeft ze wel wat weg van een lijk, en Martha is bang dat ze de vrouw heeft uitgeput nog voordat ze de kans heeft gekregen om al haar vragen te stellen.

Ze schuift naar voren op haar stoel en legt haar hand voorzichtig op de pols van Janet Crown. 'Dus jij denkt niet dat hij dood is?'

Janet tilt haar hoofd op en kijkt Martha verbaasd aan. 'Nee, liefje. Ik wéét dat hij niet dood is.' Met grote inspanning strekt ze haar arm uit en schuift de doos met ansichtkaarten over het tafelblad naar Martha. 'Deze heeft hij me in de afgelopen zestien jaar gestuurd. Ze komen uit heel Europa. De laatste is vorige week gekomen.' Als mevrouw Crown de stomverbaasde uitdrukking op Martha's gezicht al ziet, besteedt ze er gaan aandacht aan. 'En raad eens, liefje? Die laatste heeft hij hier in Londen op de bus gedaan!'

16. Casey

Ik weet precies waar Martha vandaag zal zijn, want dat heeft ze me verteld in haar e-mail van vanochtend. Ze schreef: *We gaan vanochtend op bezoek bij Janet Crown in Craig Street, dat is toch maar een paar straten bij jou vandaan? Misschien kunnen we na afloop koffie gaan drinken. Bel me even als je dit bericht op tijd krijgt. We moeten ongeveer rond twaalf uur klaar zijn.*

Voorlopig zal ik het bericht negeren, maar ik vrees dat het slechts een kwestie van tijd zal zijn voordat haar geduld helemaal op is en ze me uit haar team zet. Later zal ik een manier bedenken om haar op de hoogte te brengen van het MisPer-gesprek waar ik aan heb gewerkt – misschien een anoniem telefoontje naar die hulplijn waar ze me over heeft verteld – en een reden verzinnen waarom ik haar vandaag niet kan ontmoeten. Ik kan eventueel zeggen dat ik een urgente afspraak heb met een cliënt in nood. Eentje met zelfmoordneigingen, zelfs. Ja, dat is goed. Daar kan ik haar wel een tijdje mee aan het lijntje houden. 'Aan het lijntje houden'. Onwillekeurig moet ik lachen. Ik begin zelfs te denken als een privédetective! Op dit moment zit ik op een houten bankje aan het einde van Craig Street, tegenover de tijdschriftenwinkel, met zicht op het huis, en ben ik blij dat ik me dik heb ingepakt voordat ik de deur uitging, hoewel ik dat meer ter vermomming heb gedaan dan om warm te blijven. Niet dat Martha me zal herkennen, ik ben Liv immers niet, maar toch, je weet maar nooit wie er op straat zal lopen, en als het niet hoeft, kun je maar beter geen aandacht trekken. Ik heb mijn baret van donkere wol op, en de onderste helft van mijn gezicht wordt aan het oog onttrokken door mijn sjaal, en ik voel me net Geheimagent Eekhoorn. Onder mijn houtje-touwtjejas zit de smaragdgroene trui die ik op internet heb besteld – praktisch dezelfde als die van Liv – en ook al ben ik de enige die ervan weet, het geeft me een soort kracht om hetzelfde gekleed te gaan als zij. Ik heb ook gezocht naar een legging met een grillig patroon, maar ik kon er geen vinden die ook maar een beetje bij mijn maat in de buurt kwam. Had ik haar maar kunnen vragen waar zij de hare vandaan heeft.

Ik ben hier om elf uur gearriveerd, in de hoop een glimp van Martha op te vangen als ze het huis binnengaat, maar ondertussen is het al bijna kwart over, en er is nergens een spoor van haar te bekennen. Ik heb mijn mobieltje in mijn gehandschoende hand, klaar om heimelijk foto's te maken als dat kan. Maar het duurt niet lang of ik word boos op mezelf als ik me realiseer dat Martha al binnen moet zijn.

'Verdikkie,' vloek ik binnensmonds, en ik voel de kou van de bank onder mijn achterste. Er gaan nog vijf minuten voorbij en dan gaat eindelijk de deur van nummer 14 open en zie ik tot mijn verbazing een lange jongeman naar buiten komen, die de deur zorgvuldig achter zich dichttrekt en daarna de straat naar beide kanten aftuurt, alsof hij iets zoekt. Waar is Martha, wil ik naar hem schreeuwen, maar als hij zich omdraait en mijn kant op loopt, kennelijk naar de winkel, besef ik: aha, dit moet Toby zijn. Martha's rechterhand. Binnen een paar tellen bevinden we ons op dezelfde hoogte, hij aan de ene kant van de straat, ik aan de andere, en de lucht lijkt in mijn longen te blijven steken. Ik weet niet of ik moet gaan of blijven. Hij kan onmogelijk weten wie je bent, houdt het rationele deel van mijn brein me voor, maar ondertussen steekt het neurotische deel de kop op en gilt tegen me dat ik ervandoor moet gaan!

Als hij bij de ingang van de winkel komt, kijkt hij mijn kant uit, heel kort maar, waarna hij de deur openduwt en ik hem niet langer kan zien. Ik sta mijn adem toe om te ontsnappen in een lange, trage zucht, zo wit als sigarettenrook.

Nou, Martha Benn, denk ik nu ik mijn zenuwen weer wat in bedwang heb, dat kleine detail heb je voor jezelf gehouden! Naar nu blijkt is de mysterieuze Toby oogverblindend. 'Een lekker stuk,' zou mijn moeder hebben gezegd toen ze jong was. 'Een echte hartenbreker.' Ik heb het nog niet gedacht of ik moet de fantasie onderdrukken dat Toby de winkel uitkomt en mijn blik ontmoet en dat hij dan de straat oversteekt en naast me gaat zitten op de bank en we een gesprek aanknopen – in het begin onhandig, maar al gauw ongedwongener – en daarna vraag ik of hij met me mee naar huis wil gaan voor thee of koffie. Of meer. Maar de deur van de winkel blijft gesloten en ik kijk omlaag naar mezelf, naar de grote, stinkende homp die ik ben, en besluit dat ik gek moet zijn. Waarom zou een man die zo knap is als Toby ooit naar een monster als ik kijken?

Ooit was ik zo mager als een lat. Op mijn dertiende probeerde mijn vader me aan te moedigen om lid te worden van een jeugdtheatergezelschap bij ons in de buurt, zodat ik zou omgaan met meisjes van mijn eigen leeftijd. 'Om', zoals hij zei, 'je horizon te verbreden en je vleugels uit te slaan.' Ik deed het alleen om hem een plezier te doen, hem te bewijzen dat ik alles kon waar ik mijn zinnen op had gezet, om hem ervan te overtuigen dat ik niet alleen dat gekke, teruggetrokken kind zonder vrienden of sociaal leven was. In werkelijkheid was ik al die dingen, en nog erger, en op de ochtend van de eerste sessie in Theatre Plus was ik doodsbang. Ik geloof dat ik minstens drie jaar niet met een ander kind had gesproken, niet sinds zijn laatste mislukte poging om me aan te melden bij de muziekclub in Blaine Street waar ik, verlamd door verlegenheid, alleen op de bank had gezeten tot ze mijn moeder hadden gebeld om me eerder te komen ophalen.

Op deze specifieke zaterdagochtend stond de zon heet boven Londen toen papa en ik samen op weg gingen. Mama was de afwas aan het doen en zong mee met haar cd van Lloyd Webber. Papa probeerde een gesprek gaande te houden, maar ik kon nauwelijks een reactie bedenken, omdat ik te veel opging in mijn angst voor de nieuwe ervaring die me te wachten stond. Zullen ze me dwingen om ten overstaan van iedereen te praten? Zullen ze me dwingen om te dansen? Zullen ze lachen?

'Waarom trek je dat niet uit?' Papa knikte naar het roze gewatteerde jack dat ik had aangetrokken toen we het huis verlieten. Zijn bovenlip en voorhoofd glansden van transpiratie. 'Je raakt nog oververhit.'

Ik schudde mijn hoofd, en voelde de kou diep in mijn botten, maar aan zijn ongelovige blik zag ik dat hij dacht dat ik weigerde omdat ik niet wilde dat iemand mijn lichaam zou zien. Daar hadden mama en hij het de laatste tijd vaak over als ze dachten dat ik niet luisterde: dan zei hij dat hij zich zorgen maakte over mijn gezondheid, en zij zei tegen hem dat hij niet zo dramatisch moest doen.

'Ik heb het een beetje koud,' zei ik, me plotseling vastklampend aan het idee dat ik me niet lekker voelde. 'Misschien word ik wel ziek...' Maar hij liet me niet uitspreken.

'O nee, geen sprake van, jongedame! Zo makkelijk kom je hier niet onderuit!' Hij wees op het gebouw tegenover ons. 'We zijn er al!'

Een bazig meisje dat Matilda heette kreeg de taak me wegwijs te maken en toen mijn vader afscheid nam en wegliep, voelde ik de moed in mijn schoenen zinken. Hoe moest ik de komende twee uur doorstaan?

'Gewoon glimlachen,' had papa me geadviseerd toen we aankwamen. 'Wie kan die mooie glimlach van jou nou weerstaan?' Een glimlach was één ding, maar hoe moest ik normaal, innemend, spraakzaam en leuk overkomen? In films en op tv had ik gezien hoe andere meisjes zich gedroegen, dus ik wist wat 'normaal' inhield. Maar ik had nog nooit een 'normaal' gezien dat ik op mezelf kon betrekken. Ik had nog nooit iemand gezien die zich hetzelfde voelde als ik. Ik heb het niet alleen over 'knap' of 'lelijk' of 'dik' of 'dun', ik bedoel dat ik nog nooit iemand had gezien die aan de binnenkant op mij leek, laat staan aan de buitenkant.

In het groepje dat ons was toegewezen stelde Matilda me voor aan Bethany, Keesha en Joy, en daarna trok ze aan mijn gevoerde jack en eiste ze dat ik het uit zou trekken voor de warming-up. 'Het zal je bewegingen beperken,' zei ze gedecideerd en met een overtuigende glimlach die kaarsrechte tanden liet zien, waardoor ik niet durfde te protesteren.

En dus gaf ik toe en onthulde ik mijn dertienjarige ik in een blauwe spijkerbroek en een geel T-shirt dat bedoeld was voor iemand die veel jonger was dan ik. Matilda hapte naar adem. De groep hapte naar adem, en terwijl ik naar de andere aanwezigen keek in de kerkzaal waar Theatre Plus repeteerde, leek het alsof het hele theatergezelschap naar adem hapte.

'O mijn god,' fluisterde Matilda, dusdanig luid dat de rest van de groep het kon horen. Ze stak haar tere hand uit en legde hem op mijn knokige pols. 'Wat ben je mager.'

Binnen een half uur kwam mijn moeder, die me in haar warme armen sloot en me mee terug nam naar ons veilige huis. Ik ben er nooit meer naartoe gegaan.

Als Toby de winkel aan de overkant van de straat weer uitkomt, merk ik dat mijn wangen nat zijn. Zwijgend kijk ik hem aan als hij langzaam terugloopt door de straat, met zijn handen in zijn zakken, alsof hij de tijd probeert te doden, zonder zelfs maar een vluchtige blik in mijn richting te werpen. Heimelijk manoeuvreer ik de telefoon van mijn zak naar mijn schoot en maak een serie actiekiekjes van hem in de straat, totdat hij aanklopt bij nummer 14 en een onzichtbare hand de deur opent om hem binnen te laten. Alleen op mijn bankje kijk ik naar de wereld alsof ik door glas kijk. Er komt een oudere man op een fiets langs, zijn helm versleten en scheef. Aan het einde van de straat blijft een vrouw staan terwijl haar kleine hondje rondsnuffelt en tegen een overvolle afvalbak piest. Op de grasrand van het parkje pikt een kraai in een doos van McDonald's en hij draait zijn kopje om als er een lachende peuter op hem af rent, die in het luchtledige schopt wanneer de kraai wegvliegt. Al die dingen gebeuren om me heen, en toch komen ze onwerkelijk op me over. Niemand lijkt mijn aanwezigheid op te merken, niemand weet echt dat ik hier ben. Met de achterkant van mijn handschoen wrijf ik over mijn gezicht en ik neem me voor om Martha en Toby voorlopig met rust te laten, om terug te keren naar mijn veilige huis en een poosje te gaan slapen, om op krachten te komen. 'Slaap is het beste medicijn,' had mama altijd gezegd wanneer de zaken onverdraaglijk werden. 'Slaap kan de ergste dag beter doen lijken.' Soms vergeet ik hoe erg ik mijn moeder mis. Soms vergeet ik alles wat ze in de loop der jaren voor me heeft gedaan.

17. Martha

Martha en Toby werken deze ochtend in haar appartement aan een update die ze morgenochtend aan Glen Gavin willen laten zien, een samenvatting van de vooruitgang die ze tot nu toe hebben geboekt. Martha heeft contact opgenomen met Finn Palin om hem om advies te vragen over het ansichtkaartbewijs dat ze van Janet Crown hebben gekregen, en hij heeft beloofd om het door te geven aan een rechercheur van de Metropolitan Police met wie hij een goede band heeft, in de hoop dat het politiekorps zal overwegen de zaak te heropenen. Maar de werkelijkheid is dat het allemaal flinterdun blijft. Wat maakt het uit dat David Crown zijn vrouw ansichtkaarten heeft gestuurd? Dat verandert niets aan de theorie dat Juliet en hij er achttien jaar geleden samen vandoor zijn gegaan; het suggereert alleen dat hij nog altijd gevoelens heeft voor zijn vrouw en contact met haar wilde houden. Wél van belang is de verscheidenheid aan locaties waar de ansichtkaarten vandaan komen, van overal in het Verenigd Koninkrijk en Europa. Als Juliet met hem mee is gegaan, en dat is lang niet zeker, is ze nu dan bij hem terwijl ze samen de wereld over reizen, zijn ze na al die jaren nog steeds bij elkaar? Als ze nog leeft, is ze dan gelukkig? Dat idee kan Martha nauwelijks verdragen. Is het heel erg dat ze liever heeft dat haar beste vriendin dood is dan dat ze samen is met die man?

Ze duwt haar papieren naar één kant en staat op van de tafel, waar Toby en zij samen aan werken. Ze rolt haar verkrampte schouders en biedt aan om voor hen allebei iets te drinken te maken. Bij het raam blijft ze even staan en kijkt naar de skyline van de stad, terwijl ze zich afvraagt of ze hier ook aan zou zijn begonnen als ze had geweten hoe moeilijk het zou zijn om aan de antwoorden te komen die ze zoekt.

'Het zal het waard zijn, weet je,' zegt Toby, die haar gedachten kan lezen.

Ze draait zich naar hem toe om te reageren en wordt, niet voor het eerst, getroffen door zijn schoonheid. Er zijn momenten, dat weet ze zeker, dat ze hem erop betrapt dat hij naar haar kijkt, en ze vraagt zich af of hij zich tot haar aangetrokken voelt. Natuurlijk niet. Ze is bijna tien jaar ouder en als ze op haar ergst is, is ze een helleveeg met een scherpe tong. Ze heeft deze opdracht zeker niet gemakkelijk voor hem gemaakt, en ze zou het hem niet kwalijk nemen als hij haar al heeft afgeschreven als een nukkige trut. En, laten we wel zijn, ze hebben een verleden samen. Elke keer dat ze hem van zichzelf recht in de ogen mag kijken, voelt ze zich van haar stuk gebracht.

'Denk je?' vraagt ze, met haar armen over elkaar geslagen en haar hoofd schuin. In elk geval is ze nu in staat om niet meer zo sarcastisch te klinken als ze met hem praat, al lijdt het geen twijfel dat ze nog steeds behoorlijk defensief is. 'Ik heb het gevoel dat we, telkens wanneer we denken iets in deze zaak te hebben bereikt, tegen een muur op lopen. Eén stap vooruit, drie stappen achteruit.'

Toby komt van zijn stoel en komt naast haar staan bij het raam, waarbij hij hun oogcontact verbreekt om naar de Theems te kijken, en de stad die zich daarachter uitstrekt. 'Maar de ansichtkaarten… dat is toch zeker gigantisch? Daardoor verandert alles. Jezus, als ze naar aanleiding daarvan het onderzoek niet heropenen, weet ik niet wat hen dan wel zou kunnen overhalen.'

'Ja! Maar als je bedenkt dat er op die kaarten alleen een D en een kus staan, dan snap je ook waarom de politie ze misschien niet zo serieus zal nemen. Maar stel dat hij nog leeft? Dat vertelt ons niets nieuws. De politie geloofde niet dat David Crown Juliet had omgebracht, en daar veranderen die kaarten niets aan. Zelf neig ik ernaar te geloven dat de kaarten bedrog zijn.'

'Maar waarom zou je een bedrog zo lang volhouden? Achttien jaar is verdomd lang om iemand voor de gek te houden.'

'Hoe zit het met zijn vrouw? Kan ze die dingen naar zichzelf hebben gestuurd?'

'Dat lijkt me niet,' zegt Toby, en hij steekt zijn handen in zijn zakken en leunt tegen het raamkozijn. 'Ze lijkt zo broos, en ik vermoed dat ze al een poos ziek is. Wat schiet zij ermee op als ze zichzelf ansichtkaarten stuurt?'

'Aandacht?'

'Maar ze zegt dat ze die kaarten tot nu toe nog nooit aan iemand heeft laten zien. Ze komen uit heel Europa, en ze vertelde ons dat zij in geen jaren heeft gereisd vanwege haar slechte gezondheid.'

Martha slaakt een zucht. 'Ja, ik weet het. Ik betwijfel of ze ook maar een paspoort heeft. Maar ze was wel een beetje vreemd. Ik wil graag wat meer te weten komen over de relatie tussen haar en David Crown voor zijn vertrek. Ze lijkt het type dat altijd doet alsof de wereld volmaakt is, ook als dat niet het geval is. Stel dat hij allerlei verhoudingen had? Of wellicht heeft ze nooit geloofd dat hij onschuldig was toen hij als docent werd beschuldigd. Misschien denkt ze wel dat hij er inderdaad vandoor is gegaan met Juliet, of nog erger? Sinds het begin der tijden houden vrouwen hun man de hand al boven het hoofd. Ze zou echt niet de eerste zijn. Je weet maar nooit, misschien was het een enorme opluchting voor haar toen hij verdween.'

Lachend schudt Toby zijn hoofd. 'Seksist. Maar het zou nuttig zijn als we weten waar die kaarten echt vandaan kwamen, denk je niet? Kunnen de forensische mensen het handschrift vergelijken met dat van Crown?'

Martha draait zich om zodat ze hem aankijkt, en merkt dat hij plotseling wel heel dichtbij lijkt. 'Het zijn een D en een X, Toby. Zelfs als ze constateren dat de letters lijken op eventuele handschriftvoorbeelden van hem, dan weet ik bijna zeker dat het niet voldoende zal zijn om overtuigend vast te stellen dat hij het is.'

Hij haalt zijn vingers door zijn sluike pony en een tel lang, wanneer ze allebei hun blik niet afwenden, heerst er een spanning tussen hen en lijkt de druk in de kamer ineens hoger.

Op de eettafel gaat Martha's telefoon en ze loopt er met grote passen naartoe om op te nemen, dankbaar voor de onderbreking. 'Hallo, Juney?'

'Hoi, Martha. Volgens mij heb ik iets.' Juneys stem klinkt voorzichtig optimistisch. 'We hebben net een anonieme tip binnen gekregen van iemand die jouw oproep van vorige week in *Metro* heeft gelezen, over een chatgesprek dat ze hebben gezien op een website die MisPer heet. Ken je die site?'

'Nee. Ga verder.' Martha zet de telefoon op de luidspreker, zodat Toby kan meeluisteren.

'Het is een chatroom voor vermiste personen, waar mensen foto's en bijzonderheden over hun verdwenen dierbaren plaatsen zodat andere mensen inlichtingen kunnen verstrekken of de vermiste persoon weer contact op kan nemen. In de loop der jaren hebben ze een aantal successen geboekt, je kent het wel: iemand verdwijnt na een inzinking of familieruzie, en dan worden ze na tientallen jaren weer herenigd.'

'Ja, ik weet wat je bedoelt.' Martha's ongeduld krijgt de overhand. 'Goed, Juney. Vertel eens wat meer over die tip.'

'Oké. Zoals ik al zei was die anoniem, maar er werd verwezen naar een chatgesprek dat pas enkele dagen geleden is gestart door ene DebbieT, die beweert dat ze een vriendin van de familie Crown was, en zij vroeg of mensen die informatie hebben contact met haar wilden opnemen. Nou, nog geen vierentwintig uur later reageerde er iemand.'

'En?'

'En degene die reageerde beweert de man in eigen persoon te zijn. Zijn gebruikersnaam is CrownieD, en hij zegt dat hij David is, dat hij in goede gezondheid verkeert, en hij houdt vol dat hij Juliet Sherman niet heeft ontvoerd.'

Martha voelt een trilling van nervositeit door zich heen gaan. 'Zegt hij ook of Juliet bij hem is of niet?' Ze kan niet geloven dat ze die vraag stelt. Is het echt mogelijk dat Juliet nog in leven is? Het licht in de grote kamer lijkt ineens te schel, te opdringerig, en ze grijpt een stoel en moet zich stevig vasthouden als ze zich erop laat zakken.

Toby haast zich naar haar toe, reikt haar een glas water aan en plukt de telefoon uit haar hand. Hij legt hem midden op tafel en zegt: 'Juney? Hoi, Toby hier. Wat zegt je gevoel? Denk je dat het echt is?'

'Ik weet het niet, Toby. Het klinkt wel degelijk geloofwaardig, en nee, Martha, als dit echt is, is Juliet zeker niet bij hem. In Crownies reactie heeft hij het over Square Wheels en de omgeving van het kanaal waar hij werkte, maar hij geeft totaal geen informatie die niet algemeen bekend was... je weet wel, via oude krantenartikelen en zo. Maar hij vertelt wel over een van de dakloze mannen die ze hebben leren kennen via het eten uitdelen met Square Wheels, en volgens David had die veel belangstelling voor Juliet. Hij heeft zelfs verscheidene malen zo opdringerig aan haar gevraagd of ze een keertje met hem uit wilde, dat David tussenbeide moest komen en moest zeggen dat hij haar met rust moest laten. Die man heette blijkbaar Ethan en Crownie is van mening dat de politie met die man had moeten gaan praten toen Juliet verdween.'

Toby steekt zijn hand uit naar die van Martha en geeft er een duwtje tegen. 'Doet dat een belletje bij je rinkelen, Martha? Heeft de politie ooit iets gezegd over het ondervragen van Ethan?'

'Nee,' antwoordt ze en ze tikt afwezig op de drukpunten van haar polsen, terwijl ze probeert om wijs te worden uit dit geheel nieuwe onderzoeksspoor. 'Nee, maar in haar e-mail van twee of drie dagen geleden noemde Liv dezelfde naam: Ethan. Ik heb het doorgegeven aan mijn contact bij de Metropolitan Police, maar die zei dat die naam niet voorkomt in hun dossiers.'

Toby neemt zijn kaak tussen duim en wijsvinger en wrijft erover, met een geconcentreerde uitdrukking op zijn gezicht. 'We moeten Liv te pakken zien te krijgen, vind je niet? Stel dat deze Ethan de sleutel is tot Juliets verdwijning?'

Martha's verbolgenheid over Livs afwezigheid steekt de kop op en uit zich in wrevel. 'Als die CrownieD echt Crown is, en als Ethan echt de man is die we zoeken, dan heeft David Crown zich misschien achttien jaar voor niets verborgen gehouden. En als Ethan echt bestaat, als hij achter de verdwijning van Juliet zit, bestaat de kans dat hij nog ergens is.' Ze kijkt naar Toby aan de andere kant van de tafel. 'Jezus, Toby. Stel dat we het de hele tijd bij het verkeerde eind hebben gehad?'

Heel even zegt niemand iets, tot de stem van Juney tussen hen in klinkt. 'Weet een van jullie toevallig wie DebbieT kan zijn?'

'Geen flauw idee,' zegt Martha, ineens gegrepen door de drang om het gesprek met Juney te beëindigen zodat ze kunnen ophouden met praten en iets kunnen gaan dóén. 'Goed, bedankt voor dit alles, Juney. Kun je me nu meteen alle details mailen? Die heb ik het komende uur nodig.' Na die woorden verbreekt ze de verbinding.

'En nu?' vraagt Toby.

'Nu,' zegt ze, 'moet ik dit allemaal doorgeven aan Finn Palin. Hij heeft een vriend bij het korps die onopvallend de details die wij doorspelen op een rijtje zet. Ik zal hem meteen bellen en vragen of hij tijd heeft om me vandaag ergens te ontmoeten.'

Toby kijkt op zijn horloge. 'Vergeet niet dat we om vijf uur een afspraak hebben met Geoff Blakely bij de Tuin van Bezinning.'

'Shit, dat is ook zo. Wie is hij ook alweer?'

'Geoff werkte voor de aannemer die verder is gegaan met de aanleg van de tuin na de verdwijning van David Crown. Sally en Jay zijn daar al om achtergrondmateriaal te filmen zolang het licht is.'

'Heeft de school daar toestemming voor gegeven?'

'Ja.'

Op dat moment beseft Martha hoezeer Toby haar aan Juliet doet denken. Zijn kalmte is een reddingsboei, nu alles wat met deze zaak te maken heeft haar het gevoel geeft dat ze stuurloos is. Net als bij Juliet voelen mensen zich tot hem aangetrokken, en dat heeft niet alleen met uiterlijk te maken, het is iets magnetisch en ongrijpbaars. Het is goedheid. In de periode van Stanley House, toen de situatie bij Martha thuis ondraaglijk werd, had Juliet gewoon voor haar klaargestaan. Ze had nooit doorgevraagd, nooit geoordeeld, ze wás er gewoon: loyaal, gul en vriendelijk. Hoe had Martha ooit nare gevoelens – jaloezie – jegens haar kunnen koesteren?

Martha duwt zich uit haar stoel, drinkt haar water op en loopt naar de gootsteen in de keuken om haar glas nog een keer te vullen. 'Goed werk,' zegt ze heel zakelijk, en ze keert zich om zodat ze hem kan aankijken. 'Waarom ga jij daar nu niet naartoe, om te kijken of Sally en Jay een beetje opschieten? Ik heb... hoelang? Twee uur om bij te praten met Finn, en dan zorg ik dat ik iets voor vijven weer bij je ben?'

'Prima. Ik zal onderweg mijn vriend Josh bellen. Hij is een ICT-expert, misschien kan hij ons helpen met uitzoeken waar die chatroomaccounts vandaan komen. Ik hou je op de hoogte.' Heel bedaard pakt Toby zijn papieren in, en na een korte, afwachtende aarzeling in de deuropening vertrekt hij.

Martha staat bij haar raam en kijkt naar de wereld die op de Southbank aan haar voorbijtrekt terwijl ze zich mentaal voorbereidt om Finn te bellen. Ze heeft hem twee dagen geleden nog gesproken in het café; zal hij het vervelend vinden als ze hem nu alweer lastigvalt? Jammer dan, ze heeft verder niets – of niemand – tot wie ze zich kan wenden. Na een paar minuten ziet ze Toby onder zich verschijnen op het zonovergoten trottoir, en ze kijkt naar hem als hij even blijft staan bij de reling om iets in te tikken op zijn mobiele telefoon. Als hij klaar is, laat hij de telefoon in zijn binnenzak glijden en loopt dan verder door de straat, net als het geluid van een binnenkomend berichtje op Martha's telefoon klinkt. Toby. *Je doet het prima, Martha Benn*, staat er. *Dat wilde ik je even vertellen.*

Dat is net iets wat Juliet zou hebben gezegd, en Martha voelt zich zo kwetsbaar als een kind. Een golf van emotie overmant haar, verwarrend en heftig door zijn felheid. Dit is niet goed, deze vermenging van het persoonlijke met het beroepsmatige. Met bonzend hart begeeft ze zich naar de badkamer waar ze koud water over haar polsen laat stromen en kijkt naar de goedverzorgde, volwassen Martha Benn die haar aanstaart. Wat mankeert haar in godsnaam? Hier heeft ze nog nooit mee geworsteld. Tot nu toe was haar harde buitenlaag onbreekbaar, haar masker van kracht het essentieelste wapen in haar arsenaal. Maar op dit moment wil elke vezel van haar zich overgeven, zich verzachten als reactie op Toby's warmte, zodat hij de meegaande Martha daaronder zal zien. En dan? Ongetwijfeld zal daar zwakte op volgen, en ze weet dat zwakte een luxe is die ze zich niet kan veroorloven. Ze heeft een reputatie hoog te houden.

'Goed,' zegt ze tegen haar spiegelbeeld. 'Goed. Tijd om Finn te bellen.'

Toen Martha klein was, waren Finn en Helen Palin regelmatig op bezoek gekomen bij de familie Benn, in de periode voor Stanley House, toen de zondagslunch het vrolijke hoogtepunt van het weekend was geweest. Finn en Martha's vader waren tegelijk aspirant-agent geweest en daarna vrienden gebleven. Ze hadden telkens ongeveer op hetzelfde moment promotie gemaakt en ze waren in hetzelfde jaar getuige geweest op elkaars bruiloft. Ze waren 'dikke maatjes', hadden haar moeder en Helen vaak gegrapt, maar ergens hadden ze gelijk – de twee mannen waren elkaar toegewijd als broers. Ze werkten hard en het politiewerk bracht niet onaanzienlijke spanningen met zich mee, dus wanneer ze dezelfde diensten draaiden, maakten ze na afloop regelmatig tijd om samen een paar pilsjes te pakken in de Anchor in Dove Street. Lang geleden, na een verontrustend lange nacht toen haar behoorlijk beschonken vader langs de verkeerde kant van de rivier naar huis was gestommeld, had zich de stilzwijgende gewoonte ontwikkeld dat Finn hem aan het einde van de avond thuisbracht en door de voordeur naar binnen duwde, waarna hij zelf naar huis ging. Het was een vaste grap, dat Finn beter tegen dezelfde hoeveelheid alcohol kon, maar nu Martha erop terugkijkt weet ze dat haar vaders meer benevelde staat het gevolg was van het stiekem achteroverslaan van een paar glazen whisky, nog voor zijn avondje uit was begonnen.

Natuurlijk had haar moeder nauwelijks gemerkt dat haar vader van een regelmatige in een zware drinker was veranderd, aangezien haar eigen stille consumptie gelijke tred had gehouden. De hare was echter gestaag en laag geweest, verborgen achter onopvallend gedrag en een vriendelijke manier van doen. Met het verstrijken van de jaren was de aanwezigheid van oom Finn, ooit het teken voor vrolijke weekendsamenkomsten en plezier, veranderd in een voorteken van narigheid. Voor hém bleef alles bij het oude; met de regelmaat van de klok arriveerde hij voor een avondje stappen, waarbij zijn vrolijke 'hallo!' door de gang bulderde, en bracht hij haar vader een paar uur later weer bij hen terug, zwalkend en stinkend. Maar steeds vaker sloeg haar vaders aanvankelijke vrolijkheid om zodra hij over de drempel van Stanley House, flat 1 stapte, een tikkende tijdbom die tussen de late avond en de vroege ochtend op elk moment kon afgaan.

Maar hoe had Finn dat kunnen weten? Hoe had hij ooit moeten begrijpen welke transformaties er plaatsvonden nadat hij zijn uitgelaten vriend diens flat in had gemanoeuvreerd? Want voor Finn was er niets veranderd. Hij was nog steeds de vriendelijke kerel die één of twee keer per week graag een paar glazen dronk, die aardig was voor zijn gezin en zijn werk prima deed. Hoe had hij ooit moeten weten wat de slapende moeder en dochter te wachten stond als hij na afloop van het uitgaan wegliep, zelf ook aangenaam dronken, en terugging naar zijn eigen huis, waar hij zijn sluimerende vrouw zoende en zich vervolgens overgaf aan aangename dromen, waarna hij zou ontwaken met een geweten dat zo rein was als dat van een kind. Hoe had hij moeten weten dat zijn beste vriend achter de gesloten voordeur een kwade dronk had, dat hij een gemeen gebekte bullebak was, een gebroken man? Hoe had Finn zich kunnen voorstellen hoe het voelde om wakker te worden omdat je vader tekeerging tegen je slaapdronken moeder of stond te huilen in de gang, of om hem zacht aan je arm te voelen schudden omdat hij 'moest praten'? Hoe kon Finn weten hoe het was om daar in het donker te liggen terwijl je deed alsof je sliep, om tijdens het ontbijt tegenover je vader te zitten, wiens handen zo hevig trilden dat je zowaar wenste dat hij zou opschieten en de eerste borrel van die dag zou nemen?

Nou, Finn had het moeten weten, brengt de schim van Martha's tienerbrein haar in herinnering, de bitterheid nog altijd vers in haar geheugen. Hij had het móéten weten, en hij had er een einde aan moeten maken.

'Met Martha,' zegt ze als hij na vijf keer overgaan opneemt. Je bent me iets schuldig, Finn, denkt ze, en omdat het Juliet betreft, voelt ze geen enkele wroeging. 'Finn, ik heb echt je hulp nodig om beweging in deze zaak te krijgen. We hebben wat nieuwe informatie en ik wil graag dat je daar even naar kijkt. Heb je op dit moment tijd?'

18. Casey

Een stapel niet verstuurde manuscripten ligt op de tafel naast het raam van de woonkamer, keurig ingepakt en geadresseerd en klaar om op de post te worden gedaan. Die liggen er al dagen, en de redacteuren met wie ik samenwerk, vragen er al ruim een week naar. Sommige van hen hebben vrij pissig tegen me gedaan vanwege de vertraging, maar ik kan het niet opbrengen om naar het postkantoor te lopen, die wandeling is meer dan waar ik lichamelijk toe in staat ben, meer dan mijn zenuwen aankunnen. Ik weet dat ik eigenlijk een bad zou moeten nemen, maar ik kan mezelf er nauwelijks toe zetten om van de bank te komen. Ik heb hier de hele nacht zitten piekeren hoe ik een einde kan maken aan deze dodelijke eenzaamheid. Martha heeft niets meer van zich laten horen, en ik voel de teleurstelling in haar zwijgen, terwijl mijn angst dat ze me zal verlaten zich verstrengelt met mijn vrees om betrapt te worden. Mijn darmen kronkelen pijnlijk en onder mijn vele lagen kleding kloppen de zere plekken onder mijn oksels, en ik heb er nu spijt van dat ik ze heb geschoren met gewone zeep in plaats van scheerschuim. Al zou ik het willen, op dit moment kán ik niet eens opstaan. Elke keer dat ik anders ga zitten, stijgt er een warme gistgeur op, en gek genoeg ben ik me ervan bewust dat die even troostend als afstotend is. Was ik maar zo slim geweest om naar een arts te gaan voordat ik in dit stadium belandde, een arts aan wie ik in overdreven bewoordingen mijn angsten had kunnen beschrijven en van wie ik voldoende medicijnen had meegekregen om afscheid te nemen. Maar het ontbreekt me aan kennis over welke medicijnen het zouden zijn of wat die precies doen, en bovendien ben ik niet meer bij hem geweest na die laatste keer toen hij die opmerking maakte over mijn gewicht. Op zich had ik geen bezwaar tegen die diagnose, maar wel tegen zijn licht opgetrokken lip en de rimpel boven aan zijn neus, die verried dat hij van me walgde, dat hij me daar liever helemaal niet zou hebben.

Ik ben te laf om een mes op mijn aderen te zetten en ik heb te veel hoogtevrees om van de Hornsey Lane Bridge te springen. Ik heb een klein potje met slaaptabletten van mijn moeder, die onder in mijn handtas liggen te rammelen. Misschien zitten daar genoeg pillen in om het bewustzijn te verliezen, maar helaas te weinig om me te doden. Wat zou mijn moeder denken als ze me nu zag? Ze zou zien hoe erg ik haar mis en hoe hard ik haar nodig heb, al was het alleen door mijn veranderde postuur. Zij was degene die mijn eetlust in toom hield, die me weghield bij de soorten voedsel waar ik zo ziek van word, die me zo dik maken. Thuis waren er geen dambordcake, flessen frisdrank, potten pindakaas of chocoladepasta. Thuis werden er 'goede maaltijden' van mager, wit vlees gegeten en werd er water gedronken. Thuis heerste er discipline. Maar hier is niets. Geen regels, geen grenzen. Ik koop wat ik wil, ik eet wat ik wil, ik heb mijn porties nog nooit gewogen en áls ik een tweede keer wil opscheppen, dan doe ik dat gewoon. Wat zeg ik? Soms schep ik zelfs een derde keer op. Hier is niemand die 'nee' tegen me zegt, niemand die afkeurend fronst of me bij de provisiekast vandaan houdt. Hier is niemand die me tegenhoudt. Ik ben net een vrachtwagencombinatie waarvan de remleidingen zijn doorgesneden.

Nu ik hier op mijn bank lig, dikker dan ooit, is het gek om te bedenken dat ik vroeger een normaal kind was. Niet dik, niet dun, maar gewoon iets ertussenin.

Elke keer dat mama over mijn omvang begon, voerde papa aan dat ik mijn groeispurt nog zou krijgen, dat mijn gewicht volkomen normaal was voor mijn lengte en leeftijd. Als ik al een paar pondjes te veel woog, zou ik die snel kwijtraken door wat meer lichaamsbeweging, zei hij. Daarom kocht hij een fiets voor me met de woorden dat ik hem kon vergezellen op zijn fietstochten langs de rivier en over het platteland. Mama deed er tijdens die gesprekken altijd het zwijgen toe. Haar lippen vormden dan een strakke streep en ze knikte enkel kort wanneer papa haar aankeek om steun te zoeken. Als we alleen waren, zei ze vaak tegen me dat zij als kind ook mollig was geweest, en dat ze haar moeder nooit had vergeven dat die niet sneller had ingegrepen om haar te helpen met afvallen.

'Maar jij bent helemaal niet dik, mammie,' zei ik dan, terwijl ik niet begreep waarom ze nog steeds kwaad was op haar moeder. (Zelfs op mijn tiende noemde ik haar nog mammie, iets wat ik doodnormaal vond, tot ik het een keer in het openbaar zei en iemand me uitlachte.) 'Misschien ben jij wel afgevallen na je groeispurt, zoals papa zegt dat met mij zal gebeuren.'

Ik kan me nog precies herinneren hoe ze keek. Op haar gezicht stond te lezen: wat weet hij er nou van? Hij is maar een man. 'Groeispurten bestaan helemaal niet,' had ze geantwoord. 'Je kunt niet zo slank blijven als ik zonder er flink wat moeite voor te doen en wilskracht te tonen. Je vader kletst uit zijn nek, als je het echt wilt weten. Voor mannen is het anders.' De dag erna lagen er twee afslanktijdschriften op mijn nachtkastje en zat er een hangslot op de deur van de provisiekast. Onder het waakzame oog van mijn moeder werden mijn maaltijden teruggebracht tot de kleinst mogelijke porties en was het afgelopen met snoepen. Geen Hula Hoops, biscuitjes of beboterde toast meer, en ook geen cake. Zelfs fruit werd als te calorierijk beschouwd als ik de veranderingen wilde bereiken die zij haalbaar voor me achtte. In de beslotenheid van mijn slaapkamer volgde ik 's ochtends en 's avonds een streng regime van lichaamsoefeningen, die beschreven stonden in mijn gezondheidstijdschrift *Slim!* Een reeks van jumping jacks, op de plaats joggen, strekoefeningen, sit-ups en lunges. Ik zal niet doen alsof het even makkelijk was als het nu klinkt, want dat was niet zo. Het was een ware hel en als ik 's avonds in bed lag, huilde ik vaak in mijn kussen, hongerig en moe, en te zwak om er hardop over te klagen.

Binnen zes weken moest mijn moeder haar naaimachine tevoorschijn halen om de taillebanden van mijn broeken in te nemen, en konden er knikkers liggen in de holten bij mijn sleutelbeenderen. Ik was negenenhalve kilo afgevallen! Mijn moeder genoot van mijn snelle verandering en ze feliciteerde zichzelf – en mij – met het succes, en ik zweer je dat onze band hechter was dan ooit tevoren. Nu hadden we iets gemeen, een project waar we samen aan werkten: dat project was ik. Telkens wanneer ik de woonkamer binnenkwam, hapte ze naar adem en noemde ze me haar knappe meisje. Dan zei ze dat ik een rondje moest draaien voor mijn vader terwijl zij haar ogen depte. Maar papa leek haar enthousiasme niet te delen, en hoe dunner ik werd, hoe dieper zijn frons leek te worden. Ik werd inwendig verscheurd. Ik zag er nu toch beter uit, normaler, en ik leek toch meer op andere mensen? Misschien, dacht ik met een gevoel van angst, misschien kon ik erover denken om in september weer naar een normale school te gaan. Dan kon ik naar de brugklas, tegelijk met alle andere nieuwe leerlingen die aan dat schooljaar begonnen.

Met de grootste moeite duw ik mezelf overeind van de bank, uit alle macht proberend om deze gedachten van me af te zetten. Waarom doe ik dit mezelf toch aan, terugkeren naar die pijnlijke herinneringen alsof ik met een nagel over een genezend wondkorstje krab? Ik ben die persoon niet meer: ik heb mijn lot in eigen hand, ik ben de baas in dit huis. Ik zet de radio aan voor wat afleiding en zoek achter in de keukenladen tot ik een schaar heb gevonden, en daarna haal ik de spiegel uit de badkamer. Ik moet wat moeite doen om hem goed boven de gootsteen te zetten in de keuken, waar het licht geschikt en helder is. Dan pak ik de eerste haarlok, die bijna zo lang is als een arm, en zet de schaar erin, vlak onder mijn oor, en ik adem diep in als de pluk loskomt van mijn hoofd en als een dode slang over mijn vuist valt. Nadat ik de lok voorzichtig op het aanrecht heb gelegd, knip ik de rest, hoewel ik weet dat de lijn schots en scheef is, maar toch ga ik door tot er uiteindelijk een grote berg haar op het aanrecht ligt en een onbekende me aankijkt in de spiegel. Mijn buikkramp speelt weer op. Voorzichtig verzamel ik de afgeknipte lokken en bind ze bijeen met een stuk kookgaren, waarna ik het haar uitborstel en aan een haak aan de keukendeur hang. Net als ik er bewonderend naar kijk, wordt mijn aandacht getrokken door een item op het middagnieuws.

'De politie vraagt uw aandacht voor het volgende: de vermissing van een scholiere, Charlotte Bennett, die maandagavond laat voor het laatst is gezien toen ze langs het Regent's Canal fietste, bij het voetpad naar het Waterside Café. Charlotte is zeventien jaar oud en één meter tweeënzestig lang. Ze heeft lang, donker haar en blauwe ogen. Ze was gekleed in een met bont afgezette kaki jas, een zwarte spijkerbroek en witte gympen van het merk Converse, en ze reed op een zwart met grijze fiets van het merk Giant. De politie beschouwt haar verdwijning als verdacht.'

Mijn door krampen geteisterde buik geeft het uiteindelijk op en ik haast me naar de wc. Ik zit er net als mijn darmen zich helemaal legen. Ik leun voorover op mijn knieën, uitgeput en verward, zonder echt te weten wie ik ben of waar ik bijhoor. Als ik nu dood zou gaan, als ik de moed zou hebben om er nu een einde aan te maken – om die schaar te pakken en de punt ervan in mijn hals te steken – wie zou me dan vinden? Wie zou het wat kunnen schelen?

Ik denk aan Carl, die arme, knappe Carl die me overmorgen mijn boodschappen komt brengen, en ik weet niet of ik hem dat wel kan aandoen. Een mens zal misschien nooit over zo'n schok heen komen. Het is vreemd, maar de gedachte aan Carl geeft me kracht, en dan komt er een idee bij me op, zo briljant in zijn eenvoud dat het een geschenk lijkt. Ik was me en ga dan terug naar de keuken, waar ik me voorbereid op een veel te lang uitgestelde wandeling naar het postkantoor. Dat verdwenen meisje heeft me precies de inspiratie gegeven die ik nodig heb.

19. Martha

Vanachter de glazen wand van zijn grote hoekkantoor beduidt Glen Gavin met een weids armgebaar dat Martha en Toby binnen moeten komen.

'Ah, het Dream Team.'

'Batman en Robin,' grapt Toby, waarbij hij naar Martha knikt op het moment dat hij 'Batman' zegt. Ze kan hem wel omhelzen.

Glen gebaart naar de twee stoelen aan de andere kant van zijn glanzende bureau, en ze gaan zitten terwijl hij op de intercom drukt en aan zijn assistente Sarah vraagt om iets te drinken te brengen. Hij kijkt op zijn horloge, trekt zijn smetteloze stropdas een millimeter of twee losser en drukt dan zijn handpalmen tegen elkaar. 'En? Wat hebben jullie tot nu toe ontdekt?'

Martha stroopt de mouwen van haar jasje op, zet haar ellebogen op tafel en steekt van wal zonder haar aantekeningen te raadplegen. 'Glen, als eerste moet ik zeggen dat we de zaak beslist niet hebben opgelost. Zoals het er nu voorstaat, zal het programma, als het wordt uitgezonden, eerder een oproep om inlichtingen voor een cold case zijn dan een documentaire over een opgeloste cold case.'

Glens gezichtsuitdrukking blijft onbewogen en verraadt geen enkel teken van teleurstelling. Op het bureau tussen haar en Toby licht het display op van Martha's mobiele telefoon, waarvan ze het geluid heeft uitgezet. Het is een telefoontje: *D belt.* Beide mannen werpen een snelle blik op de telefoon terwijl zij het gesprek snel wegdrukt en haar telefoon vervolgens ondersteboven op het bureau legt. Ze wéét dat ze het hebben gezien. Ze weet dat Toby zich opnieuw afvraagt wie D is, en ernaar zal willen informeren. Ze weet ook dat ze binnenkort een onsamenhangend tekstberichtje zal krijgen, en een drukkend gevoel van vrees nestelt zich op de bodem van haar maag. Ze ploetert door.

'Het goede nieuws is dat we voldoende nieuwe losse eindjes hebben gevonden die, als wij er niet in slagen om ze binnenkort met elkaar te verbinden, ons in elk geval veel feiten opleveren om op televisie te laten zien, in de hoop dat iemand ze met elkaar in verband kan brengen. Toby zal onze belangrijkste doorbraken nu even met je doornemen.'

'Goed. Punt één: de ansichtkaarten die zogenaamd van David Crown afkomstig zijn. Een kaart per jaar, geadresseerd aan zijn vrouw, Janet, op de bus gedaan op verschillende plekken in Europa.' Hij legt een vergrote foto van de ansichtkaarten op het bureau. Ze hebben de kaarten gefotografeerd voordat ze die aan de politie hebben overhandigd.

'En?' vraagt Glen. 'Zijn ze echt?'

'Daar is mevrouw Crown van overtuigd. Maar het valt niet met zekerheid te zeggen. Sommige zijn heel oud en zelfs de recentere exemplaren zijn door te veel handen gegaan om bruikbare vingerafdrukken te bevatten. Behalve "D X" staat er verder niets op geschreven.'

Toby gaat met een vinger langs de aantekeningen in zijn notitieboek.

'Punt twee: de ontdekking van een chatroom op internet met de naam MisPer. De afgelopen twee dagen hebben we een discussie gevolgd tussen twee gebruikers die zichzelf CrownieD en DebbieT noemen, waarin hij beweert David Crown te zijn en zij, degene die de thread is begonnen, zegt dat ze een vriendin van de familie is. Nou, we hebben navraag gedaan bij Janet Crown, en zij kent helemaal niemand die Debbie heet, dus we vragen ons af of het een familielid is of misschien een oud-collega of ex-vriendin.'

Glen blijft aandachtig luisteren.

'Het is Juney niet gelukt om dat meisje op de zwart-witfoto te achterhalen,' gaat Toby verder. 'De vriendin die David Crown aan zijn alibi heeft geholpen ten tijde van de moord op Tilly Jones.'

Martha haalt haar eigen notitieboek uit haar handtas en slaat het open om haar geheugen op te frissen. 'De herbergier uit het dorp heeft ons verteld dat ze Hattie Brown heette, maar verder wist hij niets over haar aangezien ze jaren geleden al uit het dorp is vertrokken. We willen haar versie horen van de gebeurtenissen op de middag dat Tilly Jones is vermoord. Als Hattie Brown nog in leven is, zou zij zich dan kunnen uitgeven voor DebbieT?'

'Dat lijkt me sterk,' zegt Toby hoofdschuddend. 'Zij is een ex-vriendin van, pak hem beet, vijftig jaar geleden? Het lijkt me onwaarschijnlijk dat ze al die tijd contact hebben gehouden, vooral omdat hij onder verdachte omstandigheden uit zijn geboortedorp is vertrokken.'

Glen steekt een vinger op. 'Kan Debbie een andere vrijwilliger van Square Wheels zijn, Martha?'

Martha bijt op haar onderlip. Er is zoveel uit die tijd dat in de loop der jaren wazig is geworden. 'Het zou kunnen, maar die naam komt me niet bekend voor. En bovendien hebben we geen flauw idee of de discussie in die chatroom echt of nep is. Het enige wat we kunnen doen is hem volgen om te kijken wat er verder nog bovenkomt. CrownieD houdt bij hoog en bij laag vol dat hij, David Crown, onschuldig is, en hij zegt dat een dakloze man genaamd Ethan vermoedelijk de echte ontvoerder of moordenaar van Juliet Sherman is.'

'En jouw contact bij de politie? Heb je dit alles al aan hem doorgespeeld? Wat denkt hij ervan?'

'Ja, ik heb gesproken met...' Martha houdt op met praten voordat ze Finns naam noemt. 'Ik heb hem gisteravond gesproken. Hij is ondertussen met pensioen, maar heeft nog heel goede banden met de agenten van de afdeling Ernstige Delicten, en hij kan alle informatie die ons van belang lijkt aan hen doorgeven. Ik ken hem al heel lang, het is een oude vriend van mijn ouders, en hij is bereid om te doen wat hij kan bij deze zaak zolang we zijn naam er maar buiten laten. Hij heeft het politiedossier over de zaak nog eens doorgenomen en hij heeft bevestigd dat David Crown de naam Ethan niet heeft genoemd toen de politie hem ondervroeg op de ochtend voordat hij verdween. Hij heeft ook geen mogelijke andere verdachten genoemd. Wel heeft mijn oude vriendin Liv iets gezegd over een dakloze man genaamd Ethan, dus het is een spoor dat we serieus moeten volgen. Maar tot ik iets in die chatroom-thread lees dat géén herkauwde informatie uit de kranten van die tijd is, wil ik een slag om de arm houden. Het kan best zijn dat deze thread is verschenen als reactie op onze oproep om informatie die we vorige week in *Metro* hebben geplaatst. Er lopen genoeg gekken rond. Dit spoor kan tijdverspilling blijken te zijn.'

'Mee eens,' zegt Glen. 'Je had het zonet over je vriendin Olivia. Heb je nog wat aan haar gehad?'

'Nee. Ik krijg steeds meer het gevoel dat ze hier niets mee te maken wil hebben. Ik heb regelmatig contact met haar gehad sinds we hieraan zijn begonnen, en ze toont zich weliswaar best hulpvaardig in haar e-mails, maar wimpelt alle suggesties af om elkaar persoonlijk te ontmoeten. Ik denk dat het gewoon te pijnlijk voor haar is. Maar ik heb de moed nog niet opgegeven. Ik weet bijna zeker dat ik haar uiteindelijk wel kan overhalen.'

Voelde ze zich maar even zelfverzekerd als ze nu klinkt.

'Punt drie,' gaat Toby verder. 'De Tuin van Bezinning bij Juliets oude school. Dat was de klus waar David Crown aan werkte ten tijde van zijn verdwijning, de aanleg van een bloementuin op de plek waar vroeger het schoolzwembad was.'

'Het was een behoorlijk groot project,' voegt Martha eraan toe, 'en sommigen van ons, onder meer Juliet, hadden David in de zomer ervoor geholpen met de voorbereidende werkzaamheden. Het oude zwembad moest worden afgebroken en het gat opgevuld voordat het hovenierswerk kon beginnen. Toen was het geld op en werd alles stopgezet tot december. De school heeft toen een Kerstmarkt en een aantal andere activiteiten georganiseerd waarmee genoeg geld werd opgehaald om het werk te kunnen hervatten. We hebben inmiddels met Geoff Blakeley gesproken, de hovenier annex aannemer die het project na Davids verdwijning heeft overgenomen, en hij vertelde ons dat David Crown, volgens de school, op de ochtend van Juliets verdwijning een afspraak had met de bouwinspecteur om de afmetingen voor het terras te laten goedkeuren. Niemand van de school kon ons de volgorde van de werkzaamheden vertellen, maar de nieuwe aannemer zei dat, als het storten van het beton volgens afspraak is gegaan – en dat beton is inderdaad een paar dagen na de verdwijning van Juliet en David gestort – het uitgegraven gedeelte al moest zijn volgestort met steengranulaat, wat wij leken puin noemen. Geoff heeft de werkzaamheden overgenomen vanaf het punt waar David was gebleven, en toen was de betonnen fundering van het terras al klaar. Alles was gereed om de tuin eromheen te beplanten.'

Wanneer het kwartje niet lijkt te vallen bij Glen, zegt Toby: 'We zijn nogal nieuwsgierig naar dat terras in de Tuin van Bezinning. Het moet de ideale plek zijn geweest om je van een lijk te ontdoen.'

Glen trekt zijn wenkbrauwen op, en Martha weet zeker dat ze een fonkeling van opwinding in zijn ogen ziet. 'Kijk, dát zou nog eens mooie televisie opleveren,' zegt hij terwijl hij zijn blik van Toby naar Martha laat gaan. 'Wat is ervoor nodig om de politie die plek te laten opgraven?'

'Op dit moment,' zegt Martha, 'moet daar iets belangrijks voor gebeuren. We hebben iets nodig waardoor de politie ervan overtuigd raakt dat Juliet niet is weggelopen, maar is ontvoerd. We moeten hen ervan zien te overtuigen dat er wellicht iemand begraven ligt in de Tuin van Bezinning.'

20. Casey

Ik word gek van het wachten. Om de paar minuten check ik mijn e-mail om te kijken of er iets van Martha is, maar er komt niets. Is ze boos op me omdat ik haar pogingen om een afspraak te maken ontwijk? Heeft ze genoeg van me? Het pakje dat ik heb opgestuurd moet ondertussen toch zijn aangekomen? Ik heb het met spoed laten versturen, maar er wordt niets over gezegd op het nieuws, en Martha heeft me niet laten weten dat ze het heeft ontvangen. Misschien is het blijven hangen in het sorteercentrum of ligt het op iemands bureau, ongeopend, onopgemerkt. Ik ben nog een keer naar de MisPer chatroom gegaan, waar ik specifiekere details heb vermeld, die misschien iemands aandacht zullen trekken, maar er heerst alleen stilte.

Als Martha zich inderdaad van me heeft afgekeerd, weet ik niet of ik de kracht kan vinden om verder te gaan. Wat blijft er dan nog over? Als Carl morgen zou komen, weet ik niet wat ik mezelf zou kunnen aandoen. Ja, ik zal nog een dag geduld hebben, haar nog een dag gunnen om te reageren. Morgen zal ik mijn dossiers in orde maken en al mijn mails beantwoorden. Ik zal wat orde aanbrengen, de chaos beëindigen die ik mijn wereld heb laten overnemen. En dan, als Carl niet komt, als Martha niet reageert, dan zal ik het doen.

Ditmaal is het geen geintje. Ik maak mezelf van kant.

21. Martha

Om 08.45 uur staat Martha's wereld op zijn kop, door een telefoontje van Finn.

'Martha, liefje,' zegt hij zodra ze heeft opgenomen. 'Mijn mannetje bij de Metropolitan Police heeft me net gebeld over de zaak-David Crown. Er is een nieuwe ontwikkeling waar je over zult willen weten.'

Martha had op het punt gestaan om haar appartement uit te gaan omdat ze een afspraak heeft met Toby, maar nu duwt ze de voordeur weer dicht en laat ze haar huissleutels vallen, terwijl ze in haar tas grabbelt naar een notitieboek en een pen. 'Ga door.'

'Er is deze week een tienermeisje verdwenen in Islington. Charlotte Bennett. Heb je daarover gehoord?'

'Vaagjes.'

'Zeventien, fietste in haar eentje langs Regent's Canal. Volgens haar ouders is het niets voor haar. De politie behandelt het als potentieel misdrijf. Ze fietste rond negen uur 's avonds naar huis.'

'Jezus. Net als Juliet. Zelfs het jaargetijde komt overeen.'

'Precies zoals Juliet. Ja, dat dacht ik ook, dus toen ik het gisteren op het nieuws zag, heb ik mijn vriend gebeld, maar volgens hem was het verband op zijn zachtst gezegd zwak. De twee zaken liggen achttien jaar uit elkaar, te lang om hard te kunnen maken dat ze met elkaar te maken hebben.'

'Oké,' zegt Martha, terwijl ze zich afvraagt waarom zijn stem zo urgent klinkt. 'En wat schieten wij daarmee op?'

‘Nou, dat is wat hij gísteren zei. Maar vandaag ligt de zaak heel anders. Ze hebben de meest recente ansichtkaart van Janet Crown nog eens goed bekeken, die waarop wordt gesuggereerd dat haar man in Londen is. Dat, in combinatie met de discussies in de chatroom voor vermiste personen, plus dit nieuwe bewijsstuk...’

‘Welk nieuwe bewijsstuk?’ vraagt Martha.

Finn lacht. ‘Goed, goed! Er is gisteren op zeker moment een pakje afgeleverd bij een wijkbureau van de politie, met een getypt briefje erin van iemand die beweert dat hij Ethan heet, tezamen met een lange, donkere haarvlecht. Het enige wat er in het briefje staat is: *Ik heb Charlotte Bennett gepakt, net zoals ik Juliet Sherman heb gepakt.* Geen instructies, geen dreigementen of eisen, alleen een mededeling.

Martha denkt razendsnel na. Weer die naam: Ethan. Kan hij echt de ontvoerder van Juliet zijn? ‘Wat denk jij, Finn?’ vraagt ze. ‘Geloof jij dat David Crown onschuldig is?’

‘Nee,’ antwoordt hij zonder aarzeling. ‘En dat denken de rechercheurs nu ook niet meer. Ik heb ze erop gewezen dat, als David Crown wél schuldig is, dit de volmaakte afleiding is. Een briefje sturen en daarin beweren dat de misdrijven door iemand anders zijn gepleegd. Als die Ethan echt bestaat, zal hij vrijwel onmogelijk te vinden zijn. Als hij in 2000 dakloos was, is hij ondertussen overleden of woont hij totaal ergens anders. De volmaakte zondebok. Misschien is David Crown van plan om terug te komen? Hij is ondertussen een dagje ouder. Wellicht denkt hij dat hij hiermee van alle verdenking wordt gezuiverd.’

‘Hoe gaat het nu verder?’ vraagt Martha, die graag een einde aan het gesprek wil maken zodat ze Toby kan bellen om hem het nieuws te vertellen.

‘Ze zullen aan de ouders van Charlotte Bennett vragen om de vlecht te identificeren en als die van haar lijkt te zijn, zullen ze een dna-test doen om het met zekerheid vast te stellen. Martha...’ Finn schraapt zijn keel. ‘De politie gaat vanochtend naar de Tuin van Bezinning. Ze nemen je theorie eindelijk serieus. De technische recherche treft voorbereidingen om onder het terras te zoeken naar de overblijfselen van Juliet Sherman.'

Om tien uur staat Martha aan de rand van de door de politie afgezette Tuin van Bezinning op het terrein van de Bridge School. Zodra Finn had opgehangen had Martha Toby gebeld, en hier met hem afgesproken, waarna ze gehaast een mailtje naar Liv had gestuurd. Daarin had ze gesmeekt om hen bij de school te treffen, en ze had verteld dat de politie op het punt stond om de tuin op te graven op zoek naar het stoffelijk overschot van Juliet. Dít kon het moment worden waarop ze eindelijk te weten zouden komen wat hun beste vriendin was overkomen. Dat zou toch zeker wel tot haar doordringen? Liv woont slechts op enkele straten afstand van de school, dus ze kan hier binnen een paar minuten zijn. Misschien komt ze deze keer wel, al is het alleen uit respect voor Juliet. Martha kan alleen maar hopen.

Ze bekijkt het tafereel zonder enige emotie, als een toeschouwer die uit de verte een gebeurtenis gadeslaat. Achter haar ligt het sportveld, waar op de tegels een speelveld voor netbal is aangegeven. Daar weer achter staan twee blokken van elk vier klaslokalen, naast een wirwar van prefab scheikundelaboratoria en tijdelijke klaslokalen. Het sportveld voor haar wordt aan de rechterkant omheind door een afrastering van tweeënhalve meter hoog en aan de linker- en achterkant door een indrukwekkende muur van baksteen die ouder lijkt dan de school zelf. Achter het hek ziet ze Jay en Sally hun apparatuur klaarzetten om door het gaas van de omheining heen te filmen, nadat de onderzoeksleider hun te verstaan had gegeven dat ze niet dichterbij mochten komen. Martha weet dat de politie een oogje dichtknijpt door Toby en haar toe te laten, dus op dit moment gaat ze niet met hen in discussie. Iets schuin van het met gras begroeide gedeelte ligt de Tuin van Bezinning – de plek waar vroeger het oude zwembad was, een sereen terras omgeven door lage buxusheggen en een paar waterornamenten die, zo ziet Martha vanaf de plek waar ze staat, de afgelopen jaren aan vandalisme ten prooi lijken te zijn gevallen.

Naast de bevroren borders babbelt Toby met de schooldirectrice, die erbij staat met over elkaar geslagen armen en een bezorgde frons op haar gezicht. Martha weet dat Toby doet wat hij het beste kan: de vrouw op haar gemak stellen, een gesprek met haar aanknopen en haar een glimlach ontlokken. Hij wijst naar Martha, ongetwijfeld omdat hij de directrice vertelt dat de beroemde Martha Benn hier vroeger op school heeft gezeten, en inderdaad zeg, heeft ze het niet ver geschopt? Martha wendt snel haar blik af en kijkt naar het gedeelte achter het schoolpersoneel en de politieagenten in hun fluorescerende hesjes, over het gazon, naar de straten en huizen die de school omringen. Deze buurt kende ze vroeger als haar broekzak. Als ze nu door de straten zou lopen, en haar oude route naar Stanley House zou afleggen, zou die dan veranderd zijn? Ongetwijfeld. Rechts voor de afrastering staan aardig wat ramptoeristen. Die proberen een glimp van de actie op te vangen, en Martha neemt hen aandachtig op, in de hoop Livs gezicht ertussen te zien. Ze voelt een steek van schuldgevoel dat de familie Sherman nog niets weet over de opgraving. Finn heeft gezegd dat ze vanwege de broze gezondheid van Alan Sherman hebben besloten om behoedzaam te werk te gaan, tenzij er echt iets wordt gevonden.

Bij de hoek van het hek het dichtst bij haar ziet ze de fietsenstalling, een modern bouwwerk van plexiglas dat in de plaats is gekomen van het oude houten gebouw dat er in haar tijd stond. In gedachten ziet ze het origineel, zo duidelijk als maar kan, en dat roept de herinnering aan Tim Brayer en zijn bloedneus bij haar op. Tim Brayer was twee jaar ouder dan zij en waarschijnlijk Livs meest serieuze vriendje in alle jaren dat de meiden elkaar hadden gekend. Tot dat moment had Liv alleen kortstondige relaties gehad, of jongens uit haar eigen klas met wie ze een keertje uitging, maar met een steek van verdriet herinnert Martha zich dat Liv was veranderd vanaf het moment dat ze iets met

Tim kreeg. De guitige, ik-trek-me-van-niemand-iets-aan-Liv verdween en maakte plaats voor een meisje dat zo onzeker over zichzelf was dat Martha en Juliet geen flauw idee hadden hoe ze haar moesten helpen. Ze zágen Tim nooit iets doen om haar zelfvertrouwen te ondermijnen, maar zijn fysieke aanwezigheid was net een krachtveld. Hij hield zijn arm voortdurend om haar schouder geslagen en gaf telkens antwoord voor haar. Hij maakte geintjes die weliswaar niet direct ten koste gingen van haar, maar wel bijna, en hij sloot haar beste vriendinnen buiten alsof ze niet bestonden. Juliet was verdrietig vanwege de verandering in Liv, Martha was razend. Maar wat konden ze doen of zeggen? Iets negatiefs zou zeker worden opgevat als afgunst van vriendinnen die minder belangrijk waren geworden.

Het antwoord diende zich rond lunchtijd aan op een kokend hete middag in juni, toen een zwaarmoedige Liv haar vriendinnen in de rij van de kantine had laten staan en naar het fietsenhok was gegaan waar ze met Tim had afgesproken om te 'babbelen'. Martha wist Juliet over te halen om haar achterna te gaan en het stel te bespieden en te ontdekken waarom Liv zo gedeprimeerd was, dus sloegen ze de lunch over en slenterden op flinke afstand achter hen aan, tot ze ongezien aan de anderkant van het fietsenhok stonden. Door de houten planken van het hok, die waren gekrompen door ouderdom, konden ze het stel duidelijk horen en zien. De twee stonden met hun gezicht naar hen toe, maar waren zich niet bewust van hun aanwezigheid. Ondanks haar bescheiden gestalte had Martha Liv nooit als klein beschouwd, want haar gebrek aan lengte werd ruimschoots gecompenseerd door haar energie. Maar nu torende Tim met zijn bijna één meter tachtig hoog boven Liv uit en leek ze plotseling piepklein en vaag in zijn schaduw. Terwijl Martha en Juliet toekeken, drukte Tim zijn gezicht in Livs hals en mompelde zachtjes iets terwijl zij een glimlach op haar opgeheven gezicht had. Martha voelde zich misselijk omdat het verkeerd leek dat zij hier stonden, en ze wilde net naar Juliet gebaren dat ze weg moesten gaan toen er nog een jongen verscheen en Livs glimlach op slag verdween.

‘Ga je gang,’ zei Tim, en hij deed een stap naar achteren om ruimte te maken voor de andere knul. Zijn schaduw verdween en er stond duidelijk angst op Livs gezicht te lezen.

De jongen stak zijn hand uit en omvatte Livs kleine borst met blouse en al. Zijn stomverbaasde blik deed vermoeden dat hij dat niet had willen doen. Tims glimlach veranderde in een grijns en hij knikte dat de jongen verder moest gaan. Tim Brayer hoonlachte alsof het om een geintje ging. De kleinere jongen friemelde onhandig aan het bovenste knoopje van Livs blouse, zijn gezicht ondertussen vuurrood en gepijnigd. Liv wendde haar gezicht af en heel even dacht Martha dat ze hen daar moest kunnen zien staan, aan de andere kant van de houten wand.

‘Klootzak,’ vloekte Martha, niet in staat om zich te beheersen, en voor ze het goed en wel besefte stond ze in het hok en rukte ze de jongen wild naar achteren aan de hals van zijn T-shirt. Ze zei dat ze hem zou vermoorden als hij dit ooit aan iemand zou vertellen. De knul rende het veld over zonder ook maar één keer achterom te kijken.

‘Jaloers?’ vroeg Tim lachend.

Vol ongeloof keek Martha naar Juliet en toen naar Liv, terwijl het woord nagalmde in haar oren. En toen gaf ze hem een stomp, zo hard dat ze dacht dat haar knokkels door haar huid heen waren geschoten, recht de zijne in. Zijn neus, een vettig geval dat op een knoedel leek, leek te exploderen en eventjes schrok Martha van zichzelf, en ze stelde zich haar vaders brabbelende reactie voor wanneer de school naar haar huis zou bellen. Hoe had ze zo stom kunnen zijn?

‘Achterlijke debiele teef!’ gilde Tim, wiens stem ondertussen heel schel klonk, terwijl hij de bloedstroom met de muis van zijn hand probeerde te stelpen. Zijn woorden klonken gesmoord en de blik in zijn ogen was geschokt.

Toen hij wilde weglopen, ging Juliet, die nooit het gevaar opzocht, recht voor hem staan. Zonder hem aan te raken, boog ze zich dicht naar hem toe en zei zachtjes: 'Tim, als je dit tegen iemand zegt, zullen we je ontmaskeren als de pedo die je bent.'

Hij knipperde met zijn ogen, grijnslachte nogmaals en wilde iets bijdehands zeggen.

Juliet was hem echter voor. 'Denk je dat ik een geintje maak?' Ze wees naar Martha. 'Zie je Martha daar? Haar vader is politieagent en hij zal het dolgraag willen horen over Liv en jou. Je bent een zedendelinquent.'

'Wat?' vroeg hij verstikt terwijl alle kleur uit zijn gezicht trok, en hij deinsde langzaam bij Liv en bij Juliet vandaan.

Juliet knikte ernstig. 'Zij is veertien, jij bent zestien. Reken maar uit.'

Toen Tim weg was, gingen de meisjes vlak bij elkaar staan om op adem te komen. Liv was de eerste die de stilte doorbrak, en met drie gefluisterde woordjes keerde ze terug in hun groepje: 'Wat een lul.' Dat was het enige bedankje dat Juliet en Martha nodig hadden. *Wat een lul.*

God, ik kan nu wel een sigaret gebruiken, denkt Martha terwijl ze aan de tabaksgeur van dat oude houten fietsenhok denkt. Ze rookt al ruim tien jaar niet meer, maar af en toe steekt het oude verlangen de kop op, precies zoals haar dorst naar de vergetelheid van alcohol haar nooit helemaal verlaat. Ze legt een kauwgumpje op haar tong en stopt het verlangen terug in zijn doos.

Het is onmogelijk om te zien wat er precies gebeurt op de plek waar de agenten de Tuin van Bezinning inspecteren, en Toby haalt zijn schouders op om aan te geven dat hij net zo in het duister tast als zij. Weer kijkt Martha op haar telefoon in de hoop op een bericht, en daarna begeeft ze zich naar de afrastering om de mensen die zich staan te vergapen beter te kunnen bekijken. Die staan daar in de hoop op wat plaatselijke roddels. Ze kan vragen of een van hen Olivia Heathcote kent, maar dat is zo vergezocht dat het idee haar eigenlijk dom voorkomt. Als ze bij het hek is, gaat haar telefoon en op het display staat een onbekend nummer. Met een trilling van hoop neemt ze op en ze loopt bij het hek vandaan, uit angst afgeluisterd te zullen worden.

'Hallo? Liv?'

'Nee,' zegt een mannenstem en haar optimisme verdwijnt op slag, terwijl ze zich instelt op het verkooppraatje dat ongetwijfeld zal volgen. Maar in plaats daarvan vraagt de man: 'Spreek ik met Martha Benn?'

Op het verkeerde been gezet kijkt Martha om zich heen op zoek naar Toby. Ze hoeft alleen maar te weten dat hij in de buurt is. Ze ziet hem staan, leunend tegen een kliko aan de rand van de parkeerplaats. Mooi. Mooi, hij is er nog.

'Martha?' herhaalt de stem.

'Ja, je spreekt met Martha Benn.'

'O, gelukkig. Ik dacht even dat ik het verkeerde nummer had gebeld. Martha, je spreekt met Tom!'

Ogenblikkelijk herkent ze zijn stem, en er gaat een golf van gedachten en beelden door haar hoofd. Het is Tom, Juliets broer. Tom.

'Wauw,' zegt ze. 'Wauw.'

Tom lacht. 'Hoe gaat het met je, Martha? Pa heeft me verteld dat je bij hem op bezoek bent geweest. Hoe gaat het ermee?'

'Goed, echt heel goed. Het spijt me, Tom. Ik ben een beetje... Het is echt heel fijn om je stem te horen.' Opnieuw wordt ze getroffen door de afwezigheid van al deze mensen – Tom en Juliet, de ontzettend aardige meneer Sherman en Liv en haar grote, knotsgekke, op dieren verkikkerde familie. Hoe zijn ze zo van elkaar vervreemd geraakt? 'Waar bel je vandaan?' vraagt ze. 'Je vader zei dat je tegenwoordig in Parijs woont.'

'Ja, ik bel je nu vanaf mijn werk. Ik vond dat ik contact met je moest opnemen toen pa me vertelde over je programma. Over het onderzoek.'

Martha probeert zich voor te stellen hoe dit allemaal voor Tom moet zijn. Juliet en hij hadden altijd een heel hechte band. 'Sta jij daar ook achter, Tom?'

'Ja, ja,' zegt hij zonder enige aarzeling, en zijn stem klinkt warm. 'Ik moet het allemaal nog even verwerken, Martha, maar ik ben blij dat iemand de zaak eindelijk goed onderzoekt. Ik had alleen nooit kunnen denken dat jij dat zou doen! Heb je al vorderingen gemaakt?'

Als je eens wist, denkt ze, kijkend naar de tuin waar een man in een witte overall een hand opsteekt ten teken dat de bestuurder van de graafmachine moet stoppen. Toby rent ernaartoe om het beter te kunnen zien, er gebeurt iets.

'Volgens mij wel, Tom. Helaas kan ik je er nog niets over vertellen, maar ja, volgens mij komen we eindelijk ergens.' Ze kan Tom moeilijk over de opgraving vertellen terwijl zijn vader daar nog niets van weet. Als er aan de andere kant van de lijn geen reactie komt, voegt Martha eraan toe: 'Ik zal het je vertellen zodra ik kan. Maar ik word met de dag zekerder van mijn zaak.'

'Goed zo,' weet Tom uit te brengen, en ze hoort de emotie in zijn stem. Hoe heeft Liv zelfs maar kunnen suggereren dat Tom iets te maken had met Juliets verdwijning? Uitgerekend Tom. Hij schraapt zijn keel en als hij weer iets zegt, is het op zijn eerdere luchtige toon. 'Tja, pa zei dat ik contact met je moest opnemen als ik dacht dat ik informatie voor je had. Nou, volgens mij heb ik iets. Toen ik pa hielp met het leeghalen van het oude huis, heb ik veel spullen van Juliet meegenomen, omdat pa er de ruimte niet voor had en, om eerlijk te zijn, ook om zijn gevoelens te sparen. Het meeste is onbelangrijk, oude bankafschriften en schoolrapporten, dat soort dingen, maar toen ik eerder deze week alles nog eens doornam, kwam ik een hele stapel brieven tegen.'

'Brieven? Van wie?' Met een oog houdt Martha de activiteit achter het politietape in de gaten, popelend om ernaartoe te gaan, maar tegelijk wil ze verder praten met Tom.

'Volgens mij zijn het liefdesbrieven. Ik heb er maar een paar geopend, en toen ik een idee kreeg van de inhoud, heb ik ze weer weggelegd. Ik kan het niet aan om ze te lezen, Martha. Stel dat ze van hem zijn. Stel dat ze echt iets had met David Crown.'

'Wat heb je met die brieven gedaan, Tom?'

'Ik heb ze op de post gedaan, als het goed is, krijg je ze morgen of overmorgen. Misschien maken die brieven duidelijk wat er in haar laatste maanden speelde. Ze had duidelijk geheimen, als ik op die brieven afga. Ik wist niet dat ze een relatie had. Jij wel?'

Martha weet niet goed wat ze moet zeggen. Ja, ze had het geweten, maar Juliet had haar niet voldoende vertrouwd om het nieuws met haar te delen. 'Niet precies,' zegt ze uiteindelijk. 'Volgens mij wist Liv er meer van dan ik, en ik probeer nog steeds een afspraak met haar te regelen. Ik geloof niet dat ze daar veel zin in heeft.'

'Nou, succes ermee. Liv is niet het type om iets te doen waar ze geen zin in heeft.'

Martha lacht en bedankt hem. Ze wil graag een einde maken aan het gesprek omdat Toby bij de opgraving naar haar staat te zwaaien. 'Tom, ik heb je nummer nu, ik zal je op de hoogte houden. Beloofd.'

Ze holt over het gras naar Toby, die haar op gedempte toon op de hoogte brengt. 'Goed, de man die de leiding heeft zei dat we het voorlopig voor onszelf moeten houden, maar de lui van de TR hebben bevestigd dat er zeker een interessant gedeelte is, in de rechterbovenhoek van het terras.'

Martha kijkt Toby knipperend aan en richt haar blik dan op het groepje mannen in witte pakken. 'Juliet?' fluistert ze.

'Te vroeg om dat te kunnen zeggen. Maar, en dit is strikt officieus, hij zegt dat het er alle schijn van heeft dat ze daar beneden beenderen van een mens hebben gevonden. Volgens hem zal alles nu veel langzamer gaan, zodat zij een manier kunnen bedenken om het gedeelte op te graven zonder bewijs te beschadigen. Dat kan uren duren. Misschien zullen we vandaag nog geen antwoorden krijgen, maar Martha,' zegt hij, en hij neemt haar pols in zijn hand terwijl ze hem met ingehouden adem aankijkt. 'Dit zou best eens de doorbraak kunnen zijn waarop we zaten te wachten.'

Een paar minuten blijven ze daar staan, zij aan zij, kijkend naar de bedrijvigheid om hen heen. De witte tent is zo opgesteld dat de hele plek volledig aan het zicht van de mensen voor het hek onttrokken wordt, en het schoolhoofd wordt tactvol op de hoogte gebracht, waarna ze het schoolgebouw weer in gaat om verder te gaan met haar normale werkzaamheden. Dit is een gewone dag voor haar, voor de meeste mensen hier. Maar niet voor Martha. Er dreigt een snik op te wellen in haar borstkas en ze wendt zich af en onderdrukt hem, een lege rilling van emotie. Ze kan haar hele leven nog treuren, maar op dit moment moet ze haar zelfbeheersing bewaren. Nu ze haar hebben gevonden, verdient Juliet Martha's volledige, onverdeelde aandacht. Ze heeft haar al een keer in de steek gelaten; ze zal haar verdomme niet nog een keer teleurstellen.

'En nu?' vraagt Toby aan haar.

Haar verbolgenheid krijgt de overhand. Liv hoort hier te zijn. Al doet ze verder niets om het onderzoek vooruit te helpen, ze had hier moeten zijn, om dit moment te delen, waarnaar ze allemaal hebben uitgekeken, het moment waarop Juliets verblijfplaats eindelijk wordt onthuld. Als ze hier dan niet is voor Martha, zou ze er in elk geval voor Juliet moeten zijn.

'Juist. Toby, kun jij daarnaartoe gaan om Sally en Jay te halen, ze staan vlak achter het hek.' Ze overhandigt hem een handgeschreven *call-sheet*, dat ze slechts enkele ogenblikken daarvoor heeft uitgeschreven. 'Ik hoor zo een stukje voor de camera te doen, met de opgravingstent en alle activiteit op de achtergrond. Kun jij dat doen?'

'Waar ga jij dan naartoe?' roept Toby haar achterna als ze wegloopt.

'Ik ga langs bij Liv,' antwoordt ze zonder achterom te kijken. Ze onderdrukt haar tranen terwijl ze met grote passen verder loopt, haar kraag opzet en haar tempo nog verder versnelt. ‘Zo makkelijk komt ze er niet vanaf. Het kan me niet schelen hoe moeilijk dit is, Liv hoort híér te zijn.’

22. Casey

Martha zegt dat de politie vanochtend in de tuin van de Bridge School gaat graven, en dat ik haar daar moet treffen. Een *lijk*. Ze denken dat er wellicht een lijk onder de fundering van het terras ligt, zegt ze. Juliets lichaam, zegt ze. Ik word misselijk als ik de woorden lees, misselijk bij de gedachte aan een lijk dat als oud vuil onder de grond is gedumpt, verpletterd onder puin en beton, voor altijd verborgen voor de wereld en de mensen die van die persoon hebben gehouden. Wat afschuwelijk, wat vreselijk boosaardig.

> Kom alsjeblieft, Liv. Dan zien we elkaar daar. Als het Juliet is, heb ik je steun straks hard nodig – ik weet niet of ik het aankan in mijn eentje, en ik denk dat zij zou hebben gewild dat we samen zijn op het moment dat ze wordt gevonden.

Ik ben van mijn stuk gebracht door haar wanhopige toon, de manier waarop ze me smeekt – de manier waarop ze haar vriendin, Liv, smeekt. Ik wil niets liever dan voor haar klaarstaan. Ik *wíl* haar vriendin zijn. Maar ik ben Liv niet, en alleen Liv is goed genoeg. Het maakt me kwaad, bang en eenzaam om te weten dat ik er niet naartoe kan snellen, zoals ik graag zou doen, om Martha's hand in de mijne te nemen en haar er doorheen te helpen. Een uur lang ijsbeer ik door de woonkamer terwijl ik mezelf dwing om een ontbijt naar binnen te werken waarvan ik al weet dat het als een goederentrein door me heen zal denderen, en ik slik krampwerende pillen in een poging om de vreselijke pijn die me laat dubbelklappen tot bedaren te brengen. Telkens opnieuw kijk ik naar de e-mail die op mijn laptopscherm openstaat, terwijl ik me afvraag wat ik nu moet doen, welke actie ik moet ondernemen. Nadat ik een tijdje op de wc heb gezeten, ebt de pijn in mijn buik langzaam weg, en ineens weet ik het. Ik zal naar de school gaan, maar op afstand blijven. Als ik dat doe, ben ik er – in zekere zin – voor Martha, en dan kan ik haar in mijn volgende mail zeggen dat ik wel degelijk ben gegaan, zoals ze vroeg, maar dat ik weer naar huis ben gegaan omdat ik haar niet kon vinden. Misschien kan ik haar vertrouwen in mij herstellen als ik gewoon iets beter mijn best doe.

Nog geen uur nadat ik Martha's e-mail heb ontvangen, sta ik voor de omheining van de school te kijken naar alles wat er op het schoolterrein gebeurt. Politieagenten en mannen in witte overalls zijn druk in de weer, ze verplaatsen tentpanelen en schrijven op klemborden. Ik word omringd door andere mensen, buurtbewoners die lucht hebben gekregen van de activiteiten en gissen naar de reden dat er een tent voor forensisch onderzoek staat en er politie aanwezig is.

'Iemand zei dat het om een steekpartij gaat,' zegt een jongeman met een lelijke hond tegen zijn vriend. 'Iets met straatbendes.'

'Gaat het om een kind dat op deze school zit?' vraagt zijn vriend.

De hondenbezitter knikt alwetend.

Ongelooflijk! Wat komen mensen toch snel met onjuiste details op de proppen wanneer ze de feiten niet kennen! 'Iedereen is een deskundige,' zei mama altijd als ze haar oren niet kon geloven. Ze zei het ook tegen papa wanneer hij me probeerde over te halen wat grotere porties te eten. Hij zei dan tegen me dat ik een meisje in de groei was en het niet goed voor me was om honger te hebben. 'Wat weet jij daar nou van?' vroeg zij hem dan geërgerd omdat hij me aanmoedigde me niet aan mijn dieet te houden. 'Iedereen is tegenwoordig een deskundige!'

'Ik heb gehoord dat het om een moord uit het verleden gaat,' zeg ik tegen hen terwijl ik schrik van mijn eigen vermetelheid. 'Vandaar de tent en de mannen in overalls. Ze graven een lijk op.' Verscheidene mensen draaien zich een stukje om zodat ze mij beter kunnen zien, en dat geeft me een prettig gevoel. Gezaghebbend. Zichtbaar. Dat gevoel bezorgt Martha me ook.

Ik zie haar aan de rand van het schoolplein staan. Ze is alleen en lijkt de graafwerkzaamheden van een afstandje gade te slaan, om zich heen kijkend alsof ze een raadsel probeert op te lossen. Ze ziet er eenzaam uit en opnieuw heb ik het gevoel dat we een enorm hechte band hebben, een verbondenheid die je alleen ziet bij de allerbeste vrienden. Ik hunker ernaar om naar haar te roepen: 'Martha, ik ben het! Ik ben gekomen!' Maar dat doe ik natuurlijk niet. De timing is helemaal verkeerd, en bovendien verwacht zij Liv te zien, niet een onbekende met een raar kapsel, in een jas die niet dicht kan over haar buik. Haar blik blijft rusten op het fietsenhok vlak naast me, en wanneer ze over het grasveld loopt – mijn kant op – weet ik zeker dat ze alles doorheeft, want op haar gezicht is een harde, vastberaden uitdrukking verschenen. Is het boosheid of concentratie? Het is moeilijk te bepalen, maar terwijl ze dichterbij komt, zie ik dat ze alle gezichten in de menigte die zich voor het hek heeft verzameld aandachtig bekijkt, en haar lippen gaan iets uiteen alsof ze op het punt staat iets te zeggen. Mijn hart klopt in mijn keel! Ik voel me nog steeds niet goed, het koude zweet is teruggekomen toen ik me van mijn huis hiernaartoe haastte. Bijna maak ik rechtsomkeert om te vluchten, maar dan gaat haar telefoon, en ze neemt op waardoor haar aandacht even is afgeleid. Ik hoor haar de naam 'Liv' zeggen en daarna 'Tom'. Aha, denk ik. Dat moet Juliets broer zijn! Tot mijn grote teleurstelling loopt ze daarna weg en kan ik het gesprek niet meer horen.

Ik vind het zo fijn om dicht bij Martha te staan dat ik heel even vergeet waarom we hier eigenlijk zijn.

'Heb jij hem of haar gekend?' vraagt de vrouw naast me, die mijn tranen ziet als ik ze wegveeg met de rug van mijn hand. 'De persoon die ze opgraven?'

'We hadden een heel hechte band,' zeg ik.

Ze raakt mijn arm aan met een gevlekte roze hand. De huid op haar knokkels is gebarsten en ruw, en haar nabijheid maakt me duizelig, maar het gebaar op zich is vriendelijk. 'Arme schat. Was het familie van je? Een vriend of vriendin?'

Ik knik enkel terwijl ik geniet van het medeleven van de vrouw. De tranen blijven over mijn verhitte wangen en langs mijn kin stromen. 'Ja,' snik ik, en daarna loop ik bij haar vandaan en ga ik wat verderop bij de afrastering staan, dichter bij de plek waar Martha zich nu bevindt. Ik houd mijn telefoon omhoog en neem foto's, onopgemerkt tussen de vele anderen die hetzelfde doen, en het lukt me om zowel Martha als de achtergrond te fotograferen. Als ze haar telefoongesprek beëindigt, draait ze haar hoofd naar mij om, en klik... ik heb haar, zo duidelijk als wat: een volmaakt portret van Martha Benn die mij recht in de ogen kijkt. Wanneer ik opkijk van het scherm, zie ik tot mijn schrik dat Martha over het met gras begroeide deel van het terrein naar een jongeman sprint, die ik nu herken als Toby. Rond de tent lijkt een toename van bedrijvigheid te zijn, een bepaald soort opwinding. In het wit geklede mannen en vrouwen verzamelen zich bij de ingang van de tent, wijzen achter het canvasscherm en krabbelen aantekeningen op hun klembord. Een van hen telefoneert, een ander praat met een agent in uniform en maakt een weids armgebaar naar ons. Martha en Toby bevinden zich net achter het afzetlint en bespreken iets, met hun hoofden vlak bij elkaar. Toby voert voornamelijk het woord terwijl Martha knikt en aandachtig luistert. Ze slaat haar hand voor haar mond terwijl ze zijn informatie, wat die ook is, laat bezinken. Ik ga helemaal op in haar aanblik. Ik ben zo dicht bij haar. Martha Benn in actie. Ineens rent ze mijn kant weer op, terwijl ze de kraag van haar jas omhoogtrekt. Onder het hollen roept ze iets achterom naar hem. Er staan tranen in haar ogen, en ze als bij me in de buurt komt, kan ik duidelijk horen wat ze zegt.

'Ze komt er niet zo gemakkelijk vanaf. Het kan me niet schelen hoe moeilijk dit is, Liv hoort híér te zijn.'

Ineens trekt mijn buik zich venijnig samen, en weer word ik overvallen door het gevoel dat mijn darmen hun inhoud plotseling zullen laten lopen. Zij moet helemaal omlopen zodat ze het terrein via de hoofdingang aan de voorkant kan verlaten, denk ik. Mijn gedachten gaan vliegensvlug: als ik me haast, kan ik mijn huis net eerder bereiken dan zij. Ze mag mij daar niet naar binnen zien gaan, ik mag haar niet laten merken dat ik Liv niet ben, dat alles wat ik de afgelopen veertien dagen tegen haar heb gezegd een leugen is. Dat ik niet degene ben voor wie ik me uitgaf. Ik loop ruw langs de vrouw met de rode knokkels, ik ren zo snel als mijn gespannen spieren me toestaan, terwijl er ijskoud zweet op mijn gezicht en borstkas parelt. Nog maar een paar straten te gaan, houd ik mezelf voor, dat is alles. Het lukt je wel.

Op de hoek van mijn straat wordt mijn gezichtsvermogen wazig en dreig ik het bewustzijn heel langzaam te verliezen. Ik weet nog dat de politie me jaren geleden door deze straten heeft achtervolgd tijdens dat akkefietje met Mark Lynton. Ze waren met zijn tweeën, en ze renden in het donker achter me aan en riepen naar me terwijl ik van de ene straat naar de andere rende, wat ik toentertijd een stuk sneller kon dan tegenwoordig, en wanhopig probeerde te voorkomen dat ze me te pakken zouden krijgen. 'Stalker.' Dat zeiden ze tegen me toen ze me een officiële waarschuwing gaven. Maar hoe kan dat nou stalken zijn, als het voortkomt uit liefde, wilde ik weten. Hoe kan bewondering verkeerd worden opgevat en als bedreiging worden gezien? Zelfs nu herinner ik me de dreunende angst die ik voelde toen die agenten op me begonnen in te lopen, het geluid van hun voetstappen dat steeds dichterbij kwam, hun stemmen die harder begonnen te klinken. 'Mevrouw!' riepen ze. 'Mevrouw!' In gedachten ben ik daar opnieuw en komt de duisternis steeds verder op me af, al is het nog vroeg op de dag. Ik durf niet achterom te kijken, ik mag geen tel stil blijven staan, hoewel ik me ervan bewust ben dat mijn voetstappen niet meer op het plaveisel dreunen, maar de laatste honderd meter strompelend afleggen terwijl ik mijn uiterste best doe om te voorkomen dat mijn darmen zich hier op straat legen.

Met een kreet ram ik mijn sleutel in de voordeur en draai hem om. Donkere stippen verschijnen in mijn blikveld, en de opluchting van het thuiskomen omvat me terwijl ik naar binnen ga. Maar mijn opluchting is van korte duur. Ik hoor Martha's stem en voel dan haar hand op mijn schouder.

'Hé!' roept ze, en het is voorbij, denk ik.

Het is allemaal voorbij.

23. Martha

De vrouw die hijgend in de deuropening van Livs huis staat is doorweekt van het zweet, en bij het zien van de doodsbange uitdrukking op haar gezicht krijgt Martha sterk de indruk dat ze elk moment de voordeur kan dichtslaan. Martha legt haar hand op de rand van de deurpost en leunt dan iets achterover om het huisnummer op de bakstenen muur nog eens te controleren. Beslist Livs huis. Maar beslist niet Liv.

'Eh,' stottert de vrouw terwijl haar ogen zenuwachtig van Martha's onwrikbare hand naar de straat achter haar schieten. Ze durft Martha niet aan te kijken.

Ze is heel klein en zwaargebouwd, met donker haar in een bobkapsel, en héél even – voordat de vrouw zich omdraaide en Martha had gezien dat de huidskleur helemaal niet klopte – had Martha zich afgevraagd of het inderdaad Liv was. Toen ze zag dat de vrouw bij de voordeur bleef staan en onhandig met haar sleutel prutste, was de gedachte bij haar opgekomen dat dít misschien de reden was waarom Liv haar meed: dat ze zichzelf had verstopt omdat ze zich schaamde voor haar dramatisch veranderde gedaante. Maar deze vrouw lijkt in niets op de Liv die Martha zich herinnert, het kleine, donkere elfje dat nauwelijks tot aan Martha's schouders reikte.

'Ik ben op zoek naar Olivia Heathcote,' zegt Martha, zonder haar hand van het deurkozijn te halen.

De vrouw knikt, nauwelijks waarneembaar, en Martha ziet zweet glanzen bij haar haarlijn. Haar gezicht is rood en pafferig en ze haalt moeizaam adem. Ze ziet er niet uit als iemand die hoort te rennen. Ze lijkt ziek.

'Gaat het wel?' vraagt Martha terwijl de ogen van de vrouw wegdraaien alsof ze op het punt staat flauw te vallen. 'Kom, dan help ik u naar binnen.'

Martha leidt haar over de drempel en brengt haar rechtstreeks naar de kleine keuken aan de achterkant van het huis, instinctief weet ze de weg. Tot haar verbazing is er bijna niets veranderd. De keukenkastjes aan de muur hebben nog hetzelfde donkere fineer dat ze zich zo goed herinnert, een kleur die het licht uit het vertrek zuigt. En daar is de grote butlergootsteen. Martha herinnert zich dat de tweeling daarin werd gewassen toen ze net uit het ziekenhuis kwamen.

'Ik ben Martha,' zegt ze tegen de vrouw terwijl ze een stoel met rechte rugleuning pakt en de vrouw daarin helpt. Wanneer die vrouw haar slechts aanstaart, vraagt Martha zich af of ze misschien leerproblemen heeft of moeite heeft met spreken. Kan het zijn dat ze doof is? Martha buigt zich voorover zodat ze de lippen van de vrouw zal kunnen zien bewegen, en vraagt langzaam: 'Hoe – heet – jij?'

'Casey,' antwoordt de vrouw, terwijl ze haar vingers op haar schoot verstrengelt.

Er is iets geks aan haar, denkt Martha, maar ze kan niet goed bepalen wat precies.

Wanneer de vrouw haar ogen even opslaat, wordt Martha plotseling getroffen door een gevoel van herkenning, hoewel ze zeker weet dat ze deze vrouw nog nooit van haar leven heeft gezien. Ze is zo onmiskenbaar vreemd – zowel in haar manier van doen als qua uiterlijk – dat Martha haar niet zomaar zou zijn vergeten.

'Casey.' Naast de gootsteen staat een kruk met drie poten. Martha trekt hem naar zich toe en gaat tegenover de vrouw zitten. 'Wil je wat water? Nee? Hoor eens, Casey, ik ben op zoek naar mijn vriendin, Liv Heathcote. Ik had verwacht om haar hier aan te treffen. Weet jij wie ik bedoel?'

Casey drukt haar armen hard tegen haar middenrif en haar gezicht vertrekt van pijn. 'Ja,' zegt ze met een grimas. Daarna ontspant ze haar handen alsof er een kramp is weggeëbd. 'Ik heb het huis van haar gekocht.'

Martha's ogen worden groot, en ze kijkt verward om zich heen. 'Maar...' begint ze, en opeens wordt alles haar duidelijk. Martha Benn, jij stomkop. Ze kan nauwelijks geloven dat ze zo'n blunder heeft gemaakt. Idioot! Dat ze die eerste brief naar dit adres heeft gestuurd, wil niet zeggen dat Liv vanaf dit adres e-mails heeft verstuurd. 'Heb jij de afgelopen veertien dagen post voor Olivia gekregen?'

Casey knikt heftig en pakt een theedoek waarmee ze de straaltjes zweet die over haar gezicht stromen opdept. 'Ja! Een met de hand geschreven brief. Ik heb hem niet opengemaakt!'

'Wat heb je ermee gedaan?' vraagt Martha zacht. Ze ziet dat Caseys haar aan de linkerkant minstens een centimeter korter is dan aan de rechterkant. Er komt een onaangename geur van haar af, als wasgoed dat te lang in de wasmachine is blijven zitten en is gaan schimmelen.

'Ik heb hem naar het postkantoor gebracht en daar zeiden ze dat ze een nazendadres hadden, en toen heb ik de brief aan hen gegeven en zij hebben hem naar haar doorgestuurd.'

Ze zegt het allemaal zo snel dat Martha moet denken aan een kind dat een grote leugen opdist. 'Hebben ze ook gezegd wat dat nazendadres was, Casey?'

'Nee.'

'Dus ze hebben niet gezegd of het in Londen of ergens anders was? Heb jij Liv toevallig ontmoet toen je het huis kocht? Heeft ze niet gezegd waar ze naartoe zou gaan tijdens het regelen van de verkoop?'

'O, ja. Ja, dat heeft ze wel gezegd, maar dat kan ik me niet meer... O, jee. Aan mij heb je ook niet veel, hè? Ik ben ook zo'n kluns.' Ze kijkt alsof ze in huilen zal uitbarsten, en Martha voelt zich onbehouwen omdat ze zoveel vragen op haar afvuurt. En dan, heel onverwacht, zegt de vrouw: 'Jij bent Martha Benn van de televisie, hè?' Ineens begint haar gezicht te stralen. 'Ik kijk altijd naar je. Vroeger keken mijn moeder en ik samen naar je, toen je nog voor het ochtendprogramma werkte. Daar kijk ik niet meer naar nu jij er niet meer werkt. Nadat jij was vertrokken is het snel achteruit gegaan. Echt waar, hoor.'

Martha glimlacht ongemakkelijk bij deze plotselinge uiting van bewondering. 'Ja, ja, ik ben Martha. Om precies te zijn is dat de reden waarom ik hier ben. Vanwege een documentaire waar ik aan werk. Ik had gehoopt dat Liv me kon helpen met een paar vragen die ik heb.'

Caseys volledige aandacht is nu op haar gevestigd, en ze staart Martha vol vervoering aan.

'Je zou me echt helpen met informatie waar ik haar kan vin...'

Plotseling springt de vrouw uit haar stoel, grijpt haar onderbuik vast en snelt de kamer uit. Martha staat verrast op van haar kruk.

'Sorry! Sorry, ik ben zo terug!' Casey holt de smalle gang in, naar de kleine wc, waarvan Martha weet dat die zich onder de trap bevindt, en slaat de deur met een klap dicht.

Alleen in de keuken staart Martha naar de lege plek voor zich terwijl ze zich afvraagt hoe ze het in vredesnaam zo erg heeft kunnen verknallen. Waarom heeft Liv haar niet verteld hoe de vork in de steel zat nadat ze voor het eerst weer contact met haar had opgenomen? Waarom heeft ze haar niet geschreven dat ze niet meer in Stack Street woont? Zelfs toen Martha plekken had voorgesteld om elkaar te ontmoeten, plekken in de buurt van dit adres, had Liv niets gezegd. Waarom niet?

Omdat ze het idee heeft dat Casey nog wel een tijdje weg kan blijven, loopt Martha rustig de gang op en gaat ze naar de kleine zitkamer aan de voorkant van het huis, waar bij het raam een mooi tafeltje staat met een geborduurd tafelkleed erop dat op zijn plek wordt gehouden door een grote kristallen asbak en een theeservies van Royal Doulton. Op het dressoir van donker hout staat een laserprinter, met een stapel paperassen ernaast. Ook staat er een open laptop waarvan het scherm in de slaapstand staat. Nieuwsgierig naar het beroep van deze vrouw buigt Martha zich voorover zodat ze het bovenste vel van de stapel kan lezen. 'Chemische producten en allergieën in de eenentwintigste eeuw' staat er op het A4-vel, met in de kantlijn een paar met rode pen geschreven krabbels en de initialen KC. Is ze misschien wetenschapper? Of corrector? Als Martha zich omdraait, blijft haar jas aan de rand van de printer haken en er dwarrelt een vel papier op de vloer. Ze raapt het op, want ze wil niet worden betrapt terwijl ze rondneust in de zitkamer van deze vreemde vrouw, maar als ze het vel omdraait om terug te leggen, valt haar oog op iets bekends. Het logo van Square Wheels. Ze gaat in het licht van het raam staan en de adem stokt in haar keel. Deze afbeelding, die híér is geprint in Livs oude zitkamer, is dezelfde die Martha eerder deze week naar Livs e-mailadres heeft gestuurd – het krantenknipsel van David Crown en de vrijwilligers van Square Wheels.

Als ze hoort dat de wc verderop in de gang wordt doorgetrokken, gaat Martha met haar vinger over de touchpad van de laptop en tot haar ontsteltenis verschijnt Olivia Heathcotes inbox op het scherm, en staat Martha's laatste bericht open, met als onderwerp: *Ontmoet me bij de school.*

Is die vrouw daarvandaan komen rennen? Had ze voor het schoolhek tussen de andere toeschouwers gestaan, die probeerden een glimp op te vangen van de bezigheden van de politie? Martha wordt misselijk als tot haar doordringt dat ze het slachtoffer is geworden van een heel ingewikkelde misleiding.

'Wat doe je daar?' De vrouw, Casey, staat nu in de deuropening terwijl ze met haar ene hand de muur vasthoudt en met de andere de verkreukelde theedoek stevig omklemt. Opnieuw dept ze haar voorhoofd. 'Wat moet je in mijn voorkamer? Dit is mijn kantoor. Dit is mijn huis,' zegt ze met een stem die beverig harder wordt. 'Wat wil je van mij, Martha Benn?'

Martha houdt de geprinte afbeelding omhoog. 'Casey, als je mijn brief naar Liv hebt laten doorsturen, hoe kom je hier dan aan?'

Casey grist het papier uit haar hand. 'Dat is van een project waar ik aan werk. Het heeft er niets mee te maken!' Haar mond blijft bewegen, maar er komen geen woorden meer uit. Omdat ze sprekend lijkt op een kind dat een standje heeft gekregen, weet Martha zeker dat de vrouw niet helemaal in orde is. Ze is kwetsbaar. Ze kan hier onmogelijk in haar eentje wonen.

'Woont er nog iemand anders, Casey? Heb je een begeleider?'

'Een begeleider? Hoezo? Waarom zou ik een begeleider moeten hebben?'

'Ik bedoel niet dat...' begint Martha, maar haar zin wordt onderbroken door de deurbel. Wanneer Casey zich niet verroert, vraagt Martha rustig aan haar: 'Moet ik opendoen?'

'Nee!' zegt ze kwaad en haar vingers gaan omhoog om haar haren te fatsoeneren. 'Het is Carl. Het is Carl maar. Carl. Die komt later wel terug. Ja.'

'Je kunt hem toch niet voor de deur laten st...' probeert Martha opnieuw terwijl ze zich ongemakkelijk begint te voelen door het vreemde gedrag van de vrouw. Ze moet hier vandaan. Ze moet Toby bellen en hem laten weten dat de helft van wat ze meenden te weten eigenlijk onbruikbaar is. Er is geen tijd te verliezen. Ze moeten de echte Liv zien te vinden.

Er wordt opnieuw aangebeld en Casey stoot een jammerkreetje uit terwijl ze behoedzaam door de deuropening de gang in kijkt. Op dat moment komt er, met een zachte trilling, een tekstbericht binnen op Martha's telefoon en ze kijkt snel op het scherm als de vrouw met haar rug naar haar toestaat. Het is een update van Toby.

Hebben Jo Clement weten te vinden – een van de meisjes op de foto bij Square Wheels. Zegt dat ze maar een paar keer als vrijwilliger heeft gewerkt, maar ze weet nog dat het meisje dat bij DC staat Katherine heet (niet Karen) en – hou je vast – Jo weet bijna zeker dat het meisje DC's dochter is.[

Dochter? Nee, dat moeten ze fout hebben. Janet Crown zei dat hun enige kind jaren geleden is overleden, en in het politiedossier wordt toch zeker geen melding gemaakt van een dochter? Martha moet maken dat ze hier wegkomt, ze moet Toby spreken en uitzoeken wat er allemaal aan de hand is.

'Casey,' zegt Martha terwijl ze haar mobieltje in haar zak laat glijden, maar Casey draait zich met een ruk om en werpt haar een waarschuwende blik toe.

'Sst!' zegt ze terwijl ze venijnig een kleine wijsvinger tegen haar lippen houdt.

Martha doet haar mond open om wat te zeggen, maar dan roept de bezoeker iets, en zijn stem klinkt zo dichtbij dat hij bijna in dezelfde kamer lijkt te staan.

'Mevrouw Crown?' roept hij terwijl de klep van de brievenbus piepend omhoog gaat. 'Bent u daar, mevrouw Crown? Ik ben het, Carl. Van Sainsbury's! Ik kom uw boodschappen brengen!'

Nu kijkt Casey Martha recht in de ogen met een blik van een vrouw die in het nauw is gedreven.

'Mevrouw Crown?' Martha's brein kan het niet zo snel verwerken. 'Mevrouw Crown – als in *Katherine* Crown?'

Casey schudt heftig haar hoofd en graait naar Martha's handen om te voorkomen dat Martha achteruit deinst. Martha trekt haar arm echter weg en doet een stap naar de gang. Maar Casey heeft de adrenaline aan haar kant staan, en in het gedempte middaglicht van die kleine zitkamer zijn de glinsterende lichtstralen die worden weerkaatst door de opgeheven kristallen asbak het laatste wat Martha ziet.

DEEL 3

Een sterfgeval

Nadat mijn hand op haar achterhoofd was neergekomen, vroeg ik me heel even af waar die steen vandaan kwam. Een steen in mijn vuist, glad van het warme bloed. Het geluid was misselijkmakend, een stevige dreun die al snel plaatsmaakte voor vocht, maar die ene harde slag was voldoende en ze belandde op de bosgrond als een geveld jong boompje. Eén hartslag lang zwegen alle geluiden, alsof het leven zelf stilstond. Geen getjilp van de vinken die tussen de takken vlogen, geen gekoer van houtduiven in het bladerdak, geen geritsel van eekhoorns of hazen. Weg was de vredige zucht van het late zomerbriesje. Alleen ik, het gestage geklop van mijn hart en het stille meisje, dat met haar gezicht omlaag in het mosbed aan mijn voeten lag.

Vanaf de plek waar ik me bevond, was haar huis te zien. Op nog geen honderd meter van de open plek stond een grote stenen boerderij, met op achtergrond de bergen en dalen. Daar, in de openlucht, stond de zon nog warm en fel aan de hemel en het zou nog enkele uren duren voor het donker werd. Ik keek omlaag naar het meisje, naar haar armen die slap langs haar zij lagen, met de handpalmen omhoog en de vingers gekromd, alsof ze lekker lag te slapen. Een van haar gele klompen was gevallen zodat de zachtroze onderkant van haar kleine voet zichtbaar was, de andere zat nog op zijn plek, uit de toon vallend en lelijk. Ik deed hem uit en zette hem netjes, samen met zijn partner, aan de voet van een nabije berk. Het viel me op hoe jong het meisje leek nu ze dood was, hoe de levenloosheid jaren aan haar leek te onttrekken en hoe er geen enkele dreiging van haar leek uit te gaan, terwijl ze daar lag in haar pastelkleurige zomerjurk, haar huid gebronsd door de zon en bedekt met blonde donshaartjes. Waar was haar kracht nu? Bij leven was ze betoverend geweest, dat wist ik nadat ik alleen had gezien hoe ze zich bij hém gedroeg. Koket haar haren naar achteren gooien, een verleidelijke blik van onder geloken wimpers. Dat kind was in staat om zelfs in het zuiverste hart nog jaloezie op te roepen. En nu? Helemaal niks. Haar blonde lokken lagen als een waaier om haar hoofd alsof ze expres zo waren geschikt om de gebroken schedel aan het oog te onttrekken, of alsof ze een zeemeermin was die gewichtloos onder water dreef.

Toen de zon aan de hemel verschoof tot hij zich achter het groepje bomen bevond, wierp ik een laatste blik op de plek waar ze lag en moest ik een gil onderdrukken toen ik tot mijn afschuw haar vingers zag bewegen. Ik dankte Onze-Lieve-Heer dat ik deze plek niet onmiddellijk had verlaten, dat ik, door een gelukkig toeval, lang genoeg was gebleven om het laatst overgebleven sprankje leven te zien. Het is echt afschuwelijk, maar ik hield de steen nog in mijn hand en ik wist dat het de meest humane oplossing zou zijn. Als ze een konijn in een val was, zou ik toch zeker hetzelfde doen? Ik knielde naast haar neer, eventjes verblind door de felle avondstralen die tussen de bomen door vielen, en bracht de steen omlaag op haar achterhoofd, telkens opnieuw, met zoveel kracht dat ik bang was dat mijn schouder uit de kom zou schieten. Toen ik een stap naar achteren deed, was haar haar knalrood, net als mijn hand, en na een laatste blik op het gebroken lichaam vluchtte ik tussen de bomen door, in de richting van de kabbelende beek.

Was het mijn bedoeling geweest om haar te vermoorden? Deze ene keer, maar dan ook uitsluitend deze ene keer, denk ik misschien van wel.

24. Katherine

Heb ik haar gedood? Nou? De aanblik van Martha die met haar gezicht omlaag op de vloer in mijn halfdonkere hal lag, was bijna voldoende om me een hartstilstand te bezorgen en de oorverdovende vloedgolf van spijt was overweldigend. Dít was niet mijn bedoeling geweest. Ik had Martha willen helpen, ik wilde dat ze mijn vriendin zou worden. Ik staarde naar de kristallen asbak in mijn hand en zag dat de hoek ervan besmeurd was met Martha's bloed. Wat zou mijn moeder zeggen? Die asbak is al jaren in onze familie, en zodra ik er de verantwoordelijkheid voor draag gebeurt er zoiets! Ik veegde het bloed af met de theedoek die ik in mijn linkerhand geklemd hield en zette de asbak voorzichtig op het tafeltje bij het raam, waar hij het meeste zonlicht vangt. Ik dwong mezelf om nogmaals te kijken, want ik kon me er niet toe zetten om naar Martha toe te gaan en te voelen of ze nog een hartslag had, omdat ik bang was dat ze echt dood was. Ik kon het niet aan om de huid van een dode aan te raken. Niet nog een keer. In plaats daarvan nam ik een snel besluit en haastte me naar mijn slaapkamer om mijn spullen te pakken. Vanuit de bovenste kamer zag ik het supermarktbusje van Carl langzaam verder door de straat rijden. Ik gooide snel een paar dingen – tandenborstel, schone onderbroek – in mijn boodschappentas en onder in mijn juwelenkistje vond ik Johns sleutel. Weer beneden trok ik snel mijn winterjas aan en pakte mijn laptop, die ik samen met mijn telefoon en de opladers in mijn tas duwde terwijl ik wanhopig probeerde te bedenken of ik nog iets anders nodig had. Mijn hart bonsde in mijn oren en terwijl ik mijn uiterste best deed om helder na te denken, volgden mijn handelingen elkaar snel op, en ik wist dat ik moest maken dat ik wegkwam. Dit was erg. Dit was echt heel erg.

Nu, terwijl ik de rustige lucht van Regent's Canal inadem, draai ik de sleutel om in Johns hangslot en ben ik dankbaar dat ik een plek heb om mijn gedachten op een rijtje te zetten en na te kunnen denken over mijn volgende stappen. Hoewel ik nog steeds het paniekerige gevoel onder in mijn maag voel, is mijn hart langzamer gaan kloppen en kan ik in gedachten tenminste weer volledige zinnen formuleren. Met een zachte duw van mijn schouder doe ik de deur van de woonboot open en ik loop snel het houten trapje af om mezelf in te sluiten voordat ik word opgemerkt door een van mijn waterkantburen.

Ik word onmiddellijk omringd door rust. Alles is precies waar het hoort. De rood geëmailleerde ketel staat op de gaspit, de kussens op de bank liggen keurig op hun plek, de houten tafel is leeg op de geweven placemats en de gaslantaarn na, en de donkere gebloemde gordijnen zitten dicht. Ik heb zoveel goede herinneringen aan deze plek dat ik er in eerste instantie alleen een tijdje ga zitten, ik laat me op de bank zakken en leg mijn hoofd op tafel. Ik moet gewoon een poosje mijn ogen dichtdoen voordat ik besluit wat ik ga doen.

Tijdens de verdrietige perioden van mijn moeder kwamen we hier vaak, papa en ik. John was niet meer zo jong, een oud-militair en, volgens papa, een van de eerste mensen die vriendschap met hem hadden gesloten toen hij hier als jongeman was komen wonen. John was twintig jaar eerder, nadat zijn vrouw en hij uit elkaar waren gegaan, op de woonboot gaan wonen. Hij had zelf geen kinderen, en daarom vond hij het altijd leuk als ik op bezoek kwam en was hij altijd bereid om zijn spel oude kaarten met krullende randen te pakken en me uit te dagen voor een potje. Mama kon hem niet uitstaan. 'Hij ziet er zo slonzig uit en, bah, die lange rode baard,' zei ze dan. Of ze begon tegen papa te zeuren als ik voorstelde om bij hem langs te gaan. 'Waarom zou een man van zeventig tijd willen doorbrengen met een jong meisje, David? Het deugt niet. Het is verdacht.'

Papa hield vol dat John bevriend was met hém en dat hij gewoon een vriendelijke oude man was die het gezellig vond als we kwamen. Hoewel ik niet precies begreep wat mama bedoelde, wist ik dat haar toon iets afgrijselijks, iets smerigs impliceerde. En dus werden onze bezoekjes stíékeme bezoekjes, en dat beviel mij prima. Papa en ik gingen minstens één keer per week langs bij de boot om er thee te drinken en een kersencakeje te eten, en toen ik ouder was, ging ik af en toe in mijn eentje naar hem toe als mama alleen wilde zijn. Dan fantaseerde ik dat ik een normaal meisje was dat uit school kwam en in de zon over het jaagpad liep terwijl ik mijn haar naar achteren gooide en glimlachte naar de jongens die mijn kant op keken. Als het slecht weer was, haalde ik een pakje biscuitjes bij de buurtwinkel en klopte ik op Johns deur en vroeg ik of hij zin had in een potje kaarten. Hij heeft me nooit, maar dan ook nooit weggestuurd, en ik maakte mezelf wijs dat hij mijn verloren gewaande opa was, helemaal uit Derbyshire waar mijn vader was opgegroeid. Ik kende bijna niemand van de familie Crown, vandaar dat het mij best mogelijk leek, zelfs aannemelijk. Misschien vond mama hem daarom niet aardig, omdat ze jaren eerder ruzie had gehad met de familie, zoals zo vaak gebeurt in de tv-drama's waar ze zo graag naar kijkt. Vervreemd. John was mijn vervreemde opa. Dat klonk mij goed in de oren, en ik fantaseerde erover dat ik hem zo zou omschrijven tegen de vriendinnen met wie ik thee bij hem zou gaan drinken. Soms waren mijn denkbeeldige vrienden personages uit boeken die ik had gelezen, soms waren het de tienermeisjes die ik in identieke schooluniformen over het jaagpad zag lopen of voorbij zag fietsen in de Square Wheels-hesjes die mijn vader uitreikte aan zijn vrijwilligers. Toen ik hen in het echt ontmoette, hoe kortstondig dat ook was, onthield ik hun namen voor toekomstige fantasieën, en haalde die tevoorschijn wanneer ik in mijn eentje naar het kanaal slenterde. 'John, dit is Juliet,' zou ik dan zeggen bij de eerste ontmoeting. Of: 'Ik wil je voorstellen aan Martha, ze is een schoolvriendin van me.' Of, nog beter: 'John, dit zijn mijn beste vriendinnen. Martha, Juliet en Liv.' En dan zou hij zeggen: 'Jeetje, KC, ik wist helemaal niet dat je zo populair was!' Daarna zou hij de rode waterketel laten vollopen en zouden we met zijn allen thee drinken en cakejes eten en op het dek zitten tot de zon onder ging.

KC was Johns koosnaampje voor mij, en daardoor was het gemakkelijk om een nieuwe naam te kiezen toen ik opnieuw begon. *Casey*. Ben ik Katherine of ben ik Casey? Wie kan het nu nog zeggen?

Ik voel de zachte beweging van het water rondom de boot, ik hoor het kalme geklots ervan tegen de meertrossen. Ik wou dat John hier was, om me hierdoorheen te praten, om te zeggen wat ik moet doen. Bij John heb ik geleerd hoe ik eieren met spek moet maken, hoe ik de vaat moet doen, de houten dekken moet vegen en de ramen moet lappen. Ik heb 'Do Your Ears Hang Low' leren zingen, net als 'My Bonnie Lies Over the Ocean'. Op strandstoelen in de zomer heeft hij me geleerd om een slipsteek te maken en een platte knoop, een paalsteek en een stoppersteek, terwijl we samen zijn lievelingsballade zongen: *O no, John, no, John, no, John – O no, John, no, John, no, John, no!* Soms was papa erbij, maar soms was hij aan het werk of was hij verderop langs het pad bij de hut van Square Wheels, waar hij boterhammen smeerde en thee zette. Maar papa had er geen bezwaar tegen als John alleen met me was, en dat was terecht, want John was een goede man. Nadat papa was weggegaan, was ik natuurlijk gebroken, maar had ik nog altijd het geheim van John en de woonboot als toevluchtsoord wanneer de situatie met mama thuis me te veel werd. Maar toen, twee jaar terug, rond de tijd dat oma – mijn moeders moeder – stierf, is John ook overleden. En ik had het gevoel dat mijn hart in tweeën zou breken.

Het kleine woongedeelte van de boot is vrijwel helemaal donker, en ik trek het puntje van het gordijn opzij en zie dat de namiddag over het kanaal valt. Terwijl ik knipperend naar het afnemende licht kijk, weet ik dat ik terug moet gaan naar Stack Street om bij Martha te gaan kijken. Had ik mijn zelfbeheersing maar niet verloren.

Was mijn vader maar niet betrokken geraakt bij dat meisje.

25. Martha

Martha wordt wakker in een ziekenhuisbed, badend in het klamme zweet van een nachtmerrie. Het is geen nieuwe droom, maar een terugkerende waarin ze wakker wordt in haar gewone bed, thuis in haar appartement, overweldigd door het gevoel dat er iets verschrikkelijk mis is, dat iemand bij haar heeft ingebroken. De kamer is zilver en zwart, de film-noirtinten van een jarenveertigthriller en hoewel ze weet dat ze droomt, voelen de emoties toch heel echt aan. In de lucht hangt de giftige geur van vieze adem en verrotting, een gespannen verwachting van íéts wat zo zal gebeuren, een ingehouden zucht van onzekerheid in de kamers om haar heen. Doodsbenauwd stapt ze uit bed en loopt op haar tenen door de donkere kamer, waar ze de gesloten ramen controleert en tot de ontdekking komt dat de raamkrukken weg zijn. De andere kamers lijken hetzelfde. In slow motion rent ze erdoorheen in de gebroken halfgloed van de maan, terwijl ze haar vingers over de raamkozijnen laat gaan, over de deuren tussen de kamers en de plekken op de muren waar de lichtschakelaars horen te zijn. Ze moet het bij het verkeerde eind hebben, blijft ze tegen zichzelf zeggen, telkens weer opnieuw aan de lege plekken voelend, totdat ze niet langer kan ontkennen dat het echt zo is. Ze wordt overspoeld door het besef dat ze niet kan ontsnappen.

En die geur – die afgrijselijke geur wordt sterker en trekt haar tegen haar wil terug naar haar slaapkamer, waar ze blijft staan bij het zien van het silhouet van een man die onder haar beddengoed ligt. Nee, wil ze gillen. Ze wil schreeuwen en vluchten en dit allemaal achterlaten, maar haar voeten lopen verder over de geboende houten vloer, verder en verder naar voren, haar onwillige handen gaan naar voren om het beddengoed voorzichtig weg te slaan en zijn gezicht te onthullen. Het is een dood gezicht, altijd. De ogen open, maar nietsziend. De kleur weggetrokken tot een spookachtig grauw, de rimpels zo diep als genezen snijwonden over ingevallen jukbeenderen. En daar houdt de droom altijd op en blijft Martha achter met de vraag: waarom hier, een plaats waar hij nog nooit een voet binnen heeft gezet? Waarom is hij hier gekomen om te sterven?

Omdat hij niets anders heeft, is het gefluisterde refrein.

Toby's gezicht is bleek en hij glimlacht niet als hij zijn Mini voor het ziekenhuis tot stilstand brengt. Tussen zijn wenkbrauwen zit een diepe frons als hij uit de auto springt om Martha op de bijrijdersstoel te helpen.

'Hoe haal je het in je hoofd om zo snel naar huis te gaan?' Hij klinkt boos als hij zijn gordel vastklikt, en hij schudt zijn hoofd en bijt op zijn onderlip. 'Je had daar wel kunnen doodgaan, Martha. Je hoort nog in het ziekenhuis te liggen, zodat ze je in de gaten kunnen houden. Dit is niet veilig.'

Terwijl hij wegrijdt, werpt Martha hem een ik-weet-niet-waar-je-je-zo-druk-om-maaktgrijns toe, waar ze ogenblikkelijk spijt van heeft omdat elke spierbeweging pijn uitstraalt van de plek waar ze is geslagen. Vlak voor de rotonde bij het ziekenhuis trapt Toby hard op de rem.

'Nee, Martha! Dit keer kun je het niet weglachen. Ik meen het echt. Misschien is het je niet opgevallen, maar ik geef toevallig echt om je, ook al doe jij dat zelf niet. Ik heb geen oog dichtgedaan, en net als ik bij je op bezoek wil gaan, stuur je me een berichtje waarin staat dat je wilt worden opgehaald. Wat zeiden de artsen daarvan? Die leken zich gisteravond nog behoorlijk ongerust te maken. Een verpleegster vertelde me dat je een paar dagen zou moeten blijven.'

'Het gaat prima met me,' zegt ze, berouwvol. 'Echt waar, ze zeiden dat ik best mocht gaan.'

Hij staart naar haar gezicht en neemt haar gezichtsuitdrukking aandachtig op. 'Je liegt. Ze wilden je daar voorlopig nog houden, hè?'

Martha slaat haar ogen ten hemel en draait haar hoofd zodat ze uit het zijraampje kan kijken. Ze weet dat hij gelijk heeft, maar ze heeft geen tijd om te liggen wachten tot ze het teken krijgt dat alles goed is. Martha weet donders goed dat ze heeft geboft. Als Katherine Crown de deur niet op een kier had laten staan in haar haast om te vertrekken, als de man van de supermarkt niet was teruggekomen voor een hernieuwde poging zijn bestelling af te leveren, als die klap op haar hoofd ongeveer twee centimeter verder naar links terecht was gekomen, nou, dan had alles heel anders kunnen aflopen.

'Goed dan, nee. Maar ik verzeker je dat ik me echt prima voel, en ik beloof je dat ik het meteen tegen je zal zeggen als daar verandering in komt.' Ze kijkt weer naar hem, maar hij beweegt zich niet en blijft haar alleen boos aankijken. Is het haar verbeelding of ziet ze tranen in zijn ogen? 'Ik beloof het! Hup, rijden! We mogen geen tijd verspillen, Toby. Rijd nou maar, oké? Als eerste moeten we naar mijn huis. Ik moet me opfrissen en ik wil deze kleren uitdoen.'

De rest van de korte rit naar huis leggen ze in stilte af. Daar is Martha blij om, want nu kan ze nadenken, in gedachten alles rondschuiven, haar eerdere 'feiten' herschikken en een nieuw stel vragen op een rij zetten die ze nog zullen moeten uitzoeken.

In het appartement neemt ze een douche, waarbij ze de deur van de badkamer op een kier laat staan, zodat ze ondertussen een gesprek kan voeren met Toby. Ze voelt zich vreemd gestimuleerd, ondanks de aanhoudende hoofdpijn, en ze heeft een bijna manische energie als haar gedachten heen en weer vliegen tussen de vele implicaties van deze laatste onthulling over de dochter van David Crown. Toby is wat milder geworden sinds ze thuis zijn, en ze heeft hem achtergelaten aan de ontbijtbar met zijn notitieboek en een stapel geroosterd brood. Ook heeft ze hem gevraagd of hij haar op de hoogte wil brengen van alles wat hij sinds gisteravond heeft ontdekt.

'Heb je Finn Palin nog gebeld?' roept ze door de nevel in de badkamer heen. Ze weet dat dat gisteravond haar laatste verzoek aan hem was, toen hij bij haar was in het ziekenhuis, kort nadat de ambulancebroeders haar daarnaartoe hadden gebracht.

'Ja. Hij zei dat ze een opsporingsbevel hebben doen uitgaan voor Katherine Crown. Ze hebben geen recente foto, maar hij vertelde dat er een item in het avondjournaal van Londen aan gewijd zal worden. Radio en tv. Finn zei ook dat jij de zaak door die klap op je kop in een stroomversnelling hebt gebracht, omdat de politie daar nader onderzoek naar zal moeten doen, aangezien het een ernstige mishandeling is. En omdat de dader de dochter van onze belangrijkste moordverdachte is.'

Typisch Finn, denkt Martha. In gedachten kan ze de geamuseerde klank in zijn stem waarmee hij dat tegen Toby heeft gezegd bijna horen.

'Ik kan er niet bij dat we het feit hebben gemist dat David en Janet Crown een dochter hebben. Hoe hebben we dat over het hoofd kunnen zien, Toby?' Ze steekt haar hoofd uit de douche die vol stoom staat en kan zijn gestalte aan de ontbijtbar net onderscheiden, een pen losjes tussen zijn tanden geklemd.

'Nou, ze liet doorschemeren dat haar kind dood was.'

'Ja, maar sinds wanneer gaan wij er voetstoots van uit dat dergelijke belangrijke informatie klopt? We hadden dieper moeten graven. Heeft Finn ook gezegd of Katherine ooit ter sprake is gekomen in het oorspronkelijke onderzoek? Heb je hem dat gevraagd?' Ze stapt onder de douche vandaan en wikkelt een handdoek om haar haar, ineenkrimpend door de pijnlijke kneuzing bij haar kruin, de strakker wordende hechtingen waar het aangekoekte bloed nu van is verdwenen. De artsen hebben tegen haar gezegd dat ze haar haar voorlopig niet mag wassen, zeker tot de snee begint te genezen, maar de kans dat ze dat advies zou opvolgen was nihil. Ze voelt zich nu al beter, dankzij de pure kracht van water en zeep.

'Je zult het niet geloven,' reageert Toby, 'maar Katherine wordt wel degelijk vermeld in het politiedossier, en, moet je horen: ze is zelfs ondervraagd toen de politie naar het huis van David Crown ging, op de ochtend dat hij is verdwenen.'

Nu trekt Martha de deur van de badkamer open, een grotere handdoek om haar lichaam gewikkeld. In haar haast om meer te horen vergeet ze dat ze bijna bloot is. 'Hebben ze met haar gepraat? Met Katherine Crown? Hoe oud was ze toen?'

Toby kijkt op naar Martha, maar richt zijn blik dan snel weer op zijn aantekeningen, terwijl er een blos op zijn wangen verschijnt. Martha stapt de badkamer weer in en komt na een paar seconden opnieuw naar buiten, gehuld in een witte badjas die tot op de grond valt.

'Ze was zeventien.'

'Dezelfde leeftijd als Juliet, als wij allemaal? Zouden we niet iets over haar hebben geweten als we allemaal even oud waren?'

'Finn heeft me verteld dat haar verklaring belangrijk was omdat die overeenkwam met mevrouw Crowns versie van de gebeurtenissen. Katherine kon bevestigen hoe laat David Crown thuiskwam en in wat voor stemming hij toen leek. Alles wat ze zei bevestigde wat David en Janet Crown tegen de agenten hadden gezegd.'

'Ja, natúúrlijk was haar versie hetzelfde als die van hen, ze was een meisje van zeventien dat werd ondervraagd aan dezelfde keukentafel als haar ouders. Ze heeft ongetwijfeld gewoon ingestemd met hun verhaal. Dat is toch logisch?' Martha pakt verse sinaasappelsap uit de koelkast en schenkt een groot glas voor zichzelf in. 'En hoe zit het met het stoffelijk overschot op die school? Had Finn daar al nieuws over?'

'Nee, kort nadat jij daar gisteren bent vertrokken, hebben ze de beveiliging opgeschroefd. Finn wist er verder niets nieuws over te vertellen, behalve dan dat ze klaarblijkelijk gisteravond laat nog op die plek aanwezig waren.'

'Wanneer zullen ze dan kunnen bevestigen dat het Juliets lichaam is?' Ze kan nauwelijks geloven dat ze die woorden echt uitspreekt. *Juliets lichaam.* Na zoveel jaren van niet weten, van het ergste vrezen. Zal Juliets vader, haar familie, eindelijk afscheid kunnen nemen?

'Ze kunnen niks garanderen,' zegt Toby. 'Maar Finn denkt dat het forensisch laboratorium morgenmiddag klaar is. Kennelijk hebben ze nogal een achterstand van lopende zaken en kunnen ze vandaag pas aan Juliet beginnen.'

'En Charlotte Bennett? Het meisje dat wordt vermist? Het is ondertussen, hoelang, vijf dagen geleden dat ze als vermist is opgegeven? Is er nog nieuws over haar?'

Toby schudt zijn hoofd. 'Nee, en zelfs de discussie in de MisPer-chatroom is gestopt. Juney heeft nog een poging gewaagd en zelf een bericht geplaatst, om te kijken of dat een reactie zou uitlokken. Maar er gebeurde niets, en er is ook geen nieuwe informatie over die raadselachtige Ethan verschenen. Blijkbaar zijn de ouders van het meisje ervan overtuigd dat het niet het haar van hun dochter is dat in dat pakje zat. De moeder is kennelijk van mening dat het haar dat naar de politie is gestuurd geverfd was, terwijl Charlottes haar natuurlijk was... is.'

Martha zet haar glas op het aanrecht, bladert door haar aantekeningen van deze zaak en pakt de foto van Square Wheels, die ze tussen Toby en zichzelf legt. Ze plaatst haar wijsvinger naast het gezicht van Katherine Crown, het magere, karakterloze meisje dat links naast David staat. Haar gezicht is een onbeschreven blad, glimlachend noch treurig, knap noch onaantrekkelijk. Haar donkere, steile haar is buitengewoon lang, maar toch heeft ze iets onopvallends, iets wat grenst aan onzichtbaarheid, heel anders dan de levendige energie die de man naast haar uitstraalt, haar vader.

'Toby, ik kan niet geloven dat dit hetzelfde meisje is als de vrouw die ik gisteren heb gezien. En weet je, sinds die klap op mijn kop komt het allemaal langzaam bij me terug. Ik weet bijna zeker dat ze een van de andere vrijwilligers was op die ene dag dat we aan de Tuin van Bezinning werkten. Ik zie haar ook voor me in de hut van Square Wheels, terwijl ze David helpt met de boterhammen. Ze fluisterde altijd, zodat je nauwelijks kon verstaan wat ze zei. Ik dacht gewoon dat ze een beetje verlegen was, en ik had geen idee dat ze zijn dochter was. Hoe kunnen mensen zo volslagen veranderen? Ze is nu fors, heel fors, maar dat is niet het enige. Alles aan haar is anders. Toen leek ze heel timide, nu lijkt ze beschadigd.'

'Hoe precies?'

'Ze lijkt vreemd, zeker niet iemand die zich op haar gemak voelt in de wereld. Ze is heel kinderlijk, maar ook enigszins ouderwets. Er klopt iets niet aan haar. Ik vraag me af of ze ooit eerder zoiets heeft gedaan.'

'Of ze eerder gewelddadig is geweest, bedoel je?' vraagt Toby.

In Martha's hoofd botsen verschillende gedachten op elkaar: het stille meisje in de hut van Square Wheels, dat zwijgend toekeek, en zich zelden ergens mee bemoeide; het vreemde wezen in Livs huis dat al deze tijd had gedaan alsof ze Liv was en dat Livs leven had geleid via e-mails. Die slechte coupe van haar, hakkelig en scheef, alsof ze haar haren zelf had geknipt. David Crown met zijn armen om Juliet heen, haar troostend toen er verder niemand was die het kon zien. Mevrouw Crown in haar eenzame huis, verzwakt door kanker, loyaal aan haar verdwenen echtgenoot, terwijl ze tegelijk het bestaan van haar levende dochter ontkende. Wat heeft er tussen hen plaatsgevonden? Zou Katherine Crown Juliet destijds hebben gekend? Dat moet wel, al was het maar in het voorbijgaan. Zou ze haar kwaad hebben toegewenst?

'Goed, Toby. Twee prioriteiten nu. Eén: we moeten de echte Liv zien te vinden en uitzoeken of zij ons iets kan vertellen over de laatste bewegingen van Juliet op die avond. Misschien herinnert zij zich Katherine nog, misschien weet ze zelfs dat ze Davids dochter was. Waarom kijk jij niet of Finn dat kan laten uitzoeken door zijn mannetje bij de Metropolitan Police? Ik neem aan dat de makelaar die Livs huis in Stack Street heeft verkocht meer kan vertellen, als de vragen worden gesteld door de politie. En als je toch bezig bent, zeg dan dat hij ook moet nagaan of dat haar van Katherine kan zijn.'

Toby fronst, maar schrijft het toch in zijn notitieboek.

'En twee: we moeten teruggaan naar het huis van Janet Crown, om uit te zoeken wat zij ons over haar dochter kan vertellen. Er moet een reden zijn dat ze eerder niets over haar heeft gezegd. Ik vraag me af of ze ergens ruzie over hebben gemaakt. En ik vraag me af of die ruzie iets met Juliet Sherman en David Crown te maken heeft.'

Haar telefoon gaat.

'Martha? Hoe gaat het met je hoofd?' Finns stem is meteen herkenbaar.

'Het gaat prima met me, Finn. Je kent me, er is meer dan een klap op mijn kop nodig om mij uit te schakelen.'

'Fijn om te horen, liefje. Kunnen Toby en jij me over een paar uur in de Anchor ontmoeten? Ik heb heel wat nieuws te vertellen.'

Martha geeft Toby een duwtje en zet haar telefoon op luidspreker. 'Waarover dan, Finn?'

'Nou, om te beginnen is ons vermiste Charlotte weer terecht.'

26. Katherine

Ik was al op voor het licht werd, met een hoofd vol kronkelende angsten, waarbij mijn dringendste gedachte was dat ik de boel op de een of andere manier moest zien recht te zetten. Ik moest de ellende die ik heb veroorzaakt zien goed te maken met Martha. Met mijn hoed omlaag getrokken verliet ik de woonboot en ging naar de hoofdstraat om me te verstoppen in een smoezelig café met gratis wifi, waar ik aan het werk ging. Ik heb alles wat ik nodig heb om dit te regelen, om de zaak in orde te maken.

De grootste problemen zijn, in mijn optiek, de volgende: in de eerste plaats heb ik Martha verwond, iets wat nooit, nooit mijn bedoeling is geweest. In de tweede plaats heb ik haar misleid en mogelijk ook haar onderzoek schade toegebracht. Dat zijn de twee dingen die ik recht wil zetten, en dat kan ik alleen persoonlijk doen. In de derde plaats heb ik onbedoeld de aandacht op mezelf gevestigd, en tot nu toe heb ik geen flauw idee hoe ik die hele afschuwelijke situatie moet oplossen. Dat laatste weet ik, omdat ik gisteren laat in de middag naar huis probeerde te gaan, maar daar wemelde het van politieagenten en politiewagens met zwaailichten. Ik weet niet of ik echt naar binnen wilde gaan of dat ik alleen wilde kijken wat er aan de hand was. Misschien wilde ik zien of ik Martha echt had gedood, want dat is het enige waar ik aan heb kunnen denken vanaf het moment dat ik ben weggevlucht, en ik wist dat ik geen oog dicht zou doen als ik mezelf wat dat betreft niet gerust zou stellen. Toen ik er aankwam, was het al donker, en liepen er heel veel voorbijgangers over het omgeleide voetpad terwijl ze hun best deden om het beter te kunnen zien. Ik sloot me bij hen aan en probeerde zo achteloos mogelijk voorbij te slenteren, zonder de aandacht te trekken, en ik vertraagde mijn tempo toen ik een agent passeerde die tegen de zijkant van zijn auto leunde en een telefoongesprek voerde. Hij zei tegen zijn collega's dat hij een 'Gezocht'-oproep op het netwerk wilde zetten! Ik ging zo langzaam lopen dat ik bijna stilstond, en hij keek me zowaar even boos aan waarna hij met zijn duim gebaarde dat ik moest doorlopen.

'We zoeken een blanke vrouw van vijfendertig,' hoorde ik hem zeggen terwijl ik wegliep, treuzelend tussen de schaduwen van mijn medevoetgangers, waar hij me niet meer kon zien. 'Ze noemt zich Katherine of Casey Crown. Ja. Zware mishandeling. Volgens het ambulancepersoneel komt het slachtoffer er wel weer bovenop, maar het had heel anders kunnen lopen als ze niet was gevonden. Ja. Geef maar door aan de persafdeling, oké? Als we een recente foto kunnen vinden, dan wil ik dat die op het avondjournaal wordt getoond.'

Ha! Nou, veel succes, dacht ik. Eén ding weet ik namelijk zeker, en dat is dat er na 2001 geen foto's meer van mij zijn genomen. Niet één. Ik heb een ziekelijke angst voor camera's die op mij gericht worden. Nou jij weer, agentje!

Hier in het café staat mijn laptop open voor me op tafel met het Pinterest-bord over Juliet op het scherm om mijn geheugen op te frissen over alle feiten van de zaak. Hopelijk zal dat me helpen om te bepalen wat mijn volgende stappen moeten zijn. Wonderbaarlijk genoeg gebeurt dat ook. In een vlaag van inspiratie feliciteer ik mezelf met de vooruitziendheid om gisterochtend het echte e-mailadres van Olivia Heathcote te achterhalen. Dat was natuurlijk niet moeilijk geweest. Ik heb naar Marcia gebeld, de makelaar die de verkoop van het huis had geregeld, en haar gevraagd of zij wist of Olivia haar praktijk nog altijd in Londen had. 'Ik heb een vriendin die graag van haar diensten gebruik zou maken,' loog ik. Zonder enige aarzeling zei ze tegen me dat ze geloofde dat Olivia naar Guildford was verhuisd en dat ze daar voor een nieuwe praktijk was gaan werken. Doodeenvoudig! Binnen de kortste keren had ik het adres van haar nieuwe werkplek gevonden en op de website van hun bedrijf stond een openbaar e-mailadres. Nadat ik een gloednieuw 'Martha Benn' e-mailadres heb gemaakt om als afzender te gebruiken, typ ik een bericht waarbij ik zonder enige moeite Martha's stijl imiteer dankzij de vele e-mails die ze mij de afgelopen weken heeft gestuurd. Ik begin met de gekopieerde passage uit haar oorspronkelijke brief, maar breng cruciale wijzigingen aan in het tweede deel:

Beste Liv,

Als deze e-mail jou bereikt, dan weet ik dat het je zal verrassen dat ik na zoveel tijd contact met je zoek. Ik kan alleen zeggen dat het me spijt dat ik er zo lang mee heb gewacht. Het is nauwelijks te geloven dat er achttien jaar is verstreken, maar toch is het zo. Maar laat me ter zake komen.

Misschien heb je me de afgelopen jaren op tv gezien? Dat zeg ik niet om op te scheppen, maar omdat mijn nieuwe project een programma is dat cold cases onderzoekt – oude politiezaken die gesloten dan wel vergeten zijn, maar waarvan wij geloven dat er een kans bestaat om ze op te lossen met behulp van nieuwe bewijzen of moderne forensische methodes. Ik hoop niet dat je het zinloos zult vinden; na wat Juliet is overkomen, tja, ik denk dat ik daarom dieper in deze onopgeloste zaken wil duiken, een poging wil doen om verschil te maken. Het programma heet *Out of the Cold*, en we zijn net begonnen aan de allereerste aflevering, en dat is de reden dat ik contact met je zoek. We gaan de verdwijning van Juliet onderzoeken.

Volgens de politie ben jij 'een potentiële verdachte'. Ja, ik weet dat je daarvan zult schrikken. Ik schrok er ook van! Maar ik heb wat aanwijzingen gevonden waardoor ze ogenblikkelijk van mening zullen veranderen. Zou je me morgen rond twaalven hier in Londen kunnen ontmoeten? Het spijt me dat het zo kort dag is, maar het is de enige manier waarop we kunnen voorkomen dat de politie verder onderzoek gaat doen naar deze belachelijke onderzoekslijn.

Morgen ben ik bijna de hele dag niet op kantoor, dus zou je me een mailtje kunnen sturen om te bevestigen dat je komt? Zullen we zo rond twaalf uur afspreken bij het Regent's Canal, bij dat bankje dat het dichtst bij de hut van Square Wheels is? Het staat bij een rood met blauwe woonboot die Dovedale heet. Na afloop trakteer ik je op een lunch, als je tijd hebt.

Liefs, Mart xxx

Nadat ik het heb verzonden, blijf ik nog een halfuur op dezelfde plek zitten, waarbij ik voortdurend op mijn horloge kijk en de minuten zie wegtikken. Het is vroeg, nog niet eens negen uur 's ochtends. Misschien heeft Liv haar e-mails nog niet gelezen. Misschien heeft ze het druk met de tweeling. Vlinders exploderen in mijn binnenste wanneer ik bedenk dat het vandaag zaterdag is, en ik vraag me af of de kans bestaat dat ze in het weekend geen toegang heeft tot de e-mails voor haar werk. Ik werp een schuine blik op de man achter de toog en iets aan zijn gezichtsuitdrukking zegt me dat hij zich eraan stoort dat mijn tassen het gangpad versperren. Of misschien vindt hij het niet leuk dat ik hier al zo lang zit. Net wanneer ik me er zorgen over begin te maken, word ik ineens onzichtbaar voor hem wanneer er een aantrekkelijke jonge vrouw door de voordeur komt en haar hand opsteekt, waarna de ogen van de man beginnen te stralen en er een brede glimlach om zijn mond verschijnt.

Opgelucht kijk ik weer op mijn laptop en tot mijn verbazing zie ik het. Een antwoord van de echte, werkelijke, authentieke Olivia Heathcote. Heel even denk ik dat ik aan zinsbegoocheling lijd, maar nee, hoor... Daar staat het!

Beste Mart,

Ik ben zo blij om wat van je te horen, maar ook totaal van slag door wat je me net hebt geschreven. Natuurlijk zal ik alles in het werk stellen om je morgen te ontmoeten, aangezien ik wéét dat je me zoiets niet zomaar zou vragen. Kun je me je mobiele nummer geven, voor het geval er iets gebeurt? Ik tref je om twaalf uur bij het Regent's Canal, precies op de plek die je hebt genoemd.

Mart, ik ben zo blij dat jij boven op die zaak zit omwille van Juliet. Ze zou het fijn hebben gevonden dat jij het voor haar opneemt.

Ik hou van je, makker,
Liv

Wat bijzonder om 'Ik hou van je' te zeggen tegen iemand die je al bijna twintig jaar niet hebt gezien, denk ik. 'Ik hou van je'. Behalve tegen mijn ouders heb ik die woorden nog nooit tegen iemand gezegd. Stel je voor dat je een vriendschap hebt die sterk genoeg is om de tand des tijds te doorstaan, zelfs na alles wat ze hebben meegemaakt. Want ik wéét dat ze van alles hebben meegemaakt, ik wéét dat ze ieder met hun eigen problemen te kampen hebben. Ik heb misschien niet veel gezegd in die periode bij Square Wheels, maar ik heb wel dingen gezien en gehoord, en ik wist meer over die meisjes dan ze ooit hadden kunnen denken.

Ik ben altijd een kleine spion geweest. Zo noemde mijn moeder me altijd wanneer ze me betrapte als ik in de deuropening stond te luisteren of achter de vitrage stond te kijken als de buren voorbijliepen. In bepaalde opzichten vond ik spioneren vermakelijker dan de dramaseries op tv, en beslist bevredigender en onverwachter en meer iets voor mij. Ik bedoel, *EastEnders* leek in niets op de wereld waarin ik leefde! Door mijn stille waarnemingen wist ik dat meneer en mevrouw Jenson van verderop in de straat nooit de poep opruimden die hun poedels op de stoep achterlieten, behalve wanneer er andere mensen in de buurt waren. Alleen dán maakten ze een hele vertoning van het oprapen ervan, en stopten ze het in een plastic zakje dat ze vervolgens in de vuilnisbak voor hondenpoep aan de rand van het park deponeerden. Het waren mensen die mijn moeder zou omschrijven als 'veel geblaat, weinig wol'. Er was een tienerstel dat ik regelmatig hand in hand langs zag lopen, waarbij de tevredenheid van hun ontspannen gezichten afstraalde. Soms liepen ze gewoon naast elkaar, hij met zijn handen diep in zijn zakken gestoken, zij met een onbewogen gezicht en haar armen over elkaar geslagen. Dan was er Jeanie van twee deuren verderop, die het jaren eerder al had opgegeven om vriendschap te sluiten met mijn moeder, nadat ze een paar keer te vaak was langsgekomen toen mijn moeder in een van haar gedeprimeerde buien verkeerde en mijn vader haar bij de voordeur had afgepoeierd. Jeanie heeft een rode kat, en ze doet bijna al haar boodschappen bij de buurtwinkel wat haar – volgens mijn moeder – een fortuin moet kosten. Een keer, toen ik 's nachts niet kon slapen omdat de knagende honger in mijn buik me wakker hield, ben ik voor het raam van mijn slaapkamer gaan zitten om naar de donkere straat te kijken. Toen zag ik een vos over de stoep rennen, even later gevolgd door een man die zo dronken was dat hij nauwelijks kon blijven staan. Het was alsof je naar een blinde keek die de weg naar huis probeerde te vinden. Hij is twee keer op de grond gevallen voordat hij uit mijn blikveld verdween, en ik vroeg me af wat zijn verhaal was, of hij een gezin had dat op hem wachtte of dat hij alleen een leeg huis had om naar terug te keren.

Natuurlijk viel er bij ons binnen evenveel te spioneren als buiten. Veel gefluister achter gesloten deuren, zacht gemompel en onderdrukte snikken van wanhoop aan de andere kant van de muur tussen mijn slaapkamer en die van mijn ouders. 'Misschien hadden we nog een kind moeten nemen,' heb ik haar 's nachts een keer horen zeggen toen ik negen of tien was. 'Dat kan nog steeds,' zei hij, en volgens mij meende hij het echt. 'Maar ik ben geen moederfiguur,' riep ze in reactie daarop. 'Kijk toch naar me, David. Kijk dan toch!' Op dat moment schoten de gedachten zo wild door mijn hoofd dat ik moeite had om het gesprek bij te benen. 'Je bent een geweldige moeder,' verzekerde hij haar. Maar ik kan niet zeggen dat ik me herinner wat ze daarop zei. Ik werd zo in beslag genomen door het idee van een tweede kind – het broertje of zusje dat ik al zo lang wilde – dat de rest me ontging door het gedruis van mijn eigen gedachten. Vanaf dat moment hield ik scherp in de gaten of mijn moeder tekenen van zwangerschap vertoonde en luisterde ik of ik nieuws opving over een langverwacht broertje of zusje. Maar dat kindje is er natuurlijk nooit gekomen, en ik heb geen flauw idee of ze het werkelijk hebben geprobeerd, of het echt iets was wat ze allebei wilden. Misschien was het gewoon iets wat stellen tegen elkaar zeggen wanneer ze verdrietig zijn, wanneer ze op zoek zijn naar een verklaring waarom hun leven anders is verlopen dan ze hadden gehoopt. Jaren later, in een vlaag van wrokkige boosheid, heb ik mama eens gevraagd of dát de reden was dat hij ons had verlaten: omdat zij hem niet nog een kind had kunnen geven. Waarschijnlijk was dat het begin van het einde tussen haar en mij. Dát en dat voorval op het jaagpad dat ik had gezien. Echt, wat ik allemaal wel niet op dat jaagpad heb gezien…

Nadat ik nog een vals e-mailadres heb aangemaakt, in de hoop dat Martha zal geloven dat het van de 'echte' Liv is, stuur ik een soortgelijke mail van 'Liv' aan Martha met de mededeling dat ze net van de politie heeft gehoord wat er aan de hand is met 'die vrouw die zich uitgeeft voor mij'. Als Liv stel ik dezelfde ontmoetingsplek voor, op dezelfde tijd, en schrijf ik Martha dat ik uitermate belangrijk bewijs heb met betrekking tot Juliets verdwijning dat ik aan haar wil overhandigen. Ik typ gehaast terwijl de man achter de toog zichtbaar ongeduldig wordt omdat ik nog steeds in het café zit nu dat plotseling is volgestroomd met mensen die een zitplaats willen. Ik wil blijven om op Martha's antwoord te wachten, maar die vreselijke man blijft me boze blikken toewerpen en hij steekt zijn arm over mijn laptop heen om de fles ketchup te pakken voor een andere tafel. Opeens gaan er twee vreemde mannen tegenover me zitten zonder ook maar de beleefdheid op te brengen om te vragen of ik daar misschien iets op tegen heb. Echt, ik moet opstaan en deze stinkende plek zo snel mogelijk verlaten. Met bevende handen pak ik mijn spulletjes bij elkaar en sta kreunend op uit mijn stoel, waarna ik zo snel als mijn pijnlijke voeten me kunnen dragen wegloop, terug naar de veiligheid van de Dovedale. Pas wanneer ik in de hut op mijn bed ben gaan liggen, bedenk ik me dat ik gewoon nog een drankje had kunnen bestellen, en dan zou de eigenaar het helemaal niet erg hebben gevonden dat ik langer was gebleven. Dan had ik misschien lang genoeg kunnen blijven om Martha's antwoord te lezen. O, god. O, god. O, god. Waarom moet ik altijd alles verpesten? Dat doe ik al zolang ik me kan herinneren, en ik weet gewoon niet hoe ik ermee op moet houden.

Het enige wat ik kan doen is hier blijven liggen en mijn best doen om mijn ademhaling onder controle te krijgen, proberen me voor te stellen wat ik tegen Martha en Liv moet zeggen wanneer ze morgen hier komen. Stel je voor dat Martha bang is, na onze laatste ontmoeting? Stel je voor dat ze zullen proberen te vluchten? Ach, denk ik, terwijl ik mijn ogen dichtdoe en diep inadem, dan zal ik er gewoon voor moeten zorgen dat dat niet gebeurt.

27. Martha

Om één uur zitten ze in een rustig hoekje van de Anchor met zijn kleverige vloer, Finn met een groot glas bier in zijn hand, Toby en Martha met koffie. Het is vijftien jaar geleden dat Martha hier voor het laatst is geweest, toen ze een keer 's avonds laat op zoek was naar haar dolende vader, en tot haar schrik ziet ze dat de zaak geen spat is veranderd. De toog van donker hout is nog steeds dominant aanwezig, de oeroude stank van tabak en verschaald bier hangt nog altijd in de lucht, en aan de balken hangen nog steeds dezelfde nautische snuisterijen, bedekt met een dikke laag stof en spinnenwebben. De gezichten achter de bar zijn anders, maar ze durft bijna te zweren dat de drinkers – in elk geval de soorten drinkers – nog dezelfde zijn.

Martha brengt Finn op de hoogte van haar laatste nieuws: dat Olivia Heathcote contact met haar heeft opgenomen. De e-mail zat in haar inbox toen ze vanochtend wakker werd. 'Blijkbaar hebben jullie mannetjes Liv behoorlijk snel weten op te sporen,' zegt ze. 'Ze lijkt er helemaal van op de hoogte dat Katherine zich voor haar uitgeeft, dus ik neem aan dat die haar hebben verteld over het verband met de zaak van Juliet, want ze wil me morgen om twaalf uur ontmoeten, bij het kanaal waar Juliets fiets destijds is gevonden.'

'Moeten we Jay en Sally ernaartoe sturen?' vraagt Toby. 'Om jullie ontmoeting te filmen?'

Martha denkt even na. 'Eh, ja... maar gun ons eerst een halfuurtje voor onszelf. Het is een hele tijd geleden dat Liv en ik elkaar voor het laatst hebben gezien, en ze heeft gezegd dat ze aanwijzingen heeft die ze wil delen. En dat geeft mij de gelegenheid om haar te vragen of ze het erg vindt om te worden gefilmd.' Martha voelt een golf van bezorgdheid opkomen. Stel dat Liv niets met het televisieprogramma te maken wil hebben. Stel dat ze een hekel aan Martha krijgt omdat die haar erbij heeft betrokken. Martha had Livs e-mail meteen beantwoord, maar in de uren die sindsdien zijn verstreken heeft ze geen bericht terug ontvangen, en ze heeft geen andere manier om contact met haar op te nemen en te vragen of ze het goed vindt dat er een cameraтeam aanwezig is. Martha zal gewoon moeten improviseren. 'Bij nader inzien, maak daar maar een uur van, Toby.'

Toby typt op zijn mobiele telefoon en maakt afspraken met Jay en Sally voor de volgende dag. 'Hoe heet die woonboot ook alweer? Bij de plek waar je met Liv hebt afgesproken?'

'Dovedale,' zegt Martha. 'De blauw met rode woonboot bij het toegangspad waar we de vorige keer hebben gefilmd. Ze weten wel welke plek ik bedoel. Zeg maar dat ze er om één uur moeten zijn.' Ze kijkt Finn aan, benieuwd naar wat hij te zeggen heeft. 'Ik ben bang dat we niet veel tijd hebben.' Martha wrijft in haar handen om ze op te warmen. Het is waar dat ze krap in de tijd zitten, maar ze wil vooral zo snel mogelijk weg uit deze spookpub. Die maakt haar gespannen en bezorgt haar een weerloos gevoel dat ze niet kan uitstaan. 'Hierna gaan we naar Janet Crown.'

Finn neemt een grote slok bier, knikt en haalt dan zijn kleine notitieboekje – uitgereikt door de politie – tevoorschijn. Met pensioen of niet, hij is in hart en nieren nog een agent van de Metropolitan Police, denkt Martha.

Finn tikt met zijn pen boven aan de bladzijde en begint met het doornemen van zijn lijst. 'Zoals jullie al weten is het vermiste meisje weer terecht.'

'Hoe zit dat precies?' vraagt Toby. 'Het is geweldig nieuws, maar wil dat zeggen dat haar verdwijning geen verband houdt met onze zaak?'

Finn zucht en zijn mondhoeken gaan omlaag. 'Inderdaad. Wat haar ouders achterwege hebben gelaten toen ze haar als vermist opgaven, is dat de jongedame al een paar keer eerder is weggelopen. Ze is niet zo brandschoon als haar ouders deden voorkomen – vriendjes, te jong drinken, cannabis roken, enzovoort. Ze heeft de afgelopen dagen bij een vriendje gelogeerd en de fiets die langs het kanaal is gevonden, is helemaal niet van haar. Zij had haar fiets gewoon de hele tijd bij zich. En dat haar was duidelijk ook niet van haar, dus jouw theorie dat Katherine Crown het heeft opgestuurd wordt steeds aannemelijker.'

Martha brengt haar kopje naar haar mond en kijkt zijdelings naar de dronken man die vlak langs hun tafeltje komt op weg naar het toilet. Ze voelt dat haar hart sneller gaat slaan. Dat is het enige dat haar tot op de dag van vandaag van haar stuk kan brengen: in de onmiddellijke nabijheid van dronkaards verkeren. Niet van dronken mensen, maar van dronkaards – die types met een dode blik in hun ogen die al dusdanig aan de fles verslaafd zijn dat het ze niet meer kan schelen hoe de rest van de wereld over hen denkt. Hoe kan een rechtschapen, intelligent mens zo diep zinken?

Ze wendt haar blik af van de strompelende man en kijkt Finn weer aan. Hij heeft haar gadegeslagen terwijl zij naar de man keek, denkt ze. Hij wéét waar ze aan denkt. Ze zet haar kopje resoluut op tafel.

'Goed. We moeten er dus achter zien te komen waarom Katherine dat heeft gedaan. Waarom heeft ze ons opzettelijk misleid? Waarom heeft ze zich bemoeid met een zaak waar de politie nog mee bezig is?'

'Precies,' beaamt Finn. 'De conclusie die volgens mij het meest voor de hand ligt is dat ze het heeft gedaan om de schuld op die "Ethan" af te schuiven en zo haar vader vrij te pleiten. Ik vermoed dat ze haar vaders nagedachtenis, of reputatie, probeert te beschermen.'

Dat klinkt volkomen logisch. Het zou verklaren waarom ze zich voor Liv heeft uitgegeven, nadat de aard van Martha's vragen haar in paniek had gebracht. In alle mailtjes die ze Martha tijdens hun correspondentie heeft gestuurd heeft ze volgehouden dat David Crown een goede man was, dat hij Juliet onmogelijk kon hebben ontvoerd. Het was Katherine die als eerste met het idee op de proppen kwam van een volslagen onbekende – en toen met 'Ethan' – lang voordat de discussie in de MisPer-chatroom plaatsvond, en voordat het haar naar de politie werd gestuurd, samen met een brief van 'Ethan'. Nu Martha erover nadenkt, is ze zich door Katherine zelfs gaan afvragen of Juliets vriendelijke broer Tom iets met Juliets verdwijning te maken kon hebben. Jezus, als iets de alarmbellen bij haar had moeten laten afgaan, dan was dat het wel.

'Gaan we er nu van uit dat Katherine ook achter de discussie op de MisPer-chatroom zit?' vraagt Martha.

'Ja, dat is vrijwel zeker,' antwoordt Finn terwijl hij op zijn horloge kijkt. 'Hoe zit jij in je tijd, liefje? Ik heb nog een paar dingen voor je.'

'Ik heb nog wel een paar minuutjes,' zegt ze terwijl ze een korte blik op haar telefoon werpt. 'Al kunnen we mevrouw Crown beter niet laten wachten.'

Toby gaat met een pen langs zijn eigen lijst. 'Mijn vriend is er nog niet in geslaagd om het IP-adres te achterhalen van het account waar het chatgesprek is begonnen.'

'Nou, daar zullen de analisten van de politie ondertussen wel mee bezig zijn,' zegt Finn tegen hem. 'Dat zullen ze binnen de kortste keren hebben uitgevogeld. Het zou helpen als we de computer van juffrouw Crown te pakken konden krijgen, maar mijn contact heeft me verteld dat die bij haar thuis niet te vinden was. Waarschijnlijk heeft ze haar laptop en haar telefoon meegenomen toen ze is gevlucht, dus tot op zekere hoogte was ze toen goed bij haar verstand.'

'Je denkt toch niet dat...'

Omdat Finn haar gedachten kan lezen, valt hij haar in de rede. 'Dat zij achter Juliets verdwijning zit?'

Martha knikt en knijpt in haar onderlip. Zou dat kunnen? Kan de puber Katherine achter Juliets verdwijning zitten? En achter haar dood? Zij zou natuurlijk toegang hebben gehad tot de bouwplaats bij de school, aangezien haar vader daar aan het werk was. En ze weten nu dat zij daar in die periode in de buurt was.

'Stel dat zij Juliet heeft vermoord en dat haar vader degene is die de zaak heeft toegedekt?'

'Jezus, liefje, misschien had je in de voetsporen van je vader moeten treden en bij de politie moeten gaan. Dat is ook in mij opgekomen, maar ik ben er nog niet van overtuigd dat David Crown er níét achter zit. Vooral wanneer je de andere bijzonderheden hoort die ik je wil vertellen. Bovendien kan het nog een motief zijn om de aandacht van haar vader af te leiden, als ze wist dat we via onze verdenking van hem bij haar zouden uitkomen. Waarom zou hij er zo abrupt vandoor zijn gegaan als zijn dochter degene was die Juliet heeft vermoord?'

'Om haar te beschermen?' zegt Martha. 'Misschien heeft hij haar sporen wel uitgewist en is hij tot de conclusie gekomen dat hij alleen kon zorgen dat zij boven alle verdenking verheven was door zelf te verdwijnen en daarmee de verdenking op zichzelf te laden?'

Toby trommelt met zijn vingers op zijn knie, met een strakke, geconcentreerde blik op zijn gezicht. 'Ja. Maar het is moeilijk om helemaal te verdwijnen, nietwaar? Vooral als je van tevoren niet veel tijd hebt gehad om het te plannen. Misschien heeft hij Katherine wel geholpen bij het verhullen van haar misdaad, maar kon hij niet met zijn daden leven en heeft hij zichzelf toen van kant gemaakt.'

Dat klinkt geloofwaardig, denkt Martha. Waanzinnig, maar geloofwaardig. 'Hoe zit het met die ansichtkaarten aan zijn vrouw?'

'Katherine?' reageren Toby en Finn meteen.

Martha slaakt een diepe, beverige zucht en is zich er ineens van bewust hoe snel de tijd verstrijkt terwijl ze nog heel veel moeten onderzoeken voordat Glen Gavin opnieuw naar een voortgangsrapport zal vragen. 'Hoe zit het met die "andere bijzonderheden" waar je het over had, Finn?' Ze trekt haar jas aan terwijl de dronken man opnieuw voorbijstrompelt, op weg terug naar de bar.

'Oké. Maar houd deze informatie onder de pet. Ik wil dit niet terugzien in je documentaire, Martha, althans niet tot je officieel toestemming krijgt om het te gebruiken. Afgesproken? Ik zal je de contactgegevens geven van de agent die de leiding over dit onderzoek heeft, en ik wil dat je hem een samenvatting geeft van alles wat je tot nu toe hebt ontdekt. Het is een goede vriend van me, en ik heb hem ervan kunnen overtuigen dat deze verbanden de moeite waard zijn. Hij verwacht een telefoontje van je. Hij is bereid je te ontmoeten en dan te bepalen in hoeverre jullie elkaar kunnen helpen, maar wel op voorwaarde dat je alles voor je houdt tot je toestemming hebt gekregen om het te gebruiken.'

Martha neemt het visitekaartje van Finn aan en stopt het in haar portemonnee. 'Dank je, Finn. Ik zal hem bellen nadat we bij Janet Crown zijn geweest.'

Finn gaat verder met zijn lijst. 'Na die aanval op jou heeft de politie in het huis van Katherine Crown een paar dingen gevonden die van belang kunnen zijn. Ze waren verstopt. De politie was op zoek naar een recente foto van haar voor hun opsporingsbulletin. Die hebben ze niet gevonden, maar wat ze wel aantroffen, was een doos met oude foto's, die waarschijnlijk van haar vader is geweest, voornamelijk foto's uit de jaren vijftig en zestig. We geloven dat het vooral foto's van David en familieleden van hem zijn, want te oordelen naar de achtergrond zijn ze gemaakt in Derbyshire. Foto's van hem en van hun hond, foto's van hem en zijn ouders, van hem met een zus of misschien een vriendin.'

'Daar komt die foto vandaan die ze mij heeft gestuurd!' zegt Martha terwijl ze zich het kiekje voor de geest haalt van een jonge David Crown arm in arm met zijn vriendin die een suikerspincoupe heeft. 'Ik begreep al niet waarom Liv die foto had.' Idioot, denkt Martha – niet voor het eerst – bij zichzelf.

Finn haalt zijn schouders op. 'Klinkt logisch. In die doos lag ook een gouden kruisje aan een ketting. Op zich niets bijzonders, behalve dan dat er in het midden ervan een kleine robijn is gezet.'

'En dus?' vraagt Toby.

'Toen onze jongens de beschrijving daarvan hebben vergeleken met de details van die cold case in Castledale in 1970, de moord op Tilly Jones, bleek op de plaats delict een sieraad te ontbreken dat precies voldoet aan die beschrijving. Het gouden kruisje in die doos met foto's van David Crown, in het huis van zijn dochter, is van ons vermoorde meisje Tilly Jones.'

Martha kan haar oren niet geloven. 'Dus hij heeft dat wél gedaan? Is dat kruisje een trofee? Is David Crown echt de moordenaar van Tilly Jones?'

'Daar heeft het alle schijn van.' Finn geniet van de geschokte reacties op de gezichten van Toby en Martha. 'Maar er is nog meer.'

'Jezus, Finn. Nog meer?' Martha moet bijna lachen. Dit is krankzinnig.

'Er is nog iets anders in die doos aangetroffen...' Hij laat een stilte vallen alsof hij niet goed weet hoe hij dit stukje informatie moet vertellen. 'Ik ben bang dat het slecht nieuws is, liefje. In die doos is ook een verzilverde armband gevonden, met Juliets naam en het jaar "1998" aan de binnenkant gegraveerd.'

Martha schudt haar hoofd en bedwingt haar emoties met pure wilskracht. Haar vingers sluiten zich om de pols van haar andere hand. Ze hadden er ieder een: een vriendschapsarmband waarvoor ze samen hadden gespaard en die ze hadden besteld bij juwelier Lamb in de hoofdstraat na de GCSE-examens. Het was een symbool voor hun onbreekbare vriendschap. Nadat ze de armbanden bij de juwelier hadden opgehaald, hadden ze naast elkaar op het houten voetpad langs het Regent's Canal gezeten, hun benen bungelend over de rand, en hadden ze de armbanden om hun slanke polsen gedaan terwijl ze naar het met zon overgoten water hadden gekeken. Op de dag dat de politie had aangekondigd dat ze de zoektocht naar Juliet Sherman hadden gestaakt, had Martha haar armband afgedaan en gezworen dat ze hem pas weer om zou doen op de dag dat Juliet zou worden gevonden.

Maar nu hadden ze Juliet gevonden, nietwaar? Ze pijnigt haar hersens terwijl ze zich probeert te herinneren waar ze haar eigen armband heeft gelaten. Het lijkt ineens van cruciaal belang dat ze hem terugvindt, hem weer om haar pols doet, waar dat ding hóórt. Waar heeft ze hem nou gelaten? Ze heeft hem toch niet achtergelaten toen ze jaren geleden eindelijk haar vader en Stanley House verliet? Er schiet haar een flits van verdriet door haar hoofd, een momentopname van haar jongere ik, met rode ogen van het huilen, opgekruld op haar eenpersoonsbed in Stanley House, haar gevoel van verlies als een lichamelijke pijn. Haar vader die in de deuropening staat en haar beneveld geruststelt. Geen moeder. Die was toen allang vertrokken. 'Ze komt wel weer terug,' had haar vader gezegd toen Juliet nog maar een dag of twee was verdwenen, maar Martha wist instinctief dat dat niet zou gebeuren. Toen haar moeder de benen had genomen, had hij hetzelfde gezegd, en daar was ook niets van waar gebleken. Martha wist dat Juliet niet zomaar zou verdwijnen, maar het was meer dan enkel de zekerheid die voortkomt uit het feit dat je iemand goed kent. Het was iets anders, een overtuiging die ze nu niet meer helemaal begrijpt. Weet ze meer over Juliets verdwijning dan ze aan zichzelf durft toe te geven? Of herinnert ze zich gewoon de droevige reactie van een bange tiener? Na een week had haar vader niet meer geprobeerd Martha ervan te overtuigen dat Juliet terug zou komen. Na een maand hadden ze helemaal niet meer over haar gesproken. Had Martha haar maar niet alleen gelaten op dat jaagpad. Was ze maar een betere vriendin geweest.

'Gaat het wel, Martha?' Toby heeft zijn hand op haar schouder gelegd, en ze voelt een enorme behoefte om terug te duwen tegen de zachte druk van zijn vingertoppen, om zijn warmte op te zuigen. 'Martha?'

Ze kijkt Finn weer aan terwijl haar concentratie verscherpt. 'Nog een trofee?' vraagt ze.

'Ik denk het wel, liefje. We mogen niet uitsluiten dat Katherine erbij betrokken is geweest, maar volgens mij is dit een behoorlijk overtuigende aanwijzing dat David Crown Juliet iets ernstigs heeft aangedaan. De resultaten van het forensisch onderzoek moeten morgenochtend binnenkomen. Hopelijk weten we dan iets meer over het "hoe" ervan.'

'Wil je me bellen zodra je iets weet?' vraagt Martha. Ze steekt een arm uit om in zijn hand te knijpen terwijl ze gaat staan om te vertrekken. Een van haar gespikkelde handschoenen valt op de grond en Toby raapt hem op en stopt hem discreet terug in de zak van haar jas.

'Natuurlijk doe ik dat,' zegt Finn zacht. 'Hup, ga maar gauw. Jullie hebben werk te doen. En vergeet niet om contact op te nemen met de rechercheur. Hij verwacht je telefoontje.'

Martha en Toby laten Finn achter in de bar terwijl hij nog een groot glas bier wegwerkt. 'Rustig aan, Finn,' wil ze zeggen. Maar ja, hij is haar vader niet. Finn weet wanneer hij moet stoppen.

Bij Janet Crown wordt er niet opengedaan, zelfs niet als ze een paar keer aankloppen. Een paar deuren verderop is een vrouw bezig om haar vensterbank af te borstelen, en ze zwaait om hun aandacht te trekken.

'Zijn jullie op zoek naar Janet?' vraagt ze terwijl ze haar borstel omhoog houdt.

'Ja. Kent u haar?' roept Toby terug.

De kleine vrouw, gekleed in een felrode broek en een gele trui met polokraag, stapt van haar krukje en haast zich over het tuinpad naar hen toe. Ze moet begin zeventig zijn en lijkt rechtstreeks uit een televisiereclame uit de jaren zestig te gekomen.

'Ze is naar het ziekenhuis gebracht!' zegt ze tegen hen. 'De politie was hier vanochtend, op zoek naar Katherine...' Ze aarzelt een moment terwijl er eventjes een vage blik van herkenning op haar gezicht verschijnt wanneer ze Martha ziet. Dat overkomt Martha heel vaak, die verandering in de houding van mensen wanneer ze wéten dat ze je kennen, maar niet helemaal kunnen plaatsen waarvan. 'O, zijn jullie ook van de politie?'

'Nee, nee,' zegt Toby glimlachend terwijl hij zijn jongensachtige pony naar achteren strijkt en zijn charme wat extra aanzet. 'We zijn vrienden van haar. Is alles goed met Janet?'

'Nou, nee. Volgens mij niet. Ik ben Jeanie, trouwens. Van nummer achttien. Zoals jullie weten is Janet heel erg ziek. Ze praat er niet graag over, maar ik weet dat ze de afgelopen jaren ziekenhuis in en ziekenhuis uit is gegaan. Sinds haar dochter het huis uit is, belt ze mij af en toe om de poes eten te geven. Je weet wel, wanneer zij ergens een afspraak heeft en zo.' Martha krijgt de indruk dat de vrouw zich een netter accent aanmeet als reactie op Toby's welluidende klinkers.

Toby treft precies de juiste toon, waarmee hij haar aanspoort. 'Arme Janet. Wat is er gebeurd?'

'Nou, gistermiddag zag ik toevallig dat de politie hier was. Ik kwam zelf net terug van de buurtwinkel. En op het moment dat ik een praatje maakte met de agent die bij de voordeur stond en hem vertelde dat ik Katherine al heel lang niet meer had gezien, hoor ik een van de andere agenten roepen dat ze gewoon in elkaar is gestort. Janet, bedoel ik. Ik heb geprobeerd om naar haar toe te gaan, maar de politieagent zei dat het beter was om op de deskundigen te wachten. Voor ik het wist, stond er een ambulance in de straat en werd zij in vliegende vaart naar de spoedeisende hulp gebracht.' Ze gaat ineens een stuk zachter praten, ook al is er niemand die kan meeluisteren. 'Hebben jullie haar onlangs nog gezien? Ze ziet eruit alsof ze al half dood is. Haar arme lichaam moet het bijna hebben opgegeven.'

Martha knikt begrijpend. 'Kanker is iets afschuwelijks, nietwaar?'

Jeanie kijkt verward. 'Kanker? O, nee. Dan heb je iets helemaal verkeerd begrepen, liefje. Janet heeft geen kanker. Ze is zo'n anorexiapatiënt. Ze hongert zich al jaren uit.'

28. Katherine

Het heeft vannacht streng gevroren, waardoor de daken van alle woonboten bedekt zijn met een fonkelende witte laag. Weer sta ik op zodra het licht wordt en begeef me naar de hoofdstraat om een ander café met wifi te zoeken, zodat ik kan kijken of er nieuwe ontwikkelingen zijn. Ik heb al besloten dat ik voorlopig niet meer naar de zaak van die akelige man zal gaan. Zijn warme chocolademelk was waterig en die cakejes moeten minstens een dag over de houdbaarheidsdatum zijn geweest. Wat ben ik toch een sufferd, ik heb de boel verkeerd ingeschat want vandaag is het zondag, en zo vroeg op zondagochtend zijn alleen de tijdschriftenwinkels nog maar open. Het is ijskoud en zelfs met mijn capuchon op en de bovenste knoop die in mijn huid onder mijn kin snijdt, lijkt de ijzige kou nog onder mijn kleding te komen en mijn botten te bevriezen, zodat ik het wel kan uitsnikken van ellende. Zoals altijd hebben mijn ingewanden last van kramp en steken, en ik heb zoveel pillen geslikt dat ik waarschijnlijk zal rammelen als je me door elkaar schudt! Er bestaat gaan ellendiger gevoel dan om koud en bang te zijn en pijnkrampen te hebben. Volgens mij kan ik niet zo blijven rondlopen, niet nu er dingen moeten gebeuren, en dan sta ik ineens aan het begin van mijn vroegere straat, waar mama nog altijd woont, voor de hoekwinkel met zijn verleidelijke swingbord waarop 'warme, lekkere koffie!' wordt aanbevolen.

Ik heb het zo koud dat ik overweeg om naar binnen te gaan, zelfs al zou de winkelier me kunnen herkennen van mijn eerdere leven hier, zelfs al is mijn naam te lezen op het aanplakbord dat op de bevroren stoep voor de deur staat. De kop lijkt me tegemoet te springen, inktzwart op wit, het handschrift groot en dreigend.

VROUW UIT DE BUURT GEZOCHT IN VERBAND MET ERNSTIGE MISHANDELING

Kunnen ze echt mij bedoelen? Ben ik die vrouw uit de buurt? Ik glip de lege winkel in, mijn capuchon bijna omlaaggetrokken tot mijn neus, en pak een exemplaar van de krant van gisteravond, waarbij ik met mijn rug naar de kassa blijf staan en alleen 'dag' tegen de winkelier zeg wanneer hij mijn aandacht probeert te trekken met een opgewekt 'hallo'. De warmte van het luchtgordijn is een zaligheid en ik voel dat mijn gevoelloze vingers rond de randen van de krant beginnen te ontdooien.

De politie is op zoek naar Katherine Crown, een vrouw uit deze buurt, in verband met een ernstige mishandeling in de omgeving van Stack Street in Hackney op vrijdagmiddag. Aangenomen wordt dat het slachtoffer van deze aanval een bekende tv-persoonlijkheid is, maar bronnen bij de politie weigeren om op dit moment verdere informatie te verstrekken. Katherine Crown, 35, wordt omschreven als ongeveer één meter vijfenvijftig, een fors postuur, met donker haar in een bijzonder ongelijk bobkapsel. De politie waarschuwt de mensen om Katherine Crown niet te benaderen, want ze kan gevaarlijk zijn. Als u informatie hebt over het misdrijf of over haar verblijfplaats, belt u dan met Crimestoppers op nummer…

Gevaarlijk? Ik? *Gevaarlijk*. Ik hoop dat Martha de onwaarheid van deze afschuwelijke krantenkop bespaard is gebleven, ik zou het niet kunnen verdragen als zij zo over me denkt. Als Liv en zij eens wisten hoezeer ik hen bewonder, hoe erg ik ernaar verlangde om een van hen te zijn. Dat doe ik al sinds de begindagen, vanaf het moment dat papa ons aan elkaar voorstelde in de hut van Square Wheels, waarbij hij expres verzweeg dat ik zijn dochter was, zodat ik nieuwe vriendschappen zou kunnen sluiten op basis van mijn eigen persoonlijkheid en niet vanwege hem. 'Het zijn leuke meiden,' had hij die avond tegen me gezegd toen we naar de hut liepen om hem te openen, om de boterhammen klaar te maken en de ketels op het vuur te zetten. Om me een tijdje uit mama's vaarwater te halen. Maar ik was sceptisch, want ik had al eerder 'leuke meiden' ontmoet, meisjes die me in het beste geval negeerden en in het ergste geval terugdeinsden. Waarom zouden deze meiden anders zijn? Maar dat waren deze drie wel, en dat besefte ik natuurlijk zodra ze binnenkwamen. Ze arriveerden samen, druk babbelend. Juliet was een beetje bang dat haar band een klein gaatje had, Liv klaagde over de olie van de ketting die de zomen van haar nieuwe witte spijkerbroek had verpest. Martha leek de lijm tussen hen te zijn, de meest volwassene van de drie, en toen papa ons aan elkaar voorstelde, liet ze me schrikken door meteen te vragen of ik haar wilde helpen met het smeren van de boterhammen. Later die avond stuurde papa Liv en mij de ene kant op langs het kanaal terwijl Martha en Juliet de andere kant opgingen. Het was zomer, dus de avonden waren nog licht en lang en toen Martha en Juliet wegfietsten werd ik gebiologeerd door de zonnestralen die een stralenkrans om hun lange golvende haar vormden. Er waren natuurlijk ook andere vrijwilligers, misschien waren we in totaal wel met zijn twaalven, en hoewel ik in de week erna met de meeste twee aan twee heb samengewerkt, kan ik niet zeggen dat ik een van hen goed kende. Of liever gezegd: ze hebben mij nooit leren kennen. Ik was namelijk heel stil, snap je, want ik wist uit ervaring dat de oordelen zouden volgen, zodra ik me openstelde voor gesprekken. Zelfs in de relatief vriendelijke omgeving van de Square Wheels-hut had ik een keertje twee vrijwilligers horen fluisteren – een jongen en een meisje – dat het 'walgelijk' was om zo mager te zijn als ik. Dat ik wel een eetstoornis moest hebben, want wie wilde er nou zo uitzien? Ik had gedacht dat ik mijn lichaam goed aan het oog had onttrokken, gekleed in een ruimvallende sweater en een vormeloze spijkerbroek, maar blijkbaar niet. Het leek erop dat iedereen me kritisch bekeek, of ik nou dik of dun was, en het leek geen van hen iets te kunnen schelen hoeveel pijn hun woorden deden; hoezeer hun opgekrulde lippen en samengeknepen ogen mij tot in het diepst van mijn ziel verwondden. Maar het kon Martha wel schelen. Ik heb altijd gevoeld dat Martha wist hoe het voelde om gekwetst te worden, om teleurgesteld te zijn en anderen teleur te stellen. Die avond, toen het roddelende tweetal hun mand had ingepakt en wegfietste, kwam Martha bij me staan aan de tafel waar de boterhammen werden gemaakt en begon ze me zonder een woord te zeggen te helpen met het snijden van de tomaten. 'Het zijn zeikerds!' zei ze na een tijdje, zo zachtjes dat ik het maar net kon verstaan, en daarna gaf ze een klopje op mijn pols en ging ze papa helpen met het uitschenken van meer bekertjes thee. Op dat moment wist ik dat ik van Martha hield – ook van Juliet en Liv, maar vooral van Martha – en vanaf toen heb ik haar leven en haar loopbaan gevolgd. Sociale media zijn iets geweldigs als je van een afstandje contact wilt houden, en ik heb haar heel vaak een tweet gestuurd onder een van mijn valse identiteiten, gewoon om haar te laten weten dat ik er ben, om te vertellen hoe fantastisch ze is.

Nu, starend naar de krant in mijn handen, dank ik de hemel dat de politie geen recente foto's van me heeft kunnen vinden! Zou ik soms gezegend zijn met een soort zesde zintuig, een soort intuïtie, waardoor ik heb vermeden om voor een camera te gaan staan, precies om deze reden? Ik ben me bewust van de winkelier achter me, en ik realiseer me dat hij me weliswaar zou kunnen herkennen uit de tijd dat ik hier heb gewoond, maar dat het bijna zeker is dat hij mijn naam niet weet. De mensen vragen me bijna nooit naar mijn naam. Ik ben veilig, denk ik opgelucht, en ik doe mijn capuchon af, draai me om en loop naar de kassa.

'Een cappuccino, alstublieft,' zeg ik, en ik leg mijn krant op de toonbank als ik het blad met Krispy Kreme-donuts achter hem zie.

Kennelijk ziet hij mijn blik, want als hij mijn verse koffie gaat maken werpt hij me een brede glimlach toe en zegt: 'Een Krispy Kreme? Vanochtend vers gekregen!'

Ik ben uitgehongerd. En ik heb nog nooit zulke lekkere donuts gezien. Ik begin te watertanden bij de gedachte in de gesuikerde buitenlaag te bijten en mijn tanden te laten wegzinken in het deeg.

'Nou, toe dan maar,' giechel ik, en hij knipoogt naar me. Echt, hij geeft me een knipoog, en dat is adembenemend.

'Welke wil je?' Hij pakt een zak voor de donuts en laat een caketang boven de zoete lekkernijen zweven.

'O, die met het kaneelbroodje erin, graag.'

Hij stopt hem in de zak en kijkt me verwachtingsvol aan. Het enige geluid in de winkel is mijn cappuccino die gorgelend uit de spuitmond in het kartonnen bekertje loopt. 'Nog een?'

Mijn hand vliegt omhoog en bedekt mijn mond, en ik snap niet echt waarom ik me zo wiebelig voel, maar het is wel zo. Misschien komt het door nerveuze energie, omdat ik dat artikel in de krant heb gezien maar nu toch heel brutaal bij de toonbank sta om koffie en donuts te kopen en die 'Vrouw gezocht'-kop ons allebei aanstaart, terwijl hij er geen flauw benul van heeft. O, hij moest eens weten!

'Oké. Een aardbeiendonut met gekleurde hagelslag,' zeg ik. 'En eentje met karamel en zeezout. Voor mijn moeder,' zeg ik er snel achteraan, voor het geval hij denkt dat ik een dik, vet varken ben. Wat ik natuurlijk ben!

Hij laat ze in de zak vallen en rolt de uiteinden ervan dicht. Dan overhandigt hij de zak aan mij en tikt even tegen de zijkant van zijn neus. *Ons geheimpje*, zegt dat tikje, en mijn hart slaat een slag over. Hij heeft een mooie bruine huid en een zangerig, vriendelijk accent – buitenlands, zou mijn moeder het noemen. Ik vraag me af hoe oud hij is. Dertig of veertig, misschien? Ik ben niet zo goed in het raden van dat soort dingen, maar wat ik wel weet is dat er geen ring om zijn ringvinger zit.

Ik tik ook even tegen mijn neus en overhandig hem een briefje van twintig pond. 'Dank je,' zeg ik, en ik doe mijn best om er bekoorlijk uit te zien. Dat valt niet mee als je ingepakt bent in een dikke, gevoerde jas en je wangen rood zijn van de kou, maar ik kijk naar hem op door mijn wimpers, zoals prinses Diana vroeger deed, en hij beloont me met de stralendste glimlach die ik volgens mij ooit heb gezien. Ik heb nog nooit zulke rechte, witte tanden gezien!

'Hoe heet je?' vraag ik aan hem, en ik voel mijn wangen zo rood worden als een stoplicht.

'Arun,' antwoordt hij terwijl hij me mijn wisselgeld geeft, en daarna steekt hij zijn hand op ten afscheid en draait hij zich naar het koffieapparaat en veegt het schoon.

Als ik hier zonder kleerscheuren vanaf kom, als ik erin slaag om Martha en Liv te ontmoeten en ik alles recht kan zetten, dan zal ik hier terugkomen en voldoende moed verzamelen om hem te laten merken dat ik hem wel zie zitten. Wat deze ervaring me in elk geval heeft geleerd, is dat er geen moment meer mag worden verspild door angst. Ik zal elke kans aangrijpen, en iedereen die me in de weg staat kan de pot op! Voor de winkel blijf ik staan. Ik heb er niet aan gedacht om suiker mee te nemen voor mijn koffie, binnen lagen kleine zakjes, bruin en wit, op een kleine toonbank aan de zijkant van de kassa. Ik ga weer naar binnen, en dan hoor ik het. Uit het zicht, vanuit de achterkamer, klinkt Aruns stem, zacht en samenzweerderig. Ik loop dichter naar de deur, tot ik hem kan verstaan zonder dat ik gezien word.

'Hallo, Crimestoppers? Ja, ik wil iets melden. Gisteravond is de politie hier geweest om te vragen of ik het wilde laten weten als ik Katherine Crown zag, degene die de vrouw in Stack Street heeft aangevallen? Nou, die was net hier om koffie te halen. Ik weet niet welke kant ze nu opgaat, maar als ze snel zijn, kunnen ze haar misschien in de buurt oppakken.'

Het is als een mes in mijn borst. Judas, wil ik gillen, maar er is geen tijd voor emotie, geen tijd om te talmen, en ik doe mijn capuchon weer op en ga naar het park, waar ik doorheen kan lopen om terug te gaan naar het kanaal. Ik kan met geen mogelijkheid in een café gaan zitten om mijn e-mail te bekijken, niet nu de politie naar me op jacht is. Als Arun gisteravond het verzoek heeft gekregen om naar me uit te kijken, is de kans groot dat andere winkels en cafeetjes in de hoofdstraat een soortgelijk bezoekje hebben gehad. Ik wil dolgraag weten of Martha mijn mail heeft beantwoord – of ze vandaag zal komen, zoals gepland – maar voorlopig moet ik me gedeisd houden, me benedendeks op de Dovedale verstoppen, en hopen en bidden dat Liv en Martha zullen komen. In elk geval heb ik nu koffie. En mijn donuts.

29. Martha

Als Martha wakker wordt, is haar eerste gedachte dat Toby op de bank in de andere kamer ligt te slapen. Eventjes blijft ze onbeweeglijk liggen, scherp luisterend, terwijl ze probeert te bepalen of hij ook wakker is. Ze vraagt zich af of hij hetzelfde vreemde gevoel van nabijheid ervaart als zij. De wekker op het nachtkastje vertelt haar dat het iets voor zeven uur is, en ze zwaait haar benen uit bed, want ze wil zich zo snel mogelijk voorbereiden op haar afspraak met Liv om twaalf uur en kijken wat Finn heeft gehoord over de klopjacht van de politie op Katherine Crown. Ze moet nogmaals proberen om Finns mannetje te bellen; dat heeft ze gistermiddag een aantal keren geprobeerd, maar zonder succes.

In de woonkamer slaapt Toby nog, waarbij hij de hele bank in beslag neemt, met Martha's Scandinavische sprei over zijn benen. Aan de enkel die eronder uitsteekt, ziet ze dat zijn onderste helft gekleed is, maar zijn overhemd hangt keurig over de rugleuning van een van de leunstoelen en zijn bovenlijf ligt bloot op de kussens. Martha mag van zichzelf even naar hem kijken, deze prachtige jongeman, terwijl ze de contouren van zijn borstkas en zijn lange, magere ledematen bewondert. Tegelijk vraagt ze zich af wat híj ziet wanneer hij naar háár kijkt. Waarom staat ze zich deze gedachten zelfs maar toe? Gezien de omstandigheden is dat bespottelijk.

Wanneer zij de ketel laat vollopen, komt hij in beweging, strekt zijn armen uit, geeuwt luidruchtig en gaat daarna rechtop zitten op de bank. Zijn haar zit aan de achterkant helemaal door de war, niet langer de goedverzorgde stadsjongen, en vanaf haar plek in de keuken denkt ze: hij zou een vreemde kunnen zijn. Het was nooit haar bedoeling geweest om te vragen of hij wilde blijven slapen, maar toen ze klaar waren met het doornemen van hun aantekeningen en de plannen voor het programma was het al na middernacht, en omdat ze vandaag weer vroeg zouden moeten beginnen, had het logisch geleken. Ze waren heel opgetogen nadat Finn had gebeld om te vertellen dat Vicky Duke, de leerlinge die in 1986 de beschuldiging tegen David Crown had geuit, zich uit eigen beweging had gemeld en had gevraagd of ze een verklaring kon afleggen bij de politie. De kans was groot dat David Crown door die verklaring nog nadrukkelijker in beeld zou komen als mogelijke pleger van zeden- of geweldsdelicten. Toen Martha wat beddengoed aan Toby had overhandigd, was er een ongemakkelijk moment geweest toen hun blikken elkaar hadden ontmoet en had ze het gevoel gekregen dat er best eens een omhelzing zou kunnen volgen. 'Slaap lekker,' had ze snel gezegd, waarna ze zich met een ruk had omgedraaid en naar de slaapkamer was gegaan voordat ze de daad bij het woord konden voegen. Was het alleen genegenheid of seksuele aantrekkingskracht? Het liefste wil ze geloven dat het het eerste was, maar ze vreest het laatste, in elk geval voor haar.

'Geen suiker, weet je nog,' roept Toby naar haar, zijn armen achter zijn hoofd over de leuning van de bank gehaakt, met een jongensachtige grijns om zijn lippen.

Als reactie heft Martha de beker op die ze al voor hem heeft ingeschonken en ze loopt de kamer door en gaat naast hem zitten. Ze geeft hem een pakje madeleines aan.

'Cake? Daar is het voor mij nog een beetje vroeg voor,' zegt hij, en hij geeft ze terug.

'Dat eten ze op het Europese vasteland, bij de koffie,' zegt ze. Ze maakt het pakje open en legt er eentje op zijn handpalm. 'Probeer maar.' Ze doopt er zelf een in haar koffie en moet lachen als hij haar vol afschuw aankijkt. Ze grist het zijne weer uit zijn hand, doopt het in haar koffie en houdt het voor zijn mond. 'Probeer nou maar gewoon!'

Hij gehoorzaamt, stopt het cakeje helemaal in zijn mond en kauwt er bedachtzaam op terwijl zij van haar koffie drinkt en zijn oordeel afwacht. 'Best lekker. Doet me denken aan de ontbijtcakejes die ze in Venetië hebben.'

Hij wil er nog een pakken, maar Martha sluit haar vingers om het pakje. 'Zij zijn naar Venetië geweest,' zegt ze zachtjes, net zozeer tegen zichzelf als tegen hem.

'Wie zijn naar Venetië geweest?'

'Liv en Juliet. Aan het einde van de vierde klas, op schoolreisje. Ik kon het niet betalen...' Martha herinnert zich dat haar docent vreemde talen haar probeerde over te halen om 'financiële hulp' aan te vragen, maar dat ze daar te trots voor was. En zelfs al had ze het zich had kunnen permitteren, hoe had ze haar vader in zijn toestand kunnen achterlaten, zonder dat er iemand was die hem in de gaten kon houden? Ook Liv en Juliet hadden haar gesmeekt om mee te gaan, en ze had hen met een kluitje in het riet gestuurd door te zeggen dat ze die week naar Schotland zou gaan om haar moeder te bezoeken. Natuurlijk was dat een leugen geweest, ze was niet naar Schotland gegaan, ze was helemaal nergens naartoe gegaan.

'Is dat belangrijk?' vroeg Toby. 'Voor de zaak?'

Martha drukt haar handpalm tegen haar ogen en probeert zich de herinneringen goed voor de geest te halen, de gebeurtenissen in de juiste volgorde te zetten. Dat reisje was aan het einde van het schooljaar geweest, in 1998, na hun GSCE-examens, vlak voor het begin van de zomervakantie. In die zomer was Juliet begonnen bij Square Wheels, al snel gevolgd door Liv en Martha. Het was de zomer waarin alles anders was geworden. Toen Jules en Liv terugkwamen uit Venetië, had Martha het gevoel dat ze nog meer verstrengeld waren dan anders, en hoewel ze nog altijd een hecht trio vormden, had ze onwillekeurig het gevoel dat ze hen op de een of andere manier was kwijtgeraakt. Dat zij een beetje het vijfde wiel aan de wagen was geworden.

Wat had zíj gedaan, in die week dat zij weg waren?

'Ik weet het niet, Toby,' antwoordt ze, en ze laat haar handen in haar schoot zakken en draait zich naar hem toe.

Er is nog geen handbreedte ruimte tussen hen op de bank, en een tel lang heeft ze sterk het gevoel dat ze gescheiden is van haar lichaam, dat ze uit de verte naar hen kijkt: hij, met ontblote borst, verwarde haren en zongebruind, zij zonder make-up, terwijl haar bedrukte kimono van zijde van haar ene knie glijdt en net een glimp van haar dij laat zien. Geen van beiden zegt iets.

Zij is degene die zich naar voren buigt, haar lippen op de zijne drukt, zijn gladde warmte tegen zichzelf absorbeert, zijn adem, zijn geur. Zijn hand duwt de zijdeachtige stof opzij en omvat haar knie, en met een schok dringt de realiteit van de situatie tot haar door.

'O, god, Toby,' zegt ze. 'Het spijt me vreselijk.' Ze probeert op te staan, maar hij heeft haar hand in de zijne en zorgt er teder voor dat ze blijft zitten.

'Zeg dat niet,' reageert hij, haar vasthoudend. 'Zeg alsjeblieft niet dat het je spijt.'

Ze slaagt erin haar vingers los te trekken en ze deinst achteruit. Ze pakt de lege bekers en zorgt dat ze iets te doen heeft. Alles om hem maar niet aan te hoeven kijken. Elke zenuw in haar lijf eist dat ze weer naast hem neerploft en zich aan hem overlevert. Maar dat kan ze toch zeker niet doen? Als ze dat wel doet, betekent het dat ze zichzelf zal moeten blootgeven, niet alleen haar lichaam – dat is het minste van haar zorgen – maar zichzelf.

'Maar het spijt me wel! Ik deed gewoon... Ik weet niet wat me net... Hoe dan ook, Toby, dit is een dom idee en ik ben een dom mens. Jezus, wat bezielde me?'

Mooi, ze heeft haar zelfbeheersing hervonden. Ze staat zelfverzekerd voor hem, terwijl de lege bekers aan de vingers van haar ene hand hangen en ze met haar andere hand de voorkant van haar kimono goed trekt. Toby zit op het puntje van de bank, zijn blote voeten – die heel sierlijk zijn, ziet ze – plat op het wollige beigegrijze tapijt, zijn ellebogen op zijn knieën, en zijn armspieren sterk en ontspannen.

Zijn gezichtsuitdrukking is vermoeid. 'Komt het door hém?' vraagt hij.

'Nee!' antwoordt ze, een tikje te snel. 'Het heeft niks met hem te maken. Dat was tijden geleden.'

'Weet je, ik mocht je graag, zelfs toen al,' zegt hij.

Dit kan Martha niet aan. Het is idioot. Ze moet hier een einde aan maken voordat het allemaal echt wordt. 'Goed, zo is het wel genoeg. Ik wil het hier niet meer over hebben, Toby. Dit was volledig mijn schuld, en het spijt me.'

'Maar...' Hij komt overeind en pakt zijn overhemd.

Martha keert hem haar rug toe en loopt naar de keuken. 'Ik heb om twaalf uur met Liv afgesproken,' zegt ze, terwijl ze zich concentreert op de dag die voor hen ligt. 'Als je het goed vindt, wil ik graag als eerste in de badkamer.' Bij de deur van de badkamer aarzelt ze even, en ze kijkt achterom en ziet dat Toby al aan de eettafel zit met zijn aantekeningen, een neutrale uitdrukking op zijn gezicht. 'Terwijl ik hier bezig ben, wil ik graag dat je Jay en Sally even belt om je ervan te verzekeren dat ze zoals afgesproken op de ontmoetingsplek zullen zijn, niet eerder dan één uur.'

Hij knikt zonder op te kijken.

'En kun je aan Juney vragen of ze kan uitzoeken hoe het met mevrouw Crown gaat? We moeten een nieuwe afspraak met haar maken, als ze daartoe in staat is.'

Toby schrijft iets op.

'O, en kun je Finn bellen om te vragen of er al nieuws is uit het forensisch laboratorium? Ik heb tegen hem gezegd dat ik graag mee wil wanneer iemand van de politie het nieuws aan Alan Sherman gaat vertellen, zodra de identiteit van Juliet is vastgesteld.'

Nu kijkt Toby wel op en hij werpt Martha een bezorgde frons toe.

'Weet je zeker dat het verstandig is dat je vandaag alleen gaat? Ik bedoel, de politie heeft Katherine Crown nog niet gevonden, en te oordelen naar jullie laatste confrontatie heeft ze het op jou voorzien. Je zou best eens gevaar kunnen lopen.'

Martha glimlacht, blij dat ze zich weer uitsluitend op hun werk richten, dat ze dit zo snel achter zich hebben kunnen laten. 'Er zal me echt niks overkomen, Toby. Liv zal er ook zijn. Katherine gaat heus niet proberen om het tegen ons allebei op te nemen. Maar als je het een fijner idee vindt, kom dan op hetzelfde tijdstip als de cameralui. Als we daar zijn, kunnen we misschien nog een paar stukjes opnemen waarbij we in de camera praten, nu we meer inhoud hebben.'

Als ze de badkamer in gaat, roept Toby haar achterna: 'Jay heeft net een berichtje gestuurd. Hij schrijft: "Zeg tegen Martha dat ze niks met een drukke opdruk aandoet. Die gespikkelde Cruella-handschoenen van vorige week hebben de try-outs verknald".'

'Zeg maar tegen Jay dat hij een brutale aap is,' reageert Martha en ze doet de deur achter zich dicht, haalt een keertje diep adem en zet de douche aan.

Op straat typt Martha een bericht naar Finns contactpersoon bij de politie om hem te vertellen dat ze bij het kanaal heeft afgesproken met Olivia Heathcote, en ze vraagt of hij haar wil bellen zodra hij een momentje heeft. Ze heeft vanochtend al twee berichten ingesproken en ze begint zich af te vragen of hij wel zo geïnteresseerd is in deze cold cases als Finn heeft beweerd.

Zodra ze het jaagpad op loopt, ziet Martha Liv in de verte naast de bank staan, precies zoals ze had gezegd. Ze draagt een felle mosterdgele jas en een fuchsia legging, zwarte laarzen verankeren haar voeten aan de aarde en ze heeft een felgekleurde sjaal om haar schouders gewikkeld. Ze is misschien een paar pondjes aangekomen en haar schouderlange haar is verzorgder, maar ze lijkt nog steeds op het elfje dat Martha vroeger heeft gekend. Wat zullen ze zien als ze nu in elkaars ogen kijken? Wat zullen ze voelen? Liv kijkt stroomafwaarts, over de daken van de woonboten die langs het kanaal liggen, en haar ademhaling veroorzaakt witte wolken in de winterlucht.

Ondanks het tijdstip ligt er nog een dikke, knisperende laag rijp op de bermen en heggen en Martha doet haar best om haar evenwicht niet te verliezen als ze over het jaagpad loopt, van top tot teen gekleed in haar gebruikelijke zwart met grijs. De gespikkelde handschoenen en rode sjaal zijn haar enige tegemoetkoming aan frivoliteit, en zelfs die lijken wat overdreven op de dagen dat ze zich niet zo geïnspireerd voelt. De middagzon is troebel geel boven het viaduct in de verte en werpt zachte schaduwen achter Liv, waardoor zij scherp afgetekend is. De cineast in Martha wenst dat de cameracrew hier was om deze emotionele scène op te nemen, om Liv te vangen in de momenten vlak voor hun hereniging, voordat Liv zich bewust wordt van haar aanwezigheid. Voordat de jaren tussen hen versplinteren en ze hun verdriet kunnen delen.

Alsof ze aanvoelt dat Martha er is, draait Liv zich om, haalt haar handen uit haar zakken en heft ze met een kreet op. 'Mart!' Ze begint te rennen, haar armen uitgestrekt om Martha te vangen, haar te omhelzen.

Ze huilen allebei, grote snikken, en het kan Martha niet eens schelen dat elke willekeurige voorbijganger haar kan zien. Ze snikken, praten en lachen, allemaal tegelijk, terwijl ze elkaar loslaten zodat ze het gezicht van de ander kunnen bekijken, voordat ze elkaar weer vastgrijpen, en nog wat huilen en lachen. Nooit, in alle jaren die zijn verstreken sinds de vriendinnen uit elkaar zijn gegaan, heeft ze zo'n verwantschap gevoeld. Destijds waren Juliet en Liv alles wat ze had, eerder zussen dan schoolvriendinnen, meer haar familie dan haar echte familie. Haar eigen familieleden waren schaduwen, die telden niet mee. Maar Liv en Jules, die kenden haar en hielden van haar, ondanks al het gedonder dat een vriendschap met haar met zich meebracht.

Eindelijk herpakken ze zichzelf. Liv steekt een hand in haar tas en haalt een pakje zakdoekjes tevoorschijn zodat ze hun tranen en mascara kunnen wegvegen, en dan bedenkt Martha zich dat Liv nu moeder is. Jezus, er is zoveel veranderd.

'Zullen we even gaan zitten?' vraagt Martha, en ze steekt haar arm door die van Liv en loopt naar het bankje met de stokoude inscriptie VOOR CLARA MAY AVERY, GELIEFDE ECHTGENOTE.

De woonboot die vlak voor hen in het water ligt is nog precies zoals Liv hem heeft beschreven. Hij is gedenkwaardig omdat het de eerste woonboot is in dit gedeelte, en indertijd was het de meest kleurrijke en best onderhouden boot. Martha herinnert zich vaag dat hij van een oude man was met een dikke rode baard, die er in alle jaargetijden rondscharrelde, het schilderwerk onderhield, zijn bloembakken verzorgde of de ramen aan de buitenkant waste. Nu bladdert de verf af en zijn de verbleekte gordijnen voor de verwaarloosde ramen dichtgetrokken, en Martha vermoedt dat de oude man er al lang niet meer is. Toch lijkt het symbolisch dat de woonboot er nog ligt, de boot waar ze dag in dag uit langs kwamen, op weg naar school, naar Square Wheels of het Waterside Café. Ze zijn allemaal verdergegaan en veranderd, maar die woonboot is er nog, terwijl hij stilletjes ouder wordt en kijkt naar de wereld die voorbijtrekt.

'Ik kan niet geloven...' beginnen ze allebei tegelijk, en ze grijpen lachend elkaars handen vast.

'Het spijt me,' zegt Martha. Ze weet ze niet waarom ze zo sterk het gevoel heeft dat dit haar verantwoordelijkheid is, maar toch is dat zo. 'Ik weet niet goed meer waarom of wanneer we zijn opgehouden elkaar te zien, maar het spijt me dat ik niet beter mijn best heb gedaan om contact te houden.'

Liv schudt heftig met haar hoofd. 'Je hoeft je nergens voor te verontschuldigen, Mart. Geen van ons heeft het toch zeker zo gepland? Hoe hebben we ooit kunnen denken, na Juliet, dat alles op dezelfde manier door zou kunnen gaan?' Ze drukt haar hand tegen haar mond, en ditmaal wordt ze verteerd door verdriet, niet door vreugde, en

Martha begrijpt onmiddellijk dat Livs pijn nog even echt is als achttien jaar geleden. 'Ik mis haar zo erg,' gaat ze verder. 'Er zijn nog steeds dagen dat ik wakker word en niet kan geloven dat ze op die manier is verdwenen. Dan vraag ik mezelf af of ik dingen anders had kunnen doen. Had ik iets kunnen veranderen, om te voorkomen dat ze zo weg zou gaan?'

'Zo mag je niet denken,' zegt Martha tegen haar, al weet ze dat haar woorden vals en hypocriet zijn. Heeft zij niet minstens duizend keer soortgelijke gedachten en gevoelens gehad? 'Dan maak je jezelf gek. We moeten ons nu richten op de vraag wie haar heeft meegenomen. Daarom wilde ik zo graag met je in contact komen, Liv. Ik wilde kijken of we kunnen samenwerken om de zaak voor eens en altijd op te lossen.'

De daaropvolgende minuten geeft Martha Liv een beknopte versie van het onderzoek en licht ze haar in over de details van het tv-programma, over de onopgeloste moord op Tilly Jones en de recente ansichtkaarten die schijnbaar afkomstig zijn van David Crown, over de gekke vrouw die in Livs vroegere huis woont.

'Jezus,' zegt Liv huiverend. 'Zo te horen is ze compleet getikt. Is het geen idioot toeval dat zij uiteindelijk mijn huis heeft gekocht? Ik kan me haar totaal niet herinneren van Square Wheels, maar het is me wel degelijk opgevallen dat ze een beetje... eh, vreemd was toen ze het huis kwam bezichtigen.'

'Ik heb gisteravond met Finn Palin gesproken en hij vertelde me dat ze het idee krijgen dat dat helemaal geen toeval was.'

'Hoe bedoel je?' Liv kijkt geschrokken. 'Bedoel je dat ze het op mij voorzien had?'

'Niet specifiek op jou, maar wel op ons, ja. De politie is gaan praten met de makelaar die jij in de arm had genomen voor de verkoop, en zij heeft verteld dat Katherine de eerste potentiële koper voor jouw huis was, en dat ze een bezichtiging heeft aangevraagd op de dag dat het op de markt kwam. Misschien herinner je je nog dat twee andere kopers later een bod hebben uitgebracht, maar dat Katherine het hare heeft verhoogd om de verkoop door te laten gaan.'

'Kutzooi.' En daar is ze dan: de oude Liv, met haar typerende grove taalgebruik. 'Ja, dat weet ik nog goed. Mijn notaris zei dat deze koper ver boven de vraagprijs bood en dat we de verkoop zo snel mogelijk moesten regelen, voor het geval ze van gedachten zou veranderen. Maar hoe kan ze hebben geweten waar ik woonde, laat staan dat ik mijn huis wilde verkopen?'

Martha haalt diep adem. 'Finn denkt dat ze ons heeft gestalkt op sociale media. Heb je ooit een Facebook-account gehad?'

'Ja.' Liv kijkt nadenkend. 'Dat heb ik verwijderd vlak voor de verkoop van het huis definitief was. Ik, nou ja, mijn partner en ik gingen uit elkaar, en ik stond op het punt om naar Guildford te gaan verhuizen, en het leek me gewoon tijd voor een nieuwe start.'

'Maar had Katherine tot dat moment veel over je te weten kunnen komen?'

'Shit,' zegt Liv nadat ze even heeft nagedacht. 'Ja. Wat ben ik toch een idioot. Ik heb in elk geval een bericht geplaatst waarin ik schreef dat ik genoeg had van Londen. Ik geloof dat ik heb gezegd dat ik overwoog om het huis te koop te zetten en ergens anders naartoe te gaan. Ik heb zelfs gezegd dat ik in Hackney woonde, voor het geval vrienden iemand kenden die in die buurt een huis zochten.'

'Daar heb je het al. Zo kan het zijn gegaan, maar Katherine kan ook aan alle makelaardijen in de buurt hebben gevraagd om haar te laten weten wanneer er een huis in jouw straat op de markt kwam.'

'Maar waarom zou ze in mijn oude huis willen wonen?'

'Dat weten we nog niet precies. Maar ik durf te wedden dat het simpelweg een kwestie van obsessie is. Katherine Crown is bepaald geen evenwichtig persoon en om de een of andere reden heeft ze een fixatie voor ons ontwikkeld, dat heeft absoluut iets te maken met het verband tussen de verdwijningen van haar vader en van Juliet. Volgens mij wil ze zijn naam zuiveren.'

'Doodeng,' zegt Liv. 'Genoeg is genoeg. Ik blijf voorgoed weg van sociale media. Veel te gevaarlijk.'

Martha lacht en zet haar tas op schoot, waarbij ze het geritsel van de ongeopende ochtendpost hoort die ze heeft gepakt toen ze haar appartement verliet. Te oordelen naar de poststempels is een van de pakjes de bundel brieven van Juliet die Tom had beloofd te zullen sturen uit Frankrijk, en Martha vraagt zich af of dit het moment is om die met Liv te delen. Maar ze weet dat ze alleen tijd zit te rekken. Ze zal Liv het hartverscheurende nieuws moeten vertellen over de beenderen die de politie heeft gevonden, dat ze op het punt staan om Juliet haar laatste rustplaats te geven. Voor hen op het jaagpad rennen twee hardlopers voorbij, een stel van begin veertig, de vrouw sportief en stralend, terwijl de mollige man kijkt alsof hij liever iets anders zou doen. Wat hebben we toch allemaal over voor de liefde, denkt Martha.

'Zeg, Mart,' begint Liv aarzelend. 'Door al het onderzoek dat je hebt gedaan... is de politie al verder met de vraag wat er met Juliet is gebeurd?'

Weer pakt Martha de hand van haar vriendin. 'Liv,' begint ze. Hoe moest je dergelijk nieuws brengen? Martha besluit dat er geen gemakkelijke manier is om het te vertellen, en daarom waagt ze het erop. 'Liv, we denken dat we haar hebben gevonden. Er is een skelet gevonden onder de fundering van het oude zwembad van de school, waar David Crown de Tuin van Bezinning aanlegde.'

'De tuin die wij hem hebben helpen graven,' zei Liv, heel stilletjes, haar blik ergens in de verte gericht. Ze kijkt langzaam van links naar rechts terwijl ze zich het tafereel voor de geest haalt. Ze draait zich naar Martha. 'Is ze daar al die tijd geweest?' vraagt ze, en haar gezichtsuitdrukking is aangeslagen. 'Een paar maanden eerder hadden we hem nog geholpen om puin uit het oude zwembad te halen. Juliet hielp hem verdomme met het opmeten van dat kloteterras! Hadden wij dit kunnen voorkomen, Mart?'

Martha trekt Liv tegen zich aan en drukt een zoen op haar kruin.

Daarna duwt ze haar een stukje naar achteren zodat ze haar kan aankijken. 'Hij is de enige die dit had kunnen voorkomen, Liv. Begrijp je dat? Het is zijn schuld, niet de onze. Wij waren nog maar kinderen. Doornormale kinderen die doodnormale fouten maakten, en Juliet kreeg iets met de verkeerde persoon.'

'Kreeg iets met?' zegt Liv. 'Juliet had niks "gekregen met" David Crown. Is dat wat iedereen denkt?'

Martha ziet dat ze van streek is, dat Liv het idee niet kan verdragen dat haar beste vriendin betrokken was bij zoiets ranzigs. 'Nou ja, ik bedoel, tot voor kort had ik het nooit voor mogelijk gehouden...' zegt ze, terwijl ze de brieven uit haar tas haalt en omhoog steekt zodat Liv ze kan zien. 'Maar deze zullen ons misschien iets anders vertellen. Ik heb ze nog niet geopend,' zegt ze. 'Tom, Juliets Tom, heeft ze me gestuurd uit Parijs. Misschien geven die ons een beter idee waar Juliet toentertijd zat met haar hoofd. Tom zegt dat ze uit die periode komen. Hij vond ze op liefdesbrieven lijken.'

Alle kleur is uit Livs gezicht getrokken. 'Heb je me híérom gevraagd om je te ontmoeten?' vraagt ze, terwijl haar lichaam verstijft en haar toon ineens heel erg defensief is.

'Jou gevraagd?' reageert Martha, terwijl ze brieven op haar schoot laat vallen en iets opzijschuift zodat ze Livs gezicht beter kan zien. 'Ik heb jou niet gevraagd, jij hebt contact opgenomen met míj.'

Voordat Liv de kans krijgt om iets terug te zeggen, valt er een schaduw over hen heen, die blijft hangen, waardoor de vriendinnen opkijken. Het is niet het camerateam dat te vroeg is, zoals Martha dacht, of een wolk die langs de winterhemel zweeft. De persoon die boven hen uittorent is Katherine Crown.

30. Katherine

Daar ben ik weer, de Kleine Spion, glurend door de kieren in de gordijnen, kijkend en wachtend tot mijn vriendinnen arriveren. De minuten en uren zijn ontzettend traag verstreken, slaperig weggetikt, elke seconde hoorbaar op de oude houten klok die John heeft opgehangen aan de betimmerde wand boven de bank. Mijn koffie en mijn donuts heb ik al uren op, en ik kan mezelf wel voor mijn kop slaan dat ik dit niet beter gepland heb, dat ik niet eerst naar de winkels ben gegaan om proviand in te slaan voordat de politie naar me op zoek ging. Maar hoe had ik het kunnen plannen? Toen ik twee dagen geleden mijn huis verliet, na dat vreselijke ongeluk met Martha, voelde ik een paniek die zo verlammend was dat ik niet eens goed kon nadenken. Ik wou dat John hier was, zodat ik hem kon bedanken dat hij me deze boot cadeau heeft gedaan. De dag waarop ik de brief van de notaris ontving, en later ook de sleutels, zal ik nooit vergeten. Ik dacht dat het een droom was. Er zat ook een kort briefje bij waarin me de bijzonderheden over het cadeau werden verteld. Het was kort en bondig, daarom ken ik de hele inhoud nog steeds uit mijn hoofd:

Voor KC,
Het kan geen kwaad dat jij een plekje voor jezelf hebt, dus laat ik je Dovedale na. Als je vader er nog was, zou ik de boot aan hem hebben nagelaten. Ik heb de boot in 1967 overgenomen en de pachtovereenkomst was toen nog voor tachtig jaar, dus de ligplaats is nog een

tijdje gegarandeerd. Houd de ramen schoon zoals ik je heb laten zien, en vraag aan Terry van Rivermates om de boot een goede beurt te geven. Ik heb het onderhoud de afgelopen jaren een beetje laten versloffen omdat ik me niet meer zo goed voelde als vroeger. Ik heb je ook een paar pond nagelaten die je daarvoor kunt gebruiken. De boot had allang een keertje in het droogdok gemoeten, maar Terry zal je wel vertellen wat er allemaal aan moet gebeuren.

Wees braaf,
John

Ik voel me nu schuldig omdat er twee jaar zijn verstreken en ik geen van de dingen die hij me had gevraagd heb gedaan. Ik heb nooit contact opgenomen met Terry van Rivermates en ik heb de ramen nooit gewassen. Het geldbedrag was niet groot – slechts vijfendertighonderd pond – en behalve de machtiging voor de liggelden heb ik er niets van uitgegeven, aangezien dat geld expliciet voor de boot was bedoeld. En ik heb mama nooit over Johns cadeau verteld. Het was mijn geheim, iets wat ik harder nodig had dan ooit toen ik niet langer naar John kon gaan wanneer het leven thuis me wat te veel werd. Toen de boot van mij was, kon ik een paar dagen achter elkaar weggaan als mama een van haar gedeprimeerde buien had in plaats van me op mijn kamer te verstoppen en te wensen dat de tijd sneller verstreek. Geen wonder dat ik zo'n enthousiaste lezer ben; op die manier heb ik vele uren doorgebracht, alleen en eenzaam. Die boot was een geschenk uit de hemel, hoewel ik er natuurlijk nooit meer ben geweest nadat ik Livs huis heb gekocht. Nu ik om me heen kijk naar de vieze, geverniste oppervlakken en naar de afbladderende raamkozijnen, schaam ik me dat ik John zo vreselijk heb laten stikken. Dovedale was zijn grote trots, en op de een of andere manier heb ik zelfs die weten te verpesten.

Een flits van kleur trekt mijn aandacht en ik tuur door de kier tussen de gordijnen om de eenzame gestalte die nu bij het houten bankje naast het pad staat nauwkeurig te bekijken. Kan ze me zien? Onmogelijk, hoop ik, aangezien ik verscholen sta in de onverlichte duisternis van de kajuit en het kiertje tussen de gordijnen net breed genoeg is om er onopgemerkt doorheen te kunnen kijken. Ik zie haar van opzij, haar gezicht is van me afgewend terwijl ze het pad afkijkt en ze haar blik laat gaan over de daken van de woonboten en de rubberboten die erlangs liggen afgemeerd. 'Draai je om!' wil ik schreeuwen. 'Laat me je eens goed bekijken!' Het is beslist Martha niet, dus het moet Liv zijn, maar ze is dik ingepakt in een jas en sjaal en haar gezicht wordt aan het oog onttrokken door een zonnebril, waardoor het onmogelijk is om er zeker van te zijn zolang ze zich niet naar mij draait. Hiernaartoe! roep ik in gedachten. Liv! Kijk hierheen!

Het lijkt wel alsof ze reageert op mijn geluidloze roepen, want ze draait zich naar me toe, doet haar zonnebril af en zet hem op haar hoofd, waarna ze met samengeknepen ogen de boot bestudeert. Nu twijfel ik niet meer.

Die gave, bruine huid, dat sluike, gladde haar, die ontzettend blauwe ogen: het is Liv.

In tegenstelling tot wat ik mijn vader heb wijsgemaakt, was dat eerste treffen bij de hut van Square Wheels niet de eerste keer dat ik de drie vriendinnen heb ontmoet, en het feit dat ze me niet herkenden was voor mij de bevestiging – zo ik die al nodig had – dat ik eigenlijk onzichtbaar was. Ik had ze bijna een jaar eerder al leren kennen toen ik, enthousiast aangemoedigd door mijn vader, nogmaals probeerde om me onder de mensen te begeven. Samen hadden mijn ouders mijn thuisonderwijs er goed van afgebracht, en aan het begin van die zomer lag ik helemaal op koers om tien GCSE-examens af te leggen en daar achten en negens voor te halen. Mijn moeder was trots op mijn vorderingen en ze genoot van de grote rol die ze had gespeeld bij mijn succes, tot papa voorstelde dat ik, aangezien ik toch zo'n slimmerik was, moest overwegen om naar een school in de buurt te gaan voor mijn A level-examens en daarna een universitaire studie te gaan volgen, precies zoals zij hadden gedaan. Nou, ik dacht dat mijn moeder een beroerte kreeg toen hij dat voor de eerste keer opperde. Ze stuurde mij de kamer uit en beet mijn vader toe dat hij roekeloos en onverantwoordelijk was. Ze beweerde zelfs dat die ervaring mijn 'ondergang' zou worden, wat dat ook mocht inhouden! Ik zat op de onderste traptrede en luisterde gefascineerd naar de woordenstrijd die achter de muur werd uitgevochten waarbij mijn moeder volhield dat ik nog steeds broos was en mijn vader betoogde dat ik 'daar wel overheen was'.

Met dat 'daar wel overheen was' bedoelde hij dat mijn gewicht zich in de afgelopen maanden had gestabiliseerd nadat ik drie weken in het ziekenhuis had gelegen, waar ik was gevoed door een slangetje tot de artsen vonden dat ik gezond genoeg was om weer naar huis te gaan. Tijdens mijn verblijf in het ziekenhuis was ik bijna zesenhalve kilo aangekomen, waarvan mijn moeder (zonder dat mijn vader het wist) het meeste er weer af had weten te krijgen door een strak regime van rantsoenering en kleinere porties. Ik weet nog dat de ruimvallende kleding een idee van mama was. 'Je weet dat je vader zich nodeloos druk maakt,' had ze gezegd. 'Je kunt maar beter niet de aandacht trekken wanneer hij er is. Anders stuurt hij je zo weer naar de dokter. En je wilt toch niet weer naar het ziekenhuis, Katherine? Of wel soms?'

Ze had gelijk: dat wilde ik niet. Ik had 's nachts nog steeds last van het litteken op mijn onderbuik waar het slangetje met voeding door naar binnen was gegaan, en omdat ik er in mijn slaap aan krabde, raakte het ondraaglijk ontstoken. Ik vond het niet leuk om geheimen voor papa te hebben, zoals mijn dieetschema, maar aan de andere kant leverde die geheimhouding wel iets op, want in de weken erna beweerde papa steeds stelliger dat ik gezond genoeg was om me in te schrijven voor het laatste schooljaar, wat mijn moeder er ook van zei. Deze strijd was er tenminste een die hij zou winnen.

Niet lang daarna kregen we een rondleiding door de school, ontmoette ik het schoolhoofd en accepteerde ik een plek, waarvoor ik nog wel bepaalde cijfers zou moeten halen voor de GCSE-examens. De cijfers die ik moest halen waren een stuk lager dan de cijfers die me waren voorspeld, dus in die zomer troffen mijn vader en ik de voorbereidingen voor mijn schooljaar dat in september zou beginnen. Mama hield zich daar opvallend buiten, en we zorgden er goed voor dat we mijn nieuwe school en alles wat daarmee te maken had niet in haar bijzijn ter sprake brachten. De eerste horde, een plek krijgen op de school, hadden we genomen. De tweede horde, zo kwam het mij voor, was het overleven van het welkomstbal voor de eindexamenleerlingen. Het bal zou plaatsvinden aan het einde van de zomervakantie, voor het begin van het nieuwe schooljaar, en het bijwonen ervan was een vooruitzicht dat dusdanig angstaanjagend en opwindend was dat het een wonder is dat ik niet voor die tijd aan een hartstilstand ben bezweken. Ik ben me ervan bewust dat een dochter bij zo'n gelegenheid normaal gesproken met haar moeder gaat winkelen, maar het was mijn vader die met me naar John Lewis ging om een jurk uit te zoeken. Het was mijn vader die geduldig bij de paskamer zat te wachten en opmerkingen maakte over mijn uiteenlopende jurken terwijl ik ronddraaide en reverences maakte, op zoek naar zijn goedkeuring. Ik zorgde er goed voor dat hij niet zou zien hoe mager ik was en koos uiteindelijk een blauwe strapless jaren-vijftigjurk met tulen petticoats om mijn vormeloze heupen te maskeren, en een leuk rood bolerootje om mijn armen en schouders te bedekken.

'Je lijkt net een prinses,' zei mijn vader tegen me toen hij me afzette bij de poort van de school onder een heiige augustushemel. En voor het eerst van mijn leven vóélde ik me ook een prinses. Ondanks mijn enorme nervositeit (die slechts een heel klein beetje in bedwang werd gehouden door een flinke dosis fluoxetine) wandelde ik de hal van de school binnen en zag ik dat die al wemelde van honderden jonge, keurig geklede tieners die een vrolijke aanblik boden en voor een levendig geroezemoes zorgden. Tijdens die eerste glimp bekroop me het gevoel dat ik hier misschien wel een plek verdiende, dat dit misschien een plek was waar ik thuishoorde. Ik was vastbesloten om er een succes van te maken, evengoed om papa een plezier te doen als om mama te bewijzen dat ze het mis had. Ik was niet het broze schepseltje, zoals zij me beschreef. Ik was een prinses. Ik was slim. Ik was mooi. Ik was sterk. Maar vanbinnen beefde ik als een drilpudding.

Ik bofte dat een van de leraressen die ik tijdens mijn vorige bezoek had ontmoet bij de deur naar de hal stond, en zij wist nog dat ik nieuw was en wenkte een van de meisjes die bij de tafel met hapjes stond. Inwendig kromp ik ineen, en mijn schouders gingen instinctief hangen bij het idee dat ik iemand tot last zou zijn. Maar dergelijke gedachten gingen in rook op toen ik het meisje zag dat op haar wenk reageerde en dat zich glimlachend naar ons toe haastte. Dit meisje was, en daar is geen woord van gelogen, alles waar ik van droomde: ze was bevallig, had een heldere blik in haar ogen en voelde zich duidelijk op haar gemak in de wereld. Ze vertelde me dat ze Juliet heette, en in plaats van te klagen dat ik aan haar werd opgedrongen, heette ze me welkom op school en leidde ze me rond door de met vlaggetjes versierde hal terwijl ze me voorstelde aan ieder nieuw gezicht dat we tegenkwamen. De meeste leerlingen zaten al op deze school en hadden net hun GCSE-examens gedaan, en iedereen, behalve ik, leek elkaar goed te kennen. Ik werd bejegend met een geruststellende mate van onverschilligheid. De meeste jongens knikten me kort toe bij wijze van minzame erkenning, terwijl de meisjes vluchtig naar me glimlachten en 'hoi' zeiden. Er waren meisjes en jongens van allerlei lengte, kleur en postuur. Hun verschillen waren zo opvallend duidelijk voor me dat ik het gevoel kreeg dat ik niets te vrezen had en me absoluut geen zorgen hoefde te maken over mijn eigen verschillen.

Nadat ze me had rondgeleid, liet Juliet me achter op een stoel aan de rand van de hal terwijl zij haar plaats weer innam achter de tafel met drankjes, samen met twee andere meisjes die ik later zou leren kennen als Martha Benn en Olivia Heathcote. Nou, als ik die avond in de ogen van papa een prinses was, dan leken Juliet en haar vriendinnen voor mij meer op Titania en haar elfen, even etherisch en fascinerend als Shakespeares schitterende creaties. Terwijl het buiten donker werd en de door discolampen verlichte ruimte volstroomde, genoot ik van het gevoel dat ik verdween achter een muur van mensen, maar niet voordat ik had gezien dat Martha, een iets kleinere maar beslist niet minder stralende versie van Juliet, een halveliterfles wodka uit haar schoudertas haalde en een flinke scheut in elk van hun bekers goot. Ze zag me kijken en trok een olijk gezicht en drukte samenzweerderig een vinger tegen haar lippen. O, wat heerlijk om deelgenoot te zijn van het geheim!

Twee uur later zat ik nog steeds op die stoel met hetzelfde plastic bekertje limonade in mijn hand, blij om gewoon te kunnen observeren, zonder een ongemakkelijk gesprek te hoeven voeren. Juliet en haar vriendinnen waren niet de enigen die dronken, te oordelen naar de verandering in de sfeer en de braafheid naarmate de avond vorderde. Niet lang daarna werden de stropdassen losser getrokken en stonden er stelletjes te zoenen op de dansvloer of verdwenen ze door de nooduitgang naar de warme duisternis van het sportveld verderop. Met mijn blik volgde ik Juliet waar ik haar maar kon vinden, en wanneer zij uit beeld verdween, keek ik of ik Martha of Liv ergens zag. Ik maakte er een soort spelletje van en gaf mezelf de opdracht om op elk willekeurig moment één van hen in beeld te hebben en dan heel snel een van de twee anderen op te sporen wanneer die eerste verdween. Ik zag Martha door de uitgang naar buiten dansen met een bleke jongen die een donker pak en felgekleurde gymschoenen droeg, en ik richtte mijn aandacht vlug op Juliet en Liv die samen aan de rand van de dansvloer dansten, hun vingers verstrengeld boven hun hoofd. Liv moest haar armen veel verder uitstrekken om bij de handen van Juliet te kunnen. De muziek zei me niets, aangezien mijn moeder iemand is die alleen naar de muziek uit haar eigen jeugd luistert, maar zij tweeën kenden alle woorden en ze gooiden hun hoofd achterover telkens wanneer het ‘C’est la vie’ van het refrein klonk. Toen het liedje voorbij was, sloegen ze dubbel van het lachen. Bij de eerste maten van het volgende nummer trokken ze een gezicht naar elkaar en schudden toen hun hoofd. Ik zag dat ze elkaar een arm gaven en via de nooduitgang de duisternis in liepen, wat Martha al eerder had gedaan.

Voor het eerst die avond voelde ik me gedwongen om mijn veilige stoel te verlaten. De hitte van de overvolle ruimte werd me te veel, en zonder erbij na te denken volgde ik de meisjes het gras op, waarbij ik op enige afstand achter hen aan liep terwijl zij op blote voeten naar een vervallen uitziend gebouw helemaal aan de andere kant van het veld renden. Terwijl mijn ogen zich aanpasten aan het schijnsel van de halve maan zag ik dat er overal groepjes mensen stonden – kleine groepjes meisjes en jongens, stelletjes, van wie sommigen rookten of dronken, anderen er gewoon wat bij stonden en weer anderen aan het lachen of zoenen waren. Juliet en Liv leken totaal niet bij dit alles te horen, en terwijl ik achter hen aan liep en ze om de oude bakstenen muur zag verdwijnen, wist ik zeker dat ze de nummer drie van hun groepje, Martha, zochten. Ik ging ook de hoek om en tot mijn verbazing bevond ik me ineens aan de rand van een oud buitenbad. Het was overwoekerd met mos en er groeide klimop door barsten in de tegels en rond de verroeste trapjes. In het fletse licht zag ik een glimp van de meisjes die het vervallen gebouw aan de andere kant van het zwembad in gingen – de oude kleedkamers, vermoedde ik – en ik volgde behoedzaam het pad dat langs de rand van het gapende gat voerde, waarbij ik de kilte van de late avond om mijn blote benen voelde. Wat een avonturen, dacht ik. Ze voerden duidelijk iets in hun schild, en ik was erbij, ik zat erbovenop, als onopgemerkte toeschouwer, een spionnetje. Wat zullen we er hard om lachen, mijn nieuwe vriendinnen en ik, wanneer ik ze vertel over de keer dat ik achter ze aan was geslopen over het schoolterrein, ze onopgemerkt had achtervolgd, in de hoop ze op hun nachtelijke kattenkwaad te betrappen. Achter de ingang van het verbrokkelende gebouw hoorde ik hun gefluisterde gelach, hun zachte, gemompelde gesprek. Was dat nou één stem of waren het er twee? Mijn adem zat gevangen als een vlinder in mijn borst en ik durfde de lucht niet te laten ontsnappen uit angst om te worden betrapt.

'Mart komt ons vast zoeken,' hoorde ik een van hen fluisteren.

De andere zei sussend: 'Martha redt zich wel. De laatste keer dat ik haar zag, leek ze het heel gezellig te hebben met Denny Scott.' Er volgde een bloedstollende stilte, en toen zei ze: 'Vergeet Martha maar.'

Terwijl ik heel langzaam de bakstenen hoek om liep, zag ik die prachtige meisjes, beschenen door strepen van maanlicht dat door de kapotte plafondbalken viel. Hun schouders waren naakt, hun donkere en lichte huid met elkaar verstrengeld als jonge boompjes die bewogen in de wind, hun gezichten raakten elkaar in een kus zo teder en vol verlangen dat ik verwachtte dat de hemel zou splijten in een uitbarsting van sterren.

Ik had niet echt een plan in gedachten toen ik het zo regelde dat Liv en Martha elkaar hier zouden treffen. Ik wist alleen dat ik ze samen moest zien en dat ik de zaken recht moest zetten met Martha. Ik heb er zo enorm veel spijt van dat ik haar heb geslagen. Want wat is dat nou voor basis voor een vriendschap? Ik moet haar uitleggen dat het een ongeluk was, dat mijn hoofd omliep van de zorgen, dat ik in paniek was geraakt toen Carl maar op de voordeur bleef kloppen. Ze zal willen weten waarom ik in paniek raakte, en dat is een vraag die ik mezelf tekens opnieuw heb gesteld sinds ik dat afgrijselijke tafereel ben ontvlucht. Waarom raakte ik in paniek? Vermoedelijk omdat ik bang was te zijn betrapt. Bang dat ze me niet aardig zou vinden, net als alle mensen die haar voor zijn gegaan. Maar als ik heel eerlijk ben, was ik waarschijnlijk vooral bang dat ze zal ontdekken wat er al die jaren geleden met Juliet is gebeurd, en dat ze me dan nooit zal kunnen vergeven. Als ze me nou maar een kans geeft om de zaken goed uit te leggen, dan kan ik misschien een heel klein sprankje hoop houden wat betreft onze toekomstige vriendschap.

Ze zitten nu ongeveer vijf minuten samen op dat houten bankje, en ik ben gefascineerd door de genegenheid die ze zo snel delen. Op dit moment wordt Livs hand omvat door die van Martha en zitten ze met hun hoofden vlak bij elkaar terwijl Martha een stapel papieren uit haar tas haalt. Ik klauter zo zachtjes mogelijk aan dek, voor zover mijn enorme omvang me dat toestaat, en stap van de rand van de boot op het geplaveide jaagpad, slechts enkele meters verwijderd van de plek waar het tweetal zit. Ik ben vlakbij, maar ze kijken niet eens op, zozeer gaan ze op in hun gesprek en in elkaar. Is het dom van me om te denken dat ik op een dag misschien ook zo'n vriendschap zal ervaren? Ik heb geen idee wat ik nu moet doen, dus doe ik wat mijn vader me heeft geleerd in dit soort gespannen situaties en tover een glimlach op mijn gezicht. Terwijl ik op hen af loop, wens ik dat ik koekjes aan boord heb, of nog beter: een cake. O, hemeltje, ik heb niet eens melk in huis!

Als Liv opkijkt, heeft ze een verwarde uitdrukking op haar gezicht, alsof ze me probeert te plaatsen. Maar wanneer Martha me ziet, kijkt ze geschrokken.

'Nogmaals hallo!' zeg ik zo vrolijk mogelijk. 'Willen jullie een kop koffie komen drinken aan boord van mijn woonboot?'

Martha en Liv wisselen een blik, en ik voel een flits van buitensluiting. Waarom kijken mensen altijd op die manier naar me? Waarom ben ik altijd het mikpunt van argwaan en spot?

'Katherine,' zegt Martha terwijl ze de stapel papieren omklemt met haar gespikkelde handschoenen. Maar ik laat me niet voor de gek houden door die vleiende toon. Het is de stem die moeders voor stoute kinderen gebruiken. Het soort stem dat zegt: *je bent niet helemaal goed bij je hoofd, dus we zullen voorzichtig zijn…* Ik voel me beledigd dat ze ervan uitgaat dat ze mij als een kind kan behandelen, maar dan zet ze me op het verkeerde been door meer als een bezorgde vriendin te klinken: 'Ik heb me zorgen over je gemaakt, Katherine. Is alles goed met je?'

Ik wil zo graag geloven dat ze om me geeft dat ik even niet kan bedenken hoe ik daarop moet reageren. Daarom herhaal ik: 'Willen jullie een kop koffie komen drinken aan boord van mijn woonboot?'

Liv schudt haar hoofd, en ze verplaatst haar hand zodat die op Martha's onderarm komt te liggen.

'We hebben nog een afspraak,' zegt Martha, maar ik weet natuurlijk dat ze liegt, want ze heeft alleen een afspraak gemaakt om hier te zijn met Liv.

Ik haat haar omdat ze tegen me liegt, en ik haat haar omdat ze Liv wil en mij niet. Ik stamp met mijn voet in hun richting en ik buig me dicht genoeg naar hen toe om te kunnen fluisteren: 'Ik heb een mes in mijn jas en als jullie nu niet bij me aan boord gaan om een kop koffie te drinken, dan weet ik niet wat ik met dat mes ga doen.'

Ik ben ontzet door de verandering van Martha's gezichtsuitdrukking, die omslaat van bezorgdheid naar angst. Ze komt overeind en doet haar tas over haar schouder, maar ze blijft bij het bankje staan. Ze denkt dat ik niet zie dat ze snel naar links en naar rechts over het jaagpad kijkt, maar ik doe hetzelfde en ik wéét dat er niemand is naar wie ze kan roepen. Voor één keer is er geen mens te zien op het pad. Niemand die zijn hond uitlaat, nergens een fietser te bekennen. Misschien is dit het toeval dat me een handje helpt. Ik weet dat Martha overweegt het op een hollen te zetten, want ik zie de blik die ze elkaar toewerpen, dus ik ga snel vlak naast Liv staan en duw hard tegen haar zij door de stof van mijn zak heen.

'Laten we maar doen wat ze zegt,' zegt Liv tegen Martha, en ze beweegt haar hoofd met een ruk naar haar schouder om aandacht te vestigen op de manier waarop ik achter haar sta.

Martha knikt bedaard en zij gaat als eerste aan boord van Johns oude woonboot en daalt de houten trap af naar het woonvertrek. In de verte zie ik een jong gezin over het jaagpad lopen en ik dank de voorzienigheid dat mijn timing, voor één keer, eenvoudigweg volmaakt is geweest. Ik neem de tassen van de dames in beslag, prop die onder de onderste traptrede en vervolgens nodig ik hen uit om te gaan zitten.

'Goed...' zeg ik terwijl ik mijn best doe om te glimlachen en zelfverzekerd te klinken wanneer zij plaatsnemen op het bankje achter de smalle keukentafel. 'Hoe drinken jullie het? Melk en suiker?'

Als ze om thee vragen, ben ik bang dat ze pech hebben. Ik heb gisteravond een smaakproef gedaan met de vermalen slaappillen, en in de thee kon ik ze duidelijk bespeuren. Koffie is beter. Ze zullen nooit raden dat ik die pillen in de koffie heb gedaan.

31. Martha

Pas wanneer Martha en Liv achter de kombuistafel zitten, biecht Katherine met een zenuwachtig giecheltje op dat ze niet echt een mes in haar zak had. Vreemd genoeg zorgt die mededeling er niet voor dat Martha minder bang is wat betreft de situatie waarin Liv en zij zich momenteel bevinden: weggestopt onder het dek met een gestoorde vrouw die net doet alsof Martha en Liv vrijwillig aan boord zijn gegaan.

Ze is druk in de weer – kastje open, kastje dicht – terwijl ze nauwelijks een stilte laat vallen tussen de ene onsamenhangende observatie en de volgende. Ze trekt een bestekla open en haalt er een groot mes uit waar ze een paar seconden naar kijkt en het dan op het aanrecht legt naast een rode, afbladderende ketel. Martha voelt de paniek in zich opwellen, haar hart bonst als een bezetene terwijl ze in gedachten haar mogelijkheden naloopt. Achter hen zit een klein, dicht raam aan de kant van het kanaal. Hun benen zitten onder het tafeltje geperst. Liv zit links van haar, tegen de betimmerde muur van de kajuit gedrukt, en rechts van haar ligt het kleine keukenblok met gootsteen en aanrecht, met daarboven een weids uitzicht op het kanaal en het jaagpad, waar ze slechts enkele minuten geleden nog had gelopen. De ramen zijn zo smerig dat Martha betwijfelt of iemand die op het pad staat hen binnen zal kunnen zien, en de onopvallende, maar toch geduchte Katherine staat tussen hen en de enige beschikbare uitweg: de trap op.

Ze zitten in de val. Zelfs al zouden ze een poging doen om haar te overmeesteren, dan berooft de tafel die tussen hen in staat hen van het verrassingselement. En nu is er natuurlijk ook dat mes. Niemand weet dat ze hier zijn, en Martha kan slechts hopen dat Toby en de anderen bij hun aankomst de handschoen zullen zien die ze aan de rand van het pad heeft laten vallen toen ze aan boord gingen. Ze is bang, en tegelijk doet ze haar best om Liv mentaal duidelijk te maken dat ze haar voorbeeld moet volgen, dat wil zeggen niets doen tot Martha haar een teken geeft.

Katherine draait zich naar hen toe en klapt een keer in haar handen. 'Ik ben bang dat ik alleen maar suiker heb en geen melk. Ik heb de boot namelijk al een tijdje niet meer gebruikt, niet meer sinds ik in jouw oude huis ben getrokken, Liv. Ik ben natuurlijk dol op deze boot, en ik was zo dankbaar, en verrast, toen bleek dat John hem aan mij heeft nagelaten, maar het is niet hetzelfde als een huis, of wel soms? John is overleden, moet je weten. En hij heeft me zijn boot nagelaten. Het was een geschenk. En echt een enorme verrassing.'

Martha glimlacht beleefd. Maar inwendig kan ze zich wel voor haar kop slaan. Als ze ook maar iets had voorgesteld als onderzoeker, zou ze toch zeker tot de ontdekking zijn gekomen dat Katherine een boot had? En had de politie dat ook niet moeten weten? Als ze het wel hadden geweten, zou dat toch zeker een van de eerste plekken zijn geweest waar ze de voortvluchtige vrouw hadden gezocht?

Katherine haakt een vinger achter het gesloten gordijn van het raam aan de andere kant en kijkt naar het jaagpad en de houten bank waar Liv en Martha een paar minuten eerder nog hadden gezeten.

'Dus jij hebt ons die e-mails gestuurd?' Het zijn de eerste woorden die Liv zegt sinds ze aan boord zijn gegaan, en ze klinken heel robotachtig. Haar huid heeft een asgrijze kleur gekregen, waardoor ze er mat en ziekelijk uitziet.

Katherine laat het gordijn terugvallen, kijkt achterom en slaat dan een hand voor haar mond om een glimlach te verbergen. 'Oeps!' zegt ze, waarna ze een pols opheft en daar met haar andere hand een 'stoute meid'-tik op geeft.

Jezus, denkt Martha. Dit wordt met de minuut angstaanjagender. Ze denkt aan Toby, en aan Jay en Sally, en werpt een snelle blik op haar horloge. Hopelijk zullen de drie niet pas over een uur komen, het uur dat zij per se tussen haar ontmoeting met Liv en hun komst had willen hebben. Alstublieft God, laat Toby die gespikkelde handschoen zien, laat hem die herkennen als de hare, laat hem beseffen dat ze hier beneden gevangen zit bij deze doorgedraaide vrouw.

'Zeg, waarom wilde je ons eigenlijk ontmoeten, Katherine?' vraagt ze, vastbesloten om niet te laten merken dat ze het eigenlijk in haar broek doet van angst. 'Je hebt ontzettend veel moeite gedaan om ons hier te krijgen. Nou, hier zijn we dan!'

Katherine schenkt de koffie in en zet de kopjes op de smalle tafel terwijl zij op de lage, met vinyl beklede kruk tegenover hen gaat zitten. De kajuit is nauw, het moet Katherine altijd moeite kosten om zich er doorheen te wringen, ook als er geen twee gijzelaars bij zijn gepropt. Martha laat haar blik door de ruimte gaan en probeert te bepalen hoe snel ze zich zullen kunnen bevrijden voordat Katherine dat mes kan pakken, maar weer komt ze tot de slotsom dat het onmogelijk is. De enige manier om uit deze benarde situatie te komen is door zich eruit te kletsen.

Katherine heeft al een paar minuten niets meer gezegd. Ze knabbelt aan de rand van een duimnagel terwijl haar blik heen en weer schiet, van Liv naar Martha naar het tafelblad. Te oordelen naar de manier waarop haar lippen bewegen zonder geluid te maken, acht Martha het mogelijk dat Katherine oefent wat ze zo gaat zeggen.

'Waarom begin je niet bij het begin?' vraagt Martha vriendelijk.

Wanneer Katherine haar aankijkt, glanzen haar ogen vochtig en begint ze inderdaad te praten. 'Drink die koffie op en dan zal ik jullie alles vertellen,' zegt ze terwijl ze haar koffie met grote slokken opdrinkt en hun het lege kopje laat zien. De manier waarop ze praat en zich beweegt is heel kinderlijk, en Martha krijgt het gevoel dat haar als een kind behandelen de beste manier is om tot Katherine door te dringen.

'Natuurlijk,' zegt Martha. 'Dank je wel. Het is heerlijke koffie, Katherine.' Martha en Liv drinken hun koffie op, hoe zoet en bitter die ook is, waarna Katherine hun kopjes afruimt, en als ze weer gaat zitten, straalt haar gezicht.

'Jullie herinneren je mij vast niet meer. Dat doet bijna niemand,' zegt ze. 'Maar we hebben elkaar al een paar keer ontmoet, en ik kan me jullie... jullie drieën, heel goed herinneren.'

Martha en Liv zwijgen en wachten tot Katherine verder vertelt.

'Natuurlijk weten jullie inmiddels dat David Crown mijn vader was, en ik weet zeker dat jullie hém niet zijn vergeten.'

Dat laatste is in het bijzonder tegen Martha gericht, de beladen stilte is genoeg om een begraven herinnering boven te laten komen.

'Hij was echt de aardigste man die je je kunt voorstellen. Het is belangrijk dat jullie dat weten,' gaat Katherine verder. 'Er wordt zoveel over hem gekletst, en elk woord daarvan is gelogen. Het idee dat hij ervandoor is gegaan met Juliet! Dat hij haar zou hebben vermoord! Niets dan leugens. Hij zou nog geen vlieg kwaad hebben gedaan. En ik kan het weten. Ik ben zijn dochter. Wie kent hem nou beter dan ik?'

Martha voelt een vlaag van medeleven opkomen voor deze zielige vrouw, die zichzelf er jarenlang van heeft overtuigd dat haar vader niet in staat was tot deze afschuwelijke misdaad, hoe sterk de aanwijzingen voor zijn schuld ook zijn. Uit naam van de liefde, en met het verstrijken van tijd, kunnen we onszelf immers toch van alles wijsmaken? We kunnen onszelf ervan overtuigen dat wij niet verantwoordelijk zijn voor de misère van anderen, dat we daar zelfs niet een heel klein beetje schuldig aan zijn, dat wij er verder niets aan hadden kunnen veranderen.

'Soms zijn mensen in staat om dingen te doen die hun geliefden nooit voor mogelijk hadden gehouden,' zegt ze tegen Katherine. 'Wij zijn niet verantwoordelijk voor de fouten van onze ouders. Soms doen goede mensen vreselijke dingen.'

Katherine schudt verwoed haar hoofd. 'Nee. Mijn vader niet. Jullie hebben hem niet gekend zoals ik hem heb gekend. Hij was een goede man. Hij ís een goede man.'

'Weet jij waar je vader is, Katherine?'

'Papa en ik gingen vaak bij John op bezoek op deze boot,' zegt ze, de vraag ontwijkend. 'Ik denk dat dat misschien de eerste keer was dat ik jullie heb gezien. Ik ging niet naar school, zoals andere kinderen, dus soms was ik aan het einde van de dag bij de boot als er allemaal leerlingen over het pad liepen die naar huis gingen. Jullie drieën, jullie tweeën en Juliet, werden in de loop der jaren bekende gezichten. Echt, ik had bijna het gevoel dat ik jullie kende. Jullie waren altijd aan het lachen en aan het praten, en soms zaten jullie op dat bankje daar een sigaret te roken of deelden jullie een blikje cola.'

Bij het idee dat ze door Katherine in de gaten zijn gehouden trekt er een huivering omhoog langs Martha's ruggengraat. Ze kijkt Liv aan, die met stomheid geslagen is door deze onthulling. 'En? Hebben we elkaar bij Square Wheels voor het eerst écht ontmoet?' vraagt Martha, die wil dat Katherine opschiet met haar onsamenhangende verhaal.

'Nee,' zegt ze. 'We hadden elkaar daarvoor al eens ontmoet. Een jaar eerder, op het welkomstbal voor de eindexamenleerlingen. Ik was toen van plan om mijn A levels-examen op jullie school te doen. Juliet heeft me toen rondgeleid. Natuurlijk was ik in die dagen wel iets slanker...'

Ineens verroert Liv zich en buigt zich voorover op de bank. 'Blauwe jurk, rood vest?' Haar stem klink sloom en weifelend.

'Ja!' roept Katherine uit. 'Je weet het nog! Goh, dat is verbazingwekkend!'

'Dus dat was jíj daar in de kleedkamers,' zegt Liv, maar ze gaat er niet op door. In plaats daarvan leunt ze achterover en drukt haar rug tegen de muur terwijl er een bezorgde uitdrukking op haar gezicht verschijnt.

'Maar van daarna kan ik me je niet meer herinneren,' zegt Martha. 'Als jij ook in de examenklas zat, zou ik dat hebben geweten.'

Katherine schudt haar hoofd en slaat opnieuw dicht, waardoor Martha's ongeduld de overhand krijgt.

'Katherine, ik moet je vertellen dat we weten dat Juliet een geheime relatie had in de periode voor haar verdwijning. Dat heeft ze Liv en mij min of meer verteld. Ze heeft alleen niet gezegd met wie. Ik vind het vreselijk om het te moeten zeggen, maar de kans bestaat, die is zelfs groot, dat David Crown haar geheime minnaar was.'

Ondertussen zit Liv te huilen. 'Martha, hou op,' zegt ze, en als Martha verward naar Katherine kijkt, ziet ze dat de vrouw haar blik op Liv heeft gericht, haar voorhoofd gefronst en haar gezichtsuitdrukking berispend en afkeurend.

'Ga jij het haar vertellen of moet ik dat doen?' vraagt Katherine ondeugend aan Liv.

Liv slaat haar ogen neer en reageert niet.

'Die geheime minnaar van Juliet was mijn vader niet, gekkie!' Katherine wijst met een priemende vinger over de tafel. 'Het was Liv.'

Na die woorden pakt ze het mes, klautert aan dek en doet de deur achter zich op slot.

Liv slaat haar handen voor haar gezicht. 'God, Mart. Ik weet niet waar ik moet beginnen.'

Hoe kon het haar zijn ontgaan? Die avond van het welkomstbal voor eindexamenleerlingen was vlak na Liv en Juliets schoolreisje naar Venetië, en na hun terugkomst waren ze hechter met elkaar bevriend dan ooit tevoren. Toentertijd had Martha het gevoel gehad dat ze werd buitengesloten en was ze zelfs jaloers geweest. En toen Liv steeds maar bij Juliet thuis rondhing, had Martha zichzelf wijsgemaakt dat Liv dat deed omdat ze verliefd was op Tom, Juliets oudere broer. Dat had ze zelfs tegen Juliet gezegd, die het in eerste instantie had afgedaan als een belachelijk idee, maar niet lang daarna was ze het in bedekte termen met Martha eens geweest en had ze gezegd dat Martha er niet in het bijzijn van Liv over moest beginnen omdat die zich dan zou schamen. Ja, natuurlijk was het Juliet goed uitgekomen om Martha te laten denken dat Liv verliefd was op Tom! Hoe had ze zo blind kunnen zijn? Flarden van de avond van het welkomstbal keren terug: zij met z'n drieën achter de tafel met drankjes, hun jus d'orange aanlengend met wodka. Mevrouw Matthews en meneer Curtis die beginnen met schuifelen, waardoor de dansvloer leegstroomt. Een onverwachte kus in de maneschijn met Denny Scott – de eerste van vele die zouden volgen. En ze ziet zichzelf tussen alle feestgangers op het sportveld, terwijl ze met haar lege plastic bekertje in haar hand van het ene groepje naar het andere loopt om te vragen of iemand Juliet en Liv heeft gezien. Ze heeft overal gezocht, binnen en buiten, en het lijkt wel alsof ze in rook zijn opgegaan. Ze weet dat haar vriendinnen nooit zonder haar zouden zijn weggegaan. Ze hebben afgesproken om na afloop van het feest met z'n drieën naar huis te lopen. De halve maan straalt helder aan de met sterren bezaaide hemel, en net wanneer Martha aan de rand van het sportveld staat en zich afvraagt wat ze nu moet doen, ziet ze een flits van rood en blauw bij het vervallen zwembad in de verte. Het is dat nieuwe meisje dat door Juliet werd rondgeleid, ze weet het zeker. In de overtuiging dat haar vriendinnen daar ook zijn, laat Martha haar bekertje vallen en ze rent over het gras naar het in schaduwen gehulde gebouw van baksteen terwijl ze in het donker hun namen roept. Als ze dichterbij komt, is er van het nieuwe meisje geen spoor te bekennen, maar komen Liv en Juliet wel achter de bakstenen zuil vandaan, lachend en gearmd. 'Je hebt ons gevonden!' roept Juliet buiten adem uit terwijl ze Liv aankijkt met een ondeugende blik in haar ogen. Maar de uitdrukking op Livs gezicht is compleet anders.

Liv ziet eruit alsof iemand haar net op diefstal heeft betrapt.

‘Als jullie proberen te ontsnappen, zal ik het weten,’ roept Katherine door de vergrendelde deur naar beneden. ‘En dan zal ik jullie moeten neersteken!’ Haar stem klinkt zo luchtig dat Martha geen seconde betwijfelt dat Katherine het meent.

Een poosje verroert noch Liv noch Martha zich. Martha’s hoofd voelt wazig, ze denkt dat het een gevolg is van de hersenschudding, maar dan kijkt ze naar Liv en ziet ze de gedrogeerde blik in haar ogen.

‘Gaat het wel?’ vraagt ze.

Liv schudt langzaam haar hoofd. ‘De koffie,’ antwoordt ze, en daarna wrijft ze met de muizen van haar handen door haar ogen, die ze afwisselend wijd openspert en weer sluit terwijl ze haar best doet om scherp te blijven zien. ‘Verdomme. Ze heeft iets in onze koffie gedaan.’

Boven zich horen ze Katherine in haar mobiele telefoon praten, maar er komt net een grote boot door het kanaal die voldoende lawaai maakt om haar woorden onverstaanbaar te maken. Wie zou ze bellen, vraagt Martha zich af. En, nog veel belangrijker, wat heeft Liv te zeggen op Katherines onthulling?

‘Ik snap niet hoe het me is ontgaan,’ fluistert Martha. Ze zit nog steeds met de stapel brieven in haar hand geklemd en schuift die over de tafel naar Liv. ‘Dit is jouw handschrift toch? Niet dat van David Crown.’

Liv gaat met een vingertop over de bovenste brief. ‘Juliet en ik hebben gezworen dat we het je nooit zouden vertellen,’ zegt ze terwijl haar woorden er langzaam uitkomen, alsof praten haar meer moeite kost. ‘We wisten dat het anders het einde van onze vriendschap zou betekenen.’

‘Nee, dat is niet zo,’ protesteert Martha, maar ze weet dat Liv gelijk heeft. Hoe zou een vriendschap tussen drie personen kunnen blijven bestaan wanneer twee van de drie een intieme relatie hadden gekregen? Met grote moeite wurmt ze zich onder de tafel en komt aan de andere kant ervan weer boven.

‘Ja, dat is wél zo,’ gaat Liv verder. Martha gebaart dat Liv achter haar aan moet komen, maar die schudt traag haar hoofd. ‘Het is nooit onze bedoeling geweest, Mart. Voordat we naar Venetië gingen, waren we altijd al hecht met elkaar, maar daar was het net alsof we in een luchtbel leefden, daar ging het alleen om ons tweeën, in die schitterende stad, waar we konden doen wat we wilden, konden zíjn wie we wilden…’

Martha is overeind gekomen en staat nu wankel in de kleine kombuisruimte, met haar gezicht naar de houten trap waar Katherine hun tassen onder heeft gepropt. ‘Jullie gedroegen je anders nadat jullie waren teruggekomen,’ zegt ze. ‘Ik dacht dat jullie me niet meer aardig vonden. Dat jullie genoeg hadden van al mijn gezuip. Ik was echt heel vervelend in die tijd.’

Heel zachtjes loopt ze over de vloerplanken en haalt haar tas onder de trap vandaan. Ze pakt haar telefoon en propt de tas dan weer terug.

‘Hoe kun je dat nou zeggen?’ vraagt Liv. Haar hoofd ligt nu achterover tegen het kleine raam, en haar ogen zijn gesloten. ‘Jij hebt ons al die jaren bijeen gehouden. Zie je dat dan niet? Telkens wanneer Jules en ik ruzie hadden, zorgde jij ervoor dat het weer goed kwam tussen ons. Jij maakte altijd de verstandige opmerkingen. Deze dingen…’ Ze houdt haar pols omhoog, en Martha ziet dat Liv haar zilveren vriendschapsarmband draagt. ‘Dat was jouw idee. Jij hebt ons bijeengehouden. Jij hield alles bijeen.’

Martha heeft zoveel dingen in het verleden achtergelaten, in een doosje gedaan en opgeborgen. Is zij werkelijk zo belangrijk geweest voor hun vriendschap? Nu beseft ze pas dat het waar is, heel vaak was zij degene die de boel bij elkaar hield. Thuis, op school, op haar werk – op Martha kon je bouwen. Martha was sterk. Ha, denkt ze nu. Ze moesten eens weten.

Ze staart naar de telefoon in haar hand. Hoelang staat ze hier al zo?

‘Dus jullie hebben het anderhalf jaar geheim gehouden? Je had het me moeten vertellen, Liv. Als ik zo belangrijk voor jullie was, hadden jullie het me moeten vertellen.'

Een verontschuldigende uitdrukking trekt over Livs gezicht. 'Nee, nee. Zo zat het helemaal niet. Na het welkomstbal wisten we niet hoe de mensen erop zouden reageren, onze vrienden, onze familie. Juliet was doodsbang dat haar ouders erachter zouden komen, dat ze hen op de een of andere manier teleur zou stellen. Ze waren niet bepaald homofobisch...' – ze struikelt over het woord en lacht wanneer het eruit komt als *fomohobisch* – 'maar het vooruitzicht sprak ze ook niet echt aan. Weet je nog dat Juliet ons een keer vertelde dat ze haar ouders over Tom had horen praten? Ze hadden het vermoeden dat hij misschien homo was, en Juliet zei dat je door de manier waarop haar ouders het bespraken het idee kreeg dat het om een ziekte ging. Dus toen zijn we ermee opgehouden. We probeerden te doen alsof het een zomerliefde was, niet meer dan een lolletje, niet het echte leven. We hadden geen reden om het je te vertellen, Mart. Het was voorbij.' Ze laat een stilte vallen en bijt op haar lip. 'Maar de zomer erna begon het weer van voren af aan, en die keer wisten we dat het menens was...'

Martha steekt aarzelend een hand op en ze voelt haar lichaam heen en weer zwaaien. Een droombeeld van Liv en Juliet dringt zich aan haar op, tijdens de picknick aan het water, zij tweeën achter die boom, hun gezichten vlak bij elkaar, een geheim delend terwijl de anderen de spullen van de lunch weer inpakten. Martha had het ene eind van het picknickkleed vast en Tom het andere, en zelfs nu herinnert ze zich het gevoel van jaloezie, het gevoel buitengesloten te zijn. Net toen Martha zich omdraaide om het opgevouwen kleed in de mand te stoppen... zag ze het, het moment waarop hun gezichten bij elkaar vandaan gingen en ze naar de oever renden en aan boord van de boot stapten.

Op het moment dat ze wil reageren, verheft Katherine haar stem. Martha houd haar hoofd schuin om het gesprek op te vangen.

'Ik vind gewoon dat je moet komen, dat is alles! Er zijn dingen die je moet horen.' Katherines toon lijkt een mengeling tussen een smeekbede en ergernis. 'Nee, natuurlijk wil ik je niet tegenspreken. Ja, ik wéét dat het een rommeltje is.' Inmiddels snuft ze, en huilt ze stilletjes, terwijl ze af en toe een instemmend geluidje maakt terwijl de persoon aan de andere kant van de lijn aan het woord blijft. Met wie zou ze praten? Haar stem klinkt zo dichtbij dat Martha beseft dat zij met geen mogelijkheid iemand zal kunnen bellen zonder dat het wordt gehoord. In plaats daarvan begint ze met onhandige vingers een bericht aan Toby te typen, maar als ze halverwege is, slaakt Katherine een kreet van ontzetting.

'Pap!' roept ze uit. 'Ja, natuurlijk denken ze dát.'

Pap? Heeft ze haar vader aan de lijn? Zouden die ansichten dan echt van David Crown afkomstig zijn – en is hij nu in Londen, precies zo als zijn vrouw hun had verteld? Wanneer ze Katherines voetstappen boven zich hoort, stopt Martha haar telefoon in haar jaszak en wordt het onafgemaakte bericht niet verstuurd.

Ze werpt een snelle blik op Liv, want ze durft haar blik niet al te lang af te wenden van de bovenkant van de trap. 'Zeg, die laatste avond toen jullie ruzie stonden te maken bij het Waterside Café, waar ging dat over?' fluistert ze terwijl ze naar de kajuitdeur blijft kijken wanneer die weer wordt geopend.

Katherines voeten verschijnen op de trap, maar als ze halverwege zijn gaat haar telefoon opnieuw en begeeft ze zich weer aan dek, afkeurend 'tut tut' mompelend. Martha voelt zich licht in haar hoofd. Ze brengt haar hand weer naar de telefoon in haar jaszak, maar houdt op wanneer ze ziet dat Liv voorover is gezakt, met haar hoofd op de tafel. Ze snelt naar haar toe, tilt haar omhoog en wrijft over haar oogleden tot ze zeker weet dat Liv nog bij bewustzijn is terwijl haar eigen hart als een bezetene tekeer gaat. Wat heeft dat mens hun verdomme gegeven? Martha is versuft, maar Liv heeft een veel tengerder postuur en heeft er duidelijk veel meer last van.

'Wees niet bang,' fluistert ze op een toon die veel zelfverzekerder klinkt dan ze zich werkelijk voelt. ‘Er kan elk moment hulp komen, dat beloof ik. Tot die tijd moeten we, als ze weer terug is, rustig tegen haar praten en haar ervan overtuigen dat wij ook haar vriendinnen willen zijn. Oké?’

Liv veegt een streep mascara van haar gezicht en praat op een dwingende fluistertoon terwijl haar vingers Martha’s mouw omklemmen. ‘De avond waarop Juliet is ontvoerd, dat was allemaal mijn schuld, weet je? Ik had te veel gedronken en we waren aan het ouwehoeren met Tom toen ik een stomme grap maakte over naar bed gaan met Juliet. Tom besteedde er geen aandacht aan, maar Juliet was woedend en toen ze haar glas leeg had, stormde ze naar buiten en zei ze dat ze te laat was voor haar werk. Ik ging haar achterna, met een specifieke bedoeling: ik had het in mijn stomme kop gehaald dat dit het moment was om onze liefde voor elkaar wereldkundig te maken. Om gewoon open kaart te spelen.’

Onvast gaat Martha op de kruk tegenover Liv zitten. ‘Was dat het moment waarop ik jullie stoorde, bij de fietsen?’ Ergens door haar hoofd zweeft de gedachte: ik wilde net iets gaan doen. Maar wat ook alweer?

‘Ja, maar pas nadat ze tegen me had gezegd dat het uit zou zijn als ik iemand ook maar iets over ons beiden zou vertellen. Ze zei dat ze zich liever in de rivier zou verdrinken dan dat ze het tegen haar ouders zou zeggen. Ik had haar nog nooit zo boos gezien en ik was echt bang dat ze iets stoms zou doen. Dus toen jij zei dat je met haar naar huis zou lopen, was ik opgelucht. Ik dacht dat jullie samen veilig zouden zijn.’ Liv laat haar hoofd op haar gevouwen armen zakken.

Martha’s eigen schuldgevoel steekt de kop weer op. Zij had ervoor gekozen om Juliet op dat donkere pad achter te laten. Als een verwend kind had ze Juliet willen straffen omdat die geheimen voor haar had gehad, en ze wilde terug naar… ja, waarnaar eigenlijk? O, god. Nee. Ineens dringt het akelige besef tot haar door: het ontbrekende stukje van de puzzel. Ze had nog een borrel willen halen, nietwaar? Ze had verdomme nog een borrel gewild, en enkel daarom heeft ze haar beste vriendin op een donker pad langs het kanaal achtergelaten. Hoewel ze al ruim tien jaar geen druppel meer heeft gedronken, wordt Martha overmand door schuldgevoel.

Wanneer het Liv lukt om haar hoofd nog een keer op te tillen, lijkt het alsof het haar haar laatste gram energie kost om wakker te blijven. 'Als ze zichzelf iets heeft aangedaan vanwege mij, Mart... Ik ben altijd bang geweest dat alles wat Juliet is overkomen nadat wij ieder een kant op waren gegaan mijn schuld was. Heeft ze zelfmoord gepleegd, Martha?'

Er is zoveel tijd verstreken, en nu blijkt dat Liv door hetzelfde vage schuldgevoel is gekweld dat Martha heeft achtervolgd. De verschuiving in wat Martha over het verleden weet is zo groot dat haar brein moeite heeft om het allemaal in de juiste volgorde te zetten. Kan Juliet zich in de rivier hebben verdronken, zoals ze tegen Liv had gedreigd? Juliet had een paar drankjes op gehad, maar ze had toch zeker volledig in orde geleken toen Martha haar alleen had gelaten? Maar misschien had de angst om ontmaskerd te worden bij haar de overhand gekregen toen ze alleen op dat donkere pad had gestaan. Misschien had ze, net als Martha, wel allerlei verborgen angsten gehad. Misschien was dat voldoende geweest om haar het laatste zetje te geven? Maar dan denkt Martha terug aan die stralende glimlach, aan alle plannen en dromen waarover Juliet met zo veel enthousiasme had gesproken – en ineens weet ze zeker, zonder enige twijfel, dat dát niet met Juliet is gebeurd.

'Nee,' zegt ze tegen haar vriendin, omdat ze plotseling beseft dat ze haar nog geen antwoord heeft gegeven. 'Juliet heeft geen zelfmoord gepleegd.' Maar ze spreekt de woorden onsamenhangend en onduidelijk uit.

In haar jaszak gaat haar telefoon over. Ze schrikt en komt wankelend overeind en ze haalt de telefoon uit haar zak terwijl ze de beltoon uit probeert te zetten en het toestel naar haar oor brengt. 'Toby?' fluistert ze, terwijl ze uit alle macht probeert om niet te hard te praten.

Toby's stem klinkt kordaat. 'Martha, luister, dit is belangrijk.'

Net als ze hem in de rede wil vallen, hoort ze Katherine de grendel van de deur boven aan de trap wegschuiven, en ze weet niet eens of ze de woorden er wel uit kan krijgen. Liv zwaait naar haar en wijst naar de trap, en heel even voelt Martha zich als verlamd.

'Martha?' vraagt Toby. 'Finn zegt dat de politie een uur geleden met Vicky Duke heeft gesproken, die oud-leerlinge van David Crown. Zij heeft verteld dat ze wel degelijk heeft gelogen over de aanranding. Maar voordat ze de kans kreeg om haar aantijging in te trekken, werd ze ontvoerd op weg naar huis...'

Katherine komt schreeuwend en met maaiende armen van de trap gesneld en ze slaat de telefoon met een flinke klap bij Martha's oor vandaan. Het toestel vliegt door de kajuit en belandt stuiterend in een hoek.

'Ga alsjeblieft zitten!' schreeuwt ze met een stem die hoog klinkt van emotie terwijl het mes in haar andere hand elke lettergreep kracht bijzet. Heel even doet ze haar ogen dicht en slaakt dan een beverige zucht. 'Alsjeblieft. Ik verwacht nog een bezoeker, en ik wil graag dat die jullie op jullie best ziet.'

32. Katherine

Ik ben echt heel boos dat ze is opgestaan en heeft rondgelopen, terwijl ik specifiek tegen hen had gezegd dat ze dat niet mochten doen! Dit is mijn boot, zij zijn mijn gasten, en je zou toch verwachten dat ze betere manieren hebben. Maar in plaats van zich te beklagen over het kapotmaken van haar telefoon, zegt Martha dan tegen me dat ik ze allebei bang heb gemaakt met dat mes. Ze was bang dat ik haar opnieuw kwaad zou doen, en daarom hebben ze geprobeerd om hier weg te komen. Ik schaam me zo dat ik niet weet wat ik zeggen moet. Dit is niet hoe papa me heeft geleerd om nieuwe vrienden te maken. Wat is er gebeurd met 'glimlach en stel veel belangstellende vragen'?

'Je zei dat je onze vriendin wilde zijn,' zegt Martha als ik gebaar dat ze weer moet gaan zitten.

Ik trek de tafel iets verder naar voren, zodat ze niet ongemakkelijk opgepropt zitten. Ik weet dat het onaardig van me was. Ik ben degene met de slechte manieren, denk ik en ik voel mijn wangen branden en het kost me de grootst mogelijke moeite om kort te knikken. Mijn handen trillen vreselijk en ik ben ervan geschrokken hoe makkelijk ik weer een mep heb uitgedeeld. In elk geval lijken ze nu enigszins verdoofd, Liv ziet er zelfs heel slap uit.

'Dat willen wij ook, Katherine,' vervolgt Martha. 'Zoals je al zei hebben we elkaar nooit echt leren kennen. Nee toch, Liv?'

Liv kijkt eerst wat onzeker, maar dan beaamt ze Martha's woorden. Ik moet me concentreren om te kunnen verstaan wat ze zegt, want ze mompelt verschrikkelijk. 'Ik vond onze ontmoetingen eerder heel gezellig. Toen je mijn huis kocht, weet je nog? Ik vond het heel fijn om het aan iemand te verkopen die zo aardig is als jij.'

Zo aardig als ik? O, hemeltje. Hemeltje. 'Ik maak nog steeds gebruik van Carls diensten,' zeg ik, maar de woorden komen er nogal gehaast uit. Liv kijkt verward. 'Carl van Sainsbury,' voeg ik eraan toe, en er verschijnt langzaam een begrijpende uitdrukking op haar gezicht.

'O, ja. Carl! Heb je ook dezelfde bezorgtijd gehouden?' Ze lijkt veel met haar ogen te knipperen, en ik vraag me af of ze zenuwachtig is, maar dan bedenk ik dat ze gewoon geanimeerd is en geniet van ons gesprek!

'Ja! Exact dezelfde tijd. Vrijdagmiddag om twee uur! Hij was zo aardig toen hij die keer jouw boodschappen kwam brengen, dat ik dacht...' Maar dan verlies ik mijn concentratie omdat ik moet denken aan die arme Carl die op dat afschuwelijke tafereel in mijn gang stuitte, en aan Martha die daar lag, en het bloed, en hoe hij nu God weet wat van mij moet denken. Wat zal hij hebben gedacht toen hij ze op de radio over mij hoorde praten, een 'gezochte' vrouw? Als hij eens wist welke geheimen ik bij me draag, welke leugens ik heb verteld...

Martha en Liv kijken me aandachtig aan en ik realiseer me dat ik hier al een paar minuten aan Carl zit te denken, zonder verder ook maar iets te zeggen.

En dan, uit het niets, vraagt Martha: 'Katherine, is je vader hier in Londen?'

Ik staar haar effen aan, want ik wil mijn gevoelens niet verraden, ik wil de hele situatie niet verraden.

'We weten namelijk van de ansichtkaarten, snap je? Die heeft je moeder ons laten zien toen we bij haar op bezoek waren, en de laatste kaart kwam uit Londen. Heb jij hem onlangs nog gesproken, Katherine?'

Haar toon is vriendelijk, en ik wil haar zo graag alles vertellen, haar in vertrouwen nemen als vriendinnen onder elkaar. Moet ik dat doen? Kan ik dat doen?

'Willen jullie me even excuseren?' vraag ik aan ze, en ik laat ze achter aan de tafel en ga op de onderste tree zitten, met mijn gezicht in mijn handen. Ik moet even alleen zijn met mijn gedachten, alles op een rijtje zetten, voordat onze tijd voorbij is en ik hen niet langer voor mezelf heb. Ik probeer te begrijpen waarom mama die kaarten aan Martha heeft laten zien. Die hoorden geheim te zijn.

Nadat papa was weggegaan, was mama bijna een jaar lang volledig in zichzelf gekeerd. Ze probeerde niet langer mijn maaltijden of mijn leven te controleren, en het leren voor mijn eindexamen liep helemaal mis. Het leek wel alsof ik door mijn vaders afwezigheid ook niet meer bestond. Vanaf het begin maakte ze duidelijk dat het onderwerp van papa's vertrek uit ons leven – de omstandigheden van zijn verdwijning, en die van dat meisje – absoluut taboe was. Ze wilde en kon er niet over praten, en als ik wist wat goed voor me was, zou ik er ook mijn mond over houden. Als ik één ding wist over mijn moeder, dan was het dat ze het idee van een schandaal, het idee dat haar leven minder dan respectabel was, niet kon verdragen. 'De politie is op zoek naar een reden om je vaders goede naam te bezoedelen,' zei ze tegen mij. 'Geef ze niet de aanleiding die ze nodig hebben.' Als de politie nog een keer zou langskomen, moesten onze versies hetzelfde blijven: papa had volkomen normaal geleken toen hij die avond thuiskwam; nee, we hadden Juliet Sherman, het vermiste meisje, nooit ontmoet; en nee, we hadden geen idee waar hij naartoe was gegaan of waarom. Mijn moeder repeteerde zo uitgebreid met me wat ik moest zeggen over dat onderwerp dat het me vandaag de dag moeite kost om te bepalen wat waar is en wat niet, welke gebeurtenissen echt hebben plaatsgevonden tijdens die dagen en nachten en welke alleen herinneringen zijn die mama daar heeft geplant.

Maar nadat er een jaar voorbij was gegaan, liet mama een wonderbaarlijk herstel zien, door tegen mij te verkondigen dat het leven veel te kort was en dat ze van plan was om alle kansen die zich voordeden met beide handen aan te grijpen. Ze werd lid van een wijkvereniging en ging uitstapjes maken met haar nieuwe vrienden. Ze genoot opnieuw van het leven door bezoekjes aan bezienswaardigheden als Kew Gardens en Hampton Court Palace, plekken waarvan ik weet dat papa die vroeger graag met haar verkende. Tuinieren was hun gezamenlijke hobby geweest en ik bedacht dat dit misschien haar manier was om hem dichter bij zich te voelen, om over het trauma van het afgelopen jaar heen te komen. Al snel vroeg ik me af of er misschien een nieuwe man in haar leven was, omdat ze zoveel van huis was. In tegenstelling tot veel andere families die een dierbare waren verloren of door iemand in de steek waren gelaten werd onze band niet hechter, maar groeiden we uit elkaar, tot we eigenlijk alleen nog onder hetzelfde dak verbleven en mama af en toe iets pinnigs zei over mijn almaar toenemende gewicht, terwijl ik op mijn tong beet en hard werkte aan mijn thuisstudies. Toen ik, op de dag dat ik eenentwintig werd, voldoende moed bijeen wist te rapen om te vragen of ze een nieuwe man had ontmoet, dacht ik dat ze me nooit zou vergeven, zo gekwetst was ze door mijn zinspeling. 'Niemand zal ooit de plaats van je vader innemen,' zei ze tegen me, waarna ze naar bed ging en daar een week bleef liggen. De maand daarna verlengde ze haar paspoort en vloog ze met haar groep naar Praag.

Toen ze weer terug was, riep ze me bij zich op haar slaapkamer en gaf ze me chocolaatjes en een houten marionet in de vorm van een muis, en ze gaf me een stevige knuffel, iets wat ze niet meer had gedaan sinds ik heel klein was. 'Maak je maar geen zorgen over je vader,' zei ze, nadat ze had gezegd dat ik aan haar kaptafel moest gaan zitten en ze de borstel door mijn lange, donkere haar haalde. O, wat had ik die kleine genegenheid gemist! 'Voor we het weten is hij weer thuis.' Ze zei het met zo'n overtuiging dat ze alles ondermijnde wat ik meende te weten over zijn verdwijning. Hoe had ik het in twijfel kunnen trekken?

Twee dagen later arriveerde er een kaart uit Praag, waarop niets anders stond dan de letter D en een kus. 'Ik heb hem gezien, Katherine,' zei ze terwijl ik aan de keukentafel zat en de kaart telkens omdraaide in mijn handen. 'Ik heb hem gezien en hij ziet er heel goed uit, al mist hij ons vreselijk. Maar hij is kerngezond. Is dat geen geweldig nieuws?'

'Wanneer komt hij thuis?' vroeg ik toen, en elk jaar daarna wanneer zijn kaart arriveerde.

'Binnenkort, schatje,' zei ze keer op keer terwijl ze de kaart aan onze groeiende verzameling toevoegde. 'Binnenkort, daar ben ik van overtuigd.'

Terwijl ik op de onderste trede zit en aan hem en haar denk, aan de leugens die ze me in de loop der jaren heeft verteld – de geheimen die ik van haar moest bewaren – vraag ik me af of 'binnenkort' nu is. Kan het echt zijn dat papa thuiskomt?

33. Martha

Katherine zit onder aan de trap met haar gezicht in haar handen, het mes naast haar op de houten vloer. Volgens Martha zijn er twee belemmeringen om langs Katherine te kunnen stormen en zo te ontsnappen: het mes en hun aangetaste motoriek. Zelfs als Liv en Martha snelheid zouden kunnen ontwikkelen, dan moeten ze eerst langs Katherine zien te komen en die blokkeert op dit moment de complete doorgang met haar brede gestalte.

'Denk je dat ze ons kwaad wil doen?' fluistert Liv.

'Nee.' Martha geeft snel antwoord, maar in werkelijkheid baart de manier waarop Katherines aandacht – en humeur – van het ene uiterste naar het andere schiet haar steeds meer zorgen. Aan de ene kant zegt ze dat ze hun vriendin wil zijn, maar aan de andere kant klinkt haar stem vermanend als ze tegen hen spreekt, alsof ze onafgedane kwesties wil oplossen. Martha maakt zich ook zorgen over Liv. Ze voelt zich versuft, maar Liv lijkt er veel erger aan toe. Zo was het ook toen ze jonger waren, herinnert ze zich. Liv vertoonde na één drankje al tekenen van dronkenschap. Als Martha op dit moment besluit een poging te doen om Katherine te overmeesteren, kan ze er niet van uitgaan dat Liv in staat is om haar te helpen.

'Waarom kijk je dan zo bezorgd?' vraagt Liv.

'Dat telefoontje dat ze heeft gepleegd... ik denk dat ze misschien met David Crown sprak.'

Liv kijkt ontzet. 'Maar ik dacht... Ik ging ervan uit... Je denkt toch niet dat hij hiernaartoe komt?'

'Ik weet het niet,' antwoordt Martha, precies op het moment dat Katherine moeizaam overeind komt, naar de boekenkast loopt en een fotoalbum pakt.

Ze legt het op tafel tussen hen in en draait het een kwartslag zodat ze allemaal de pagina's kunnen bekijken. Op de eerste bladzijden zijn foto's geplakt van Katherine als klein meisje, op deze boot, op sommige staat ze met haar vader en op andere met de grote, bebaarde man naar wie ze eerder moet hebben verwezen als John. Op alle foto's staat ze glimlachend en ontspannen, zittend in een strandstoel, de ramen wassend, zwaaiend naar de fotograaf.

'Je ziet er gelukkig uit,' zegt Liv.

'Dat was ik ook,' reageert Katherine. 'We hadden een hechte band, papa en ik.'

'En John? Heb je hem lang gekend?' vraagt Martha, zich ervan bewust dat haar woorden sentimenteel klinken. Zelfs nu kan ze de neiging niet bedwingen om nader onderzoek te doen, om lijntjes te trekken tussen de almaar vermeerderende stipjes.

'O ja, ik heb John gekend sinds ik heel klein was. Ik deed vroeger altijd alsof hij mijn opa was.' Katherine verbergt een glimlach en blijft de bladzijden omslaan, maar houdt daarmee op als ze bij de bekende foto van het krantenartikel komt, die is gemaakt bij de hut van Square Wheels. Ze wijst alle vrijwilligers op de foto aan: 'Jo, ik, papa, Juliet, Tom.'

De volgende foto is van haar op een fiets, een rood vest zichtbaar onder haar witte Square Wheels-hesje, haar uitzonderlijk lange haar uitwaaierend in de wind. Zelfs door haar spijkerbroek heen is te zien dat haar knieën breder zijn dan haar dijen, dat ze geen onsje vet te veel heeft. Ze fietst op het jaagpad en dat beeld komt Martha zo vertrouwd voor dat ze even geen woord kan uitbrengen. Een flits rood en wit in de duisternis. Een schuldgevoel en, wat... opluchting? Dankbaarheid? Zo is het er en zo is het weer weg. Is dit het effect van het middel of komt het gewoon door haar slechte geheugen?

Tot Martha's verbazing laten de volgende pagina's een heel stel foto's zien van het boottochtje in de zomer waarmee David Crown hen wilde bedanken voor hun werk aan de Tuin van Bezinning. De details van dat uitje zijn Martha in de afgelopen weken duidelijker voor de geest komen te staan, zelfs zo duidelijk dat ze nu weer weet dat ze allemaal tegelijk zijn vertrokken, nadat de eigenaar van de boot hun instructies had gegeven aan de oever van het kanaal. Wat ze nu ook weer weet, is dat de vrouw van David Crown aanwezig was toen ze aan boord gingen. Ze was onberispelijk gekleed geweest in een lichtpaarse hemdjurk en ze had haar donkere haar hoog opgestoken. Met haar zorgvuldig opgemaakte ogen had ze ieder van hen aandachtig opgenomen terwijl ze de mand met sandwiches en drankjes over de zijkant van de boot had aangereikt. Toen David de motor had gestart en ze waren weggevaren, had ze haar ogen streng samengeknepen tegen het felle zonlicht en hen nagezwaaid. Het zijn vooral dat beeld en Livs gefluisterde woorden die Martha zich herinnert: 'Jemig. Ze kijkt zo zuur alsof ze azijn heeft gedronken.' Ze hadden achter Davids rug gegniffeld terwijl hij wegvoer langs de steiger, gelachen om zijn chagrijnig kijkende vrouw en gegrapt dat het geen wonder was dat hij liever optrok met een stel tieners. De haartjes op Martha's armen gaan overeind staan en ze huivert bij de gedachte.

'Ik was er die dag niet bij,' zegt Katherine met iets van droefheid. 'Het zijn de foto's van papa. Mama zei dat ik het weekend ervoor te hard had gewerkt aan het afbreken van het oude zwembad. Papa en zij hebben er flinke ruzie om gemaakt, maar zij won natuurlijk. Ik wilde dolgraag mee. Het was ontzettend oneerlijk. Ik wilde er gewoon bijhoren.'

Martha en Liv schuiven het fotoalbum naar zich toe en vergeten even hun benarde positie terwijl ze aandachtig naar de oude beelden kijken waarin ze in het water spelen, in de bomen langs het kanaal klimmen en op de oever picknicken. Daar zijn zij tweeën, samen met Juliet en Tom. David Crown staat slechts op een paar foto's, en de afwezigheid van Tom in die beelden suggereert dat hij die kiekjes heeft genomen met Davids toestel. Op een foto zitten ze op een rij in de boot en geven een mal militair saluut, David in het midden met een sjofele kapiteinspet op, Juliet en Liv aan zijn ene kant, Martha aan de andere. Ze kijken allemaal glimlachend in de camera, behalve Martha, wier vrolijke gezicht omhoog kijkt naar David, alsof hij net iets hilarisch heeft gezegd.

Haar maag keert om bij het zien van de foto, en opeens botst dat oude beeld met een nieuw besef.

Die avond, toen ze over het jaagpad bij Juliet vandaan liep, was er een fietser langsgekomen, die de kant van Juliet op was gegaan, en tot haar opluchting had Martha gezien dat het een andere vrijwilliger van Square Wheels was. Martha was nogal beschonken geweest en de fietser was te snel voorbijgereden om goed te kunnen zien wie het was, maar de glimp die ze had opgevangen was duidelijk genoeg om te weten dat het meisje een rode trui onder haar witte hesje had gedragen en dat er een donkere paardenstaart achter haar had gewapperd, zo lang als die van een echt paard.

'Dat was jíj op het jaagpad die avond,' zegt Martha terwijl ze de bladzijden ruw terugslaat totdat ze weer bij de foto is.

'Wat bedoel je?' vraagt Katherine.

'Jij was daar toch? Toen ik Juliet die avond alleen liet, Katherine, toen heb jij haar toch gezien? Jij hebt haar gezien op het jaagpad voordat ze vermist raakte.' Martha's hoofd bonst en ze is misselijk. Ze wil Katherine vragen wat ze in hun koffie heeft gedaan, maar ze moet zorgen dat ze haar aandacht vasthouden, ze moet zelf geconcentreerd blijven.

Katherine slaat het album met een klap dicht en drukt het tegen haar borst terwijl ze haar wenkbrauwen fronst. 'Ik heb allerlei dingen gezien, Martha Benn!' blaft ze terwijl haar stem nukkig omhoog gaat. 'En niet alleen die avond!' Ze lijkt net een kind dat een standje heeft gekregen omdat ze stiekem koekjes uit de trommel heeft gepakt.

Kán Katherine Juliets moordenaar zijn? Is het mogelijk dat Toby's theorie klopt, dat David Crown het misdrijf van zijn dochter heeft verdoezeld om de verdenking van haar af te wentelen? Katherine is zonder meer gek genoeg, en ze bezit een kracht en een roekeloze drift die Martha maar al te goed kent. Als Katherine achter de dood van Juliet zit, verkeren Liv en zij in groot gevaar. Ze moeten zo snel mogelijk van deze boot af zien te komen, weg van haar.

Boven hen klinkt een duidelijk geklik als harde hakken op het dek belanden en Martha stelt zich hoopvol voor dat Toby over de reling klautert in zijn gepoetste Italiaanse gaatjesschoenen, die geschikter zijn voor de directiekamer dan voor de waterkant. Is het al één uur? Alsjeblieft, alsjeblieft, laat dit Toby zijn, die is gekomen om hen uit de narigheid te halen.

Katherine draait haar hoofd met een ruk naar de trap en kijkt vervolgens weer terug naar haar twee gevangenen, een waarschuwing in haar felle blik.

'Katherine, je kunt ons hier niet eeuwig vasthouden,' zegt Martha vriendelijk. 'Daar komt Toby. Zal ik even naar boven gaan om met hem te praten terwijl jij iets te drinken voor hem maakt?'

'Dat is Toby niet, suffie!' zegt ze stekelig. 'Ik zéí toch al dat we iemand verwachtten. Toe, alsjeblieft, zet jullie beste beentje voor!'

Martha's bangste vermoedens worden bevestigd als ze zich realiseert dat ze geen stemmen hoort zoals te verwachten zou zijn als het Toby en de anderen waren geweest, maar slechts één paar voetstappen die tot stilstand zijn gekomen bij het houten luik aan de bovenkant van de trap. Kan dit echt David Crown zijn, nadat hij zich al die jaren schuil heeft gehouden? Denkt hij nou echt dat hij kan terugkeren naar de plaats delict en opnieuw kan beginnen alsof er nooit iets is gebeurd?

'Wie is het?' vraagt Liv, maar Katherine is zo druk bezig dat ze haar niet hoort, ze trekt haar blouse recht en haalt haar vingers door haar haren.

'Zie ik er goed uit?' vraagt ze aan Martha en Liv, maar ze geven allebei geen antwoord. Net als Katherine kijken ze allebei strak naar het houten luik, omdat ze willen weten wie zich aan de andere kant van die deur bevindt. De angst giert door Martha's lichaam terwijl haar gedachten wild heen en weer schieten, zoekend naar eventuele manieren om ongeschonden aan deze idiotie te ontsnappen. Als het David Crown is, wat wil hij dan van hen? Wil hij Martha het zwijgen opleggen, zoals hij bij Juliet heeft gedaan, omdat hij ondertussen weet dat haar naspeuringen ertoe hebben geleid dat de politie de zaak van Juliet heeft heropend? Maar wat zou hij daarmee opschieten?

De deur boven slaat met een klap open, en tot Martha's stomme verbazing behoren de voeten die verschijnen absoluut niet toe aan David Crown. Het zijn de in pumps gestoken voeten van zijn vrouw, Janet Crown. En in tegenstelling tot de laatste keer dat ze elkaar hebben gezien, ziet ze er goed uit. En bijzonder dreigend.

34. Katherine

'Katherine,' zegt mama kortaf, terwijl ze halverwege de trap naar beneden even aarzelt en dan de deur achter zich vergrendelt. Ze is piekfijn aangekleed, haar gezicht tot in de puntjes opgemaakt en de gevlekte huid van haar schedel zit verborgen onder haar lievelingspruik: eentje met een Grace Kelly-rol. Op de onderste traptrede blijft ze staan en ze neemt de kleine ruimte in ogenschouw, waarbij ze Martha en Liv een vluchtige blik toewerpt en haar aandacht dan weer op mij richt. 'Je bent aangekomen, zie ik. En je haar, God sta ons bij!'

Ik schaam me zo dat ik mijn vriendinnen niet durf aan te kijken. Eigenlijk zou ik nu iets moeten zeggen! Eigenlijk zou ik hun en haar moeten laten zien dat ik niet bang meer ben. Dat ik tegenwoordig mijn eigen baas ben, met een eigen huis, en dat ik mijn eigen beslissingen neem!

'Dat is grof,' zeg ik, maar als het zinnetje mijn mond uitkomt, is het niet meer dan gemompel.

Mama loopt naar het zitgedeelte, tik-tak op haar glanzende schoenen, maar gaat niet zitten. Ze kiest ervoor om te blijven staan, met haar rug tegen de gootsteen en haar lakleren handtas nog steeds om haar gebogen arm gehaakt. Op haar gezicht ligt een honende uitdrukking en ik weet dat dat is omdat ze deze prachtige boot háát. Ze heeft hem altijd gehaat.

'Dus die harige ouwe zwerver heeft dit drijvende krot aan jou nagelaten,' zegt ze, omdat ze nog bezig is dat nieuws te verwerken. Toen ik haar belde en vertelde waar ik was, weigerde ze te komen tot ze hoorde dat ik Martha en Liv daar had en ik op het punt stond hun alles te vertellen wat ik wist. Nou, dat was kennelijk afdoende, want amper een halfuur later staat ze hier. Weliswaar maakt ze een kalme, beheerste indruk, maar blijkbaar maakt ze zich toch zorgen, want waarom zou ze anders aan boord zijn gegaan van dit 'drijvende krot' zoals zij het noemt?

Ik steek mijn kin naar voren. 'Als je John bedoelt, ja. Hij heeft hem aan mij nagelaten en daar ben ik hem erg dankbaar voor.'

'Hoe zit het dan met dat huis dat je van mijn geld hebt gekocht? Hoe bevalt het je om op jezelf te wonen? Niet erg goed, als ik afga op je omvang.' Tot mijn ongeloof kijkt ze dan naar Martha en Liv met een uitdrukking op haar gezicht die zegt: is het geen egoïstisch wicht? Is het geen walgelijke dikzak?

'Dat geld heb jij me na de dood van oma gegeven.'

'Dat heb je van me afgeperst, bedoel je.'

Ik wil zeggen dat afgeperst nogal sterk uitgedrukt is en ik doe mijn mond al open, maar ik doe er het zwijgen toe als ze haar hand opsteekt. Ik weet wat ze denkt: niet waar de gasten bij zijn.

'Ik heb je al eerder gezegd dat je haar geen oma moet noemen, Katherine. Je hebt die vrouw nooit gekend.'

Dat is waar. Ik had ergens een grootmoeder, maar die heb ik nooit ontmoet. Mama ging één keer per jaar bij haar op bezoek, maar altijd in haar eentje. Dan pakte ze een kleine koffer in en bleef ze een paar nachten weg. Ik nam aan dat oma rijk was, want telkens als mijn moeder terugkwam, had ze nieuwe kleren, een nieuw kapsel en rook ze naar een duur parfum. Een keer heb ik papa aan haar horen vragen: 'Heb je haar inmiddels over ons verteld?' en toen vroeg ik me af wat hij daar in hemelsnaam mee kon bedoelen.

Martha staart mama aan met een felheid die ik niet helemaal kan plaatsen, en ik heb het idee dat ik de touwtjes in handen moet zien te krijgen, al weet ik niet goed hoe ik dat moet doen. Ik heb geen plan, geen duidelijk omlijnd idee wat er vermoedelijk zal gebeuren nu mama hier is. Ik weet alleen dat ik eindelijk de hele waarheid wil leren kennen, voordat ik gek word van onwetendheid. Ik heb zoveel versies van het verleden gehoord die met elkaar in tegenspraak zijn, zoveel bewerkingen van dezelfde gebeurtenissen dat ik tegenwoordig niet meer kan bepalen welke versies dromen zijn, welke echt zijn en welke in mijn hoofd zijn gestopt door andere mensen. Door mama. Dat is het enige wat ik wil: de waarheid – dát, en de vriendschap van Martha en Liv.

Ik pak de ketel die op het fornuis staat en vul hem bij de gootsteen terwijl ik probeer om een enigszins normale sfeer te scheppen. 'Mama, dit zijn Martha en Liv. Dit is mijn moeder, Janet.'

'We hebben elkaar al ontmoet,' zegt mama met een oppervlakkig handgebaar naar Martha. 'Ze is bij me langs geweest en heeft me vragen over je vader gesteld. Alweer een aasgier, vrees ik, Katherine.'

'Martha is geen aasgier!' protesteer ik, maar mama veegt mijn opmerking van tafel door langzaam een wenkbrauw op te trekken.

'Ze heeft zich in haar hoofd gehaald dat je vader dood is. Maar ik heb haar verteld hoe het echt zit en haar alle ansichtkaarten laten zien die hij me in de afgelopen jaren heeft gestuurd. Die heb jij toch ook gezien, Katherine?'

'Ja...' zeg ik, maar ik begin te twijfelen, want ik ken die toon in haar stem. Het is de toon die ze gebruikt wanneer ze iets mooier wil laten klinken dan het is. Wanneer ze liegt.

'Hoe zit het dan met Juliet?' vraagt Martha. Het is de eerste keer dat ze iets zegt sinds mama er is. 'Geloof je echt dat hij niets met haar verdwijning te maken had?'

'Natuurlijk had hij niets met haar verdwijning te maken,' zegt mama. 'Haar verdwijning had niets met ons te maken. Waarom zou David dat meisje kwaad hebben willen doen?'

'Omdat hij een relatie met haar wilde,' zegt Martha. 'Misschien heeft ze zijn avances afgewezen? Misschien wilde hij niet het risico lopen dat ze er met anderen over zou praten?'

Mama slaat hard met haar handpalmen op het tafelblad en buigt zich naar voren tot haar gezicht slechts enkele centimeters bij dat van Martha vandaan is. Liv heeft zich zo dicht mogelijk tegen het raam gedrukt.

Mama spuugt de woorden heel zorgvuldig uit: 'David had géén belangstelling voor dat meisje! En zij heeft zijn "avances", zoals jij het zo smerig noemt, niet afgewezen!'

'Hoe weet je dat zo zeker?' vraagt Martha onaangedaan.

'Omdat het waar is!' gilt mama, waarna ze zich naar me omdraait, de mouw van mijn jas grijpt en me naar zich toe trekt. 'Vertel het ze, Katherine!' zegt ze. 'Vertel ze precies wat je mij hebt verteld. Vertel ze maar wat je hebt gezien.'

Ineens weet ik niet meer wat ik moet zeggen, want alles wat er die avond is gebeurd was mijn schuld. Van mij, mijn stomme trots en omdat ik mijn mond voorbij heb gepraat! Mama geeft me een harde klap tegen mijn wang, en het is Liv die gilt dat ze daarmee moet ophouden, niet ik. Ik wil mijn armen om Liv heen slaan en tegen haar zeggen: Dank je wel, dank je wel, dank je wel dat je mijn vriendin bent. Dat je mijn kant kiest in plaats van de hare!

'Als zij jullie niet wil vertellen wat er gebeurd is, dan doe ik het wel,' zegt mama terwijl ze het mes pakt dat ik opzij had gelegd. Ze tikt met de platte kant van het lemmet tegen de muis van haar hand. 'David heeft háár avances afgewezen. Ze kon haar handen niet van hem afhouden, en hij wees háár af. Nou weten jullie het! Wat zeggen jullie me daarvan?'

Ze lijkt zo met zichzelf ingenomen dat ik hoop dat ze nu weer weg zal gaan, gewoon tik-tak de trap weer op zal lopen om daarna voorgoed te verdwijnen. Had ik haar maar nooit gevraagd om hier te komen.

Liv schudt haar hoofd en Martha kijkt stomverbaasd. Ze geloven het niet. Ze geloven niet dat er ooit iets tussen Juliet en mijn vader gebeurd kan zijn. En daar hebben ze gelijk in.

'Jules had geen belangstelling voor David Crown,' mompelt Liv, net zozeer tegen zichzelf als tegen een ander.

Er verschijnt een afstandelijke uitdrukking op Martha's gezicht, alsof ze iets zoekt wat net buiten haar bereik ligt. Plotseling kijkt ze mij aan. 'Katherine, wat bedoelde je moeder met "Vertel ze wat je hebt gezien"?'

Geen leugens meer. Geen leugens meer, zeg ik tegen mezelf. Dat is nou precies de reden dat ik wilde dat mama hier zou zijn, zodat de waarheid voor eens en voor altijd naar buiten kon komen. Geen leugens meer! 'Jij was het, Martha,' zeg ik ten slotte. 'In de week voordat Juliet verdween. Toen heb ik jou in de Square Wheels-hut met papa zien zoenen.'

De bittere kou van die avond was bijna ondraaglijk geweest, en mama werd steeds bozer omdat papa de laatste tijd zoveel avonden bij Square Wheels werkte. Hij had zijn best gedaan om haar uit te leggen dat er sinds kort een nieuwe toestroom van daklozen bij het kanaal was, en dat de behoefte aan de maaltijduitdeling groter was dan ooit, maar ze was jaloers en wrokkig geworden, en als hij er niet was, reageerde ze dat voornamelijk op mij af. De relatie tussen mama en mij was gestaag verslechterd, vanaf het moment dat ik vanwege mijn gezondheid de eindexamenklas had moeten verlaten, nog voor het begin van het eerste semester. Pas een paar weken later ontdekte ik dat ze mijn ontbijt met laxeermiddelen had vergiftigd om me dun te houden. Om me zwak te houden. Ik was, op een bepaalde manier, in opstand gekomen. Ik bracht meer tijd door aan boord van Johns boot, deed boodschappen voor hem en zijn buren en verdiende daar wat geld mee. Elke cent daarvan spendeerde ik om mezelf bij te voeren – zij het onbewust – met donuts, chips, chocoladerepen en frisdrank. Elke hap was een overwinning, een in de lucht gestoken vuist, een opgestoken middelvinger. Een geheimpje van mij alleen, dat ze me nooit zou kunnen afpakken. Als ik niet zo'n lafaard was geweest, zou ik haar erop hebben aangesproken, zou ik haar hebben verteld over mijn geheime vreetbuien, maar nee, in plaats daarvan gebruikte ik papa tegen haar en liep alles vervolgens op de meest afschuwelijk denkbare manier verkeerd.

Ik was die avond bij John op de boot geweest en stelde het naar huis gaan uit omdat ik wist dat papa tot laat bij Square Wheels aan het werk zou zijn. Ik wilde niet naar mama toe, zeker niet als de kans bestond dat ze nog in dezelfde rotstemming was als toen ik eerder die avond was weggegaan. Terwijl ik over het jaagpad fietste, bedacht ik dat ik in plaats van naar huis naar de hut kon gaan om papa daar te treffen. Dan kon ik hem, samen met de andere vrijwilligers, helpen om de boel op te ruimen, en daarna konden we samen naar huis lopen. Mama zou me met rust laten als papa bij me was. Ze zou geen aandacht aan mij besteden omdat ze het veel te druk zou hebben met hem ondervragen.

Toen ik bijna bij de hut was, zag ik papa door het kleine raam aan de zijkant, en zo te zien was hij in zijn eentje bezig om de laatste dingen op te ruimen voordat hij de boel voor die avond zou sluiten. Ik zette mijn fiets tegen de heg en ging de hoek om. Ik wilde hem net roepen toen het tot me doordrong dat hij er helemaal niet alleen was. Martha was er ook. Ze zat op een hoek van een werktafel met bungelende benen en keek toe terwijl hij opruimde. Het verbaasde me om haar daar te zien omdat ik wist dat ze al een paar maanden niet meer voor Square Wheels werkte. Ik stapte terug de schaduw weer in en bleef kijken. Iets aan haar manier van doen, de manier waarop ze bewoog, de slaperige, trieste glimlach om haar lippen, de onomwonden manier waarop ze hem aankeek, zei me dat ze dronken was.

'Jij hoort hier nu niet te zijn, Martha,' zei papa. Zijn stem klonk vriendelijk, bezorgd. 'Kom, liefje. In je huidige staat kun je onmogelijk in je eentje naar huis fietsen. Ik loop wel met je mee.'

Hij stak zijn hand uit om haar van de tafel te helpen, maar in plaats van eraf te springen, trok ze aan zijn arm zodat hij tegen haar aan viel, zijn borst tegen de hare. Daarna drukte ze haar lippen op de zijne, haalde ze haar vingers door zijn haar en nam ze zijn hoofd in haar handen. Het was een moment van zo'n ongebreidelde hartstocht dat ik bijna een gil slaakte van verbazing. Zo had ik mama papa nog nooit zien kussen. Maar het moment duurde niet langer dan een seconde, want papa maakte zich van haar los, pakte haar bij haar schouders en zei dat ze moest ophouden, dat ze eens moest nadenken over wat ze deed.

'Martha!' hield hij vol. 'Ik ben het, David! Je moet mij niet kussen, liefje. Kom op, dan breng ik je naar huis.' Daarna leidde hij haar, met haar hoofd diep voorover gebogen, de hut uit en het jaagpad op.

Om de hoek wachtte ik net zo lang tot ze uit het zicht waren verdwenen en daarna fietste ik gonzend van opwinding en schrik naar huis. Martha! Die mijn vader had gekust! Dat kon ik haar natuurlijk nauwelijks kwalijk nemen. Het was zo'n lieve man, en in plaats dat ik kwaad was op Martha, wakkerde het mijn boosheid jegens mijn moeder juist aan, omdat het bewees wat ik eigenlijk allang wist: mijn vader was een geweldige man – een goede, vriendelijke, meelevende man – en mijn moeder waardeerde hem niet.

Ik had het niet moeten doen, dat weet ik nu, en dat wist ik toen ook al. Maar het ging vanzelf. Toen ik thuiskwam en mijn moeder met een boze blik bij de gootsteen zag staan, popelend om ruzie te gaan maken, kon ik de nare gevoelens die zich de afgelopen achttien jaar in me hadden opgehoopt niet tegenhouden.

'Ik heb net gezien dat papa een van de vrijwilligsters zoende,' zei ik zonder omhaal. Ik wilde haar pijn zien. Ik wilde met eigen ogen aanschouwen dat ze zou gaan huilen.

'Wie dan?' vroeg ze, en tot mijn ontsteltenis zag ik dat ze gekwetst noch verrast was. Hier had ze op gewacht: het bewijs van zijn slechte inborst.

'Ik weet niet hoe ze heet,' loog ik. 'Maar ze is heel knap. Ongeveer van mijn leeftijd, lang en slank, met goudbruin haar. Geen wonder dat hij geen weerstand aan haar kon bieden.'

Ik ben niet blijven staan om haar reactie af te wachten. Ik ben gewoon weggelopen, heb me in mijn kamer opgesloten en ben op bed gaan liggen, ademloos wachtend tot papa terug was en de boel zou ontploffen. Maar dat is nooit gebeurd. Niet op die avond, niet de dag erna en ook niet de dag daarna. Al snel begon ik het ergste te vrezen. Ze had hem er niet op aangesproken. Ik had haar deze kennis gegeven en nu, zo wist ik, zou ze die tegen hem gebruiken wanneer haar dat het beste uitkwam.

Ik had haar alle macht in handen gegeven, als de domoor voor wie ze me altijd al had gehouden.

Martha ziet eruit alsof ze net een stomp in haar maag heeft gehad.

'Je was dronken,' zeg ik. 'Volgens mij was het niet je bedoeling om het te doen, en papa maakte er verder niet veel ophef over. Hij heeft gezorgd dat je ophield, en daarna heeft hij je lopend naar huis gebracht, weet je nog?'

Ik wil dat ze het zich herinnert. Ik wil dat ze tegen mama zegt hoezeer die het bij het verkeerde eind heeft.

Langzaam knikt Martha, en ik zie tranen in haar ogen verschijnen terwijl haar vingers die van Liv pakken. Ik wil ook zo'n vriendschap. Ik wil een vriendin die ik kan vastpakken als ik steun nodig heb. Zou Martha of Liv zo'n vriendin voor me kunnen zijn?

Mama schudt aan mijn arm en dwingt me om haar aan te kijken. 'Jij zei dat het die andere was! Katherine, jij zei dat het Juliet was!' Ze heeft een woeste blik in haar ogen gekregen, en ik zie hoe waanzinnig dit haar maakt, het idee dat ze het zo bij het verkeerde eind heeft gehad – dat het allemaal voor niets is geweest.

'Nee. Dat heb ik niet gezegd, mama! Ik heb nooit gezegd dat het Juliet was! Ik heb gewoon tegen je gezegd hoe ze eruitzag. Ik heb haar naam nooit genoemd!'

Martha's gezichtsuitdrukking verandert als het haar begint te dagen. 'Ons haar,' zegt ze. 'Dat zag er praktisch hetzelfde uit. Janet, heb jij...'

Maar mama vliegt op haar af, haar vingers verstrengelen zich in Martha's haar en ze beukt Martha's wang tegen de tafel waarna ze het mes verticaal tegen de onderkant van Martha's nek drukt. Martha's handen liggen aan weerszijden van haar hoofd, met de palmen omlaag, bleek van angst. Ze is te zwak om terug te vechten.

'Jij!' gilt mama. 'Al die jaren heb ik naar jou gekeken op televisie, Martha Benn! Ik maar genieten van je televisieprogramma's, en al die tijd was jij het? Ben jij de reden dat ik David ben kwijtgeraakt? Ben jij de oorzaak van dit alles?'

Ik sta als aan de grond genageld. Hoe heeft dit allemaal zo verkeerd kunnen lopen? Ik kan Martha's gezicht niet meer zien, maar Liv kijkt doodsbenauwd, haar ineengeslagen handen voor haar borst, en ik zie dat ze angstig de kajuit rond kijkt in een poging een uitweg te vinden, een manier om aan mijn afschuwelijke moeder te ontkomen. Moet ik ze vrijlaten? Maar dan? Wat gebeurt er dan?

'Toe nou, mam,' probeer ik nog, maar ze werpt me een blik toe die zo razend is dat ik niet weet wat ik verder kan zeggen.

'Wáág het niet, Katherine. Jij bent hier net zo schuldig aan als die kleine slet daar.' Ze ziet dat ik ineenkrimp bij haar grove taalgebruik, en ze tuit haar lippen. 'Vind jij het soms terecht dat die kleine del al die jaren ongestraft vrij heeft kunnen rondlopen terwijl ik levenslang heb gekregen door zonder je vader te moeten leven?'

Ik stamel terwijl ik probeer om mijn hersenen even snel te laten werken als mijn hart slaat. 'Nee,' antwoord ik. 'Nee, dat is niet terecht.'

'Juist,' zegt ze waarna ze het mes opheft en hard omlaag brengt, dwars door Martha's hand.

Ik gil als ze het mes weer terugtrekt en het bebloede lemmet weer tegen Martha's nek legt. Er sijpelt bloed tussen Martha's vingers door.

Het vormt een plasje om haar hand als een abstract plaatje.

'Juist,' zegt ze opnieuw, en ditmaal glimlacht ze naar me alsof ik aan haar kant sta. 'We moeten hier een einde aan maken, Katherine.'

Na die woorden voel ik de schellen van mijn ogen vallen en wordt alles me ineens duidelijk. Mama en ik stáán niet aan dezelfde kant. Al die verspilde jaren waarin ik heb gedacht dat ze mij in bescherming nam tegen de wereld, tegen wat er die avond is gebeurd. Maar nu besef ik het, met een helderheid in mijn binnenste die steeds sterker wordt: ze nam mij niet in bescherming.

Ze beschermde zichzelf.

35. Martha

Ineens beseft ze dat ze nooit écht is vergeten wat er op die winteravond tussen haar en David Crown is voorgevallen, maar omdat ze zich ongelooflijk schaamde, heeft ze het heel diep in de krochten van haar geest weggestopt. Nu ze hier ineengezakt zit, met haar gezicht tegen de tafel gedrukt en een mes tegen haar nek, trekt een vloedgolf aan verwarde herinneringen aan haar geestesoog voorbij. Ze was verliefd op hem geweest, een verliefdheid die een paar maanden eerder was begonnen, op de zomerdag van het boottochtje en de picknick. De dag die het einde had betekend van Martha's werkzaamheden voor Square Wheels. Na de picknick hadden ze de boot teruggebracht naar de eigenaar, en de anderen – Juliet, Liv en Tom – waren allemaal naar huis gegaan voor het avondeten. Maar zoals gewoonlijk had Martha geen haast om naar huis te gaan. Het was zondag, de dag waarop haar vader nog meer dronk dan anders, en ze wilde bij David blijven, ze wilde het moment uitstellen dat ze de voordeur van Stanley House binnen zou gaan. Bovendien was ze nog steeds gekwetst door wat ze bij de rivieroever had gezien: Juliet en Liv met hun gezichten zo dicht bij elkaar dat ze elkaar bijna raakten, fluisterend, haar buitensluitend. Toen ze hen ernaar had gevraagd, hadden ze gezegd dat ze zich dingen inbeeldde. Maar nu, in het schelle licht van deze nieuwe onthulling, ziet Martha hoe het werkelijk zat. Het was geen geheim dat ze achter die boom hadden gedeeld: het was een kus.

'Als je het goedvindt, loop ik met je mee,' had ze tegen David gezegd, die naar de hut wilde gaan om voorbereidingen te treffen voor de voedselpakketten die Square Wheels 's avonds zou uitdelen.

'Geen probleem,' had hij geantwoord waarna hij haar een leeg picknickmandje had overhandigd om te dragen. Het was augustus en de zon ging langzaam onder terwijl de windstille hemel een roze tint kreeg. In zijn nabijheid verkeren was al voldoende om haar een gelukkig gevoel te bezorgen.

In de hut ging David aan de slag met het schoonvegen van werktafels, het uittellen van de papieren bekertjes en het vullen van de stalen ketels om water in te koken. 'Moet jij zo langzamerhand niet naar huis, Martha?' had hij gevraagd terwijl hij achterom had gekeken naar de plek waar zij voor het kleine raam naar een eendenfamilie staarde die zich vanaf de oever in het water liet plonzen. 'Je vader vraagt zich vast af waar je bent.'

'Ik blijf liever bij jou,' had ze gezegd, de vrijheid inademend van deze rustige plek, alleen met hem. Ze keek toe terwijl hij de papieren zakken en servetjes uittelde. Zijn schouders waren breed, zijn bewegingen soepel en ontspannen. 'Jij bent veel prettiger gezelschap.'

Hij had gelachen. 'Doe niet zo mal!'

'Ik kan wel blijven om een extra dienst te draaien,' had ze gezegd, waarna ze bij het raam vandaan was gegaan. En geheel uit het niets had ze zich voorgesteld hoe het zou zijn om door de hut naar hem toe te lopen en zijn gezicht in haar handen te nemen.

'Dat is niet nodig, liefje,' had hij gezegd zonder op te kijken. 'Het is een lange dag geweest, en je vader heeft vast het avondeten al klaar en zit te wachten tot je thuiskomt.'

Daar had Martha niet op gereageerd. Ze had niet geweten wat ze daarop moest zeggen. Ze bleef als aan de grond genageld staan, en staarde naar de zijkant van zijn hoofd terwijl ze de juiste woorden probeerde te vinden. En toen zag ze de subtiele verandering van zijn gezichtsuitdrukking, een zweempje van spijt toen hij besefte hoe onwaarschijnlijk het was wat hij had gezegd. En dat betekende dat hij het wíst. Dat hij op de een of andere manier wist dat Martha's vader een nietsnut was. Dat er thuis geen warme maaltijd op haar wachtte, vanavond niet en nooit niet.

David legde het mes neer waarmee hij de boterhammen aan het smeren was en keek haar aan terwijl hij tegen de werktafel leunde. Martha stond roerloos in het midden van de schaars verlichte hut, niet in staat om ook maar een woord uit te brengen. Ze was op drift geslagen, als een boot waarvan de meertrossen waren doorgesneden.

'Wie heeft het je verteld?' vroeg ze fluisterend.

Hij streek met de muis van zijn hand over zijn voorhoofd. Op zijn gezicht verscheen een verontschuldigende – nee, erger nog – een meelevende uitdrukking, en Martha had wel kunnen sterven van schaamte. 'Niemand. Dat was niet nodig, liefje. Niet lang nadat je was begonnen als vrijwilliger is je vader op een avond langsgekomen omdat hij wel eens wilde weten met wie zijn dochter haar tijd doorbracht. En terecht. Maar toen was hij, nou, je weet wel...'

'Ladderzat?' had Martha aangevuld.

David had geknikt, en tot haar grote schaamte had ze haar gezicht voelen vertrekken door een vloedgolf van onverwachte tranen. Ze had haar handen voor haar ogen geslagen en gewenst dat ze ter plekke in rook kon opgaan. Wat moest hij nu wel niet van haar denken, schreeuwde haar brein van achter de duisternis van haar handen. Natuurlijk had hij liever dat ze naar huis ging in plaats van hem te helpen. Waarom zou hij het gezelschap willen van iemand zoals zij? Niemand wilde haar. Juliet en Liv hadden elkaar, sinds dat klote-uitje naar Venetië zelfs meer dan ooit. En haar vader was altijd dusdanig van de wereld dat ze net zo goed niet kon bestaan. Zelfs haar moeder was hem gesmeerd voordat ze haar taak als ouder had volbracht. Waarom bleef ze toch altijd alles verpesten?

Zonder enige waarschuwing sloeg hij zijn armen om haar heen – Davids armen – en bood haar warmte en houvast. Hij veegde wat haarlokken uit haar gezicht, achter haar oor met de woorden: 'Stil maar,

Martha. Stil maar. Toe.' Door zijn katoenen T-shirt had ze de geur van de eerdere zonnestralen op zijn huid geroken, en de subtiele mengeling van bootvet en lang gras. Zo had ze willen blijven staan, in zijn warme omhelzing. Ze wilde weten hoe het zou voelen om gekust te worden door een man als David...

'Ik begrijp het,' had hij gezegd. 'Echt waar.'

Ineens kwaad had ze zich van hem losgemaakt en haar tranen weggeveegd. 'Hoe kun je zoiets begrijpen?' had ze boos gevraagd. 'Dat kan niemand. Geen van jullie.'

David hand rustte nog steeds op haar bovenarm en op zijn gezicht lag een zachte, vergevingsgezinde uitdrukking. 'Mijn vader was precies zo, Martha. Mijn vader was ook een drinker. Geloof me, ik begrijp het echt.'

Maar in plaats van dat ze een soort van verwantschap met hem voelde, bekroop Martha opnieuw het gevoel dat ze op een afschuwelijke manier was ontmaskerd en ze wist dat ze moest maken dat ze wegkwam. Het was al erg genoeg dat haar beste vriendinnen een vermoeden hadden van haar problemen thuis, maar ze putte enige troost uit het feit dat het slechts een vermoeden was. Zij konden niet weten hoe erg het was, welk gevoel het haar bezorgde – niet alleen over haar vader, maar ook over zichzelf. Maar dit was anders. David wist het. Ineens leek het alsof hij tot in het diepst van haar ziel kon kijken – dat hij zag dat ze een bedriegster was, dat het effen gezicht dat ze de buitenwereld toonde een leugen was, dat haar glimlach nep was en haar vrolijke lach geforceerd. Hij wist het omdat hij hetzelfde had meegemaakt.

Martha had zich van hem losgemaakt, door haar tranen heen een verontschuldiging gemompeld en was er toen zo snel mogelijk vandoor gegaan.

Die avond had ze op haar kamer haar vaders wodka zitten drinken en gezworen om nooit meer naar Square Wheels te gaan. En daar had ze zich bijna aan gehouden, op die ene avond in december na, toen ze er na een ruzie met haar vader in een opwelling naartoe was gegaan. Verkleumd en dronken was ze Davids hut binnengestrompeld om vervolgens door hem te worden afgewezen. De avond waarop Katherine hen had gezien. De avond die uiteindelijk tot de dood van Juliet zou leiden.

Het was háár schuld, realiseert Martha zich ineens. Precies zoals ze heeft gevreesd – alleen dan niet op de manier waarop ze altijd had gedacht. Nu kan ze niet anders dan de zaken rechtzetten voor haar vriendin. Ze moet zorgen dat ze hier levend vandaan komt, dat er gerechtigheid komt. Dat is ze Juliet verschuldigd.

'Dus jij hebt het gedaan, Janet?' vraagt ze. Haar stem klinkt verstikt en haar bewegingen worden gehinderd door Janet Crowns droge handpalm.

De vrouw ontkent het niet, maar tilt enkel haar hand op en laat die met een klap neerkomen op Martha's oor, waardoor er een pijnscheut langs de strakke hechtingen in Martha's achterhoofd trekt. Vanuit de positie waarin ze in bedwang wordt gehouden kan Martha net door de ramen aan de voorkant van de kajuit kijken en in de verte ziet ze hen aankomen. Ze rennen over het jaagpad, vier mensen, en als ze naderbij komen kan ze hen duidelijker onderscheiden: Toby, Jay, Sally en Finn. Hoe dichterbij ze komen, hoe meer Martha gaat vrezen dat Toby direct naar binnen zal stormen, waarmee hij Janet Crown ertoe zal aanzetten haar dreigement ten uitvoer te brengen en het mes dwars door haar halswervels te steken, aan de ene kant erin, aan de andere kant eruit. Dan maakt ze geen schijn van kans.

Naast haar zit Liv in stilte te trillen, en Martha hoort de radertjes in haar hoofd bijna draaien, terwijl ze een manier probeert te denken om Janet af te leiden en Katherine aan hún kant te krijgen.

Het viertal op het jaagpad komt steeds dichterbij, maar is dan ineens verdwenen. Ze zijn het raam gepasseerd en lopen nu naar de andere kant. Weet Toby eigenlijk wel dat ze aan boord van deze boot is?

Zal hij haar gespikkelde handschoen zien en begrijpen dat ze zich hier bevinden? Of zal hij die volledig over het hoofd zien en verder lopen, zich niet bewust van hun aanwezigheid?

Janet Crowns greep is verbazingwekkend sterk voor iemand die zo broos is. Op dit moment vormt zij het grootste gevaar: een vrouw die niets te verliezen heeft. Katherine bevindt zich volledig buiten Martha's blikveld, maar Martha weet dat ze de meeste kans maakt door een beroep te doen op de jongere vrouw, haar leeftijdsgenoot. Ze voelt dat Katherine geen slecht mens is, maar een beschadigde ziel, en dáár weet Martha wel wat van.

'Zeg Katherine, wist jij dat je moeder Juliet heeft vermoord?'

Er valt een lange stilte, tot Janet schreeuwt: 'O, in godsnaam, Katherine! Zeg iets! Je bent geen muis!'

'Ja,' mompelt Katherine. 'Ik heb het haar zien doen,' zegt ze, maar er klinkt geen trots door in haar stem, geen gedeelde overwinning.

'Arme meid,' zegt Liv, wier stem nu helderder klinkt, en in een oogwenk begrijpt Martha waar Liv mee bezig is. Liv past haar psychologie-opleiding toe. Ze probeert Katherine aan hun kant te krijgen. 'Dat moet traumatisch geweest zijn. Hoe heb je dat verwerkt?'

Janet buigt zich over Martha heen en geeft Liv een draai om haar oren. 'Bek. Dicht.'

'Het was afschuwelijk,' zegt Katherine, maar daarna vervalt ze weer in zwijgen.

Martha's gedachten zoemen en flitsen. Als ze me toch gaat vermoorden, zo redeneert ze, kan ik haar de waarheid net zo goed nu ontfutselen. Een van hen zal dit overleven, zelfs als zij dat niet zal zijn. Een van hen zal kunnen getuigen wat Janet heeft opgebiecht.

'Hoor eens, Janet. Eén ding begrijp ik nog niet,' zegt ze met een uitdagende klank in haar stem. 'Als jij Juliet hebt vermoord, waarom is je man dan gevlucht? Waarom ben jij niet gevlucht? Heeft David je geholpen om je van het lijk te ontdoen? Heeft David Juliet begraven in de Tuin van Bezinning?'

'Ha!' lacht ze, een ruw, hard geluid. 'Dat meisje ligt niet in de tuin begraven.'

'Hè?' Dat is niet het antwoord wat Martha had verwacht.

'Juliet Sherman ligt niet onder het terras, sufferd. Mooie onderzoeker ben jij.'

'Wie ligt daar dan?' vragen Martha en Liv tegelijkertijd.

Er klinkt een enorme dreun wanneer de deur boven aan de trap krakend bezwijkt, en vervolgens horen ze voeten die de kajuit binnenstormen. Martha kan niet zien wie het is of hoeveel mensen het zijn, maar als ze Finns stem hoort, slaakt ze een lange, diepe zucht.

'Zo is het wel genoeg, mevrouw Crown. Laat Martha nu maar los. Maak de zaak niet nog erger voor uzelf. De politie komt eraan, dus vluchten heeft geen zin. Mevrouw Crown?'

Janets hand duwt harder op de zijkant van Martha's gezicht waarbij de punt van het mes Martha's hals kort raakt. Het is duidelijk dat ze zich niet zomaar gewonnen zal geven.

'Martha!' roept Toby, en enkel de wetenschap dat hij in orde is, dat hij híér is, bezorgt Martha een nieuwe dosis moed.

'Janet!' zegt ze met stemverheffing. 'Hoe bedoel je dat het niet Juliet is die onder het terras ligt?'

'Mama?' vraagt Katherine, en het is duidelijk te horen dat ze huilt. 'Mama, waarom vraagt ze dat aan jou?'

Martha's ongeduld breekt door de mist van haar bedwelming. Er is nog maar één ding dat haar iets kan schelen, en dat is dit: ze moet weten wat er met Juliet is gebeurd. 'Vertel het ons nou gewoon,' gilt ze, waarna iedereen in de kajuit er prompt het zwijgen toe doet.

De stilte houdt aan waardoor Martha een paar seconden alleen haar eigen hart hoort slaan.

Dan is het niet Janet Crown die reageert, maar Finn: 'Ze liegt niet, liefje. De technische recherche heeft het net bevestigd. Het stoffelijk overschot in de Tuin van Bezinning is niet van Juliet.'

Tevergeefs probeert Martha de hand van Janet Crown omhoog te duwen. 'Maar Finn, als het Juliet niet is, wie is het dan wel?'

'David Crown, liefje. Dat stoffelijk overschot is van David Crown.'

Met een schreeuw van razernij grijpt Katherine Crown de ijzeren ketel en zwaait die tegen het hoofd van haar moeder, waardoor die omver wordt geslagen en het mes een snee in Martha's nek maakt. Ogenblikkelijk haast Toby zich langs Katherine naar Martha en drukt een schone zakdoek op de wond. Finn ontfermt zich over Janet Crown die als een slap hoopje naast de gootsteen ligt, terwijl er al een donkere, bebloede kneuzing op haar slaap ontstaat. Katherine zit ineengedoken in een hoekje op de grond, haar handen om haar knieën geklemd en de ketel bij haar voeten.

Toby sleept de tafel achteruit en helpt Martha en Liv van de bank af. Daarna begeleidt hij ze, allebei nog wazig en strompelend, bovendeks, het winterse zonlicht in.

Dan arriveren de politieagenten in een vlaag van lawaai en drukte, precies op het moment dat Toby Martha op het houten bankje naast de woonboot laat plaatsnemen. Hij heeft zijn arm om haar schouders geslagen en met zijn andere hand drukt hij de zakdoek tegen haar nek. 'Het is maar een oppervlakkige wond,' stelt hij haar gerust terwijl hij haar dichter tegen zich aantrekt en een kus op haar kruin drukt, alsof er niets vanzelfsprekenders is op deze wereld.

Liv staat naast Martha en kijkt naar de drukte bij de woonboot. Een gestage stroom van tranen loopt over haar gezicht. Ze verkeert in shock. Dat doen ze allemaal. Vijf minuten geleden dachten ze nog dat ze Juliet hadden gevonden, dat ze haar lichaam eindelijk naar haar laatste rustplaats konden brengen. Maar het is niet Juliet die onder het terras van de Tuin van Bezinning ligt. Daar ligt David Crown. David Crown, verdomme nog aan toe. Liv gaat naast Martha zitten en houdt haar vast alsof ze haar nooit meer wil loslaten. Wat heeft ze Liv gemist, denkt Martha terwijl ze vecht tegen de vloed van emoties die haar dreigt te overweldigen. Op de een of andere manier weet ze dat Liv nu terug is in haar leven. De enige die ontbreekt is Juliet.

‘Waar is ze?’ fluistert Liv, wier woorden nog steeds doordrenkt zijn van welk middel Katherine ook maar in hun koffie heeft gestopt. ‘Wat heeft ze met Juliet gedaan?’

Martha voelt een nieuwe golf woede in zich opkomen. Ze heeft geen tijd om te wachten tot Janet een bekentenis doet in een verhoorkamer, geen tijd om deze nachtmerrie nog langer te laten voortduren. Vooral Alan Sherman heeft die tijd niet, en voor hem verzamelt Martha de kracht om haar stem te laten horen.

‘Janet!’ schreeuwt ze op het moment dat mevrouw Crown de boot uit komt, geflankeerd door twee geüniformeerde agenten. De vrouw draait zich naar haar toe en haar gezicht is onaangedaan en vertoont geen spoor van berouw. Martha legt een zachtere toon in haar stem. ‘Omwille van haar vader, Janet. Alsjeblieft. Wáár is Juliet?’

Janet Crown kijkt Martha even aan en gebaart dan met haar kin naar de woonboot. ‘Ze ligt onder de boot,’ zegt ze eenvoudig, en daarna wordt ze weggeleid terwijl ze haar keurig verzorgde hoofd hoog opgeheven houdt.

36. Martha

Het wordt al laat. In het appartement zit Toby aan de ene kant van de bank en Martha aan de andere, en voor hen op de salontafel staan bakjes van een Indiase afhaalmaaltijd. Ze voelt zich meer op haar gemak in de kamer dan ze in maanden heeft gedaan. In de keuken staat zachte muziek op en de skyline van Londen glinstert zover het oog reikt. Op dit moment zou Martha voor geen geld ter wereld ergens anders willen zijn.

Ze had een paar uur op de spoedeisende hulp doorgebracht terwijl de artsen haar hand oplapten, waarna ze toestemming had gekregen om naar huis te gaan, mits Toby voorlopig een oogje op haar zou houden. Hij was de hele tijd bij haar gebleven, hoe vaak ze ook had gezegd dat hij naar huis moest gaan om wat te slapen. Voordat ze weggingen bij het kanaal had ze gevraagd of Liv die nacht bij haar wilde blijven slapen, maar nadat haar vriendin door het ambulancepersoneel was onderzocht en ze haar verklaring had afgelegd, had ze naar haar tweeling gewild, en had de politie ervoor gezorgd dat ze met een auto naar huis werd gebracht. Toen ze afscheid hadden genomen, had Liv Martha verzekerd dat ze over een week of twee terug zou komen voor een echte reünie. Een vrolijker reünie, had Martha haar beloofd terwijl ze elkaar aan de oever van het kanaal hadden omhelsd. Ze heeft al gebeld om Martha te verzekeren dat ze veilig is thuisgekomen, en ze hebben samen gehuild, nu het besef dat het eindelijk voorbij is tot hen allebei is doorgedrongen. Het voelt als het begin van iets, alsof Liv voorgoed terug is in haar leven.

Vreemd genoeg is Martha's telefoon nog heel, en eigenlijk heeft die haar gered. Toen Katherine hem uit haar hand had geslagen was de verbinding niet verbroken, en Toby had voldoende gehoord om snel de politie te bellen en daarna spoorslags te vertrekken om haar te zoeken. Een uur geleden heeft Finn een bericht gestuurd:

> Politieduikers hebben het stoffelijk overschot van een vrouw van de bodem van het kanaal onder de woonboot Dovedale naar boven gehaald. We hebben haar gevonden, liefje. We hebben Juliet gevonden.

Martha's reactie is vreemd genoeg heel bedaard. Ergens lijkt dit minder afschuwelijk dan het idee dat Juliet begraven ligt onder het beton en puin van de tuin van de Bridge School. Het kanaal was een plek die Juliet goed kende en waar ze van hield, het jaagpad een vertrouwde route die de meisjes hun hele schooltijd lang samen hebben afgelegd; het was de achtergrond waartegen hun tienertijd zich had afgespeeld. Het lijkt bijzonder toepasselijk dat ze daar al die jaren is geweest, stilletjes wachtend tot zij alle puzzelstukjes in elkaar hadden gepast, om terug te worden gehaald. Als Juliet kon zien hoe dit was geëindigd, zou ze trots zijn, daar is Martha zeker van.

Dank je, Finn, reageert ze op het berichtje. Meer hoeft ze niet te zeggen.

Eerder, toen ze de plaats delict op de woonboot onderzochten, had de politie een leeg potje slaappillen gevonden in de tas van Katherine Crown, dus ze weten in elk geval wat ze in hun koffie heeft gedaan. Nadat de artsen hadden vastgesteld dat Liv en Martha licht waren bedwelmd, maakten ze zich niet al te veel zorgen, maar ze hebben Martha wel op het hart gedrukt om de komende vierentwintig uur rust te nemen, vooral omdat ze eigenlijk al hoorde te herstellen van de klap op haar hoofd die ze twee avonden geleden heeft opgelopen. Ondanks Toby's gezeur is ze ervan overtuigd dat ze zich morgenochtend prima zal voelen, en ze heeft al een afspraak gemaakt met Tom Sherman in het Sparrow Hospice, waar zijn vader de vorige avond is opgenomen. Kennelijk is de toestand van Alan Sherman ineens aanzienlijk verslechterd, en tegen de tijd dat Janet en Katherine in hechtenis waren genomen, was Tom al in het eerste het beste vliegtuig naar huis gestapt om aan zijn bed te kunnen zitten, zich niet bewust van deze grote doorbraak in de zaak van zijn vermiste zus. Dit is natuurlijk het nieuws waarop ze allemaal hebben gewacht, ook al is het bitterzoet, en Martha bidt dat Alan het zal volhouden tot morgenochtend, zodat hij kan sterven in de wetenschap dat zijn geliefde dochter eindelijk te ruste zal worden gelegd.

'We hebben het best goed gedaan, vind je niet?' zegt Martha nu, terwijl ze een stukje naanbrood afscheurt en daar het laatste restje van haar curry mee opdept. Voor het eerst in weken is ze uitgehongerd.

'Niet slecht voor een omhooggevallen kakker,' zegt Toby met een glimlach, waarmee hij haar doet denken aan de bitse persoon die ze vroeger was.

God, wat had ze toen lullig tegen hem gedaan. 'Of een meisje uit een gemeenteflatje dat zich omhoog heeft geneukt?'

'Touché,' reageert Toby, en hij geeft een klopje op haar knie. Het is een warm gebaar, spontaan en ongedwongen. Hij geeft haar een bakje aan waar onion bahji's in zitten en ze pakt er eentje en neemt er een hap van, blij dat ze niet alleen is.

'Glen was heel tevreden met de afloop,' zegt ze. Ze had hem gebeld vanuit haar ziekenhuisbed, omdat ze niet wilde dat hij van iemand anders zou horen dat Janet Crown was gearresteerd. 'Ik dacht dat hij spontaan in zingen zou uitbarsten toen ik hem vertelde dat Jay en Sally alles hadden gefilmd: dat Finn en jij de deur van de boot inbeukten, de aanhoudingen, mijn hand die droop van het bloed. Als deze proefaflevering niet tot een volledige serie leidt, weet ik het ook niet meer!'

Toby laat zich achterover zakken en duwt zijn bord weg, waarna hij zijn in sokken gestoken voeten op de tafel tussen hen in legt. 'Jeetje, ik maakte me even zorgen over je, Martha Benn,' zegt hij, een hand door zijn ongebruikelijk verwarde haar halend. Hij ziet er uitgeput uit. 'Toen Vicky Duke me vertelde wat er in zesentachtig was gebeurd, dat de vrouw van David Crown haar had ontvoerd, viel alles op zijn plek. Ik wist gewoon dat Janet Crown achter dit alles zat.'

'Zeg, vertel het me nog eens. Dus Janet Crown heeft Vicky Duke ontvoerd?'

Hij schudt zijn hoofd, alsof hij nog steeds bezig is om alles op een rijtje te zetten. 'Ja. Vicky zei dat ze de beschuldiging dat David haar had aangerand de volgende dag wilde intrekken, omdat het een fabeltje was. Maar toen ze die avond van school naar huis liep, stopte mevrouw Crown plotseling naast haar op de weg en propte haar in de achterbak van haar auto. Ze reed naar een verlaten plek in het bos en drukte haar een mes tegen de keel en zei dat ze haar en de rest van haar familie zou vermoorden als ze de beschuldiging niet introk. Ze heeft haar daar in het bos achtergelaten, zodat ze in haar eentje acht kilometer in het donker naar huis moest lopen. Vicky was zo bang dat ze er nooit met een woord over heeft gerept.'

'Wauw, die Janet Crown is echt compleet gestoord, vind je niet? Jezus nog aan toe, ze deed nota bene alsof ze kanker had. En ze heeft zichzelf al die jaren ansichtkaarten gestuurd. Volgens Katherine ging haar moeder elk jaar in mei naar het buitenland met haar wijkvereniging en arriveerden de kaarten kort daarna. Volgens mij wist Katherine diep in haar hart dat haar vader niet terug zou komen, maar is het haar moeder gelukt om telkens een beetje twijfel te zaaien, net voldoende om Katherine aan haar kant te houden.'

'Wat gaat er nu gebeuren met Katherine?' vraagt hij.

Martha slaakt een diepe zucht. 'Finn zegt dat ze haar mishandeling en het verspillen van politietijd ten laste zullen leggen, misschien zelfs identiteitsdiefstal. Maar ze zal geen lange straf krijgen, en met een beetje geluk krijgt ze eindelijk de hulp die ze zo hard nodig heeft. Je kunt je toch niet voorstellen hoe het voor iemand is om zo lang een dergelijk geheim met zich mee te dragen? Denk je toch eens in dat je weet dat je eigen moeder een moordenaar is.'

'Dus we weten dat Janet Juliet heeft omgebracht, en we moeten ervan uitgaan dat ze David uit de weg heeft geruimd toen hij haar daarmee confronteerde. Dat heeft ze immers zo goed als toegegeven?'

Martha trekt haar benen ook op en legt ze languit op de bank, zodat haar voeten tegen Toby rusten. 'Ze kan niet hebben geweten dat het beton die week bij de school zou worden afgeleverd. Daar heeft ze echt vreselijk veel mazzel mee gehad. Haar echtgenoot heeft min of meer zijn eigen graf klaargemaakt.'

Toby pakt zijn notitieboek en krabbelt een paar gedachten neer, waarbij er een smalle frons tussen zijn wenkbrauwen ontstaat. 'Maar dat haalt toch zeker de theorie onderuit dat David Crown in 1970 Tilly Jones heeft vermoord? Arme kerel, al die jaren dood en toch verdacht van twee moorden waar hij niets mee te maken had.'

'Tilly Jones,' zegt Martha. 'Gewoon toeval, denk ik. Net zoals dat weggelopen meisje, Charlotte Bennett. Maar de hemel zij dank dat ze op dat moment verdween, want ik geloof niet dat de politie anders Juliets zaak zou hebben heropend.' Met een glimlach kijkt ze Toby aan. 'Hé, misschien kan Tilly Jones onze volgende cold case worden.'

'Rustig aan,' zegt hij. 'Word eerst maar weer beter.' Toch lijkt zijn interesse gewekt en Martha weet dat hij de verleiding niet zal kunnen weerstaan om eraan te beginnen zodra deze zaak erop zit.

Ze strijkt met haar vingers over de randen van haar zilveren armband, draait hem om, en opeens begint haar steekwond weer te kloppen van pijn. Gelukkig heeft het lemmet haar pezen op een haartje na gemist en is het recht door het vlees gegaan en er aan de andere kant uitgekomen.

'Waar heb je die gevonden?' vraagt hij.

'Hij zat al die tijd in mijn doos met herinneringen,' antwoordt ze. 'In een envelop met een stel oude kaarten en souvenirs waarvan ik niet eens meer wist dat ik ze had. Ik heb er allerlei dingen in gevonden en ik kan niet wachten om die aan Liv te laten zien.' Ze glimlacht door de aanblik van Toby aan het andere eind van haar bank, door de warmte die uitstraalt van de aanraking tussen haar voeten en zijn lichaam.

'Martha...' zegt hij, onzeker aarzelend.

'Wil je weten waarom ik niets heb gezegd over David Crown en mij? Over die zoen die Katherine heeft gezien?'

Toby knikt en legt een hand kalmerend op haar voet.

'Weet je, Toby, ik kon me die zoen nauwelijks herinneren. In die tijd was mijn leven een grote chaos. Het is niet dat ik hem echt was vergeten, maar destijds maakte ik zoveel domme fouten, drinken, roken, relaties aanknopen met foute jongens. Begrijp me niet verkeerd, ik was geen slet of zo...'

Hij lacht.

'Maar ik... Ik belandde gewoon van de ene ramp in de andere. Mijn vader was een echte alcoholist en mijn moeder was twee jaar eerder bij ons weggegaan. Toen ik David leerde kennen, vond ik hem waarschijnlijk gewoon zo aardig dat ik een beetje verliefd op hem werd. Het was niets anders dan kalverliefde en ik heb die arme kerel een keer plotseling omhelsd toen ik dronken was. Het was zoiets onbelangrijks, en ik schaamde me zo, dat mijn brein de herinnering gewoon niet heeft vastgehouden, vooral niet na wat er daarna met Juliet is gebeurd. Zodra David werd verdacht van haar verdwijning, kwam het mij waarschijnlijk goed uit om alle positieve gevoelens die ik voor hem had te vergeten. Ik denk dat ik die herinneringen gewoon heb weggedrukt.' Martha onderdrukt een geeuw en ze strekt haar armen hoog boven haar hoofd en drukt haar tenen in Toby's zij.

'Je bent moe,' zegt hij. 'Zal ik maar gaan?' Maar hij beweegt zich niet, maakt geen aanstalten om op te staan.

'Je hoeft niet weg,' zegt Martha. 'Je mag best blijven.'

Weer ontmoeten hun blikken elkaar, op die manier die een rilling door haar lichaam laat gaan, en ze daagt zichzelf uit om haar blik niet af te wenden. Toby haalt diep adem.

'Nou,' zegt hij. 'Mijn vader en jij. Vind je niet dat we daarover moeten praten?'

Ineens zijn ze weer afzonderlijk van elkaar, is het intieme moment verdwenen, is de gemoedelijke sfeer gespannen en voelt Martha zich uit haar evenwicht gebracht. 'Waar wil je dan over praten?'

Toby aarzelt eventjes en schuift ongemakkelijk heen en weer. 'Nou, hij heeft je toch gebeld? Mijn vader?'

Martha slaat een hand voor haar mond en onderdrukt een glimlach. 'Dylan? Denk je dat híj me heeft gebeld?'

'Nou... ja. Al die telefoontjes die je hebt weggedrukt, van D. Ik bedoel, je doet er nogal geheimzinnig over en je wilde het niet tegen me zeggen toen ik ernaar vroeg. Ik dacht, als het David Crown niet is, waarom zou je het dan voor me verborgen houden?'

Martha gebaart dat hij moet ophouden met praten. 'O, Toby, je hebt het helemaal mis. Je vader en ik, dat was een enorme fout. Dat weet je, en er is jaren geleden een punt achter die hele toestand gezet. Hij was niet echt in mij geïnteresseerd. Ik had afleiding nodig van mijn mislukte huwelijk en hij van de directiekamer. Het was iets, maar ook niets. Bovendien was hij veel te oud voor me. Ik verzeker je dat de D niet voor Dylan staat.' Ze steekt haar goede hand uit naar de zijne.

'Waar staat het dan wel voor?'

Tot Martha's eigen verbazing vertelt ze hem zonder enige aarzeling de waarheid. 'Voor *dad*. Het is mijn vader.'

Toby's gezicht drukt nu verwarring uit. 'Maar ik dacht...'

'Dat hij dood was? Nou, dat heb ik nooit met zoveel woorden gezegd, maar ergens is het gemakkelijker voor me als de mensen dat denken. Ik heb hem al een paar jaar niet gezien omdat hij altijd een probleem in mijn leven is geweest, en toen hij me weer begon te bellen, wist ik niet hoe ik moest reageren. Hij beweert dat hij stervende is.'

'Zo te horen geloof je hem niet.'

Ze schudt haar hoofd. 'De ervaring heeft me geleerd om dat niet te doen. Maar weet je? Ditmaal zou hij best eens de waarheid kunnen spreken.'

'Ga je een afspraak met hem maken?' vraagt Toby.

'Weet ik niet,' antwoordt ze, en voor de eerste keer heeft ze het gevoel dat ze dat misschien wel zal doen. Ze denkt aan zijn laatste, wanhopige voicemailbericht, waarin hij haar smeekt om contact met hem op te nemen, waarin hij vertelt dat hem niet veel tijd meer rest. Ze weet dat hij niet op sterven ligt, niet zoals Alan Sherman. Maar hij is wel bezig zichzelf te doden. Ze weet dat ze hem niet kan redden, maar misschien kan ze hem wat vriendelijkheid betonen aan het einde van zijn leven. Maar zichzelf redden heeft op dit moment voor Martha de hoogste prioriteit. Aardig zijn voor zichzelf. 'Misschien doe ik dat wel,' zegt ze zacht. 'Goed, nu weet je het. Het was míjn vader die me belde, niet de jouwe.'

Toby's vingertopjes strijken zacht over de hare en komen tot stilstand in de ruimte ertussen. 'Ik weet dat ik maar een onbeholpen tiener was toen mijn vader en jij een relatie hadden,' zegt hij nu. 'Maar ik vond jou altijd veel te goed voor hem.' Heel natuurlijk komt hij dichter bij haar, zonder het contact tussen hun vingers te verbreken.

'Staan we op het punt om een enorme vergissing te begaan, Toby?' vraagt ze, maar ze weet al dat ze zich eraan zal overgeven.

37. Hattie

In de stilte van mijn cel heb ik alle tijd van de wereld om na te denken over de gebeurtenissen die hebben samengezworen om mij hier te laten belanden, en vreemd genoeg biedt het enige troost wanneer ik mezelf toesta die plekken in mijn geheugen opnieuw te bezoeken.

In veel opzichten betreur ik de manier waarop het is gelopen terwijl ik alles, voor het grootste deel, zo lang zo goed in de hand heb gehad. Ik denk dat Katherines plotselinge verlangen naar onafhankelijkheid het begin van deze onomkeerbare achteruitgang is geweest, want ze raakte zo geobsedeerd door het idee om op zichzelf te wonen dat ze ons geheim tegen me gebruikte. 'Als ik de mensen vertel wat jij hebt gedaan, zou ik hier niet weg hóéven gaan. Dan kan ik hier in mijn eentje wonen,' zei ze toen mijn erfdeel eindelijk werd uitbetaald. Ze stelde me voor de keuze. 'Maar als je mij het geld geeft en ik het níét verder vertel, dan kun jij hier blijven wonen en kan ik ergens anders naartoe gaan.' Dus heb ik haar het geld gegeven, en binnen een halfjaar was ze verdwenen. Ze heeft me nooit gevraagd om haar nieuwe huis te bezoeken en ze is nooit meer bij mij langsgekomen. Al die jaren die ik aan haar heb verspild, waarin ik haar ervan probeerde te overtuigen dat David elk moment kon terugkomen, dat de gebeurtenissen rondom de dood van dat meisje anders waren dan zij zich herinnerde. Ik veronderstel dat ik de naam van het meisje nu wel kan gebruiken, nu ik weet dat ze niet de hoer is voor wie ik haar aanvankelijk hield. Juliet.

Na een dergelijke gebeurtenis krijgt alles een surreële werkelijkheid waarin alle sensaties versterkt worden, maar tegelijkertijd gedempt lijken. Die avond, toen het meisje, Juliet, aan mijn voeten lag bij het bankje aan het kanaal, wist ik dat ik slechts een paar minuten tijd had om me van haar lichaam te ontdoen. Voor me lag het pad, de heg bevond zich vlak achter me. De wind wakkerde aan en een stukje verderop klapperde en zwaaide een loshangend blauw dekzeil, dat helemaal los dreigde te raken van de bungeekoorden die het op zijn plek hielden. Behendig haakte ik de koorden los en trok het plastic zeil weg, waaronder slechts een hoop oude rotzooi bleek te liggen: een kleine berg bouwstenen en zand, een roestig ijzeren anker en een kapot stuk dakgoot. Ik keek omlaag naar het meisje, ineens bevreesd dat ze toch niet echt dood was. Maar ondertussen was al het leven uit haar gezicht weggetrokken. Haar ledematen leken vreemd ontwricht en lagen slap op de plek waar ze waren neergekomen, haar opgekrulde vingers vormden een stapeltje en rustten tegen de punt van mijn schoen. Een paar onwezenlijke seconden werd ik overweldigd door de absolute overtuiging dat iemand me gadesloeg. Uit de schaduw, nog geen meter bij me vandaan, hoorde ik Katherines stem. 'Mammie,' zei ze, en ze klonk net als toen ze een kind was geweest en me berispte omdat ik de haarborstel te hard door de klitten haalde. Ik had geen idee of ze me de moord had zien plegen, maar één ding stond vast: ze zou me moeten helpen om hem te verdoezelen als ik zeker wilde zijn dat ze haar mond zou houden. Voor ons lag de Dovedale, de woonboot waar David en zij zo dol op waren. Die was van die harige einzelgänger John, en achter de dichtgetrokken gordijnen gloeide een lamp, die een zacht lichtschijnsel wierp over de smalle strook grond die aan de oever grensde. Samen met Katherine maakte ik het been van het meisje los van haar fiets en we sleepten het lichaam op het blauwe plastic dat ik aan de waterkant had uitgespreid, daar waar een beschaduwde opening was tussen de woonboot en zijn meertrossen. Ik zag dat Katherine de armband van het meisje van haar pols haalde en bij zich stak alsof hij van haar was, een snelle, onopvallende handeling die me gemakkelijk had kunnen ontgaan als mijn zintuigen niet zo alert waren geweest. Ik deed net alsof ik het niet zag. Ze mocht hem hebben. Dat kind was altijd al een kleine ekster geweest. Dacht dat ik het niet doorhad dat ze bij elke gelegenheid die zich voordeed spulletjes uit mijn juwelenkistje haalde en verstopte.

Ik sjouwde het roestige anker door de berm en liet het op de borstkas van het meisje vallen, onderwijl biddend dat er niemand langs zou komen, dat we de tijd zouden krijgen om onze taak ongezien te volbrengen. Ik ben dankbaar dat mijn gebeden werden verhoord en we ongehinderd onze gang konden gaan, ongestoord door wandelaars of woonbootbewoners. Met enige moeite wist ik het anker met de bungeekoorden aan de borst van het meisje te bevestigen en na haar verscheidene keren omgerold te hebben, wat een uitputtend karwei was, was ze keurig opgerold in het dekzeil. Katherine stond als aan de grond genageld, tot ik het stuk touw in haar handen duwde en haar de opdracht gaf om het pakket stevig vast te binden, met behulp van zo'n handige knoop waar ze zo dol op was. 'Het moet een strakke zijn,' zei ik tegen haar, haar tot haast manend, terwijl ik ervoor zorgde dat mijn stem zachtjes klonk om de bewoner van de boot niet te alarmeren. 'Strak, Katherine! Het mag niet loskomen!' Ze deed wat haar werd opgedragen en bond het bovenste stuk van het zeil vast als het uiteinde van een worst. Ze wikkelde het touw om het lichaam tot ze aan het einde was en bond het toen vast in een laatste knoop. De geluiden van weekenddrinkers zweefden naar ons toe uit de straten die achter het kanaal lagen, en met wat ik alleen kan omschrijven als een onmenselijke krachtsinspanning slaagden we erin om het lichaam naar de rand van de aanlegplaats te verplaatsen, en we duwden het in het gat tussen de rand van het kanaal en de boot. Het viel als een baksteen en zonk naar het diepste gedeelte van het kanaal, waarbij het slechts een golvende rimpeling op het wateroppervlak achterliet.

Een groepje wandelaars verscheen in de verte op het pad en ik wist dat we de kans hadden gemist om ons van de fiets te ontdoen. Ik kon alleen hopen dat de een of andere schoft hem daar zou zien liggen en hem zou stelen voor het 's morgens licht werd, een van Davids hopeloze gevallen misschien. Katherine en ik glipten door een opening in de heg en gingen naar huis, en ik was ervan overtuigd dat het onderwerp nooit meer ter sprake zou komen. Dus toen David de avond erna rond etenstijd niet naar huis kwam, nadat die politieagenten 's ochtends aan de deur waren geweest, ben ik de confrontatie met hem aangegaan bij de school, waar hij bezig was met de fundering voor de nieuwe tuin. Ik zal er niet over uitweiden, maar toen wist ik dat hij het wíst – Katherine had hem verteld wat er was gebeurd – en hij kon me nauwelijks in de ogen kijken.

'Niet weer,' zei hij, telkens opnieuw. 'Eén keer kon ik nog geloven dat het een vergissing was, maar twee keer?'

Het vreemde is dat hij gewoon puin bleef verplaatsen met zijn in handschoenen gestoken handen, waarbij de bouwlamp lange schaduwen over het grote grijze terrein wierp. Ik zag dat hij huilde en ik kon het niet verdragen om deze volwassen man compleet te zien instorten. Ik voelde me vreselijk verraden door Katherine en ik walgde van Davids zielige weigering om me in de ogen te kijken, dus zei ik: 'Godsamme, David! Het was een ongeluk!'

Na die woorden verhardde er iets in hem, ik zag het gebeuren. Hij hield even op met werken, zijn blik strak op de grond gericht, en de spiertjes in zijn kaken verstrakten.

'Ik ga weg,' zei hij. 'Wíj gaan weg. Katherine en ik. We zullen een paar weken naar mijn broer gaan, om jou wat ruimte te geven.' Nu keek hij naar me op, zijn gezichtsuitdrukking gepijnigd toen hij me bij mijn echte naam noemde, het koosnaampje waarvan we hadden afgesproken dat hij het alleen mocht gebruiken als we samen waren. 'Toe, Hattie. Als wij weg zijn, wil je deze keer dan alsjeblieft het juiste doen? Denk aan haar ouders, haar vrienden. Ga naar de politie. Want als jij dat de komende dagen niet doet, dan doe ik het.'

'Dat kan ik niet,' zei ik, en toen ik zijn liefde voor mij uit zijn ogen zag verdwijnen, pakte ik de metalen spade en sloeg hem zo hard dat hij met de zijkant van zijn hoofd op het betonnen bouwblok viel. Het was een afschuwelijk geluid en ik wist direct dat hij dood was. Het kostte me bijna twee uur om voldoende puin uit die hoek weg te halen om hem uit het zicht te kunnen begraven, samen met de bebloede spade en het betonblok. Toen ik klaar was deed ik de lampen uit en haastte me terug naar Katherine.

Thuis zag ik tot mijn ontzetting dat zijn weekendtas al ingepakt onder ons bed stond, zijn paspoort en dat van Katherine keurig met een paperclip erom in een bruine envelop, met voldoende kleren voor een week of twee. Na enig aandringen biechtte Katherine alles op en zonder dat ik erom vroeg overhandigde ze me de vijftigduizend pond. Toen ze hem tijdens de lunchpauze had gezien had hij haar gevraagd om dat geld veilig te bewaren. Die vuillakken hadden het helemaal gepland! Ik voelde me natuurlijk gekwetst, maar het geld was een zegen, en, zoals ze zeggen, het leven ging door.

O, David, ik mis je zo! Het doet me verdriet dat er zo vroegtijdig een einde is gekomen aan ons leven samen. Maar zelfs nu moet een klein deel van me lachen om de naïviteit van jouw laatste woorden, want mijn liefste, ik heb er geen twee vermoord, maar drie. Jij weet natuurlijk niet van mijn broertje, maar hij was de eerste, heel hoog op Kinder Scout, al maak ik mezelf graag wijs dat dat een ongeluk was. Maar wie kan zeggen hoe de geest van een kind werkt? En die afschuwelijke vergissing met Juliet was echt niet zo bedoeld, maar er was me valselijk wijsgemaakt dat zij een koekoeksjong in mijn nest was. Maar de daad die ons echt op de proef heeft gesteld, is natuurlijk die waarover niemand zich meer druk lijkt te maken, die waar jíj van wist, die ik absoluut met voorbedachten rade heb begaan: de moord op jouw vriendinnetje Tilly Jones.

Toen we die herfst vertrokken uit Castledale had je geen flauw idee over mijn rol bij Tilly's dood, geen idee waarom ik er zo op aandrong om daar weg te gaan, waarom ik mijn naam had veranderd van Hattie in Janet. Ik zei tegen je dat ik een nieuw begin wilde, dat mijn ouders nooit te weten mochten komen dat we waren getrouwd, dat ik een verbintenis was aangegaan met een man die ervan werd verdacht dat hij een meisje had omgebracht, en later dat we een kind hadden gekregen. Niet als ik in een goed blaadje wilde blijven staan bij mijn moeder. Zoals je weet was ze heel rijk. En David, jij was maar al te graag bereid om daarin mee te gaan, voor jouw 'beeldschone' Hattie. Voor zover mijn moeder wist ben ik na Cambridge single gebleven, een succesvolle carrièrevrouw die in de Londense City woont, ongetrouwd en tevreden met haar kinderloze bestaan, die haar moeder toegewijd genoeg was om haar eenmaal per jaar te bezoeken. Jij hebt nooit over die regeling geklaagd, want hoe hadden we het tenslotte moeten redden zonder mijn maandelijkse toelage? Vooral na die onverkwikkelijke zaak waardoor jij je baan kwijtraakte. Iémand moest zorgen dat ons gezin het hoofd boven water hield. Maar toen je Tilly's oude halsketting in mijn juwelenkistje zag, al die jaren later, dacht ik dat mijn wereld was ingestort. We waren alles aan het inpakken om naar Londen te verhuizen, en je vroeg me wat het was, wat het inhield. Ik was er niet op voorbereid. 'Het is van Tilly,' hield jij vol, en je zag er gedesillusioneerd uit. Toen je blik de mijne ontmoette, wist ik dat het geen zin had om het te ontkennen. Daarom deed ik er het zwijgen toe. In de twaalf daaropvolgende jaren heb ik er geen woord over gezegd, en jij ook niet.

Godzijdank dat ze bij de politie van die nutteloze paljassen zijn! Toen ze langskwamen om navraag te doen naar jouw vrijwilliger, Juliet Sherman, zei ik tegen die agenten dat ik haar nooit had ontmoet. Toen ze doorvroegen over onze relatie, zei ik dat jij en ik elkaar hadden leren kennen in Cambridge en ze hebben me op mijn woord geloofd. Als ze dat hadden nagetrokken, hadden ze wellicht het bestaan ontdekt van mijn eerdere leven als Hattie Brown, jouw tienervriendin uit de Castledale-periode. Misschien zouden ze dan alle punten met elkaar hebben verbonden en sneller hebben ontdekt hoe de vork in de steel zat. Sukkels!

Ik heb veel tijd gehad om over ons leven samen na te denken, David, en onwillekeurig heb ik het idee dat alles heel anders zou zijn gelopen als we Katherine niet hadden gekregen. We waren immers verliefd, lang geleden, voordat zij geboren werd? Zij werd onze ondergang, door haar moest ik afrekenen met Juliet – en met jou, mijn arme schat – en uiteindelijk was het Katherine die de hele jammerlijke vergissing aan het licht heeft gebracht. Ze is altijd een egoïstisch meisje geweest.

Dus je begrijpt, David, dat het niet mijn schuld was. Het was echt niet mijn schuld.

Dankwoord

Mijn welgemeende dank gaat uit naar mijn lezers en pleitbezorgers, en naar de geweldige mensen die helpen om mijn boeken zo goed mogelijk te maken. Ieder van jullie is een echte diamant.

LEES MEER VAN

Isabel Ashdown

Nadat ze elkaar zestien jaar lang niet hebben gezien, worden de zussen Jessica en Emily weer herenigd. Nu ze hun lastige verleden achter zich hebben gelaten, keert de warmte tussen hen gelukkig terug. Algauw trekt Jess zelfs in bij Emily in haar comfortabele eilandhuis, waar ze woont met haar man en dochtertje Daisy. Pijn en oud zeer maken plaats voor harmonie en familieliefde. Eind goed al goed, zo lijkt het.

Maar als Daisy verdwijnt terwijl Jess op haar past, begint het perfecte leven dat Emily zo zorgvuldig heeft opgebouwd uit elkaar te vallen. Had ze haar zusje wel moeten vertrouwen, na alles wat er in het verleden is gebeurd?

Verkrijgbaar als
e-book
& papieren boek